Le chant de la louve

D1513202

ROSANNE BITTNER

Rosanne Bittner

Le chant de la louve

Traduit de l'américain
par Francine André

Éditions J'ai lu

Titre original :

SONG OF THE WOLF
A Bantam Fanfare Book, Bantam Books,
a division of Bantam Doubleday, Dell Publishing Group, Inc.
All rights reserved.

Copyright © 1992 by Rosanne Bittner
Pour la traduction française :
© Éditions J'ai lu, 1998

« Qu'est-ce que la vie ? L'étincelle d'une luciole qui disparaît dans la nuit... le souffle d'un bison qui se perd dans les brumes de l'hiver... une petite ombre qui court dans la prairie et s'évanouit au soleil couchant... »

Dernières paroles de Crowfoot,
Indien pied-noir,
citées par T. C. McLuhan,
dans *Touch the Earth*,
New York, Promontory Press, 1971.

PREMIÈRE PARTIE

LES TEMPS HEUREUX

1

1846

Occupée à cueillir les baies sauvages parfumées que la nature offrait avec prodigalité en cette saison, Eau Vive se sentait d'humeur joyeuse.

Pour une petite fille de six ans, cette migration saisonnière à travers le pays représentait une véritable aventure. Comme chaque année, l'été venant, les Cheyennes quittaient le Sud pour aller chercher de la nourriture et chasser le bison au pied des montagnes septentrionales, dont les cimes restaient éternellement blanches, même pendant les journées les plus ensoleillées de la Lune des Fruits Mûrs.

Depuis des siècles, la vie était inlassablement rythmée par le cycle des saisons et, le plus naturellement du monde, il y avait toujours un temps pour chaque chose. Le bonheur de pouvoir maintenant s'adonner à la cueillette des fruits sous les chauds rayons d'un soleil généreux n'empêchait pas Eau Vive de repenser avec plaisir à ce long hiver passé autour d'un feu, dans la chaleur du tipi familial, auprès de sa petite sœur de trois ans, Beauté Radieuse, et de son frère, Eclair d'Argent, âgé de douze ans. Chaque soir, pendant que leur mère, Etoile du Ciel, s'activait auprès du brasero pour préparer un odorant ragoût de bison aux navets, leur père, Archer Agile, relatait ses exploits de chasse ou expliquait comment invoquer les esprits des ancêtres. Ces histoires impressionnaient Eau Vive et l'emplissaient secrètement de respect et d'admiration.

La fillette plongea la main dans un entrelacement de branches piquantes et, de ses petits doigts fins, saisit vivement une baie ronde et rouge, délicieusement tentante. Ne résistant pas à l'envie de la savourer sur-le-champ, elle la porta à sa bouche et ferma les yeux lorsque le jus sucré coula dans sa gorge. Le geste gourmand de la fillette n'échappa pas à sa mère qui, à quelques pas de là, était penchée sur un autre bosquet d'épineux aux baies abondantes.

— Il y aura bientôt plus de fruits dans ton ventre que dans ton panier, mon enfant ! A ce rythme-là, tu n'auras qu'une corbeille vide à partager avec ton frère et ta sœur, la gronda gentiment Etoile du Ciel.

Prise en faute, Eau Vive se sentit rougir et reprit sa cueillette, bien décidée à remplir son panier au plus vite, après ce rappel à l'ordre. Archer Agile ne leur avait-il pas recommandé, avant de partir, de ne pas s'attarder plus que nécessaire ? Avec la tribu ennemie des Crows – les *O-O-O tan* – dans les parages, il ne faisait pas bon demeurer trop longtemps loin du camp.

Depuis son plus jeune âge, Eau Vive savait que les hommes n'étaient pas tous bons, et qu'il convenait de se méfier de certains d'entre eux. A commencer par les *Ve-ho-e*, ces Visages pâles dont l'intrusion sur le vaste territoire des Cheyennes était, à en croire Archer Agile, un bien mauvais présage. Jusqu'à présent, Eau Vive n'avait eu qu'une seule occasion d'approcher les *Ve-ho-e*. C'était au cours de l'été précédent, près de Fort Bent, mais elle s'en souvenait comme si c'était hier, tant ces hommes lui avaient semblé étranges. Ils avaient tous le visage très clair ; quelques-uns avaient les yeux de la couleur du ciel et, comble de la drôlerie, ils se laissaient pousser des poils sur le menton, mais coupaient court les cheveux qu'ils avaient sur la tête.

Les hommes blancs font des choses insensées que nous ne pouvons pas comprendre, lui avait dit son père. *Ne leur fais jamais confiance. Une nuit, je les ai vus en songe : ils massacraient notre peuple et saccageaient notre terre. Nos rêves sont des avertissements, Eau Vive ; il faut toujours écouter les signes qu'ils nous envoient.*

Archer Agile lui avait aussi raconté l'ancienne prophétie de Renard Savant, qui affirmait que des étrangers au visage pâle, qui parlaient une langue inconnue, viendraient un jour asservir le peuple indien. *Les Hommes des Ténèbres apporteront le mal avec eux*, avait annoncé Renard Savant. Il avait même ajouté qu'ils extermineraient les bisons. A vrai dire, cette prédiction n'inquiétait pas Eau Vive : les troupeaux de bisons qu'elle voyait lors de leurs migrations estivales étaient tellement gigantesques que cette crainte lui semblait vaine.

Pour le moment, la vie était si belle ! Ces sinistres oracles ne viendraient pas à bout de son bonheur et de sa joie de vivre. Après tout, Renard Savant pouvait s'être trompé, pour une fois. Comment se laisser impressionner par l'annonce de telles catastrophes alors que l'avenir immédiat paraissait tellement prometteur ? Les Cheyennes étaient en marche vers les Black Hills, ces collines que leurs amis sioux appelaient les *Paha-Sapa*, pour une grande célébration. Eau Vive avait tant entendu parler de ces fêtes grandioses qu'elle bouillait d'impatience d'y participer. La Danse du Soleil serait l'occasion d'un immense rassemblement où, sous le signe de la joie, on danserait et on chanterait des heures durant. Quelques jeunes garçons jeûneraient et offriraient leur corps nu en sacrifice au Grand Esprit, *Maheo*, afin qu'il comble le peuple de ses bénédictions. Parmi les élus se trouvait Castor Roux. Malgré leurs huit ans de différence, Eau Vive le connaissait bien : fils de Grand Couteau, le meilleur ami d'Archer Agile, c'était déjà un excellent guerrier et un chasseur talentueux. Si la chance était avec lui pendant le sacrifice, il recevrait peut-être du Grand Esprit une vision qui le guiderait pour le restant de ses jours.

Eau Vive se demandait si les filles pouvaient, elles aussi, avoir des révélations. Elle caressait le rêve secret de devenir une guerrière, de faire partie de ces jeunes filles choisies parmi les plus braves et les plus vertueuses. Absorbée dans ses rêves, la fillette arrêta sa cueillette. Elle se tenait maintenant immobile, le nez en l'air, les yeux rivés sur le ciel sans nuages. La voix de sa mère la fit sursauter.

– Tu rêves encore ! Souviens-toi que *Maheo* sourit aux enfants courageux et travailleurs. Tu as peut-être trop chaud avec ce soleil brûlant ? Descendons à la rivière pour nous rafraîchir, puis nous reviendrons terminer notre cueillette.

En dépit de la chaleur de l'air, l'eau de la rivière rebondissait toujours en fraîches cascades d'écume. Eau Vive et Etoile du Ciel rincèrent leurs mains tachées de rouge, se désaltérèrent avec plaisir, puis elles s'aspergèrent et s'éclaboussèrent en riant. La fillette était très fière de porter le nom de ce symbole de vie pur et glacé qui nourrissait la Terre Mère.

– Maintenant, reviens à la réalité, petite. Une bonne Cheyenne doit travailler, et non passer son temps en songeries.

Au sourire qu'Etoile du Ciel lui adressa, l'enfant comprit que sa mère ne lui en voulait pas vraiment. Elle fut sur le point de lui raconter le rêve qui la hantait toutes les nuits depuis quelque temps, puis y renonça. Si elle devait s'en ouvrir à quelqu'un, ce serait plutôt à sa grand-mère, pleine de connaissance et de sagesse.

Chaque fois qu'Eau Vive sombrait dans le sommeil, les mêmes images troublantes venaient la visiter. Projetée dans le futur, elle se voyait adulte, juchée au sommet d'une montagne, enveloppée d'une cape de peaux de loup, ses longs cheveux noirs volant au vent. Une meute de loups l'entourait, l'un d'eux hurlant à la lune, un autre sagement assis à ses pieds. Le reste de la bande décrivait des cercles autour d'elle, de leur démarche nerveuse. Aucune menace n'émanait de ces animaux. Ils semblaient même la protéger. Derrière elle, un soleil flamboyant inondait le ciel de lueurs d'or orangé, nimbant un nuage blanc.

– Nous nous sommes trop éloignées du camp, s'inquiéta brusquement Etoile du Ciel. Finissons vite de remplir nos paniers. Je ne voudrais pas rentrer trop tard, je dois encore préparer du pemmican pour ton père.

Se hâtant, Eau Vive jetait de brefs coups d'œil à sa mère. L'air étrangement inquiet, Etoile du Ciel scrutait les profondeurs de la forêt de sapins toute proche comme si elle s'attendait à en voir sortir d'un instant à l'autre un animal féroce ou un dangereux ennemi. Eau Vive sentit sa gorge se serrer.

– Il faut rentrer tout de suite, dit soudain sa mère.

– Pourquoi ? Qu'est-ce qu'il y a ? Qu'as-tu vu ?

– Rien encore, mais je crois qu'un ennemi nous observe. Il se pourrait que les *O-O-O-tan* projettent d'attaquer notre campement. Nous devons aller prévenir la tribu. Aie l'air calme, Eau Vive, fais comme si de rien n'était. Maintenant, avance vers moi, doucement. Ne cours surtout pas !

Prenant sur elle, l'enfant obtempéra. Des Crows étaient-ils vraiment en train de les épier, tapis dans les bois ou perchés à la cime des arbres ?

En silence, mère et fille remontèrent la pente, main dans la main, en direction du camp. Eau Vive se reprochait maintenant sa gourmandise, qui les avait retardées. A sa peur s'ajoutaient culpabilité et remords. La gorge sèche, les jambes tremblantes et les larmes au bord des yeux, elle trottinait aux côtés de sa mère. Envolée sa joie d'assister à la Danse du Soleil, oubliés ses rêves secrets ! Dans son cœur, il n'y avait plus place que pour la terreur. L'ennemi était à leurs trousses : c'était une réalité, pas une prémonition. Le village lui sembla soudain terriblement loin ! Son estomac se noua davantage lorsqu'un bruissement tout proche se fit entendre.

Immédiatement après, un affreux cri de guerre retentit, qui lui donna la chair de poule. Instinctivement, sa mère la souleva dans ses bras et se mit à courir.

– *O-O-O-tan ! O-O-O-tan !* hurla-t-elle, dans l'espoir d'alerter le village. Au secours, Archer Agile !

Dans le balancement de la course, les baies tombaient du petit panier d'Eau Vive. Loin en arrière, elle aperçut aussi la corbeille que sa mère avait lâchée. Mais bientôt, une vision bien plus menaçante lui apparut dans toute son horreur : une bande de guerriers crows les poursuivait au pas de charge. Leurs visages peinturlurés de noir et blanc leur donnaient un air effrayant, faisant paraître leurs lèvres plus rouges, leurs dents plus blanches et leurs yeux plus perçants. Eau Vive sentit son sang se glacer en comprenant que ces hommes allaient les rattraper.

– *Na-hko-eehe !* cria-t-elle, complètement affolée. Mère !

Un guerrier, brandissant une masse, se détacha du

groupe. Sans réfléchir, Eau Vive plaça sa main droite à plat sur le dos d'Etoile du Ciel, comme si elle pouvait protéger sa mère du coup que l'homme s'apprêtait à lui assener. Le gourdin écrasa violemment les doigts de l'enfant, et une douleur fulgurante lui fit pousser un cri strident. Etoile du Ciel tomba en avant. Aussitôt, le Crow l'immobilisa avec son genou, puis il lui lia les mains dans le dos à l'aide d'une grosse corde de chanvre, tandis que ses compagnons fondaient sur le camp cheyenne.

Oubliant sa souffrance, Eau Vive martelait de ses petits poings le torse de leur assaillant. Le Crow se retourna vers elle, une affreuse grimace au coin des lèvres, la saisit par les bras, la souleva de terre et la jeta sur la croupe de son poney. L'espace d'une seconde, elle pensa sauter à terre et se mettre à courir vers le campement, mais elle réalisa bien vite qu'elle ne pouvait abandonner sa mère aux mains d'un ennemi aussi impitoyable.

Des cris leur parvenaient depuis l'autre côté de la crête. Les guerriers avaient probablement commencé leur œuvre de pillage et de rapt.

Le regard brouillé par les larmes, Eau Vive vit leur ennemi contraindre Etoile du Ciel à se redresser et, la saisissant aux hanches, la balancer sur sa monture comme s'il se fût agi d'un sac de pommes de terre, lui arrachant un gémissement. Le Crow bondit sur le poney, entre Eau Vive et Etoile du Ciel. Prenant les mains de la fillette, il les posa sur sa taille, de chaque côté, lui indiquant comment se cramponner.

Après des heures de chevauchée épuisante à travers la montagne, ils s'arrêtèrent en un lieu sauvage et isolé. La nuit se déroula dans un silence lugubre, troublé seulement, de temps à autre, par les hurlements des coyotes. Eau Vive s'était recroquevillée contre sa mère qui geignait de douleur chaque fois qu'elle se retournait. A quelques pas de là, le Crow, assis près d'un feu, dévorait à belles dents un morceau de viande de cerf, sans quitter du regard ses prisonnières.

Quand il fut repu, sa respiration se fit plus lente et sa tête commença de dodeliner. Au bout de quelques minutes, il s'immobilisa, le menton sur la poitrine.

– Sauve-toi ! souffla Etoile du Ciel à l'oreille de sa fille.

– Non, *na-hko-eehe*, je veux rester avec toi. Je n'ai pas peur.

Etoile du Ciel lui lança un regard suppliant.

– Il le faut, mon enfant ! Si tu restes là, tu seras conduite de force vers le nord pour rejoindre la tribu des *O-O-O-tan*. Ils t'élèveront comme une des leurs, ils t'inculqueront leurs traditions, se serviront de toi comme d'une esclave et, quand tu seras plus grande, ils t'obligeront à épouser un Crow. Le souvenir de notre tribu disparaîtra à jamais de ta mémoire.

– Non, je serai toujours une Cheyenne ! protesta Eau Vive.

Elle regarda l'Indien qui venait de relever la tête et s'était remis à manger.

– Alors, conduis-toi comme telle, chuchota sa mère. Pour notre peuple, les enfants passent avant tout, ils sont notre avenir. Tu dois t'enfuir à la première occasion pour aller rejoindre ton père.

L'homme aboya un ordre dans une langue qu'Etoile du Ciel et Eau Vive ne comprenaient pas. Puis il reposa son morceau de viande, se leva et s'approcha d'Etoile du Ciel. Sans cesser de sourire, il retira son pantalon de peau. Eau Vive n'avait jamais bien compris les choses mystérieuses qui se passaient entre les hommes et les femmes, mais, d'instinct, elle devinait que ce que le Crow allait faire déplairait à sa mère. Evidemment, puisque Etoile du Ciel appartenait à Archer Agile !

Comment mettre cet homme puissant hors d'état de nuire ? Eau Vive n'hésita guère. Elle se cramponna à ses jambes et lui planta les dents dans le mollet. Le guerrier brailla et attrapa Eau Vive par les cheveux pour l'obliger à lâcher prise. Puis il l'empoigna à bras-le-corps et la balança à quelques mètres, comme on jette au loin une pierre qui encombre le chemin.

Eau Vive atterrit à plat dos sur la souche d'un arbre. La douleur lui coupa le souffle. Elle retint un cri, mais ne put s'empêcher de pleurer en silence. Plus loin, elle entrevoyait dans l'obscurité l'Indien allongé sur le corps de sa mère. Il semblait beaucoup s'agiter. L'enfant détourna le regard et se mit à réfléchir. Le premier devoir d'une petite Cheyenne n'était-il pas d'obéir ? De toute façon, elle ne parviendrait jamais, seule, à tuer cet ennemi bien trop fort pour elle. En supposant même qu'elle réussisse à lui dérober son couteau, il aurait vite fait de le lui reprendre des mains. Il l'égorgerait, la scalperait et peut-être qu'il tuerait sa mère aussi.

– *Na-hko-eehe*, murmura-t-elle en sanglotant.

Elle courut un long moment à travers les sous-bois. Dans l'obscurité, elle prenait en plein visage les branches qui lui barraient le chemin, trébuchait sur des troncs d'arbres, tombait parfois et se relevait, les genoux égratignés. Son dos et ses doigts la faisaient souffrir, mais elle n'avait pas le temps de prendre du repos. Elle n'avait aucune idée de l'endroit où elle se trouvait ; autour d'elle régnait un silence qui ne la renseignait guère. Des broussailles montait une odeur de mousse et de bois mouillés. A la lueur de la lune, elle aperçut enfin un gros tronc creux tombé en travers du chemin. Cela pouvait faire une belle cachette. Peu rassurée, elle passa la main à l'intérieur, pour voir si une bête n'avait pas eu, avant elle, la même idée. Un animal détala par l'autre extrémité. Un lapin, peut-être. Eau Vive aimait bien les lapins, symbole de l'humilité pour les Cheyennes. Elle se glissa dans le tronc en rampant, puis massa ses doigts tout gonflés par le coup de bâton. Allongée, les yeux fermés, elle se mit à penser à son père.

La terreur l'envahit de nouveau lorsqu'un bruit de pas trahit une présence toute proche. Etait-ce un ours féroce ou un dangereux chat sauvage ? Pis encore, était-ce *Bubo*, la grande chouette annonciatrice de mort qui venait la chercher ? Une voix humaine se fit entendre au même instant, qu'elle reconnut sur-le-champ. C'était l'homme qui avait kidnappé sa mère. Il prononçait des mots qu'elle ne comprenait pas, mais la véhémence de son ton permettait de croire qu'il jurait. Sans doute pestait-il contre elle. Instinctivement, elle se recroquevilla davantage, dans l'espoir que le Crow abandonnerait bientôt ses recherches.

Comme elle l'avait imaginé, l'homme s'éloigna après quelques minutes, et la forêt replongea dans le silence de la nuit. L'enfant avait faim et soif ; elle était lasse et sa douleur devenait de plus en plus lancinante. Malheureusement, elle ne pouvait qu'attendre et prier pour que sa mère fût encore en vie.

Le jour s'était levé lorsque Eau Vive s'éveilla. Le soleil éclairait les deux extrémités de son refuge improvisé. Elle cligna des yeux, et le souvenir de ce qui s'était passé la veille lui revint. L'horreur des événements raviva son angoisse, en même temps que renaissaient en elle des sentiments de culpabilité. Le Crow avait-il tué sa mère ? L'avait-il emmenée ?

Elle rampa avec précaution au-dehors, s'étira et respira à pleins poumons. Autour d'elle, tout était calme ; les sapins bruissaient sous le vent, quelques écureuils sautaient de branche en branche. La fraîcheur de l'air la fit frissonner.

La fillette commença à avancer au hasard, espérant que la chance guiderait ses pas dans la bonne direction : celle du camp des Crows. Il lui fallait absolument retrouver sa mère.

Eau Vive évoluait avec précaution, évitant de faire craquer les branches mortes. C'était le moment de mettre en pratique les enseignements de son père. Elle s'arrêta plusieurs fois pour écouter si elle entendait des voix, mais rien d'autre ne lui parvint que le chœur joyeux des oiseaux.

Arrivée sur une crête, elle aperçut enfin, en contrebas, les restes d'un feu. Quelques volutes blanchâtres s'enroulaient encore dans le ciel. Le cœur battant, elle s'approcha du bivouac, visiblement déserté depuis peu. De nombreuses traces de sabots laissaient supposer que la troupe des guerriers avait rejoint le Crow qui détenait sa mère, et qu'ils s'étaient enfuis tous ensemble.

– *Na-hko-eehe !* appela Eau Vive en réprimant quelques sanglots. Où es-tu ? Tout est ma faute !

Se souvenant des conseils de son aïeule, Douce Grand-Mère, elle essuya ses larmes et réussit à se ressaisir.

Tu es une Cheyenne. Maheo te protège et te donne du courage. Les squaws doivent être aussi braves que les guerriers. Ne laisse jamais la crainte envahir ton cœur ; c'est un poison. N'aie peur de rien, pas même de la mort.

Retrouvant son calme, la fillette décida de manger un peu pour reprendre des forces. Elle grignota quelques feuilles et des fruits sauvages qu'elle choisit prudemment, se remémorant les consignes de sa mère pour reconnaître les plantes comestibles. Puis elle se dirigea vers un espace découvert d'où elle pourrait observer les environs.

La clairière surplombait une ample vallée évasée. Les siens se trouvaient quelque part en bas, mais elle ignorait dans quelle direction précisément. Il eût fallu un regard d'aigle pour les découvrir dans une nature aussi luxuriante. Malheureusement, Eau Vive ne détenait pas les pouvoirs magiques du Grand Oiseau divin !

Elle rejeta ses cheveux noirs en arrière et se remit en marche, sans même savoir si elle se rapprochait de son peuple ou du village des Crows.

2

Toute la journée, la fillette avait espéré trouver de l'aide, mais le soleil commençait à décliner, et elle n'avait rencontré personne dans cet environnement hostile. A perte de vue, des forêts de résineux dévalaient les pentes, entrecoupées çà et là de prairies dégagées où se nichaient quelques fleurs sauvages, au milieu des éboulis de roches.

La découverte d'un massif de lis blancs, que les Indiens appelaient la Plante de la Vie, lui mit du baume au cœur. La chance ne l'avait peut-être pas tout à fait abandonnée. Si elle trouvait le moyen d'atténuer la douleur de ses doigts, elle pourrait gratter le sol pour en extraire la racine dont elle était si friande.

Eau Vive réfléchit quelques instants, essayant de se souvenir des gestes précis du chamane Ours Debout, lorsqu'il réparait les os fracturés, les serrant sur une attelle de bois. Elle trouva un bâton droit et assez rigide qui pourrait faire l'affaire, puis détacha de son cou la cordelette où pendait une petite carapace de tortue, porte-bonheur offert par sa mère. Elle glissa l'objet précieux dans un petit sac qu'elle portait à la ceinture, avec ses autres trésors – un peigne en os et quelques jolis cailloux ramassés au hasard de ses promenades – et, s'aidant de sa main gauche et de ses dents, elle parvint à serrer la cordelette autour de ses deux doigts blessés. La douleur la fit grimacer un instant, rapidement suivie d'un soulagement. Un sentiment de fierté et de satisfaction l'envahit.

Elle retourna vers les lis sauvages qu'elle avait repérés, s'accroupit et se mit à en dégager consciencieusement les pieds à l'aide d'un caillou pointu. Elle sortit du sol quelques bulbes terreux, les essuya sur sa tunique et mordit dedans à belles dents. Sans doute eussent-ils mieux exhalé leur saveur avec de la viande de bison, mais Eau Vive s'en contenta. Elle les engloutit en deux bouchées, réalisant du même coup qu'elle était affamée. Les tiges craquantes de quelques chardons, débarrassées de leurs piquants, finirent d'apaiser son estomac.

– Merci, Mère Terre, clama-t-elle tout haut devant tant de bienfaits.

A l'ouest, le soleil, qui avait basculé derrière une crête, ne projetait plus qu'une faible lueur mauve. Eau Vive devait trouver un abri avant qu'il fît complètement nuit.

Quelques rochers, vaguement disposés en cercle, lui offrirent un refuge bienvenu. Elle resta assise un moment, les bras croisés et les jambes ramenées sur la poitrine, à penser à sa famille. Entendrait-elle de nouveau la voix rassurante de son père lui raconter l'histoire de ces frères indiens transformés en étoiles parce que l'arbre sur lequel ils avaient grimpé s'était allongé jusqu'au ciel ? Qu'adviendrait-il de sa pauvre petite sœur de trois ans si par malheur leur mère devait ne jamais revenir ? Le sort de son frère lui paraissait moins préoccupant : Eclair d'Argent serait bientôt assez grand pour se prendre en charge. Déjà, Deux Lunes, leur oncle, avait commencé à lui enseigner l'art de la chasse et de la guerre, selon la coutume qui voulait que l'éducation des jeunes garçons incombât aux oncles plutôt qu'aux pères.

Le hurlement des loups interrompit sa rêverie. Ce soir, la pleine lune les excitait plus que de coutume. Pourtant, curieusement, Eau Vive se sentait plus rassurée qu'effrayée par leur présence. Imperceptiblement, elle sombra dans le sommeil. Le songe familier revint, mais, pour la première fois, un homme était présent, tentant de s'approcher d'elle. Le loup qui la gardait laissa passer le jeune homme sans broncher. A l'instant où elle reconnaissait en lui Castor Roux, Eau Vive s'éveilla en sursaut. Trop lasse pour s'interroger sur cet élément nouveau, elle se rendormit quelques secondes plus tard.

Elle n'entendit pas la meute approcher. Les loups se mirent à tourner doucement autour des rochers où elle s'était réfugiée. Seul un mâle blanc, l'air aux aguets, restait assis à l'écart.

Les quatre jours suivants, Eau Vive erra dans la montagne, se nourrissant de plantes qu'elle grappillait au hasard de ses découvertes et se désaltérant aux ruisseaux qui parcouraient la région.

Un jour qu'elle tentait vainement d'attraper une truite frétillante qu'elle avait repérée dans le courant d'une rivière, elle entendit un grognement grave et sinistre. Immédiatement elle se redressa, effrayée et tremblante. Son sang se glaça tout à fait lorsqu'elle aperçut un énorme ours gris, à quelques mètres seulement, juste sur l'autre rive. Devait-elle courir ou lui faire face ? Personne ne lui avait jamais dit comment se comporter en pareil cas. Elle savait seulement que ces animaux étaient particulièrement dangereux.

– Au secours, Mère Terre ! implora-t-elle d'une voix brisée par la peur.

L'imposant plantigrade, dressé sur ses pattes arrière, se mit à grogner. N'écoutant que son instinct, Eau Vive recula lentement. L'ours retomba lourdement sur le sol, traversa le torrent et fonça droit vers elle. La fillette cria, appela son père, mais nul ne pouvait l'entendre.

Au moment où la bête s'approchait dangereusement, une bande de loups surgit, menaçante. Le grizzli parut d'abord décontenancé, mais il ne semblait pas vouloir céder du terrain pour autant. D'un coup de patte rageur, il projeta violemment un loup contre un rocher, à plusieurs mètres de là. Mais devant l'attitude belliqueuse de la meute qui continuait à hurler face à lui, les babines retroussées et le poil hérissé, l'ours fit enfin demi-tour et s'éloigna à pas lents.

Eau Vive n'en croyait pas ses yeux. Les loups venaient de la protéger, exactement comme dans ses rêves. Elle se demanda s'ils allaient maintenant l'attaquer, mais ils s'éloignèrent et disparurent dans l'épaisseur des fourrés. Elle se laissa tomber dans l'herbe, fatiguée comme si elle venait d'accomplir un grand effort. Le poids de la solitude lui donnait soudain envie de pleurer. Elle s'approcha tristement du loup que l'ours avait tué : il gisait sur le rocher, du sang s'écoulait de sa gueule ouverte. Caressant son pelage, dans le secret de son cœur, elle le remercia d'avoir donné sa vie pour venir à son secours.

Un autre jour s'achevait. De nouveau, il lui fallait trouver un abri pour la nuit. Les nuages qui s'amoncelaient de l'autre côté de la montagne ne laissaient rien présager de bon. Un grondement de tonnerre, encore lointain, confirma ses craintes, tandis qu'un vent de plus en plus violent balayait dans sa direction les nuées noires chargées de pluie. Un éclair zébra le ciel et, presque en même temps, on entendit le craquement lugubre d'un arbre déraciné. Des étincelles fusèrent, une épaisse fumée monta du tronc éclaté, mais il n'y eut aucune flamme. Eau Vive avait toujours eu peur de l'orage. Elle cria, puis se mit à courir. Butant sur une branche morte, elle amortit sa chute de la main et, immédiatement, la douleur se réveilla dans ses doigts.

Autour d'elle, les arbres n'étaient plus que des silhouettes noires qui se contorsionnaient et grimaçaient comme des monstres sous l'effet du vent. Les cieux s'ouvrirent enfin, libérant de grosses gouttes qui la trempèrent jusqu'aux os en quelques secondes.

Elle devait profiter de la lumière des éclairs pour se diriger. A son grand soulagement, elle crut apercevoir l'entrée d'une grotte un peu plus haut. Etait-ce le repaire de quelque animal sauvage ? Un fracas de tonnerre plus effrayant encore que les précédents eut raison de ses hésitations. Il lui fallait se réfugier dans cette caverne, dût-elle la partager avec un compagnon indésirable.

Devant la grotte, elle marqua un temps d'arrêt, puis elle se glissa à l'intérieur dans l'obscurité. Le silence qui y régnait la rassura, mais ce sentiment fut de courte durée. Le spectacle qu'elle découvrit à la faveur d'un autre éclair la fit basculer dans la terreur : plusieurs paires d'yeux aux reflets dorés étaient fixés sur elle. Elle avait pénétré, sans le savoir, dans la tanière des loups.

Elle resta immobile, mais une petite voix intérieure

la tranquillisait. Longtemps, les loups ne bronchèrent pas. Enfin, l'un d'eux s'approcha et vint renifler sa blessure. Elle recula contre la paroi de la grotte.

– Pitié, Esprit des Loups ! Ne me fais pas de mal, chuchota-t-elle en pleurant à moitié. Je n'aurais pas dû venir ici, mais je ne savais pas que c'était ta maison.

L'animal s'approcha encore et se mit à lui lécher la main, à la façon amicale d'un chien.

A la faveur d'un éclair, elle aperçut soudain des louveteaux groupés auprès de leur mère, et fut saisie d'une folle envie de les caresser. Avec un enthousiasme enfantin qui annihilait toutes ses craintes, elle se baissa vers la louve. L'animal ne manifesta aucun signe d'hostilité envers la fillette. Elle la laissa saisir un de ses petits sans émettre le moindre grognement. Eau Vive nicha le louveteau tout chaud au creux de son cou et le câlina avec tendresse.

La tempête faisait rage avec une telle violence que les loups avaient renoncé à leur chasse nocturne. Celui qui avait léché les doigts d'Eau Vive quelques instants plus tôt s'avança de nouveau vers elle et recommença le même manège, maintenant sur les franges de sa tunique trempée. Se souvenant alors des avertissements de sa mère sur le danger de porter des vêtements mouillés, Eau Vive décida de se déshabiller entièrement. Ses mocassins offrirent un nouveau jeu aux petits loups qui entreprirent de les grignoter, aussitôt qu'elle les eut retirés.

Elle passa un bon moment à s'amuser avec eux, puis s'allongea, gagnée par la fatigue. Les louveteaux, lovés contre son corps nu, lui tenaient chaud. La mère louve avait posé la tête sur son ventre, tandis qu'un autre loup se pelotonnait contre son dos. Les yeux de la petite fille ne tardèrent pas à se fermer, et elle s'endormit profondément.

Bien qu'il eût le pied sûr, le poney avançait doucement, tant le chemin que lui avait fait prendre Castor Roux était escarpé. Sans cette voix entendue en rêve qui lui disait de grimper dans la montagne, le jeune garçon ne se serait jamais aventuré jusqu'à cet endroit sauvage.

Retrouver tout seul Etoile du Ciel et la petite Eau Vive serait un immense honneur pour un garçon de quatorze ans qui allait cet été participer au sacrifice de la Danse du Soleil. Ce rite initiatique le ferait entrer dans le monde des adultes et l'autoriserait à chevaucher avec les guerriers. Castor Roux savait que l'épreuve serait pénible, mais il était prêt à la subir avec bravoure, pour recevoir l'esprit de *Maheo*.

Pendant que Castor Roux gravissait la montagne, Archer Agile et ses amis concentraient leurs recherches plus bas. Ils devaient tous se regrouper le lendemain à midi, dans la Vallée Verte, pour faire le point de la situation et décider de la direction à prendre.

Archer Agile était d'autant plus malheureux de la disparition d'Etoile du Ciel et d'Eau Vive qu'il s'en sentait profondément responsable. Il se reprochait amèrement de leur avoir permis d'aller cueillir des baies. Lorsque les Crows avaient attaqué le camp, la plupart des hommes étaient partis chasser. Archer Agile avait fait son devoir : il avait protégé les femmes et les enfants du village, mais cela l'avait empêché de voler immédiatement au secours de sa propre famille. Lorsqu'il avait enfin pu le faire, c'était trop tard. Il n'avait trouvé que les paniers abandonnés et les fruits répandus sur le sol. Les terribles ennemis avaient laissé derrière eux un village meurtri, des tipis brûlés et les corps scalpés de quatre femmes.

Archer Agile avait encore perdu deux précieux jours à attendre le retour des chasseurs. Comble de malheur, entre-temps, une pluie torrentielle avait raviné le sol et effacé toutes les traces de pas. Maintenant, il ne pouvait plus compter que sur son instinct. La chasse à l'homme serait difficile, il le savait, mais l'idée d'abandonner sa femme et sa fille aux mains des redoutables Crows le révoltait. C'était un homme blessé, furieux et frustré qui recherchait les siens.

Castor Roux savait bien qu'Archer Agile avait soif de vengeance et il désirait ardemment l'aider. Un jour, lui aussi aurait une femme et des enfants, qu'il serait prêt à défendre de la même façon.

Le garçon s'arrêta dans une clairière et scruta attentivement le lointain, à la recherche d'un indice dans les forêts et les collines environnantes. En dépit de la légère brise qui soufflait de l'ouest, il faisait de plus en plus chaud. Castor Roux mit pied à terre et enleva sa chemise de daim qu'il jeta sur le dos du poney, offrant son torse nu aux rayons d'un soleil radieux. Bien qu'il n'osât l'avouer, il ressentait une fierté secrète de son corps musclé, conscient des regards furtifs que les jeunes filles lui lançaient depuis peu, de plus en plus fréquemment. Sa mère elle-même ne manquait jamais une occasion de vanter la force de son fils et ses prouesses à la chasse auprès des autres squaws. La nuit, il arrivait à l'adolescent d'imaginer qu'il partageait la couche d'une jeune fille. Mais aucune ne l'intéressait suffisamment pour qu'il envisageât d'avoir avec elle des relations sérieuses. Sa participation à la Danse du Soleil était une préoccupation autrement importante pour le moment !

Il se remit en selle et repartit, droit et fier. Le vent balayait en arrière sa magnifique chevelure d'ébène. Au bout d'un moment, il surprit un loup blanc à l'orée d'un bois marchant vers lui. Par réflexe, il ralentit son poney et posa la main sur son arc, prêt à tirer en cas d'attaque. Le poney, effrayé, fit un écart. Mais, de façon surprenante, l'animal sauvage s'arrêta, remua la queue et fit volte-face vers les bois. Puis il se retourna, comme pour signifier à Castor Roux de le suivre. Le jeune Cheyenne se demanda si cet animal n'était pas un envoyé de l'Esprit des Loups. Après tout, c'était une voix surnaturelle qui l'avait conduit ici. Il décida de se laisser guider et pénétra dans l'ombre fraîche de la forêt.

Eau Vive se frotta les yeux, s'étira et regarda autour d'elle en se demandant où elle se trouvait. Un rai de soleil oblique arrivant sur sa droite lui permit de se le rappeler. Puis, quelque chose d'humide et de chaud lui passa sur le ventre. Relevant la tête, elle se trouva nez à nez avec un louveteau, puis aperçut les autres loups à ses côtés. Tout cela était donc bien réel ! Son rêve s'était concrétisé.

Ses vêtements étaient encore humides, aussi renonça-t-elle à les enfiler. Elle sortit de la grotte et alla les étendre sur un rocher plat. Les nuages de la veille avaient disparu, et le soleil brillait généreusement dans un ciel d'un bleu si vif qu'il en paraissait presque irréel.

Le repaire des loups était creusé dans un aplomb rocheux qui surplombait la vallée, offrant au regard un paysage d'une beauté aussi magique que les moments qu'Eau Vive était en train de vivre, emplie de l'Esprit des Loups qui commanderait désormais à son destin.

Progressivement, la meute l'avait rejointe. Deux mâles vigoureux l'entouraient, comme s'ils montaient la garde. Les autres tournaient fébrilement autour d'elle ou, assis, attendaient calmement. Le vent faisait danser ses cheveux noirs et les rayons du soleil répandaient dans le ciel des teintes dorées, étrangement lumineuses. Tout se passait comme dans son rêve, à une exception près ; elle n'était pas encore femme. Elle se sentait cependant infiniment plus sage et plus forte que les enfants de son âge.

Le soleil la réchauffait délicieusement. Elle étendit les bras, les yeux fixés sur les cieux, puis, répondant à un appel irrésistible, elle entonna :

Ô Mère Terre ! Ô Esprit des Loups ! Ô grand Maheo !
Soyez bénis pour vos bienfaits. Je vous donne ma vie.

Elle espérait que les esprits accepteraient son chant. C'était la première fois qu'elle leur en adressait un. Seuls étaient autorisés à le faire ceux qui recevaient des visions d'En Haut.

Sa louange fut interrompue par deux louveteaux qui, inconscients du danger, s'amusaient à glisser dans le ravin. Elle se précipita pour rattraper de justesse les deux petits, encore retenus par d'épaisses broussailles. Entraînant à sa suite les loups de la meute, elle s'éloigna, jugeant plus prudent de mettre le cap vers un endroit plus sûr.

Plus bas, la pente devenait moins raide. Ses pas la menèrent dans une clairière où les herbes étaient presque aussi hautes qu'elle. Elle se laissa rouler sur le sol. Semblant également apprécier ce nouveau terrain de jeu, les louveteaux se mirent à gambader, bondissant autour d'elle, essayant de lui grimper dessus, mais glissant aussitôt avec maladresse. Après une demi-heure de chahut endiablé, Eau Vive s'assoupit, rapidement imitée par ses petits compagnons.

Cette fois, elle revit en songe le grand loup blanc qui s'adressait à elle. D'un regard, il lui commanda de dépouiller l'animal que l'ours avait tué. Sa fourrure ferait une cape dont elle se protégerait, ses pattes lui serviraient de remède magique. Puis le loup blanc disparut vers le ciel, aussi étrangement qu'il était apparu.

Castor Roux descendit lentement de son poney, qu'il attacha à un arbre. L'animal tira sur sa longe, roulant des yeux effrayés à la vue de l'imposante meute de loups rassemblés dans la clairière.

Peu rassuré, l'adolescent sortit discrètement son couteau du fourreau et avança à pas prudents. A sa grande surprise, les loups ne montrèrent aucune agressivité. Disposés en cercle, ils semblaient protéger quelque chose.

Avançant plus près, il aperçut au centre du cercle plusieurs louveteaux qui dormaient, entassés les uns sur les autres. Certains, commençant à s'agiter, éveillèrent rapidement tous les autres. La petite montagne de fourrure s'ébranla, et les louveteaux se dispersèrent joyeusement. C'est alors que Castor Roux comprit que ce n'était pas sur de la nourriture que veillaient les loups, mais sur une petite fille nue et endormie.

– Eau Vive ! s'exclama-t-il, ébahi.

3

Encore plongée dans un demi-sommeil, Eau Vive eut l'impression qu'un louveteau venait de poser sa patte sur son bras. Entrouvrant les yeux, il lui sembla apercevoir Castor Roux devant elle, puis entendre sa voix. Elle se serait rendormie aussitôt en pensant qu'elle rêvait si le jeune garçon ne l'avait secouée pour la ramener à la réalité.

Se levant d'un bond, elle se sentit soudain gênée d'être nue. Maintes fois, pourtant, elle avait joué ainsi avec les enfants du village, mais Castor Roux était le jeune homme qu'elle avait vu en rêve. Ce n'était pas un garçon comme les autres !

Elle recula d'un pas et s'accroupit. Son embarras devenait si vif que des larmes lui montèrent aux yeux. Elle ne comprenait pas. C'était comme si, en quelques heures, elle était passée de l'état de petite fille à celui de femme.

– Mes vêtements sont trempés, dit-elle pour se justifier.

Le trouble manifeste d'Eau Vive et les efforts désespérés qu'elle faisait pour cacher son corps d'enfant amusaient Castor Roux. Sur le point de se moquer d'elle, il se retint cependant, pensant avec raison que ses quolibets ne feraient qu'aggraver la situation. Il retourna vers son cheval pour prendre dans l'une de ses sacoches une chemise de coton blanc que son père avait échangée contre une peau de daim à Fort Bent, l'année précédente.

– Tiens, mets ça, dit-il en tendant le vêtement à Eau Vive.

L'enfant ne répondit pas, mais elle attrapa la chemise sans se faire prier, gratifiant Castor Roux d'un large sourire où s'exprimait tout son soulagement.

– Tu as faim ? lui demanda-t-il.

– Oui. J'ai mangé de la Plante de la Vie, mais ça ne tient pas au corps aussi bien que de la viande.

– Tu veux un coup de main ? proposa Castor Roux en la voyant se débattre avec la chemise.

– Je veux bien ! J'arrive pas à attacher ces trucs-là,

29

fit-elle en montrant les boutons. J'ai mal aux doigts ; j'ai été obligée de me les bander.

La chemise, qui lui arrivait aux pieds, donnait à Eau Vive un petit air comique.

– Ton père sera fier de toi quand il apprendra que tu t'es débrouillée seule pour survivre, dit Castor Roux en se baissant devant elle pour l'aider.

Croisant le regard de la petite fille, l'adolescent fut frappé par la sagesse et la gravité surprenantes qui s'y lisaient. Indéniablement, quelque chose avait changé en elle.

Eau Vive, en regardant son ami boutonner la chemise qu'il lui avait prêtée, éprouvait une espèce d'attirance étrange. Etait-ce simplement parce qu'il avait fait partie de son rêve prémonitoire ? Elle allait lui en parler mais, craignant qu'il ne se moque d'elle, elle renonça.

– Où est ta mère ? reprit-il, mal à l'aise de devoir poser cette question délicate.

– Je ne sais pas, répliqua la fillette, sentant de nouveau sa gorge se serrer à l'évocation du drame qu'elle avait vécu récemment. Les Crows l'ont emmenée.

– Ça fait combien de temps ?

– Il y a environ quatre lunes de cela. Les Crows ont disparu avec elle le lendemain du jour où ils nous ont capturées. J'ai essayé de la retrouver, mais je n'ai pas pu.

Eau Vive s'efforçait de retenir ses larmes ; pourtant, elle ne parvenait pas à dissimuler son chagrin, et le jeune garçon ressentait pour elle une peine immense.

– Ne t'en fais pas, tout s'arrangera. Demain, je dois retrouver ton père et les autres dans la Vallée Verte, à l'heure où le soleil est au plus haut.

Castor Roux posa sa main sur l'épaule de l'enfant, et ce simple geste lui apporta un réconfort auquel elle ne s'attendait pas. Elle reprenait confiance. Oui, Castor

Roux avait raison : on allait retrouver sa mère, et la vie reprendrait comme avant, dans l'insouciance et la liberté.

– Je dois aller récupérer mes vêtements que j'ai laissés là-haut, près du repaire des loups.

Castor Roux leva les yeux dans la direction qu'elle lui indiquait. Les loups, qui entouraient Eau Vive quand il était arrivé, étaient maintenant remontés et gardaient en effet l'entrée de ce qui ressemblait bien à une caverne creusée dans le roc.

– Ce n'est pas possible, c'est trop dangereux. Reste ici, ordonna-t-il en la retenant par le bras.

– Ne t'inquiète pas, ils ne me feront aucun mal. La nuit dernière, j'ai dormi dans leur tanière où j'étais venue m'abriter de l'orage. Je grelottais. Ils se sont serrés contre moi pour me tenir chaud.

– Tu veux dire... que tu as dormi avec les loups ? Qu'ils t'ont protégée ?

A cet instant, Castor Roux se souvint avec émotion du loup blanc qui l'avait guidé jusqu'à Eau Vive. Il libéra le bras de l'enfant mais, par mesure de sécurité, l'accompagna pour remonter vers la grotte. En la voyant venir, plusieurs animaux se levèrent. Prêt à défendre la fillette coûte que coûte, dût-il y laisser sa vie, Castor Roux sortit immédiatement son arme. Mais les loups se contentèrent de venir tourner autour d'Eau Vive, remuant amicalement la queue, certains même la gratifiant d'affectueux coups de langue.

Pendant qu'Eau Vive regroupait ses affaires, une louve qui tenait un petit dans sa gueule vint se placer juste devant elle. Levant la tête, elle la regarda avec des yeux suppliants, comme si elle lui tendait une offrande. L'enfant et la louve semblaient en communion parfaite.

– Elle me donne son louveteau pour qu'il me protège, dit Eau Vive, confirmant les soupçons du garçon.

Castor Roux avait du mal à croire au spectacle qui se déroulait devant lui. Les événements auxquels il assistait l'emplissaient d'un respect et d'une crainte que seul le sacré peut inspirer. Il se demanda si Eau Vive elle-même avait conscience de la portée de ce qui lui arrivait. Il la vit prendre le louveteau et le serrer contre elle.

– Il faut que j'aille chercher la peau et les pattes du loup mort, dit-elle. Tu veux bien m'aider ?

– Quel loup mort ? De quoi parles-tu ?

Elle lui raconta ce qui lui était apparu en songe.

– Tu as eu une vision ? s'étonna-t-il.

– Oui, l'Esprit des Loups s'est incarné dans le grand loup blanc et il m'a parlé, avoua-t-elle en rougissant, se demandant toujours si elle devait dire à Castor Roux qu'il était lui-même dans son rêve.

Le jeune garçon s'agenouilla devant elle.

– Te rends-tu compte de ce que tu es en train de vivre, Eau Vive ? L'Esprit des Loups t'a bénie. Tu as eu ce à quoi tous les Indiens aspirent, ce pour quoi ils offrent leur corps à *Maheo* pendant la Danse du Soleil : une vision !

– Tu es le seul à le savoir, précisa-t-elle, heureuse de voir qu'il n'avait pas douté de sa parole. Les loups me sont souvent apparus en rêve, mais je n'en ai jamais parlé à personne. Dis-moi la vérité, tu trouves ça normal, toi, d'avoir une vision sans avoir fait de sacrifice ?

Castor Roux marqua un temps d'étonnement devant la pertinence de cette question.

– Oui, et c'est un grand privilège qui t'a été accordé. Quand une vision se produit sans sacrifice préalable, elle n'en a que plus de prix. Prends garde aux jaloux !

– Et toi, tu es jaloux ?

Le garçon lui adressa un large sourire. Il rejeta en arrière ses cheveux bruns, que le vent ramenait sur son front.

– Au contraire ! rétorqua-t-il. Je me sens honoré d'être le premier à qui tu te sois confiée. On dit qu'il ne faut jamais raconter les visions que l'on a en songe, mais tu es si petite, Eau Vive, que l'Esprit des Loups n'a pas pu t'imposer le secret. Tu devrais même en parler à ton père et au grand prêtre. Ils pourraient te conseiller, j'en suis sûr. Maintenant, en route ! Allons chercher la dépouille du loup.

Castor Roux prit Eau Vive par la main et l'entraîna vers son poney resté à l'écart. Le loup blanc leur emboîta le pas.

– Qu'est-ce qu'il veut ? s'étonna Castor Roux. Il va effrayer mon cheval.

– L'Esprit des Loups est en lui. Ne t'inquiète pas, ton cheval n'aura pas peur. Il va nous guider jusqu'au loup mort.

Castor Roux n'eut guère de mal à hisser Eau Vive, légère comme une plume, sur son poney. Il sauta en selle derrière elle d'un mouvement vif.

– Allez, Esprit des Loups, montre-nous le chemin, dit-il en regardant le loup blanc.

Eau Vive se régalait de la bonne viande d'un lapin que Castor Roux avait réussi à tuer d'une seule flèche. Sans aucun doute, le jeune Cheyenne était déjà un chasseur émérite. Assis autour d'un bon feu de camp, ils se reposaient enfin des fatigues de la journée.

Ils avaient chevauché plusieurs heures, serrés sur le poney. Les bras de l'adolescent passés autour d'elle, Eau Vive se sentait à l'abri d'un rempart invincible. Avec lui, croyait-elle, rien de mauvais ne pouvait plus arriver. Et à aucun moment il ne s'était moqué d'elle.

Guidés par le loup blanc, ils avaient fini par trouver la victime du grizzli. Dès leur arrivée sur les lieux, Eau

Vive et Castor Roux avaient commencé par invoquer l'Esprit des Loups dans une prière. Eau Vive avait confié au jeune homme, admiratif, qu'elle avait déjà adressé aux esprits un chant de louange de sa composition.

Castor Roux s'était incliné vers le loup, lui avait coupé les pattes, qu'Eau Vive avait rangées dans son petit sac, et l'avait dépecé. Puis, il avait gratté la peau à l'aide de son couteau de chasse, était allé la laver au ruisseau et l'avait étendue à plat, maintenue par des piquets plantés dans le sol, pour la faire sécher au soleil.

La nuit était tombée maintenant. Les lueurs dorées des flammes illuminaient leur visage.

– Tu en as de la chance d'avoir eu une vision, Eau Vive ! Moi aussi, j'aimerais être intime avec l'esprit d'un animal, soupira Castor Roux d'une voix pleine de regret, après un long moment de silence.

Eau Vive sentit qu'il était temps de confesser la vérité.

– Je dois te confier quelque chose... j'ai eu une vision à ton sujet, dit-elle, dans l'espoir que cet aveu atténuerait la tristesse de son ami.

Castor Roux fronça les sourcils.

– Raconte-moi, je t'en prie.

N'allait-il pas juger inconvenant qu'une enfant de son âge vît un homme dans ses rêves ? Eau Vive hésita un peu, mais elle en avait déjà trop dit. Pour se donner une contenance, elle se mit à caresser le petit loup qu'elle avait emporté.

– J'ai fait plusieurs fois le même songe. Je me suis vue femme, debout au sommet d'une montagne. Autour de moi, une meute de loups me protégeait. Derrière moi, un soleil éblouissant nimbait d'or un nuage. Jusqu'à présent, je ne comprenais pas ; j'ignorais que l'Esprit des Loups était avec moi. J'ai failli tout raconter à

Douce Grand-Mère, mais j'ai eu peur qu'elle ne rie de moi. Et...

Eau Vive s'interrompit. On n'entendait plus que le chuchotement du vent dans les pins. Devinant les inquiétudes de la fillette, Castor Roux l'encouragea d'une voix douce :

– Continue, voyons ! Me suis-je déjà moqué de toi ?

– La dernière fois que j'ai eu une vision, tu te tenais là, à mes côtés. Toi aussi, tu étais adulte. Je ne peux pas t'en dire plus, car je n'ai pas encore la clé de cette révélation. Un jour, peut-être comprendrai-je ce que cela veut dire.

Le mutisme de Castor Roux ne fit que renforcer l'embarras d'Eau Vive. Son ami était-il dubitatif ou fâché ? Il se leva et changea brusquement de conversation.

– Viens, je vais te préparer un endroit pour dormir, dit-il.

Si elle l'avait pu, Eau Vive serait rentrée sous terre, tant elle avait honte. Elle avait probablement offensé Castor Roux. Faire partie du songe d'une enfant de six ans n'avait rien de glorieux pour un grand garçon de quatorze ans ! Sans oser lever les yeux vers Castor Roux, elle se glissa sous la couverture qu'il avait étendue sur le sol et se pelotonna contre son louveteau.

Lorsqu'elle entendit au loin le chant des loups, son cœur se serra. Si elle avait perdu l'amitié et la confiance de Castor Roux, au moins, eux l'aimaient encore. Pendant de longues minutes, elle ne réussit pas à trouver le sommeil. Soudain, la voix de l'adolescent la fit sursauter.

– Tu possèdes vraiment un grand pouvoir, Eau Vive. Tu as été choisie par l'Esprit des Loups. Je sais que tout ce que tu m'as raconté est véridique. Tu penses peut-être que je suis en colère parce que je me tais, mais je suis simplement impressionné. Et puis, tu sais, faire partie des visions de quelqu'un est difficile à vivre. Sans t'en rendre compte, c'est un grand fardeau que tu m'as mis sur les épaules. Je vais prier pour que *Maheo* m'aide à le supporter. Nous parlerons au grand prêtre de tes rêves. En attendant, cela reste notre secret. Allez, dors bien ; nous avons de la route à faire demain.

Castor Roux poussa un profond soupir, et le silence retomba. Les dernières braises faisaient encore crépiter quelques étincelles et monter des flammèches qui mouraient aussitôt.

Eau Vive regarda les étoiles avant de s'endormir, mais il lui sembla pour la première fois qu'au plus haut des cieux, quelque chose avait changé.

Le lendemain, Eau Vive et Castor Roux se remirent en route, accompagnés du loup blanc. Le paysage, d'une beauté grandiose, changeait à chaque détour de la piste. Des sommets aigus, quelquefois enneigés, enserraient de leur splendeur des lacs aux eaux cristallines. Sur les pentes caillouteuses s'accrochaient des yuccas, des ancolies bleues, blanches ou roses, et toutes sortes de fleurs sauvages, en une indescriptible symphonie de couleurs. Ils croisèrent un troupeau d'élans, mais Castor Roux les laissa passer sans tenter d'en tuer un. Il importait surtout d'être à l'heure pour retrouver Archer Agile et les autres guerriers à l'endroit convenu.

Comme Eau Vive s'étonnait de la facilité avec laquelle Castor Roux se dirigeait dans ces lieux, il lui expliqua qu'il était déjà venu chasser par ici avec son oncle, les deux étés précédents.

— Après que nous aurons rejoint ton père dans la Vallée Verte, nous n'aurons pas le temps de te ramener au campement. Tu devras venir avec nous jusqu'au village des Crows pour chercher ta mère.

– Avec mon père et avec toi, je n'aurai pas peur, déclara la fillette.

Ces paroles flattèrent l'orgueil de Castor Roux, mais il se garda bien de l'avouer. Aux environs de midi, il arrêta enfin son poney au sommet d'une montagne.

– Nous y sommes ! annonça-t-il. Regarde là-bas, ce sont les nôtres.

Eau Vive baissa les yeux dans la direction qu'il lui indiquait du doigt. Du fond d'une large vallée herbeuse s'élevait la fumée grise d'un feu de camp.

Castor Roux fit retentir un joyeux cri de victoire qui résonna jusqu'en bas. Il lança son cheval dans la pente, tandis qu'au même moment, un homme galopait à leur rencontre.

Quelques minutes plus tard, Archer Agile serrait sa fille sur son cœur. Puis, tournant vers Castor Roux un regard brillant de larmes, il dit :

– Je te paierai en bons et solides chevaux pour ce que tu as fait.

– Tu ne me dois rien, Archer Agile. Ma plus belle récompense, c'est la joie que je lis dans tes yeux.

Après avoir surmonté son émotion, Archer Agile avait rejoint les autres, en compagnie de Castor Roux et d'Eau Vive. Sans perdre de temps, ils s'étaient tous remis en route sur les pas du loup blanc.

L'aventure qu'Eau Vive avait vécue impressionnait terriblement les guerriers. En apprenant que le grand loup blanc avait permis à Castor Roux de retrouver la fillette, puis qu'il avait guidé les enfants jusqu'au loup mort, les hommes ne doutaient plus qu'Eau Vive fût bénie par l'Esprit des Loups. Les pattes que possédait la petite devaient avoir un pouvoir réellement extraordinaire. Maintenant, toute crainte avait disparu de leur cœur. C'était certain, les esprits accompagnaient les Cheyennes. Ils sortiraient victorieux de leur combat contre les Crows.

Ils marchèrent toute la nuit, et encore une longue journée. Ils remontèrent vers les sommets, dépassèrent la montagne sacrée, et finirent par bivouaquer dans le pays des rochers ocre et des sources bouillonnantes. Le lendemain, ils se remirent en route dès l'aube, guidés par le loup blanc à travers une épaisse forêt, prenant la direction du nord. Le soleil commençait maintenant à décliner.

L'émotion leur étreignit le cœur quand, depuis la crête d'une colline boisée, ils aperçurent dans la vallée les ombres d'une douzaine de tipis disposés en cercle et la fumée de plusieurs feux déroulant paresseusement ses volutes. Ils ralentirent leurs chevaux.

– Les Crows ! s'exclama Archer Agile. Voyez où nous a guidés le loup. Il a sûrement des pouvoirs surnaturels.

– Crois-tu que c'est ici qu'ils cachent Etoile du Ciel ? lui demanda Deux Lunes.

Archer Agile arborait une mine sereine.

– Bien sûr ! Sinon, pourquoi le loup nous aurait-il amenés à cet endroit ? Nous allons retrouver Etoile du Ciel et voler les chevaux de ces traîtres. N'oubliez pas que l'Esprit des Loups est de notre côté.

Convaincus de leur supériorité et de la protection des esprits, les hommes, prêts à l'attaque, bandaient leurs muscles. Comme cela se pratiquait habituellement, ils s'étaient mis torse nu, de sorte qu'en cas de blessure, rien ne risquât d'infecter leurs plaies. Leur visage, leurs bras et leur poitrine étaient décorés de peintures de guerre, et la soif de vengeance allumait leur regard.

– Les squaws kidnappées par les Crows sont toujours condamnées aux travaux les plus durs, poursuivit Archer Agile. Il y a tout à parier qu'Etoile du Ciel est avec ces femmes qui, là-bas, sont en train de ramasser du bois. Ecoutez-moi ! Je vais m'approcher. Si elle est bien là, je m'arrangerai pour me faire reconnaître sans être vu. Je lui ferai comprendre qu'elle doit trouver le moyen de remonter jusqu'ici. Dès qu'elle se sera suffisamment éloignée, je pousserai un cri de guerre et vous foncerez tous à l'attaque du village avec moi. Tenez vos chevaux prêts ! Toi, Castor Roux, je te charge de veiller sur Etoile du Ciel et sur Eau Vive jusqu'à notre retour. Croyez-moi, nous allons leur faire regretter ce qu'ils nous ont fait !

A ces mots, Archer Agile glissa son tomahawk dans sa ceinture et commença à descendre sans bruit vers le village.

Cheval Blanc, un jeune guerrier, jeta un regard jaloux à Castor Roux.

– Tu as peut-être retrouvé Eau Vive, ricana-t-il, mais Archer Agile ne te juge pas digne de faire couler le sang des Crows avec les guerriers !

Castor Roux, blessé, rétorqua fièrement :

– Il m'a confié la mission tout aussi importante de veiller sur sa femme et sur sa fille.

Cheval Blanc se contenta de toiser son rival avec impudence. Eau Vive ne s'était jamais préoccupée de savoir si la réputation d'arrogance de Cheval Blanc était justifiée. Maintenant qu'il attaquait directement son ami, il était de son devoir de prendre sa défense.

– Castor Roux a eu l'intelligence de suivre le loup blanc. C'est la preuve d'une grande sagesse, dit-elle.

Cheval Blanc se renfrogna et s'écarta. En guise de remerciement, Castor Roux adressa un large sourire à Eau Vive, mais la scène qui se déroulait plus bas leur fit vite oublier cet incident. Une femme avait quitté ses compagnes et semblait remonter la colline.

– C'est elle ! Etoile du Ciel ! s'émerveilla Castor Roux.

– Elle vient vers nous. Tenez-vous prêts à répondre à l'appel d'Archer Agile ! ordonna Deux Lunes aux guerriers, qui bondirent en selle sur-le-champ.

Les hommes attendirent en retenant leur respiration. Les chevaux, énervés, sentaient qu'une action se préparait et piaffaient d'impatience. Les minutes suivantes semblèrent des heures puis, soudain, un cri perçant déchira l'air.

– Allons-y, rugit Pied Rouge. *Hopo, hopo !*

En l'espace de quelques secondes, la montagne résonna de hurlements guerriers. Pendant de longs instants, Eau Vive eut le sentiment que le temps avait arrêté sa course, jusqu'à ce que, enfin, elle vît sa mère venir vers elle.

– *Na-hko-eehe !*

Etoile du Ciel se mit à courir. Elle avait eu si peur de ne jamais revoir sa petite fille !

– *Na-htona* (mon enfant) ! s'exclama-t-elle, en pleurs.

Au milieu du campement, un grand feu avait été allumé pour célébrer le retour glorieux des guerriers. Des chants de joie, rythmés par le battement cadencé du tambour, résonnaient très loin à la ronde, dans les vastes plaines. L'heure était aux réjouissances : non seulement on avait retrouvé Eau Vive et Etoile du Ciel, mais les hommes avaient réussi à s'emparer d'une bonne partie des chevaux de l'ennemi.

Même si plusieurs Cheyennes avaient été blessés, dont Archer Agile qui avait eu la cuisse transpercée par une flèche, les guerriers avaient remporté une belle victoire. Aucun mort n'était à déplorer dans leurs rangs. En revanche, les Crows avaient perdu quatre de leurs meilleurs combattants et les survivants étaient en piteux état.

En dépit des épreuves qu'elle avait subies, Etoile du Ciel avait retrouvé le sourire. Assise par terre, elle regardait les hommes danser autour du feu. La plupart étaient déjà en transe. Quelques squaws, venues se joindre à la danse, poussaient des cris à la gloire des guerriers. Archer Agile n'était pas le moins fier d'entre eux. Il avait réussi à rapporter le scalp de l'homme qui avait kidnappé Etoile du Ciel, et tout le village savait maintenant qu'il était le père d'une enfant bénie.

Après avoir maintes fois raconté son aventure merveilleuse, que chacun voulait entendre, Eau Vive, fatiguée, avait fini par s'assoupir dans les bras de sa mère, bercée par le rythme obsédant de la musique. Elle serrait contre elle son louveteau, que tous considéraient avec respect comme son protecteur.

La dernière image que l'enfant avait emportée dans le sommeil était celle de Castor Roux, le visage maquillé, en train de danser en brandissant son arc et son tomahawk. Une espèce de bravoure sauvage se lisait dans ses yeux noirs que les flammes faisaient pétiller. Sa longue chevelure brune, qui lui descendait presque jusqu'à la taille, s'envolait à chaque pas.

Eau Vive ne tarda pas à rêver. Elle se vit en songe au bord d'une rivière. A quelques mètres d'elle, le loup blanc l'appelait. Mais sur l'autre rive, un homme, dont elle ignorait l'identité, lui demandait aussi de venir vers lui. Ces appels l'oppressaient ; sa gorge se nouait ; elle étouffait... Le choix était trop douloureux. La disparition de l'homme mit un terme à ce dilemme. Finalement, la fillette suivit le loup, qui la mena au sommet d'une butte. Dans la vallée, elle aperçut un rassemblement de Visages pâles. L'animal lui ordonna alors d'aller trouver ces *Ve-ho-e*, lui affirmant qu'elle agissait pour le bien des Cheyennes. Quelle horrible mission ! Ces gens étranges l'avaient toujours effrayée.

D'un coup de langue sur le visage, le louveteau sortit Eau Vive de son affreux cauchemar. La musique avait cessé, tout le village dormait. Quelqu'un l'avait ramenée dans son tipi sans qu'elle s'en aperçût.

L'inquiétude et l'émotion faisaient palpiter le cœur de la petite Indienne. Etre appelée par le grand prêtre était à la fois un honneur et une expérience redoutable pour une jeune enfant. Dans quelques instants, elle se trouverait face à l'homme qui avait le don d'interpréter les rêves.

Archer Agile conduisit sa fille jusqu'au tipi de Bison Noir. Il fit tinter les os de bison qui pendaient à l'entrée pour avertir de sa présence et attendit que la femme du prêtre vînt soulever la peau qui fermait l'entrée de la tente.

En pénétrant dans ce lieu sacré, Eau Vive crut que ses jambes allaient céder. Elle serrait son petit sac d'une main et, de l'autre, se cramponnait au bras de son père. Pour la première fois, elle avait revêtu sa peau de loup, qu'elle avait simplement enroulée autour de sa taille. Le louveteau, qui ne la quittait jamais, trottinait à ses côtés.

Le grand prêtre lui demanda de venir s'asseoir près de lui, sur une couverture blanche repliée sur le sol devant le feu sacré qui brûlait au centre du tipi. Archer Agile mena l'enfant à l'endroit indiqué, puis alla lui-même s'asseoir près de l'entrée pour attendre la fin de l'entretien.

De près, Bison Noir paraissait encore plus intimidant. Si son imposante stature inspirait le respect, c'était surtout son regard vif et pénétrant qui impressionnait, dans un visage terriblement raviné par l'âge et le soleil, qui restait au contraire d'une impassibilité surprenante. Une longue tunique en peau de bison lui descendait jusqu'aux pieds. Pour l'occasion, il s'était paré de ses ornements de cérémonie. Son front était ceint de plumes d'aigle et, autour du cou, il portait une petite chouette de prairie empaillée. Il avait également orné ses poignets et ses chevilles de plumes plus petites et peint son visage en bleu et blanc.

– La nuit dernière, commença-t-il, j'ai prié, j'ai imploré l'Esprit des Loups. Il m'a chargé de te dire que tu devais me remettre les pattes de loup. Tu es trop jeune pour garder des fétiches aussi sacrés. Donne !

A ces mots, il se pencha et tendit la main pour indiquer à Eau Vive qu'elle devait s'exécuter. A cet instant, l'enfant ne put s'empêcher de penser que le grand prêtre était aussi effrayant que le grizzli qu'elle avait rencontré, mais elle refoula vite cette comparaison honteuse. Son cœur battait la chamade, et la sueur lui coulait dans le dos. Jamais un Cheyenne n'osait défier le grand prêtre. Pourquoi alors ne parvenait-elle pas à obéir ? L'Esprit des Loups lui avait bien recommandé de garder précieusement les pattes aux pouvoirs magiques, comment aurait-elle pu les confier à quelqu'un d'autre ?

– Donne-moi les pattes du loup, répéta Bison Noir d'une voix plus sévère.

Eau Vive serrait jalousement son sac, s'efforçant de ne pas montrer sa terreur. Elle aurait voulu appeler son père à son secours, mais elle savait bien qu'Archer Agile n'interviendrait pas.

– Non, finit-elle par dire d'un ton déterminé.

D'où lui était venue la force d'être si péremptoire ? Elle avait le sentiment troublant que quelqu'un d'autre avait parlé par sa bouche.

Bison Noir se redressa, comme sous l'effet d'un choc, secoua la tête et laissa échapper un cri terrible. Eau

Vive se sentit frissonner de la tête aux pieds. Elle essuya une larme. Puis, contre toute attente, un léger sourire se dessina sur les lèvres du grand prêtre. Il posa la main sur le front de la fillette et déclara :

— Tu es vraiment une enfant bénie. Il t'a fallu un grand courage pour désobéir au prêtre. Ne pleure plus, petite ! L'Esprit des Loups m'avait demandé de t'éprouver de la sorte pour voir si tu étais digne de ta mission. Tu as défendu les pattes du loup avec courage et honneur. (Bison Noir avança la main au-dessus du feu et ramena la fumée sacrée sur Eau Vive.) Les pattes du loup ont de grands pouvoirs de protection. Quand tu auras une autre révélation, tu devras m'en parler. Je t'aiderai à la comprendre, car elle te servira à guider notre peuple. A partir de maintenant, on t'appellera Louve Bienfaisante.

Eau Vive fit un signe d'assentiment, espérant qu'elle s'habituerait vite à répondre à un autre nom que celui qui lui avait été donné à la naissance.

— Au cours de la Danse du Soleil, poursuivit Bison Noir, tu deviendras guerrière. Nos hommes les plus braves, les Chiens-Soldats, t'adopteront comme leur princesse. Tous ceux que tu toucheras avec une patte de loup seront comblés de bienfaits. Quand tu seras grande et que tu voudras te marier, l'homme qui voudra t'épouser devra te mériter. Ce sera un Chien-Soldat qui aura courageusement enduré le sacrifice de la Danse du Soleil. Pour preuve de sa bravoure, il devra offrir à ton père au moins quinze chevaux provenant de prises de guerre, de la nourriture pour tout un hiver, quatre tuniques en peau de bison, le scalp d'un Crow, une plume d'aigle et un bouclier pris à l'ennemi. Enfin, il devra avoir mon consentement et celui de ton père. Tu as bien compris tout cela ?

Eau Vive fit de nouveau un signe de tête.

– Oui ! chuchota-t-elle, n'osant avouer qu'elle avait déjà oublié la moitié des choses que Bison Noir venait d'énumérer.

– Les pattes du loup seront toujours tiennes. Néanmoins, tu pourras en offrir une à un guerrier, à la condition que cet homme soit apparu dans un de tes rêves sacrés. Mais gare aux jalousies que cela pourrait éveiller, car cette patte conférera puissance, succès et prospérité à celui qui l'aura reçue de tes mains. Souviens-toi de ce que je t'ai dit, Louve Bienfaisante ! Parce que tu es l'élue de l'Esprit des Loups, une grande responsabilité repose sur toi.

Eau Vive songea qu'elle devait informer Bison Noir de la dernière vision qui l'avait tant troublée. Elle lui raconta d'abord comment elle s'était sentie obligée de choisir entre le loup et un homme qu'elle n'avait pas reconnu et les sentiments pénibles, presque douloureux, que ce dilemme avait éveillés en elle. Puis elle rapporta la mission qu'elle avait reçue de se rendre chez les *Ve-ho-e*.

Bison Noir se mit à observer longuement le feu sacré. Ensuite, il demanda à Archer Agile de sortir. Dès que le prêtre se trouva seul avec Eau Vive, il prit quelques herbes qu'il jeta dans le feu. Aussitôt, une fumée âcre envahit le tipi. Il inspira profondément, les paupières closes, puis reprit la parole :

– Je sais déjà tout cela car je l'ai vu en songe. Un jour, tu devras choisir entre l'amour et l'Esprit des Loups. Ton cœur saignera, mais tu devras être brave, petite. Comprends-tu bien ?

Eau Vive se sentait oppressée par une terrible envie de pleurer. Pourquoi était-ce à elle que tout cela était arrivé ? Elle ne voulait rien d'autre qu'être une petite fille comme les autres.

– Je comprends, répondit-elle d'une petite voix frêle.

– La seconde partie de ton rêve est très importante, continua le grand prêtre. Tu devras aller vivre chez les *Ve-ho-e* pour apprendre à bien les connaître et mieux les combattre le jour venu. Pour l'instant, les Visages pâles sont peu nombreux, mais les esprits m'ont averti qu'ils viendraient en masse et qu'ils seraient très dangereux.

A cette annonce, l'enfant se sentit encore plus accablée. Les *Ve-ho-e* lui faisaient si peur.

– Je... je... ne veux pas ! susurra-t-elle.

Une flamme triste passa dans le regard du prêtre.

– Je le sais bien, soupira-t-il d'un air résigné, mais tu devras être très courageuse et suivre les révélations qui te seront faites. J'ignore quand tout cela se produira, mais il ne faudra ni pleurer ni refuser de partir. Va, maintenant, et sois sans crainte ! Ce soir, au conseil des Chiens-Soldats, je déclarerai que tu t'appelles désormais Louve Bienfaisante, et j'annoncerai le prix que devra payer l'homme qui voudra t'épouser. Au conseil suivant, tu seras invitée à te joindre aux Chiens-Soldats et ils t'accueilleront comme leur princesse. Si tu le souhaites, tu pourras les bénir avec une patte de loup. Pense à ce que je t'ai révélé et tiens-toi prête pour le jour où l'Esprit des Loups t'appellera. J'ai dit !

Eau Vive prit le louveteau dans ses bras et se leva. Elle contourna Bison Noir, se souvenant que les esprits n'aimaient pas que l'on passât entre le grand prêtre et le feu, puis elle sortit du tipi.

Lorsqu'elle se retrouva dehors en pleine lumière, elle eut l'impression qu'elle se réveillait après un cauchemar. Les regards curieux qui s'attardaient sur elle achevèrent de l'attrister. Jamais elle ne serait à la hauteur de ce que l'Esprit des Loups attendait d'elle !

DEUXIÈME PARTIE

LA RENCONTRE DE DEUX MONDES

4

1849

Louve Bienfaisante coucha sa petite poupée dans le berceau que sa grand-mère lui avait fabriqué avec des branches de cèdre et une pièce de daim qu'Archer Agile lui avait donnée. Etoile du Ciel attacha ensuite le berceau dans le dos de l'enfant, comme s'il s'agissait d'un vrai bébé. Louve Bienfaisante avait atteint son neuvième été et il était grand temps qu'elle apprît ces choses que toute bonne squaw devait connaître, à commencer par la façon dont les mères portaient leurs tout-petits.

A vrai dire, son apprentissage avait débuté depuis quelques années. Par exemple, elle savait déjà coudre les peaux pour en faire des mocassins. Elle avait elle-même confectionné ceux qu'elle portait aujourd'hui pour la première fois et y avait ajouté un raffinement supplémentaire en les ornant de jolies perles multicolores. Mais rien n'était trop beau pour ce grand jour où, en compagnie de son amie, Lune d'Eté, elle allait apprendre à construire un tipi.

C'était encore le temps de l'insouciance et de la bonne humeur, même si, plus que les autres petites

Indiennes, Louve Bienfaisante était frappée par la gravité des conversations des adultes. Elle avait remarqué l'air soucieux que prenaient ses parents lorsque, autour d'un feu, ils évoquaient les marques de mépris que les Blancs témoignaient aux Cheyennes. Ces discussions lui rappelaient la prédiction angoissante qu'un jour elle devrait s'en aller vivre chez les *Ve-ho-e*. Pourtant, depuis trois longs étés où rien ne s'était passé, elle se prenait parfois à espérer que l'Esprit des Loups avait pour elle d'autres desseins. Depuis l'époque de son étrange expérience, elle conservait néanmoins précieusement les pattes de loup dans son petit sac.

Son louveteau, qui avait bien grandi, était devenu un superbe loup blanc qui ne la quittait pas d'une semelle.

Castor Roux avait changé de nom après avoir eu une vision ; il s'appelait désormais Patte d'Ours. C'était maintenant un beau jeune homme de dix-sept ans qui avait été admis chez les Chiens-Soldats après sa participation à la Danse du Soleil. Louve Bienfaisante n'oublierait jamais le courage dont il avait fait preuve pendant le sacrifice. Des heures durant, sous les rayons brûlants, il avait supporté sans mot dire des aiguilles plantées dans le corps. Il avait jeûné et prié pendant des jours, pour que *Maheo* accorde longue vie et prospérité au peuple cheyenne. Récompense suprême, *Maheo* lui avait permis d'approcher en songe le grand ours sacré, dont il avait pris aussitôt le nom. Mais personne, mis à part le grand prêtre, n'était au courant de ce qu'il avait vu exactement.

Louve Bienfaisante se demandait souvent si Patte d'Ours se souvenait qu'il avait fait partie d'une de ses visions. Avait-il remarqué combien elle était nerveuse chaque fois qu'il venait, avec son père et son oncle, partager le repas d'Archer Agile sous son tipi ?

Depuis trois ans, Louve Bienfaisante et Patte d'Ours

n'avaient échangé que des banalités, comme celles qu'un jeune homme adresse ordinairement à une petite fille. Au conseil des Chiens-Soldats, c'était un peu différent ; néanmoins, Patte d'Ours ne lui montrait ni plus ni moins de respect que les autres guerriers envers leur princesse.

Beauté Radieuse regarda avec une pointe d'envie sa sœur et Lune d'Eté s'éloigner du camp pour aller bâtir leur premier tipi. Elle n'était pas encore assez grande pour avoir le droit de les accompagner, mais elle savait qu'un jour son tour viendrait.

Les enfants emmenaient le poney d'Archer Agile pour transporter les peaux et les piquets nécessaires à la construction. A leurs côtés marchait Douce Grand-Mère. Etoile du Ciel avait chargé sa mère d'instruire les petites filles, sachant que cette responsabilité lui procurerait une grande joie. En effet, la vieille femme, dont les forces déclinaient, se lamentait souvent de ne plus pouvoir se rendre aussi utile qu'autrefois.

Aujourd'hui, Louve Bienfaisante se sentait si heureuse qu'elle avait décidé de chasser de son esprit toutes les idées mauvaises. Pourquoi penser aux soldats blancs qui pénétraient sur les terres des Indiens puisque les Cheyennes circulaient toujours aussi librement[1] ? Du nord au sud, au pied des magnifiques Rocheuses, les plaines s'étendaient à l'infini. Se pouvait-il que les déplacements des Indiens fussent un jour entravés ? Dans une telle immensité, Louve Bienfaisante se disait qu'il y avait bien de la place pour tout le monde. Certains racontaient que les *Ve-ho-e* tuaient trop de bisons, mais elle n'était pas sûre que ce fût vrai, les siens avaient toujours le ventre plein, et les hommes rappor-

---

1. Louve Bienfaisante ignorait que, depuis 1826, tous les Indiens étaient déjà refoulés sur la rive droite du Mississippi.

taient de la chasse suffisamment de viande et de peaux pour nourrir et vêtir la tribu tout entière. La fillette avait aussi entendu dire que les Blancs fournissaient aux Indiens un breuvage magique. Ceux qui avaient bu de cette « eau-de-feu » assuraient qu'ils se sentaient plus forts, plus braves et que, parfois, ils avaient des visions. Son pouvoir était si puissant que certains hommes avaient même du mal à se lever le lendemain. Naïvement, Louve Bienfaisante imaginait que les *Ve-ho-e* n'étaient animés que par une grande générosité. Après tout, ils n'étaient sûrement pas si méchants que l'affirmaient certains oiseaux de mauvais augure.

Elle aimait particulièrement Fitzpatrick, cet éclaireur blanc que les Indiens appelaient Main Cassée. Lui aussi était gentil puisqu'il enseignait aux Indiens l'art de faire du commerce avec les Blancs. Chaque fois que les Cheyennes redescendaient vers le sud, ils s'arrêtaient à Fort Bent pour troquer des peaux de bison contre de jolies perles, du tabac, des étoffes colorées, et même de drôles de miroirs magiques devant lesquels Louve Bienfaisante aimait jouer à faire toutes sortes de grimaces. En fait, depuis que les siens côtoyaient les Visages pâles plus régulièrement, elle avait moins peur d'eux. Bien sûr, la dernière fois, son père avait quitté Fort Bent la mine sombre, en déclarant que les *Ve-ho-e* avaient injustement accusé les Cheyennes de méfaits qu'ils n'avaient pas commis. Mais Louve Bienfaisante espérait qu'il ne s'agissait que d'une querelle passagère et sans gravité, comme il en éclate parfois entre amis.

En quelques minutes, Douce Grand-Mère et les enfants atteignirent un grand pré à l'herbe rase. Quelques autres filles, déjà arrivées sur place, étaient occupées à déballer leur matériel, au milieu des cris de joie et des rires. Louve Bienfaisante posa par terre le berceau de sa poupée et commença à décharger le poney, avec l'aide de Lune d'Eté. Son jeune loup s'était assis à ses côtés, aussi docile qu'un animal familier.

Les piquets destinés à soutenir le tipi provenaient de jeunes arbres que les deux filles avaient elles-mêmes abattus à la hachette des semaines plus tôt, quand les Cheyennes, montant vers le nord, avaient fait halte près de la rivière Arkansas. Douce Grand-Mère leur avait montré les arbres susceptibles de fournir l'armature la plus solide.

La première tentative de construction fut un peu difficile, surtout lorsqu'il s'agit de choisir le bon angle pour attacher les pieux. En pouffant de rire, Louve Bienfaisante et Lune d'Eté parvinrent tout de même à mettre le tipi debout.

– Quand vous vous serez bien entraînées, cela vous paraîtra très facile, dit Douce Grand-Mère. Quand l'ennemi attaque, il faut être capable de démonter son tipi en un rien de temps. Si vous n'êtes pas assez rapides, tout à l'heure, les garçons vous « tueront » !

Les deux filles éclatèrent de rire à l'idée que la journée se terminerait par des jeux de guerre avec les garçons de la tribu.

De ses mains noueuses et décharnées, la vieille femme s'efforçait de refaire pour sa petite-fille des gestes qu'elle avait accomplis des centaines de fois au cours de sa vie. Louve Bienfaisante aurait aimé avoir le don de rendre sa grand-mère éternelle. Elle avait encore tant à apprendre d'elle ! Cet été, Douce Grand-Mère devait lui enseigner la technique pour préparer les peaux de bison. C'était une tâche longue et fastidieuse, à laquelle Louve Bienfaisante avait souvent assisté sans jamais s'y essayer. Il fallait d'abord tremper les peaux pour les amollir, enlever toutes les chairs qui y restaient accrochées, les laver deux ou trois fois avec une substance tirée du yucca et, enfin, les faire sécher en plein air. Alors seulement on pouvait retirer les poils qui servaient à bourrer les coussins et les selles, et décorer la face intérieure de jolies peintures. Préparer les peaux nécessaires à la confection d'un tipi de bonne taille demandait plusieurs semaines.

Dans la prairie, l'agitation battait son plein. L'écho des éclats de rire se propageait jusqu'au campement, pourtant distant de quelques portées de flèches. Là-bas, les hommes, de retour de la chasse, se reposaient en fumant tranquillement leur pipe. En fin de journée, avec tout le village, ils viendraient admirer leurs tipis.

Pendant plusieurs heures, Louve Bienfaisante et Lune d'Eté, patientes et appliquées, montèrent et démontèrent le tipi, jusqu'à ce que le soleil, disparaissant derrière les hauts sommets, finît par laisser derrière lui un ciel enflammé. Louve Bienfaisante repensait souvent à ces montagnes où elle avait passé plusieurs jours dans la plus complète solitude. Depuis son enlèvement, Archer Agile et les autres guerriers avaient réalisé plusieurs raids victorieux contre les Crows et les Shoshones. A chaque combat, Patte d'Ours avait réussi à dérober quelques chevaux. Sa vaillance faisait l'admiration de tous, à l'exception de Cheval Blanc qui conservait envers lui une jalousie inextinguible. La prochaine attaque lancerait probablement les Cheyennes contre les Pawnees, qui leur avaient volé leurs flèches sacrées. Cheval Blanc espérait bien à cette occasion pouvoir surpasser son rival.

Pour la énième fois, Louve Bienfaisante et son amie terminaient le montage de leur tipi. Elles reculèrent de quelques pas pour mieux admirer leur œuvre sur les pieux solidement plantés dans le sol, les peaux tendues ne faisaient pas un pli ; la doublure – destinée à garder la chaleur, à protéger de la pluie, mais surtout, à dissimuler les ombres aux yeux des ennemis – était bien en place.

– Voilà du bon travail, apprécia Douce Grand-Mère.

Louve Bienfaisante et Lune d'Eté avaient du mal à dissimuler leur fierté.

– Merci de nous avoir aidées, dirent en chœur les fillettes.

– La semaine prochaine, je vous apprendrai à fabriquer un petit sac à dos pour ranger vos aiguilles d'os, vos outils, un peu de savon, un miroir et quelques... Oh !...

Douce Grand-Mère s'interrompit, et l'expression de son visage s'assombrit subitement.

– Qu'y a-t-il ? demanda Louve Bienfaisante, déjà inquiète.

– Regardez, l'ennemi attaque ! dit la vieille femme, affichant une terreur feinte et pointant son petit doigt maigre vers un groupe de garçonnets âgés de quatre à douze ans.

Les gamins chevauchaient des branches en guise de chevaux et brandissaient des bâtons comme des tomahawks. Les plus âgés d'entre eux portaient les arcs et les flèches qu'ils utilisaient à la chasse, mais, bien entendu, il leur était formellement interdit de s'en servir aujourd'hui. A distance, suivaient les autres enfants du village et les parents. Louve Bienfaisante aperçut son père et sa mère, accompagnés de Beauté Radieuse et d'Eclair d'Argent. Quelle fierté de voir que sa famille s'était déplacée au grand complet !

L'excitation des fillettes fut à son comble lorsque retentirent les cris de guerre des garçons. Elles se mirent toutes à hurler, s'empressant de démonter leur tipi. Les garçons accoururent en levant leurs armes. Aussi vite que possible, Louve Bienfaisante enroula ses peaux et les jeta sur le poney d'Archer Agile. Le loup la regardait d'un air désemparé, ne sachant s'il s'agissait d'une vraie attaque ou d'une mise en scène.

– Et ton bébé, ne l'oublie pas ! Il faut toujours sauver les enfants en premier, rappela Douce Grand-Mère à sa petite-fille.

Louve Bienfaisante se précipita pour ramasser sa poupée, qu'elle eut tout juste le temps d'attacher sur le poney. Déjà, les garçons étaient passés à l'attaque, faisant mine de vouloir tuer les filles avec leurs bâtons ; celui qui était touché le premier était mort. Louve Bienfaisante réussit à atteindre trois garçons avec la pointe d'une branche, mais un assaut venu de l'arrière lui toucha le bras. Elle feignit une grande douleur et s'affala dans l'herbe en riant à gorge déployée.

Une clameur joyeuse emplissait la prairie. Les tipis se défaisaient les uns après les autres, souvent bien trop lentement. Les garçons poussaient des cris de victoire enthousiastes.

Bientôt, les adultes se mêlèrent aux plus jeunes dans un gai brouhaha, encourageant les fillettes. Archer Agile posa la main sur l'épaule de sa fille et prit un ton légèrement solennel pour lui déclarer :

– Mon sac est tout usé. Tu es si habile maintenant que tu pourrais m'en fabriquer un autre.

Une ombre rose colora les pommettes de Louve Bienfaisante. Etre utile à un Chien-Soldat aussi estimé et aussi glorieux que son père avait de quoi éveiller sa fierté.

Archer Agile aida les enfants à réunir les derniers pieux, puis la prairie se vida ; chacun était pressé de retourner au camp pour préparer la fête. A la nuit tombante, tout le village se réunirait pour des heures de danses et de libations autour d'un grand feu de joie.

Louve Bienfaisante, tirant le poney de son père, marchait en retrait, derrière sa famille. Au bout d'un moment, elle sentit une présence. Se retournant, elle aperçut Patte d'Ours, qui montait un beau cheval rouan. En quelques instants, il arriva à sa hauteur. Comme chaque fois, les battements de son cœur s'accélérèrent.

Du haut de son cheval, il paraissait encore plus grand. Louve Bienfaisante trouva même son torse plus musclé et son visage plus viril. Ce n'était plus un enfant comme elle. Son corps portait déjà de nombreuses cicatrices. Elle attendit respectueusement qu'il prît la parole le premier.

– Je t'ai regardée faire. Tu t'es bien débrouillée aujourd'hui.

– Je n'ai pas démonté le tipi assez vite.

– Ça viendra. Chaque chose en son temps !

Louve Bienfaisante fixait Patte d'Ours, fascinée, heureuse de l'intérêt soudain qu'il lui manifestait, lorsque Cheval Blanc, arrivant au grand galop, interrompit leur conversation.

– Tu ferais mieux de venir avec nous chasser les Pawnees au lieu de traînasser ! lança-t-il à Patte d'Ours d'un air méprisant et hautain.

– Je n'ai pas besoin de tes conseils, repartit sèchement l'interpellé.

Cheval Blanc, vexé, se redressa sur son cheval. Regardant Louve Bienfaisante, il déclara :

– Elle appartiendra un jour au meilleur d'entre nous. Tant pis pour toi !

– Elle appartiendra à celui qui gagnera son cœur, rétorqua Patte d'Ours avec détermination.

Louve Bienfaisante se demandait si les deux garçons parlaient bien d'elle, qui n'était encore qu'une fillette de neuf ans. Tant d'événements pouvaient arriver avant qu'elle ne soit en âge de se marier !

– *Heyoka* ! marmonna Cheval Blanc. (Prétentieux !)

Tu te crois supérieur parce que tu l'as sauvée, mais tu n'as fait que suivre le loup, ce n'était pas bien difficile. Et puis, pourquoi lui tournes-tu autour ? Tu ne vois donc pas que c'est encore une enfant ? Il est vrai que tu as moins de succès que moi avec les femmes !

La réponse de Patte d'Ours fusa :

– La valeur d'un guerrier ne se mesure pas aux succès qu'il remporte auprès des squaws !

Louve Bienfaisante se réjouit de constater que Patte d'Ours venait de marquer un point. Cheval Blanc avait beau bomber le torse et redresser fièrement la tête, il ne serait jamais aussi impressionnant que son ami.

Comme s'il partageait les sentiments de la petite fille, le loup montra les dents en regardant Cheval Blanc, lequel préféra faire volter son cheval et s'enfuir. Après qu'il fut parti, Patte d'Ours crut bon de rassurer Louve Bienfaisante :

– Ne le crois pas, il raconte n'importe quoi ! Maintenant, j'ai compris pourquoi j'étais dans tes rêves, je te le dirai un jour.

Sur ces mots il s'éloigna, la laissant pensive et troublée. Sous-entendait-il qu'elle était destinée à devenir sa femme ?

Elle hâta le pas pour rattraper les autres. Elle n'avait plus envie de jouer. Comme chaque fois qu'elle rencontrait Patte d'Ours, la réflexion avait pris le pas sur l'enjouement.

Louve Bienfaisante marqua un temps d'arrêt devant le tipi de Bison Noir, se demandant encore si elle faisait bien de venir le consulter.

Les guerriers étaient rentrés au camp la veille au soir, après avoir vaincu les Pawnees, détruit leur village, dispersé femmes et enfants, et tué nombre d'entre eux.

Une ombre ternissait cependant leur joie : ils n'avaient pu découvrir où leurs ennemis cachaient les flèches sacrées qu'ils avaient volées aux Cheyennes. Archer Agile et plusieurs de ses compagnons avaient été légèrement blessés. Patte d'Ours, lui, se trouvait dans un état inquiétant. Après des assauts répétés, un coup de hache dans le côté droit l'avait jeté à bas de son cheval. En tombant, sa tête avait heurté un rocher avec une telle violence qu'il avait perdu connaissance pendant quelques minutes. Maigre consolation : Aigle Blanc, l'oncle de Patte d'Ours, avait réussi à tuer le Pawnee qui avait blessé son neveu.

Comme à chaque retour au village, les guerriers avaient passé des heures à raconter leurs exploits et à faire admirer leurs trophées de guerre : scalps, armes volées et chevaux capturés. Aigle Blanc avait montré le bouclier dont Patte d'Ours avait réussi à s'emparer.

– Si Patte d'Ours meurt, avait-il dit, nous mettrons ce bouclier sur sa poitrine pour qu'il soit honoré comme un valeureux guerrier par ceux qui nous ont précédés dans le Territoire des Ancêtres.

Cela faisait maintenant plusieurs heures que la fête était terminée, et Patte d'Ours luttait toujours contre la mort. Le cœur brisé, Louve Bienfaisante avait passé la nuit à réfléchir au meilleur moyen de lui venir en aide.

Un peu tremblante, elle pénétra dans le tipi du grand prêtre. Décidément, elle ne réussirait jamais à surmonter l'appréhension qu'éveillaient en elle ses allures de colosse !

– Tu n'es jamais revenue me voir depuis le jour où je t'ai révélé le sens de tes visions, dit Bison Noir avec sévérité. (Y avait-il du reproche dans sa voix ? Il reprit plus doucement :) Je crois bien que je sais ce qui t'amène ici ! C'est à cause de Patte d'Ours, n'est-ce pas ?

Louve Bienfaisante s'assit près du feu sacré qui ne

s'éteignait jamais. Une odeur d'herbes magiques flottait dans le tipi.

– Oui. Comment le sais-tu, Bison Noir ?

Le grand prêtre posa sa main sur la tête de l'enfant.

– Patte d'Ours a risqué sa vie pour dérober un bouclier à l'ennemi. Pourquoi crois-tu qu'il a fait ça, mon enfant ?

– Je ne sais pas, répliqua-t-elle sincèrement.

Louve Bienfaisante gardait les yeux fixés sur le visage de Bison Noir. On eût dit qu'il se retenait de sourire.

– Rappelle-toi ce que je t'ai dit il y a trois ans au sujet de celui qui voudra t'épouser. Te souviens-tu des présents qu'il devra faire à ton père ?

Louve Bienfaisante plissa le front, essayant de récapituler la liste des objets. *Quinze chevaux, le scalp d'un Crow...* Patte d'Ours avait déjà tout cela. *De la nourriture pour tout un hiver et... un bouclier pris à l'ennemi.*

Bison Noir remarqua la stupeur qui figea soudain les traits de l'enfant. Prenant un peu de cendre sacrée, il traça des marques grises sur le front et les joues de celle-ci.

– Être dans les songes de quelqu'un signifie un lien profond. Patte d'Ours le sait bien, c'est pour cela qu'il voudrait t'épouser quand tu seras grande. Mais Cheval Blanc est pour lui un dangereux rival. Un jour, tu auras des choix difficiles à faire. En attendant, ton devoir est d'aider Patte d'Ours à vivre. Je t'ai déjà dit que tu pouvais donner une patte de loup à un guerrier courageux pour le rendre fort et lui porter chance. Mais attention, je te rappelle que ce secret devra rester entre vous.

Les yeux de Louve Bienfaisante s'illuminèrent.

Il faisait encore frais, mais Louve Bienfaisante le remarqua à peine, tant elle avait l'esprit occupé. Traversant le village d'un pas décidé jusqu'au tipi d'Ours

Debout, elle trouva le chamane penché sur Patte d'Ours, allongé à même le sol.

– Je veux voir Patte d'Ours seule à seul, annonça-t-elle tout de go, sentant encore une fois en elle une étrange autorité.

A sa grande surprise, Ours Debout, en dépit de la légère jalousie qu'il lui portait, obtempéra sans piper mot.

Louve Bienfaisante sentit resurgir en elle la femme déterminée qu'elle serait plus tard.

Rassemblant tout son courage, elle s'approcha de Patte d'Ours et reçut un choc : malgré son teint naturellement sombre, il paraissait livide ; ses yeux creux étaient ombrés de grands cernes bistre.

S'agenouillant près de lui, elle murmura son nom, mais il ne réagit pas. Il était nu, à l'exception d'un morceau de tissu, pudiquement drapé autour de la taille, qui lui retombait jusqu'au-dessus des genoux. A hauteur des côtes, une peau de daim tachée de sang maintenait en place la mousse et les herbes médicinales dont on avait recouvert sa plaie.

Louve Bienfaisante ouvrit son petit sac et en sortit une patte de loup. La levant vers les cieux, elle se mit à psalmodier le chant qu'elle avait composé à la gloire des esprits, les suppliant avec ferveur de bien vouloir sauver Patte d'Ours.

Ô Mère Terre ! Ô Esprit des Loups ! Ô grand Maheo !
Soyez bénis pour vos bienfaits.
Je vous donne ma vie pour que vous guérissiez cet
[homme.

Ramassant un peu de terre, elle en frotta la gorge de Patte d'Ours. Puis elle posa plusieurs fois la patte de loup sur la plaie et sur le front du jeune homme, implorant :

– Ô grand *Maheo*, ramenez la vie dans le regard de cet homme, la force dans ses muscles et la voix dans sa gorge. Sauvez-le, je vous en prie, car sa souffrance est aussi la mienne.

Etait-elle réellement douée du pouvoir de guérir ? Bison Noir ne lui avait jamais dit comment s'adresser aux esprits. Avait-elle prié avec les mots qui convenaient ?

Elle poursuivit ses supplications et, soudain, un sentiment curieux l'envahit : elle eut l'impression d'observer la scène d'en haut sans y participer. Sous ses doigts, une chaleur douce pénétra la patte du loup, comme si l'animal revenait à la vie.

Les paupières de Patte d'Ours papillotèrent, puis s'ouvrirent complètement, fixant intensément Louve Bienfaisante. Bien que le jeune homme ne parlât pas, elle était sûre qu'il la reconnaissait.

– Je suis venue pour t'aider, souffla-t-elle en se penchant sur lui. Je te donne un présent, Patte d'Ours. Prends cette patte de loup sacrée, elle te protégera du mal. Garde-la bien et n'en parle à personne.

Elle glissa la patte dans les mains de son ami, qu'elle garda serrées un moment dans les siennes. Patte d'Ours semblait lentement émerger d'un sommeil profond.

– Tu... me la donnes ? A... moi ? demanda-t-il à voix basse. (Louve Bienfaisante acquiesça de la tête, et Patte d'Ours poursuivit, sur le ton de la confidence :) Tu sais... c'est pour toi que j'ai volé le bouclier.

Le regard qu'ils échangèrent rendait inutile toute autre parole. Un jour, quand elle serait grande, Patte d'Ours l'épouserait. Louve Bienfaisante éprouvait un bonheur profond à tenir les mains larges et puissantes de Patte d'Ours. Elle n'était encore qu'une enfant, mais elle se sentait bien avec lui, simplement heureuse et rassurée.

– Personne d'autre que nous deux ne doit le savoir. Personne ne doit voir cette patte, insista-t-elle.

Tant bien que mal, Patte d'Ours demanda à Louve Bienfaisante de cacher la patte dans le sac à secrets qu'il portait sur lui. La fillette le savait bien, cette requête était un grand honneur et une marque de confiance totale.

Chaque guerrier possédait un sac magique où il rangeait ses fétiches sacrés que personne ne devait voir. Il le portait attaché à une partie intime de son corps, généralement à l'intérieur de la cuisse. Même blessé, il ne se séparait jamais de ce sac, et personne n'aurait osé le lui enlever car il pouvait contenir des objets aux pouvoirs surnaturels qui contribueraient à sa guérison.

Emue et tremblante, Louve Bienfaisante dénoua le tissu qui recouvrait Patte d'Ours. Jamais elle n'avait approché si intimement le corps d'un adulte. Essayant de ne pas soulever la toile plus que nécessaire, elle entreprit de détacher les cordons qui retenaient le sac magique.

Elle eut un sursaut d'étonnement, mais aussi de joie, en voyant que Patte d'Ours avait retrouvé la force de lever le bras.

– Mets... la patte... dans le sac, dit-il en la lui tendant, et rattache le sac... sur moi. Personne... ne saura... que tu l'as... touché.

Il s'exprimait encore avec difficulté, mais assurément il allait déjà mieux.

Louve Bienfaisante obéit à Patte d'Ours. Elle ouvrit le sac, glissa la patte à l'intérieur en évitant de regarder ce qu'il contenait déjà, puis elle le referma délicatement, le remit à sa place et renoua le cordon.

Comment avait-elle trouvé le courage de faire cela ? La timidité l'empêchait maintenant d'affronter le regard du jeune homme, mais Patte d'Ours la rassura d'une légère pression de la main sur la sienne et de quelques paroles reconnaissantes :

– C'est... un grand cadeau... que... tu m'as fait là.

Emplie de fierté, Louve Bienfaisante allait se lever lorsque Patte d'Ours, serrant plus fort sa main, murmura son nom.

– Louve Bienfaisante... mets... ta joue... contre... la mienne, demanda-t-il d'une voix encore saccadée par la douleur.

Le regard presque suppliant de Patte d'Ours alla droit au cœur de l'enfant. Elle éprouvait pour lui une grande compassion et un sentiment plus profond qu'elle n'aurait su analyser. A cette minute, elle aurait tout donné pour l'empêcher de souffrir. Elle se pencha vers son visage et posa doucement sa joue contre la sienne comme il le souhaitait. C'était un instant magique, chargé de promesses.

– Tu m'as sauvé la vie en me donnant la patte du loup, lui murmura-t-il à l'oreille.

Louve Bienfaisante se redressa légèrement et son regard croisa celui de Patte d'Ours. Autour d'eux flottait une brume duveteuse qui ôtait toute réalité à ce qui les entourait. Dans les yeux l'un de l'autre, ils pouvaient lire leur avenir. Louve Bienfaisante savait que Patte d'Ours patienterait. Il attendrait que la femme s'épanouisse en elle comme la fleur s'ouvre au soleil du matin.

5

En route vers le nord où ils projetaient de retrouver les Sioux, les Cheyennes étaient en train de traverser le Nebraska, lorsque les hommes demandèrent soudain aux femmes et aux enfants de s'arrêter. Une rencontre tout à la fois surprenante et alarmante venait troubler leur migration estivale.

– Regarde !

Louve Bienfaisante suivit des yeux la direction qu'indiquait sa mère. Plus bas s'étirait une file ininterrompue de chariots fermés par des toiles blanches. Les *Ve-ho-e*, paradant dans leurs tipis roulants sur les terres des Indiens, offraient un spectacle effrayant. Derrière eux, à l'est, ils laissaient une nature massacrée. Pour faire du feu au cours de leurs bivouacs, les Visages pâles coupaient les branches qu'ils trouvaient à portée de main, sans respect aucun pour les arbres mutilés. Remerciaient-ils seulement la Terre Mère pour ce qu'elle leur offrait ?

Louve Bienfaisante frissonna. Devant elle chevauchaient les hommes de la tribu. Aigle Blanc et Grand Couteau encadraient Archer Agile, suivis de Patte d'Ours, encore convalescent. Malgré les ordres, la petite fille s'approcha des hommes, dans l'espoir de surprendre leur conversation.

– Les Blancs prétendent qu'ils sont aussi nombreux que les étoiles, chuchotait Archer Agile. Croyez-vous qu'ils disent vrai ?

– *E-have-se-va*, répliqua Grand Couteau en se tournant vers son fils. Qu'en penses-tu, Patte d'Ours ?

Le jeune homme regardait défiler la sinistre caravane. Des femmes, portant de longues robes et de drôles de bonnets plissés, tenaient leurs enfants par la main.

Les hommes s'occupaient des animaux, veillant à faire avancer en bon ordre une centaine de bœufs, de mulets et de chevaux.

– Je ne sais pas s'ils sont aussi nombreux qu'ils le disent, mais ils ont beaucoup de chevaux ! commenta-t-il.

– Il serait bien imprudent d'essayer de s'en emparer, si c'est ce que tu veux dire, protesta son père. Mieux vaut ne pas énerver les *Ve-ho-e*. Qui sait comment ils pourraient réagir ?

– Mais nous avons de longs fusils maintenant ! clama le jeune homme avec ardeur. Avec ces armes, nous pourrions venir à bout des Visages pâles.

Patte d'Ours posa la main sur la nouvelle carabine qu'il portait en bandoulière. Il l'avait échangée à Fort Bent, quelques semaines plus tôt, contre deux chevaux. Beaucoup d'autres guerriers avaient troqué des peaux ou des fourrures contre ces merveilleuses armes qui frappaient leurs cibles de très loin. Pour l'instant, les Cheyennes ne les avaient utilisées qu'à la chasse. Pour la guerre, il était plus noble de combattre corps à corps ou avec les armes traditionnelles. Mais maintenant que les Blancs empiétaient sur leur territoire et qu'ils les privaient d'une partie de leur nourriture en massacrant les bisons, les Indiens ne devaient plus hésiter.

Les paroles d'Archer Agile revinrent à la mémoire de Louve Bienfaisante. Un soir, elle l'avait entendu dire à sa mère :

Les longs fusils ne sont pas bons pour les Indiens. Ils les rendront dépendants des Blancs car il faudra ensuite obtenir d'eux de la poudre et des balles. Ils nous fournissent déjà du tabac, des étoffes, des couvertures, des pots en fer-blanc et toutes ces choses qui nous rendent la vie plus facile. Quel sera le vrai prix à payer pour tout cela au bout du compte ? Beaucoup plus que quelques peaux de mouton, j'en ai bien peur !

Ces propos l'avaient tant surprise qu'elle ne les avait pas oubliés. C'était la première fois qu'il avait peur de quelque chose. Les *Ve-ho-e* semblaient davantage l'effrayer que les Shoshones, les Crows et les Pawnees réunis. Une fois encore, la prédiction de Bison Noir réveilla les craintes de la petite Indienne. Elle aurait voulu oublier que sa route devait croiser celle des Visages pâles, mais comment était-ce possible, avec la scène qui se déroulait sous ses yeux ?

— Un jour, les *Ve-ho-e* apprendront à leurs dépens qu'on ne bafoue pas impunément l'honneur des Cheyennes. Nous les vaincrons, reprit Patte d'Ours, dont l'excessive confiance confinait à la naïveté.

— Ne crois pas cela ! dit Archer Agile avec sagesse. Il viendra ici, sur les terres où le soleil se couche, plus d'hommes blancs que nous ne pourrons en compter. Le métal jaune les attire. Ils disent qu'il est très précieux.

— Ils ont déjà tant de richesses qui ne leur servent à rien, pourquoi veulent-ils en plus posséder le métal jaune ? intervint Grand Couteau. Pour être heureux, un homme a seulement besoin de la terre, des animaux, des arbres et d'air pour respirer.

Archer Agile soupira.

— Pour les *Ve-ho-e*, le métal jaune est symbole de puissance. Ceux que j'ai observés à Fort Bent ne semblent pas, comme nous, se satisfaire des choses essentielles. Le désir leur pourrit le cœur, et cela pourrait bien être mauvais pour notre peuple.

— Comment cela ? demanda Grand Couteau.

— Ils veulent notre terre, répondit Archer Agile qui gardait un œil inquiet sur la longue procession de chariots blancs.

— Mais la terre n'appartient à personne ! s'exclama

Patte d'Ours. Est-ce que l'homme blanc imagine vraiment qu'on peut couper notre Mère Terre en morceaux ? Lui prendre le cœur, un bras ou une jambe ?

Le dynamisme et l'enthousiasme du jeune homme procuraient à Louve Bienfaisante une joie intense. Depuis qu'elle lui avait donné la patte de loup, elle n'était pas retournée le voir, mais ces instants magiques lui restaient présents à l'esprit et au cœur. Un lien particulier les unissait pour toujours. Patte d'Ours lui appartenait, elle en avait l'intime conviction.

Comme s'il devinait les pensées de la petite fille, Patte d'Ours se tourna vers elle et lui sourit. Heureuse mais surprise et gênée, elle baissa les yeux et retourna auprès de sa mère.

Soudain, les guerriers placés en première ligne se mirent à rire, à pousser des cris, pointant vers le ciel lances et fusils, brandissant leurs tomahawks. Sans cesser de s'esclaffer, ils apostrophaient les Blancs pour les effrayer.

– Regardez-les courir ! lança quelqu'un.

Etoile du Ciel et Louve Bienfaisante se rapprochèrent de la crête. Effectivement, la caravane avait accéléré. Les hommes stimulaient les animaux au fouet. Une poussière fine, rougeâtre, s'envolait derrière eux. Bien qu'étouffés par la distance, les hurlements affolés des femmes et des enfants montaient jusqu'aux Cheyennes.

– Ils nous ont vus ! cria Patte d'Ours avec une fierté qu'il ne cherchait pas à dissimuler. On devrait les poursuivre pour les faire courir aussi vite que des lapins.

Tandis que la plupart des guerriers continuaient à pouffer et à hurler, Archer Agile gardait un air sombre.

Lorsque la troupe des Blancs ne fut plus qu'un petit point dans le soleil couchant, les Cheyennes descendirent la colline, en direction de la rivière. Rapidement, la joie fit place à l'horreur en voyant le spectacle désolant que les *Ve-ho-e* avaient laissé derrière eux. Des morceaux de verre, de vieilles casseroles cabossées, des objets cassés et inutilisables et toutes sortes d'immondices jonchaient le sol. Un cheval mort, couvert de mouches, avait été abandonné au milieu du chemin, et un bison, massacré pour presque rien, pourrissait au soleil. Sa carcasse était encore pleine de viande et de peau que les Indiens auraient utilisées, mais que les Blancs avaient gaspillées. Avec les roues de leurs chariots, ils avaient creusé de grandes plaies dans la Terre Mère.

Les Cheyennes se placèrent en cercle autour de l'espace profané. Sur leur visage se lisait davantage de consternation que de rage. Certains se mirent à pleurer. Pendant ce temps-là, le loup de Louve Bienfaisante rôdait autour des animaux morts avec un air aussi accablé que les humains.

– Nous allons brûler la carcasse du bison et demander à son esprit de pardonner aux hommes qui l'ont traité avec si peu d'honneur, proposa le grand prêtre.

– Quel malheur ! murmurèrent les guerriers.

– Nous pourrions dire à Main Cassée d'inviter les Visages pâles à notre prochaine Danse du Soleil, proposa Grand Couteau. Peut-être pourrions-nous négocier et fumer avec eux le calumet de la paix ?

– A mon avis, les Blancs doivent rester sur les terres du soleil levant et ne pas en sortir, maugréa Patte d'Ours.

Archer Agile intervint :

– Je suis de l'avis de Grand Couteau. Nous devons maintenir la paix avec les *Ve-ho-e*.

Pendant que les hommes discutaient de la conduite à tenir, les femmes ramassaient du bois mort au bord de l'eau. Lorsqu'il y en eut assez, Bison Noir mit le feu au bison au moyen d'une de ces brindilles magiques,

dernière invention que les Cheyennes avaient découverte à Fort Bent.

– Ce soir, annonça le grand prêtre aux hommes qui
l'avaient rejoint, nous tiendrons un conseil pour décider
ce ce que nous dirons à Main Cassée.

Les guerriers regardaient l'animal brûler en hochant
la tête d'un air triste. Bison Noir chantait des cantiques,
se penchait sur la carcasse en flammes et en humait
l'horrible fumée pour prendre en lui sa souffrance.
Cette cérémonie dura deux heures. Elle tirait à sa fin
lorsque des cris retentirent, annonçant le retour des
Ve-ho-e.

– Allons-nous-en ! déclara fermement Archer Agile.

Chacun ramassa ses affaires, et la tribu laissa derrière elle la carcasse encore fumante.

Louve Bienfaisante éprouvait une tristesse qu'elle
n'avait jamais ressentie avec autant d'acuité. Certes, la
perspective de devoir un jour quitter sa famille pour
vivre avec les Visages pâles la tourmentait. Mais aujour-
d'hui, sa peine était teintée d'une angoisse nouvelle : ce
n'était plus seulement pour elle qu'elle avait peur,
c'était pour tout son peuple.

6

1851

Pour les Prescott, missionnaires méthodistes, le son
des tambours qui montait des plaines avait des réso-
nances scandaleuses de rite satanique. La Danse du
Soleil qui se déroulait en ce moment était la preuve
manifeste de l'état primitif de ces malheureux Indiens

à qui ils étaient venus apporter la civilisation et la parole du Seigneur.

Agenouillé devant l'autel de campagne qu'il avait fabriqué de ses mains, Andrew Prescott priait pour le salut des âmes de ces sauvages qui chantaient et dansaient à la gloire des esprits païens. Convaincu du bien-fondé de sa mission et de l'urgente nécessité qu'il y avait de l'accomplir, cet homme de quarante-cinq ans avait renoncé au luxe et au superflu pour répondre à l'appel de Dieu. Il avait vendu sa maison et quitté la petite vie confortable qu'il menait dans l'Etat de New York pour venir convertir ces dangereux Peaux-Rouges.

Corpulent, approchant les deux mètres, barbu et moustachu, Andrew Prescott était doté de cheveux filasse, et d'un teint clair qui prenait des couleurs d'écrevisse au soleil de la prairie.

Sa femme Marilyn, leur fils Thomas et lui campaient dans les collines du Wyoming, près de Fort Laramie. Les monts Big Horn barraient leur horizon vers le nord ; à l'ouest culminaient les sommets enneigés des Rocheuses, tandis qu'à l'est, le regard se perdait dans l'immensité des Grandes Plaines, où Cheyennes et Sioux s'étaient retrouvés, comme tous les ans, pour leur célébration rituelle.

En ce moment, Fort Laramie était en effervescence. Soldats et officiers étaient mobilisés pour organiser la signature, quinze jours plus tard, d'un traité intéressant plusieurs tribus. Le Congrès avait eu du mal à trouver un consensus sur les offres qui seraient faites aux Indiens mais enfin, après deux ans de pourparlers, on touchait au but.

Prescott ne pouvait espérer mieux que cet immense rassemblement pour commencer son œuvre d'évangélisation. Il pourrait certainement glaner auprès des militaires des informations utiles sur le mode de vie des

Indiens. Tout semblait concourir au succès de sa mission ; et pourtant, ce soir-là, il ne se sentait pas tranquille.

Il s'était entretenu la veille avec Thomas Fitzpatrick, dont les propos ne l'avaient pas rassuré. Fitzpatrick lui avait expliqué qu'à Fort Laramie, les Crows, les Gros-Ventres, les Arikaras, les Assiniboins, les Arapahoes, les Mandans, voire les Shoshones, viendraient se joindre aux Cheyennes et aux Sioux, dont la plupart de ces tribus étaient les ennemies. Si des accrochages survenaient entre les Indiens, les Blancs seraient en danger. Fitzpatrick avait dit que les militaires, très nerveux, craignaient qu'une étincelle ne mît le feu aux poudres. Il ne fallait pas grand-chose pour déclencher une guerre sanglante ; un simple malentendu, une phrase mal interprétée, une parole mal traduite, et ce pouvait être la tragédie. Depuis un certain temps, les Indiens devenaient de plus en plus irascibles et agressifs envers les Blancs qui tuaient les animaux sauvages et les privaient ainsi de nourriture. Ces peuples, qui n'avaient jamais souffert de la faim, en étaient réduits à mendier, le ventre vide, au passage des convois. Et le mauvais whisky que leur fournissaient les trafiquants d'alcool n'était pas fait pour apaiser les esprits.

— La vie n'est plus ce qu'elle était pour les Indiens, avait expliqué Fitzpatrick. Les temps ont changé depuis l'époque où ils venaient vendre leurs fourrures à Fort Bent. Maintenant, les Blancs déferlent sur l'Ouest et massacrent les troupeaux de bisons. Les Indiens reviennent bredouilles de la chasse, et leurs territoires se réduisent comme peau de chagrin. Ils commencent à avoir peur et, honnêtement, je les comprends. Ils accusent les Blancs de tous les malheurs qui s'abattent sur eux, comme cette épidémie de choléra qui a décimé les Pawnees il y a deux ans, par exemple. Ce n'est pas que les Cheyennes en soient très tristes, vu la haine qu'ils leur portent, mais eux aussi ont été touchés.

Thomas Fitzpatrick – Main Cassée – était un rude gaillard qui préférait les vêtements de peau rustiques à ceux de laine, mieux coupés. Les militaires l'appréciaient pour sa bonne connaissance des Indiens, et les Indiens pour sa vision objective et son analyse impartiale de la situation.

Il était l'instigateur du traité qui allait se signer. Les Blancs l'avaient envoyé parlementer avec les tribus, et il fallait bien admettre qu'il n'avait pas mal rempli sa mission.

– Mais on dit que ces sauvages volent le bétail, les chevaux et n'hésitent pas à faire couler le sang, avait protesté le révérend Prescott.

– Le vol des chevaux est pour eux une sorte de jeu, dont ils tirent gloire et qu'ils ont toujours pratiqué. Le cheval est à l'Indien ce que l'or est au Blanc, une richesse ! En revanche, s'ils dérobent le bétail des fermiers, c'est hélas parce qu'ils y sont acculés par la faim. Croyez-moi, ils ne le feraient pas s'ils avaient une autre solution. Ce sont des gens heureux, qui tiennent par-dessus tout à vivre libres. Ils n'ont aucun sens de la propriété comme nous. Pour eux, la terre est un être vivant et digne de respect ; elle n'appartient à personne. Ces peuples ne demandent qu'une chose : qu'on leur fiche la paix ! Ce sont des semi-nomades qui se nourrissent du produit de leur chasse, et pour cela, ils doivent suivre le gibier dans ses déplacements. Essayez donc de limiter le territoire d'un Indien, vous verrez que c'est à peu près aussi facile que mettre un grizzli en cage.

« Je ne suis pas sûr qu'ils comprendront ce que nous avons à leur dire, mais une chose est sûre, avait conclu Fitzpatrick d'une voix soudain plus grave, nous aurions intérêt à les traiter dignement. Nous ferions bien de commencer par respecter nos engagements et leur donner les annuités qui leur ont été promises lors de nos précédents accords.

Le révérend Prescott retourna à ses prières en espérant qu'il y trouverait cette paix intérieure dont il avait tant besoin.

A l'extérieur de la tente où priait son père, Thomas Prescott, debout près du chariot familial, tendait l'oreille pour mieux entendre les tambours des Indiens. Tom, comme l'appelaient familièrement ses parents, ressemblait beaucoup à son père par la carrure et la blondeur. Mais à vingt ans, il gardait encore des rondeurs d'adolescent dans les contours d'un visage presque imberbe, charmant au demeurant. Il avait des lèvres bien ourlées, un nez fin et des yeux bleu clair que soulignaient de longs cils bruns, étonnamment plus sombres que ses cheveux.

– Ecoute-moi ça ! s'exclama sa mère. Comment ces gens-là peuvent-ils vivre ainsi ?

Marilyn Prescott s'approcha de son fils. C'était une femme maigre et austère, plutôt fade. Elle dissimulait ses formes, pourtant presque inexistantes, sous une multitude de jupons qu'elle entassait sous une robe de cotonnade grise. Le bonnet qu'elle portait en permanence et les crèmes qu'elle mettait pour se protéger du soleil lui gardaient un teint pâle, que ne rehaussaient ni ses petits yeux marron inexpressifs ni ses cheveux d'un châtain un peu terne, noués en chignon serré sur la nuque. Ses lèvres fines n'étaient jamais maquillées car, pour elle, recourir à de tels artifices était un péché.

Tom soupira en entendant sa mère arriver. Les Indiens qu'il avait rencontrés au fort le fascinaient et il était très curieux de connaître leur mode de vie.

– Il faut les comprendre, mère. Ils n'ont jamais

connu autre chose. Fitzpatrick dit qu'ils sont heureux comme ça.

— Mais ils iront tout droit en enfer s'ils continuent ! Tu te rends compte qu'ils invoquent les esprits de la terre et du ciel ! Le pire de tout, c'est leur Danse du Soleil. Les hommes se transpercent la peau jusqu'à l'évanouissement. Ô mon Dieu, je n'ai jamais entendu parler de rite plus diabolique !

— Ce sont peut-être des choses que nous ne comprenons pas, osa timidement Thomas.

— Thomas Prescott ! Comment peux-tu tenir de tels propos ? s'étouffa sa mère.

— Je ne sais pas ! Mais quand même, ce que nous a raconté Fitzpatrick à propos de cette petite Cheyenne, Louve Bienfaisante, c'est troublant, non ? Vous croyez que c'est vrai, mère, qu'elle est protégée par l'Esprit des Loups ?

— Bien sûr que non ! Les Indiens voient du surnaturel partout. Ils ont une imagination débordante, ou plutôt, devrais-je dire, ils mentent comme ils respirent.

— Fitzpatrick dit qu'elle a apprivoisé un loup et qu'elle possède des pattes magiques. Il paraît qu'elle a même guéri un guerrier !

— Si cet homme a guéri, c'est parce que Dieu l'a bien voulu ! Tu ferais mieux de lire ta Bible au lieu d'écouter ce que raconte ce vieux bonhomme. Comment nous aideras-tu à évangéliser les Indiens si tu te mets à croire à leurs balivernes ? Je me demande si je ne devrais pas dire à ton père de te renvoyer dans l'Est.

— Ne vous inquiétez pas, mère, dit Thomas en ravalant sa colère. Je pensais seulement que, pour les aider, il valait mieux les comprendre.

— Ce que je sais, moi, c'est que nous devons leur porter la bonne parole, c'est tout ! Va te coucher maintenant. Ça ne rime à rien de rester dans l'obscurité à écouter ces horribles battements de tambour.

Tom se reprocha d'avoir entamé une discussion, sachant très bien qu'il était inutile d'essayer de convaincre une femme aussi obstinée et inflexible que sa mère.

Le son des tambours s'arrêta puis reprit. Thomas entendit encore des voix, des chants et des cris aigus qui ressemblaient à des coups de sifflet. L'histoire de Louve Bienfaisante l'intriguait. Aurait-il l'occasion de rencontrer un jour cette enfant ?

La signature d'un traité avec cérémonie du calumet de la paix – la fête de la Grande Fumée, comme l'appelaient les Indiens – était un événement auquel il n'était pas donné d'assister fréquemment. Louve Bienfaisante se disait qu'elle garderait certainement un très vif souvenir de ce rassemblement extraordinaire qui devait regrouper au moins dix mille Indiens, originaires de tribus différentes. Nombre d'entre eux avaient déjà rejoint les collines de Laramie, mais ils refusaient d'entamer les négociations avec les Visages pâles tant que les annuités que ceux-ci leur devaient n'étaient pas arrivées. Cela durait depuis deux mois.

En attendant, les tribus ennemies, plus préoccupées d'impressionner les chefs blancs que de se quereller, maintenaient entre elles une paix précaire. Pour les *Ve-ho-e* qui venaient leur rendre visite, les jeunes guerriers organisaient des spectacles dans lesquels ils rivalisaient d'adresse. Le frère aîné de Louve Bienfaisante, qui s'appelait Renard Rapide depuis la vision qu'il avait eue au cours de la précédente Danse du Soleil, était imbattable à la course au galop. D'autres préféraient les compétitions de tir à l'arc ou de lutte. La spécialité de Patte d'Ours était incontestablement la voltige. Il y faisait merveille et s'attirait toujours les applaudissements et les compliments des Blancs.

Le gibier commençant sérieusement à manquer et l'herbe à brouter se raréfiant au fil des jours, on décida de se transporter tous plus au sud, à Horse Creek.

Ce soir, tout le temps que durerait la Danse de la Couverture, les Cheyennes oublieraient que l'attente s'éternisait. Pour entretenir de bonnes relations, ils avaient invité les Blancs à y assister. A cette occasion, Louve Bienfaisante avait revêtu une tunique blanche brodée de perles, agrémentée de clochettes qui tintaient allégrement au moindre de ses mouvements. Elle avait fait et refait ses tresses jusqu'à ce qu'elles fussent impeccables et sa mère l'avait maquillée.

Elle se sentait heureuse. Un peu anxieuse aussi. Patte d'Ours serait là. La trouverait-il belle ? Que dirait-il si elle l'invitait à danser ?

Les tambours et les chants avaient commencé à retentir lorsqu'elle décida d'entrer dans la ronde. Les bras tendus à l'horizontale pour tenir sa couverture ouverte, elle se mit à tournoyer, craignant qu'une autre fille ne la devance auprès de Patte d'Ours.

Le feu qui crépitait joyeusement éclairait les danseuses. Lune d'Eté était aussi dans la ronde. A douze ans, elle était encore trop jeune pour se marier, mais, au contraire de Louve Bienfaisante, elle avait déjà pratiquement l'apparence d'une jeune fille. Pour elle aussi, la Danse de la Couverture revêtait une importance particulière : Lune d'Eté était follement amoureuse de Cheval Blanc.

Quelques filles avaient commencé à quitter la ronde pour virevolter devant leur guerrier préféré. Les moins timides avaient déjà attiré l'élu de leur cœur sous leur couverture et, bien à l'abri des regards, assis l'un à côté de l'autre, ils se chuchotaient des secrets. Louve Bienfaisante se demandait si Patte d'Ours ne se sentirait pas vexé d'être l'élu d'une fille de onze ans. Cette incertitude la rendait de plus en plus nerveuse.

Elle faisait quelques pas timides dans sa direction quand elle s'aperçut avec jalousie que Lune d'Argent, une jolie fille de seize ans au corps ferme et à la taille déliée, l'avait devancée. A la grande joie de Louve Bienfaisante, Patte d'Ours détourna le visage et regarda vers elle. Lune d'Argent n'insista pas et s'écarta.

Louve Bienfaisante ne pouvait plus atermoyer. C'était maintenant ou jamais. Rassemblant tout son courage, elle passa la couverture au-dessus de la tête de Patte d'Ours, et ils s'assirent ensemble, ignorant les sarcasmes.

– Qu'est-ce que vous fabriquez là-dessous ? demanda quelqu'un.

– Une enfant qui choisit un homme ! se moqua un autre.

Sous la couverture, Louve Bienfaisante se trouvait presque aussi près de Patte d'Ours que le jour où elle avait, à sa demande, posé sa joue contre la sienne.

– J'avais peur qu'une autre fille ne vienne me prendre avant toi, dit-il.

– Alors, tu n'es pas fâché ?

– Sûrement pas ! Tu es encore petite, mais mon cœur est déjà plein d'amour pour toi.

Patte d'Ours caressa le visage de Louve Bienfaisante, au comble du bonheur. Il faisait soudain très chaud sous cette couverture. Autour d'eux, il ne semblait plus y avoir ni musique, ni chants, ni tambours, rien ni personne.

– J'aimerais déjà être une femme, dit-elle avec une surprenante audace.

– La femme que tu seras comblera de fierté et de joie

l'homme qu'elle aimera. En attendant, tu es une très jolie petite fille.

– C'est vrai, alors, tu m'attendras ?

Des larmes de bonheur montèrent aux yeux de Louve Bienfaisante. Elle avait l'impression que son cœur allait s'arrêter.

– Les choses seront ce qu'elles doivent être. Nos vies seront unies comme elles l'ont été dans tes visions, dit Patte d'Ours en lui prenant la main. Maintenant, il ne faut pas rester plus longtemps réunis, ce ne serait pas convenable.

Le jeune homme rejeta la couverture en arrière et se releva, indifférent aux quolibets, inconscient des regards effarés que lui lançaient les missionnaires blancs.

Marilyn Prescott secoua la tête d'un air dégoûté.

– Quelle danse honteuse ! s'exclama-t-elle d'une voix pleine de rage. Une enfant qui se vautre dans la luxure avec un homme, au vu et au su de tous !

– Ce serait une fabuleuse réussite ! marmonnait son mari en se caressant la barbe.

– Qu'est-ce que tu racontes, Andrew ?

Le révérend Prescott se départit de son air songeur et se tourna vers elle.

– J'étais en train de penser que si on parvenait à sortir cette fillette des mains de ces païens, on pourrait faire d'elle une chrétienne. C'est à cet âge-là qu'il faut les remettre dans le droit chemin. Plus tard, ils sont beaucoup trop récalcitrants.

– Et comment comptes-tu t'y prendre ? Nous n'avons pas assez de temps devant nous. Dès que le traité sera signé, ces sauvages se disperseront comme des moineaux.

– Je ne sais pas. Il faudrait peut-être que j'en parle

à Fitzpatrick. Lui trouverait sans doute le moyen de les convaincre de nous confier la petite.

Louve Bienfaisante était à mille lieues d'imaginer qu'elle intéressait tant les Prescott. Patte d'Ours lui avait dit qu'elle était jolie et qu'il l'attendrait ! Rien d'autre n'avait d'importance. Elle allait faire partager son bonheur à Lune d'Eté, lorsqu'elle s'aperçut que son amie était sous sa couverture avec Cheval Blanc. C'est au moment où elle faisait demi-tour qu'elle s'aperçut qu'un couple de *Ve-ho-e* la scrutait avec insistance. La façon dont ils l'observaient lui déplut immédiatement. L'homme prenait des airs condescendants, et une espèce de méchanceté se lisait sur le visage de la femme. Aussitôt, elle songea à la prédiction de Bison Noir. Jamais elle ne pourrait quitter les siens. Encore moins maintenant que sa vie était liée à celle de Patte d'Ours.

Elle se précipita vers son tipi, où elle retrouva sa grand-mère qui réparait des mocassins à la lumière du feu. Auprès d'elle, Louve Bienfaisante se sentit tout de suite mieux. La vieille femme leva les yeux et adressa un sourire édenté à sa petite-fille.

– Alors ? dit-elle simplement, laissant à Louve Bienfaisante le choix de parler ou de se taire.

– J'ai... pris Patte d'Ours sous ma couverture, avoua la fillette en rougissant.

– *Saaa !* Oh, la coquine !

Louve Bienfaisante se mit à rire.

– Il a dit qu'il m'attendrait, Douce Grand-Mère, et il m'a caressé la joue.

Le couple Prescott s'écarta des danseuses. Le spectacle leur devenait insupportable.

Thomas, lui, fasciné par ce qu'il découvrait, serait

bien resté. Ce jeu de la séduction lui paraissait beaucoup plus franc et plus sain que celui que pratiquaient les Blancs, mais il se garda bien de dévoiler ses pensées à ses parents.

Andrew Prescott s'en alla trouver Fitzpatrick. Avec son aide, les choses s'arrangeraient. C'était sûrement la divine Providence qui avait mis un tel homme sur le chemin du révérend !

Mais convaincre les Indiens de se séparer de cette enfant ne serait peut-être pas si difficile. Une personne de plus ou de moins dans leur tribu, qu'est-ce que cela pouvait bien leur faire ? Ces hommes primitifs devaient être totalement incapables d'éprouver le moindre sentiment.

7

Les annuités n'étaient pas arrivées, mais les Blancs avaient assuré que tout était « en bonne voie », et les Indiens avaient enfin consenti à engager les pourparlers de paix. Il y avait tant de monde que des petits groupes, composés de tribus amies, s'étaient formés pour négocier séparément.

En raison de son statut de guerrière et de sa condition d'enfant sacrée, Louve Bienfaisante avait été conviée au conseil qui réunissait les Cheyennes, les Sioux et un grand chef blanc nommé Mitchell, représentant du Grand Père des *Ve-ho-e*. En fait, Mitchell était un agent du Bureau des Affaires indiennes, et sa mission consistait essentiellement à convaincre ses interlocuteurs que leurs intérêts coïncidaient avec les désirs des Blancs. Pour parvenir à ses fins, l'agent Mitchell n'était avare ni de promesses ni de vérités tronquées, ni même d'affirmations mensongères si nécessaires ! Il expliqua aux Indiens que si les soldats voulaient bâtir des forts sur leur territoire, c'était pour mieux les protéger des « méchants Blancs » qui leur cherchaient querelle. Il leur assura qu'ils disposeraient d'un immense territoire, sans leur préciser qu'il leur serait interdit d'en sortir, même pour chasser. Aux Sioux, il promit les terres qui s'étendaient des Black Hills au Dakota. Aux Cheyennes revenaient celles délimitées au nord et au sud par les deux fleuves, la North Platte et l'Arkansas, à l'ouest par les montagnes Rocheuses, et à l'est par l'ancien Fort Bent, que des Indiens avaient incendié et dont il ne restait plus que quelques ruines.

L'interprète balbutiait un cheyenne approximatif, mais il considérait qu'il en savait bien assez pour s'adresser à des hommes de race inférieure. Il était surtout impatient de faire plaisir à l'agent Mitchell en lui rapportant que les Indiens acceptaient ses propositions. Chaque fois que la réponse était positive, son visage s'illuminait d'un large sourire. Afin d'éviter la contradiction, il ne s'adressait qu'à un seul interlocuteur, Loup Jaune. Eût-elle parlé anglais, Louve Bienfaisante aurait fait remarquer au chef blanc qu'un seul Indien ne pouvait parler au nom de tous, et qu'il aurait été plus juste de questionner individuellement chaque chef de tribu.

A tour de rôle, Archer Agile, Loup Jaune – responsable d'une autre communauté cheyenne – et les chefs sioux se passaient le calumet, puis ils l'offraient à Mitchell pour lui signifier leurs intentions pacifiques. Archer Agile se plaignit des déprédations des Blancs sur leurs terres. L'agent Mitchell promit des compensations. De nouveau, on souleva la question des annuités. Encore une fois, Mitchell affirma qu'elles arriveraient avant l'hiver. Pour faire bonne mesure, il promit même quelques fusils et des munitions supplémentaires.

A première vue, les conditions de ce traité semblaient intéressantes. Les Cheyennes conservaient leur territoire de chasse ; ils continueraient à monter l'été dans le Wyoming et à redescendre passer l'hiver dans les plaines du sud du Colorado où, régulièrement, les annuités promises par le Grand Père blanc de Washington leur seraient versées.

On offrit aux Indiens des couvertures et des vêtements, y ajoutant habilement quelques uniformes militaires et des drapeaux américains. On remit solennellement aux chefs des rouleaux fermés par de magnifiques rubans rouges, emplis de signes qu'aucun Indien ne comprenait : des exemplaires du traité. Enfin, suprême honneur, un représentant de chaque tribu fut désigné pour venir à Washington voir le Grand Père blanc.

Cependant, tout n'était pas si simple. Lors des danses et des chants destinés à sceller définitivement l'amitié qui unissait les Indiens aux Blancs, Louve Bienfaisante repéra Patte d'Ours qui discutait autour d'un feu avec plusieurs guerriers et s'approcha du groupe.

– Pouvons-nous croire à la parole des Blancs ? demandait un homme.

– Personne ne pourra nous empêcher d'aller où nous voulons, rétorqua Patte d'Ours. Notre Mère Terre ne nous chassera jamais.

La plupart des guerriers acquiescèrent, mais certains manifestèrent leur incrédulité. On sentait qu'il y avait de la tension dans l'air. Plus qu'une franche entente, le traité semblait avoir semé sinon la discorde, du moins le trouble dans les esprits.

Cheval Blanc, assis aux côtés de Patte d'Ours, tirait

sur une pipe que lui avait donnée un soldat blanc. D'un air hautain, il rejetait de larges bouffées de fumée vers le ciel. Les deux hommes remarquèrent en même temps que Louve Bienfaisante les regardait.

– Elle ira au plus offrant, attaqua Cheval Blanc.

– Elle est déjà prise, répliqua sèchement Patte d'Ours, soutenant sans ciller le regard noir de son rival.

– Tout ça parce qu'elle t'a pris sous sa couverture ! ricana Cheval Blanc. Attends qu'elle grandisse. Elle a mille fois le temps de changer d'avis !

– Je croyais que Lune d'Eté avait pris ton cœur, l'autre soir ?

– Lune d'Eté n'a pas été bénie par les esprits sacrés et ne possède pas non plus d'objets aux pouvoirs magiques.

Patte d'Ours se leva et repartit dédaigneusement :

– Ah, je comprends ! Ce n'est pas Louve Bienfaisante que tu convoites, c'est le pouvoir qu'elle détient.

– Ça suffit, tous les deux !

Les jeunes guerriers se retournèrent pour voir qui les interpellait. L'oncle de Patte d'Ours, Aigle Blanc, se tenait derrière eux. Il leur annonça qu'un conseil de Chiens-Soldats allait se réunir car le grand prêtre blanc et sa famille avaient émis le désir de garder Louve Bienfaisante avec eux.

Les deux rivaux échangèrent un regard consterné, puis Cheval Blanc tourna les talons en jurant, tandis que Patte d'Ours, choqué, restait bouche bée. Retrouvant ses esprits, il se précipita à l'endroit où devait avoir lieu le conseil.

Louve Bienfaisante, qu'il avait vue heureuse quelques minutes avant, était là, prostrée et effrayée. Main Cassée – Thomas Fitzpatrick – avait pris place au milieu des Cheyennes, qui s'étaient rassemblés dès qu'ils avaient eu connaissance de la nouvelle, un *Ve-ho-e* et sa femme à sa droite. L'homme était grand et barbu. Il portait un complet sombre et tenait sous le bras le « livre magique » qui racontait toute la vie du dieu des Blancs. La femme avait l'air si sévère et les lèvres tellement pincées que Patte d'Ours se demanda s'il lui était jamais arrivé de sourire.

Main Cassée s'avança vers Archer Agile et lui fit le signe de paix, levant la main à la manière indienne.

– Archer Agile, cet homme et cette femme sont des missionnaires. Ils ont laissé tout ce qu'ils avaient pour venir parler de leur dieu aux Indiens. Leur cœur est bon. Ils ne sont pas ici pour voler la terre de ton peuple ou pour tuer les bisons. Ils veulent seulement être vos amis et vous enseigner leurs croyances.

Pour un Blanc, Fitzpatrick parlait parfaitement le cheyenne. Dans sa bouche, cette langue coulante et chantante retrouvait ses belles intonations.

Archer Agile regarda les missionnaires. L'homme s'efforçait de lui sourire, mais la femme conservait le même air revêche.

– Nous avons nos propres dieux et nous ne voulons pas de ceux des Blancs. Dis-leur que si nous avons signé un traité, c'est justement pour que nos deux peuples puissent vivre en paix, chacun de son côté.

Main Cassée-Fitzpatrick traduisit. Pendant de longues minutes, il parla cette langue des Blancs qui sonnait drôlement aux oreilles d'Archer Agile, puis il s'adressa de nouveau à lui :

– Le révérend Prescott et sa femme voudraient faire connaître le vrai dieu à Louve Bienfaisante, lui apprendre à s'habiller et à vivre comme les Blancs, à lire et à écrire leur langue. S'ils réussissaient à convaincre une enfant bénie par l'Esprit des Loups que la vie des Blancs est meilleure que celle des Cheyennes, alors il leur serait plus facile de persuader aussi le reste de la tribu. Ils voudraient que tu autorises ta fille à demeurer auprès d'eux pendant deux étés et que tu leur promettes qu'elle n'aura aucun contact avec les Cheyennes.

En entendant les paroles de Main Cassée, Louve Bienfaisante eut l'impression que des tenailles lui serraient le cœur et qu'un feu lui brûlait la gorge.

– Deux étés, c'est long ! Ma fille est encore petite. Qui la protégera ?

– Sois sans crainte, ils prendront bien soin d'elle. Le révérend dit que le dieu des Blancs commande d'aimer tout le monde. Il dit que sa femme et lui aiment les Indiens, car ce sont aussi des enfants de Dieu.

Archer Agile se tourna alors vers Bison Noir.

– Et toi, qu'en dis-tu ? lui demanda-t-il. Qu'est-ce que l'Esprit des Loups commande de faire ?

Le grand prêtre fit signe à Louve Bienfaisante de s'approcher. Elle s'avança en chancelant, consciente que l'heure était venue où la prédiction de Bison Noir devait se réaliser. L'Esprit des Loups mesurait non seulement son courage, mais aussi sa fidélité. Elle devait choisir entre lui et l'amour des siens. C'était sa première épreuve.

– La réponse appartient à Louve Bienfaisante. Personne ne doit lui donner d'ordres, dit Bison Noir.

La traduction de Main Cassée stupéfia les Prescott qui imaginaient que la seule autorisation des parents suffisait. Avait-on déjà vu demander l'avis d'une enfant de onze ans !

Tous les yeux étaient rivés sur Louve Bienfaisante. Comme d'habitude, le loup était assis près d'elle. De temps à autre, il lui léchait la main. Ce spectacle acheva d'horrifier Marilyn Prescott. Tant d'insouciance la révoltait. Les Indiens ne savaient-ils pas qu'un loup, même apprivoisé, restait un animal féroce et dangereusement imprévisible ?

– Il faut prendre ta décision, reprit Bison Noir, s'adressant cette fois directement à Louve Bienfaisante. L'Esprit des Loups veut que tu ailles avec ces gens pour aider les Indiens à mieux connaître les *Ve-ho-e*. Si nous n'arrivons pas à les comprendre, nous finirons par perdre notre liberté, et peut-être même nos vies.

– Comment est-ce possible ? protesta Patte d'Ours. Nous venons de signer un traité qui nous protège de ce danger.

Bison Noir se rembrunit, l'air presque inquiet.

– Vous avez déjà constaté que les Blancs ne tenaient pas toujours leurs promesses, alors écoutez-moi tous ! *Maheo* m'a dit en songe qu'il y aurait bien d'autres traités, que le Grand Père de Washington était sincère, mais que son peuple ne l'était pas et que nous devions nous tenir prêts à résister. Si Louve Bienfaisante va chez les *Ve-ho-e*, elle pourra nous rapporter ce qu'elle y aura appris. Souvenez-vous que l'Esprit des Loups est avec elle et qu'il la rend bien plus forte que l'homme blanc.

Louve Bienfaisante était d'autant plus accablée qu'elle sentait qu'elle ne pouvait se dérober. Son devoir était de tout faire pour favoriser l'accomplissement de sa vision. Heureusement, Patte d'Ours lui avait promis de l'attendre ; c'était la seule pensée qui pouvait encore la réconforter.

Elle se tourna vers Bison Noir, se mordillant les lèvres pour ne pas éclater en sanglots.

– Dans deux jours, quand mon peuple retournera vers le sud, dit-elle d'une voix émue, je resterai chez le grand prêtre blanc. L'Esprit des Loups a parlé !

Le lendemain, afin que personne ne vît sa peine, Louve Bienfaisante s'éloigna du camp de Horse Creek. Elle put enfin se laisser aller et pleurer toutes les larmes de son corps. Elle implora *Maheo* et l'Esprit des Loups de lui épargner cette épreuve, mais aucun d'eux ne lui donna de signe qui la délivrât.

Au bout d'un long moment, la fillette s'apaisa. Elle sentit alors la tête du loup blottie contre sa nuque. L'animal voulait lui rappeler qu'il était là, qu'avec lui, elle ne serait pas tout à fait seule loin des siens !

Elle essuya ses yeux rougis et gonflés. Demain, les Cheyennes partiraient, et elle resterait avec ces étrangers dont elle ne parlait même pas la langue.

Se relevant en frissonnant, le cœur lourd, Louve Bienfaisante repartit vers le campement où, jusque tard dans la nuit, on donnerait une fête en son honneur. De loin, elle aperçut Patte d'Ours, qui montait son cheval rouan. Elle aurait reconnu entre mille cette silhouette droite, cette noble prestance. Il arrêta sa monture devant elle et la regarda en silence.

– Je ne veux pas rester chez les *Ve-ho-e*, tu sais, Patte d'Ours, mais je n'ai pas le choix, dit-elle, embarrassée.

Patte d'Ours balança une jambe par-dessus l'encolure de son cheval et sauta à terre.

Elle le trouvait superbe. Il était torse nu et sans armes. Ses longs cheveux noirs lui couvraient le dos. Quelques fines mèches nattées étaient retenues par des perles rouges.

– Je sais bien que tu ne peux pas faire autrement. Tu dois suivre ton destin, même s'il est difficile. Je suis venu te dire de ne pas pleurer et de ne pas avoir peur, car tu reviendras. J'ai été dans ton rêve, mais moi aussi, j'ai eu des visions dont tu faisais partie. Maintenant, je dois te la raconter. (Patte d'Ours prit les mains de Louve Bienfaisante et, soutenant intensément son regard, il poursuivit :) J'ai eu deux visions. Dans la première, j'étais un ours blessé, et un loup venait me guérir en soufflant sur mes plaies. Je savais que c'était toi. Tout cela s'est réalisé quand tu m'as sauvé ! Dans la seconde vision, je n'étais plus un ours, mais un homme, et toi, une femme. Cela veut dire que tu auras une deuxième occasion de me sauver, Louve Bienfaisante. Pour cela, il faudra bien que nous nous retrouvions ! Tu peux partir tranquille chez les Visages pâles, ton esprit appartient aux Cheyennes et ton cœur est à moi.

Il lui lâcha la main, mais il continuait de la regarder avec la même émotion.

— Je sais que rien de ce qui m'arrivera ne pourra me séparer des miens ni de toi, mais... j'ai beaucoup de chagrin, avoua-t-elle en refoulant ses larmes.

Patte d'Ours inspira profondément, comme s'il faisait provision de courage.

— Je veux te serrer dans mes bras pour que tu ne m'oublies pas, dit-il.

Comment le pourrais-je ? se demanda Louve Bienfaisante, tandis qu'il l'étreignait. De toute sa vie, elle n'avait jamais rien connu de tel. Une sensation merveilleuse et indéfinissable l'envahissait. Elle laissa aller sa tête contre lui, et Patte d'Ours essuya doucement les pleurs qu'elle ne pouvait plus contenir.

— *Ho-shuh*, murmura-t-il, ne crains rien. La distance ne nous séparera jamais. Je dois partir en éclaireur avant les autres dès ce soir. Nous ne nous reverrons que dans deux étés. *Ne-mehotatse*.

Le cœur déchiré, Louve Bienfaisante le regarda s'éloigner sans se retourner. *Ne-mehotatse*, lui avait-il dit... je t'aime ! Elle s'adressa à son loup blanc.

— Allons-y, je n'ai plus peur ! lança-t-elle à l'animal avec une force brusquement retrouvée.

Au campement, les femmes commençaient à rassembler tout le matériel sur les *travois*, ces rudimentaires traîneaux faits de branches entrecroisées. Le départ de la tribu devait avoir lieu le lendemain, au lever du soleil.

Louve Bienfaisante redressa fièrement le buste. La petite fille qui serait un jour la femme d'un guerrier aussi téméraire que Patte d'Ours avait le devoir d'être courageuse.

Cette détermination ne l'empêcha pas de se laisser attendrir, à la vue de sa grand-mère. Elle ne résista pas à l'envie de se précipiter dans les bras de la vieille femme, qui la contemplait de son regard doux, affectueux et si rassurant ! C'était peut-être la dernière fois qu'elle la voyait. Deux ans, ce n'était pas très long, mais Douce Grand-Mère avait déjà vécu tellement d'étés !

Louve Bienfaisante observa le visage de la vieille femme. Ses petits yeux noirs et souriants s'étaient bridés jusqu'à devenir deux fentes minuscules.

– Je n'ai pas peur, Douce Grand-Mère. Je suis une Cheyenne, et les missionnaires blancs ne pourront jamais rien changer à cela.

– *Ho-shuh, Nexahe. E-peva-e.* C'est bien ! Ma petite-fille est une brave !

Une larme furtive perla sur la joue de Douce Grand-Mère, qui paraissait pourtant plus fière que triste.

– Allons, dit-elle, il faut vite préparer tes affaires.

8

Les tribus se séparèrent deux jours après la signature du traité historique de Laramie et les festivités de la Grande Fumée. Les nouveaux accords laissaient à certains le goût amer de la défaite. D'autres, plus optimistes, estimaient au contraire avoir reçu l'assurance d'un avenir serein et sans histoires.

Louve Bienfaisante, elle, était plus préoccupée de la

nouvelle vie qui l'attendait chez les *Ve-ho-e* que du nouveau pacte conclu avec les Blancs. Ce n'était certes pas aux détails du traité qu'elle avait pensé en voyant sa famille et toute sa tribu quitter Horse Creek. Sa petite sœur, Beauté Radieuse, et son amie, Lune d'Eté, avaient pleuré à chaudes larmes. La mort dans l'âme, les autres avaient réussi à faire bonne figure. Ce n'est qu'à l'instant où les siens avaient complètement disparu à l'horizon que Louve Bienfaisante avait pris pleinement conscience de sa solitude, une douleur vive et soudaine, identique à celle d'un coup de poignard lui traversant la poitrine.

Ils étaient partis depuis quelques minutes et elle demeurait là, désemparée et meurtrie. Elle n'était pas vraiment pressée que quelqu'un vînt la chercher, mais elle eût aimé au moins quelques paroles de consolation ou d'encouragement.

Une main se posant lourdement sur son épaule la fit sursauter. En voyant son propriétaire, elle fut prise d'une frayeur irrépressible. Le révérend Prescott lui parla dans une langue étrange qu'elle ne comprenait pas. Supposant qu'il lui demandait de le suivre, Louve Bienfaisante ramassa son petit sac à dos et lui emboîta le pas.

Comme Louve Bienfaisante et le pasteur s'approchaient, la femme, le regard rivé sur le loup qui les suivait, prononça quelques mots d'un air revêche, puis grimpa dans le chariot, où son fils la suivit. Le révérend Prescott fit passer Louve Bienfaisante devant lui, puis monta à son tour. Il s'empara des rênes et fouetta les chevaux. Escortés par quelques soldats à cheval, les voyageurs partirent vers Fort Laramie.

Assise au fond du chariot, Louve Bienfaisante gardait un œil sur le loup qui marchait derrière, se demandant encore pourquoi le prêtre blanc n'avait pas voulu le laisser monter avec eux. Les soldats regardaient l'animal avec haine. Comment leur expliquer qu'il ne s'agissait pas d'un animal ordinaire ?

Le roulis du chariot lui donnait la nausée. Après une demi-heure de route, ne réussissant plus à contrôler les spasmes de son estomac, mourant de honte, elle se pencha pour vomir. La femme du révérend hurla ; son mari arrêta les chevaux.

– Il ne manquait plus que ça ! soupira Marilyn Prescott.

– Elle est un peu nerveuse, mère, c'est bien normal. Imaginez ce que ressentirait un enfant blanc qui partirait vivre chez les Indiens.

– Pour l'amour du ciel, Tom, ne compare pas des choses incomparables. Elle a tout à gagner au change, ce qui ne serait pas le cas en sens inverse. Donne-lui donc des pastilles de menthe, ça lui fera du bien.

Le jeune homme fouilla dans sa poche et tendit quelques petites boules rondes et colorées à Louve Bienfaisante. Que voulait-il qu'elle en fît ? Elle hésita, ne comprenant pas les explications qu'il lui donnait. Alors, Tom prit une des boules, la porta à sa bouche et se frotta l'estomac.

– Hum ! Miam, miam ! Prends, c'est bon.

– Prends un bonbon, petite, dit Marilyn Prescott en pointant l'index sur le petit objet rond.

Louve Bienfaisante regarda à nouveau le jeune homme. Sans doute lui demandait-il de faire comme lui. Puisqu'il n'était pas mort d'avoir mis à la bouche cette chose qu'il lui montrait, elle en saisit une à son tour et la lécha prudemment. La surprise fut agréable. Une délicieuse saveur, fraîche et piquante, lui titilla le palais. Tom sourit, Louve Bienfaisante le remercia de quelques mots en cheyenne.

– Je voudrais descendre, ajouta-t-elle en s'adressant à Mme Prescott. Je préférerais suivre le chariot à pied.

La femme du révérend leva des sourcils interrogateurs. Louve Bienfaisante répéta, gestes à l'appui, sans plus de succès apparemment, car son interlocutrice se mit à crier pour appeler quelqu'un. Un trappeur blanc qui comprenait le cheyenne s'approcha et traduisit. Marilyn Prescott fit la grimace à la traduction mais accéda à la demande de l'enfant.

Dès qu'elle eut posé le pied sur la Mère Terre, la petite fille se sentit soulagée et délivrée. Tout au plaisir de l'avoir retrouvée, le loup vint aussitôt se coller contre ses jambes.

Thomas Prescott descendit du chariot pour marcher aux côtés de Louve Bienfaisante, et la petite troupe se remit en route en silence. Pour montrer aux soldats et au fils du révérend qu'ils n'avaient rien à craindre, l'enfant se pencha vers le loup et le caressa doucement. La bête se laissait faire, tendant même la tête avec affection. Tom risqua une main timide sur le pelage de l'animal, qui ne broncha pas. Louve Bienfaisante commençait à ressentir de la sympathie pour ce garçon qui semblait déployer de grands efforts pour communiquer avec elle. Il était grand, moins musclé que Patte d'Ours, mais assez bien bâti tout de même. Le plus surprenant en lui, c'étaient ses yeux bleus et ses cheveux couleur paille. Louve Bienfaisante n'avait jamais vu quelqu'un avec des cheveux aussi clairs. Pas même d'autre *Ve-ho-e*. Avec un grand sourire, Thomas se redressa et se frappa la poitrine en répétant :

– Moi, Tom... Tom... Tom...

A son tour, Louve Bienfaisante pointa un doigt vers elle et lui dit son nom en cheyenne :

– En anglais, c'est Louve Bienfaisante, dit Thomas.

– Loo... ve Bien... fe... sinte, ânonna la fillette, le front plissé par l'effort.

Tom se mit à rire et montra le loup.

– *Ho-nehe*, dit Louve Bienfaisante.

– Loup, reprit Thomas, puis il répéta lentement le mot plusieurs fois de suite.

De la même façon, il essaya de lui enseigner « ciel » et « cheval ». Louve Bienfaisante se demandait si elle pourrait jamais mémoriser une langue aussi difficile. Elle répétait consciencieusement les mots que Tom prononçait, les écorchant un peu, mais le jeune homme paraissait heureux du résultat. Il lui montra enfin une petite boule identique à celle qu'il lui avait donnée dans le chariot.

– Bonbon... Menthe.

– Bon... bon, répéta-t-elle de son mieux, devinant que ce jeune homme ne lui voulait aucun mal.

Tom lui tapa amicalement sur l'épaule, comme on rassure un petit animal sauvage.

Posant la main sur le petit sac qui renfermait les pattes sacrées, Louve Bienfaisante recouvra un peu d'assurance.

– Elle ne va quand même pas dormir avec cet animal crasseux, protesta Marilyn Prescott, pointant un doigt autoritaire vers l'extérieur de la tente.

Instinctivement, Louve Bienfaisante s'agenouilla près du loup et passa les deux mains autour de son cou. Cette femme blanche ne pouvait tout de même pas lui demander de se séparer d'un animal qui ne l'avait jamais quittée !

Le loup montra les dents, et la femme du révérend, paniquée, sortit de la tente en criant.

– Il ne faut pas que tu gardes cet animal ici, essaya

d'expliquer Tom. Ma mère pense que c'est dangereux et que c'est sale.

Le trappeur interprète lui expliqua la situation :

– M. et Mme Prescott disent que tu es ici pour apprendre à vivre à la manière des Blancs. Ça ne se fait pas, chez eux, de dormir avec les bêtes. Ils disent que c'est malsain et que ça sent mauvais. Moi qui connais les animaux, je te comprends, mais ici c'est Mme Prescott qui commande. Elle veut que tu attaches le loup dehors.

– L'attacher ? Comme un prisonnier ! Non, je ne veux pas.

– Si j'ai un conseil à te donner, Louve Bienfaisante, tu as intérêt à obéir si tu ne veux pas qu'il arrive malheur à ton pauvre animal. Imagine que par malchance un veau ou un poulet soit attaqué cette nuit. Qui accusera-t-on si le loup est en liberté ? Tu ne veux pas qu'on le tue, hein ? Alors fais ce qu'on te demande. Je lui apporterai de la viande, et on lui laissera une gamelle d'eau pour la nuit.

Avec des larmes dans la voix, l'enfant essaya d'expliquer à son animal pourquoi elle lui passait une corde autour du cou et l'enchaînait à un arbre. Le regard égaré qu'il lui adressa lui fendit le cœur. Pourrait-il encore avoir confiance en quelqu'un qui était capable de commettre un acte aussi odieux ? Le trappeur revint, comme promis, avec un morceau de viande, suivi de Thomas, portant un bol plein d'eau. Thomas parla au trappeur, qui traduisit :

– Tom te souhaite une bonne nuit. Lui va dormir dans le chariot, et toi avec son père et sa mère, sous la tente. Il dit que son père bâtira bientôt une vraie cabane.

Louve Bienfaisante secoua la tête en signe d'impuissance. Ce monde aux valeurs et aux coutumes si différentes des siennes la dépassait et l'accablait. Comment expliquer à Tom, sans passer pour une ingrate ou une démente, que cette nouvelle, supposée lui faire plaisir, l'horrifiait ? Elle préférait mille fois dormir sous cette tente, qui ressemblait vaguement aux tipis qu'elle avait toujours connus, que dans une maison en dur dans laquelle on étouffait et d'où on ne pouvait même pas apercevoir les étoiles.

Quand elle alla s'allonger sur le lit de camp préparé à son intention, le révérend Prescott marmonnait, à genoux, les yeux fermés. Louve Bienfaisante se demanda si la croix qui était devant lui indiquait les quatre directions que les Indiens révéraient aussi. Après tout, leurs religions se ressemblaient peut-être.

Dehors, le loup gémissait tristement. Louve Bienfaisante s'enfonça sous sa couverture afin qu'on ne l'entendît pas sangloter.

Une heure plus tard, elle ne dormait toujours pas. Elle s'assit et, à la faveur de la lampe à pétrole qui brûlait encore, remarqua que le révérend et sa femme étaient couchés dans des lits séparés. Encore une de ces étranges coutumes des *Ve-ho-e* ! Elle attendit un moment pour s'assurer que les Prescott dormaient bien, puis se leva doucement et sortit en emportant une couverture.

Le loup manifesta sa joie de la retrouver, et ils s'allongèrent l'un à côté de l'autre.

– Quelle abomination !

Le cri horrifié de Mme Prescott réveilla Louve Bienfaisante. Alerté par les glapissements de sa femme, le révérend surgit sur les lieux du scandale. Marilyn Prescott semblait au bord de la crise cardiaque.

– Regarde-moi ça, Andrew ! Ô mon Dieu, mon Dieu !

On aurait peut-être mieux fait de la séparer définitivement de ce loup dès hier. Il faudrait lui enlever tout ce qui lui rappelle de près ou de loin ces animaux. Tiens, ces pattes qu'elle trimbale avec elle, on ferait bien de les lui confisquer aussi.

Louve Bienfaisante ne comprenait pas la raison d'une telle effervescence, mais la physionomie et la voix de crécelle de Mme Prescott la terrifiaient.

– Il faut être patients. Elle a encore un peu peur. Laissons-lui le temps de s'habituer à nous, répliqua le mari.

Louve Bienfaisante regardait alternativement le révérend et sa femme, sans comprendre.

– Il faut lui apprendre la discipline, insista Mme Prescott.

Le révérend céda à ses instances.

– Tu as raison, elle doit respecter l'autorité.

Thomas, que le bruit avait sorti du lit, venait d'assister à la scène.

– Elle ne se rend pas compte de ce qu'elle a fait, dit-il, voulant calmer les esprits. Il faut lui expliquer, tout simpl...

– Toi, tais-toi ! coupa sa mère sèchement. On va lâcher cette bête dans la nature, loin des terres de Fort Laramie ! Ce sera ça ou une balle, au choix ! Va chercher mon martinet, Tom, au lieu de dire des bêtises. Il n'y a rien de tel qu'une bonne correction pour ramener ces sauvages à la raison.

Louve Bienfaisante comprenait de moins en moins ce qui se passait. Thomas semblait se disputer avec la femme blanche, mais en même temps, il la regardait d'un air presque suppliant. Mme Prescott hurla encore une fois, et Tom rentra aussitôt dans le chariot. Jamais Louve Bienfaisante n'aurait pu imaginer qu'un jeune homme d'une vingtaine d'années pût recevoir des ordres de sa mère. A cet âge-là, les Cheyennes étaient déjà des hommes ; personne ne leur dictait plus leur conduite depuis longtemps.

Quand Tom ressortit du chariot, il tenait un objet que Louve Bienfaisante n'avait jamais vu, mais qui lui rappela les fouets que les guerriers utilisaient pour aiguillonner leurs chevaux. Mme Prescott s'en empara et leva la main, comme si elle voulait s'en servir pour frapper.

Etait-ce possible ? Louve Bienfaisante n'avait jamais vu d'Indien, homme ou femme, faire une chose pareille ! Un coup cinglant sur les jambes ne lui laissa pas le loisir de s'interroger très longtemps. Des larmes de douleur lui montèrent aux yeux. Aussitôt, le loup bondit et, en poussant d'impressionnants grondements, arracha le fouet des mains de Marilyn Prescott, qui se sauva en courant vers le fort.

Louve Bienfaisante frottait ses mollets où les lanières avaient laissé de vilaines marques violacées. Son regard croisa celui de Tom qui se tenait sur le marchepied du chariot. Le visage du jeune homme reflétait la compassion et la colère tout à la fois. Par gestes, il fit comprendre à l'enfant qu'elle devait sortir le fouet de la gueule du loup et le lui remettre. Thomas se tourna vers son père en brandissant l'instrument de torture.

– Que je voie une seule fois ma mère réutiliser cet objet, et je ramène Louve Bienfaisante à sa tribu immédiatement !

Les traits de Prescott se contractèrent.

– Occupe-toi de tes affaires, mon garçon. Tu es bien trop jeune pour pouvoir juger.

– Ce ne sont pas des paroles en l'air. Croyez-moi, je le ferai, père.

– Les soldats te rattraperaient en un rien de temps. Maintenant, calme-toi ! Je ne supporterai pas longtemps que mon fils me parle sur ce ton, je te préviens !

Nous allons faire venir l'interprète pour raisonner cette petite. Il ne tient qu'à elle de n'être plus fouettée.

Louve Bienfaisante comprenait que Thomas essayait de la défendre, mais hélas, il paraissait évident que son avis ne comptait guère.

Mme Prescott revenait, accompagnée de quelques soldats et de l'interprète. Elle semblait furieuse. Sa robe grise était maculée de boue et des mèches de cheveux s'échappaient en désordre de son chignon.

Tandis que la femme du révérend restait en retrait, les sourcils froncés, le visage fermé, l'interprète expliqua à Louve Bienfaisante que, dorénavant, le loup devrait rester hors du périmètre du fort.

– Autant m'arracher le cœur ! souffla-t-elle d'une voix tout juste audible.

Elle se domina aussitôt, songeant que ses protestations ne pourraient qu'envenimer la situation.

– Dis-leur que je vais moi-même emmener le loup loin d'ici, commanda-t-elle à l'interprète. Ajoute que je ne veux surtout pas que cette méchante femme m'accompagne.

L'homme parla en anglais. A la réaction de Mme Prescott, qui se contenta de secouer la tête d'un air victorieux, Louve Bienfaisante comprit qu'il n'avait pas traduit fidèlement ses propos.

Détachant la corde, la fillette partit sur-le-champ en direction des collines.

Les Prescott avaient promis à ses parents qu'elle pourrait continuer de vivre avec le loup. La parole d'un *Ve-ho-e* ne valait vraiment pas grand-chose !

Des jours, des semaines, puis des mois s'écoulèrent, dans la plus profonde des solitudes. L'interprète, unique lien de Louve Bienfaisante avec ces gens étranges dont elle ne partageait ni l'esprit ni les coutumes, avait quitté le fort dans le premier mois de leur installation.

A force de coups de baguette sur les doigts, Louve Bienfaisante avait fini par comprendre la langue des Blancs. Elle avait encore du mal à s'exprimer, mais elle arrivait à peu près à suivre les conversations. En revanche, le mode de pensée des Visages pâles lui restait totalement étranger. Pourquoi, lorsqu'elle la gratifiait d'un « très bien », Mme Prescott ajoutait-elle aussitôt : « pour une Indienne » ?

Beaucoup d'autres habitudes aussi continuaient de lui sembler incompréhensibles. Pourquoi l'obligeait-on à porter ces robes au tissu rugueux ? Pourquoi devait-elle se tenir le dos raide à table ? Pourquoi fallait-il changer de récipient en fonction de la nourriture ? Pourquoi fallait-il utiliser des fourchettes pour manger ? Pourquoi fallait-il tenir sa tasse de thé d'une manière particulière ? Un jour peut-être elle en parlerait à Thomas.

L'hiver était arrivé maintenant. Pourtant, rien n'aurait empêché Louve Bienfaisante d'aller voir le loup tous les jours, bravant le vent glacial qui traversait ses vêtements de laine. Il n'avait pas été facile d'arracher à Mme Prescott la permission de ces visites quotidiennes, mais ni les privations de repas ni les coups de fouet – toujours administrés en l'absence de Tom – n'avaient pu entamer sa détermination. Finalement, la femme du révérend avait capitulé, exigeant cependant que Thomas l'accompagnât, pour prévenir une fuite éventuelle. Prudente, elle avait aussi averti l'enfant que si elle répétait à Thomas qu'on la battait, lui-même serait fouetté et renvoyé dans l'Etat de New York.

Seuls les instants passés auprès du loup aidaient Louve Bienfaisante à endurer la monotonie et la tristesse de sa nouvelle vie. Au début, elle avait pensé qu'elle ne réussirait jamais à supporter les affres de la séparation, mais l'attitude de l'animal l'avait encouragée. Lorsqu'il posait sur elle ses grands yeux dorés, comme en ce moment, elle savait qu'il la comprenait.

– Un jour, dit-elle en le cajolant, quand tout ça sera fini, je te ramènerai chez les Cheyennes.

Le loup essuya d'un coup de langue une larme qui roulait sur la joue de la fillette.

Elle savait bien que l'animal réussissait à se nourrir en chassant, mais elle tenait à lui porter régulièrement un peu de nourriture qu'elle avait réussi à mettre de côté en se privant.

– Tiens, dit Thomas en lui tendant un morceau de viande, moi aussi j'ai réussi à prendre ça sur ma part. Mais surtout, ne le dis pas à ma mère.

Louve Bienfaisante le remercia en anglais.

Une bourrasque les fit frissonner. Thomas releva son col, Louve Bienfaisante remonta sa capuche.

– Il faut rentrer maintenant, dit le jeune homme. Une autre fois, tu me raconteras l'histoire de tes pattes de loup, comment tu les as eues, ce qu'elles représentent pour toi...

Ce garçon qui s'intéressait à elle n'avait sûrement pas un cœur de *Ve-ho-e* comme les autres.

– Oui, quand moi bien parler, répliqua-t-elle avec un sourire reconnaissant.

– Tu te débrouilles déjà très bien, Louve Bienfaisante... euh... Martha, corrigea-t-il, utilisant le nouveau prénom que ses parents avaient imposé. Tu sais, je suis désolé que mon père et ma mère n'essaient pas de mieux te comprendre. Les Blancs et les Indiens pourraient fraterniser s'ils étaient plus tolérants. Je l'ai dit à ma mère, mais elle ne veut rien entendre.

Louve Bienfaisante n'avait pas saisi tous les détails des paroles de Tom, mais elle avait compris que, malgré son jeune âge, il était plus sage que ses parents. Chez les Indiens, la sagesse venait avec les années. C'était bizarre ; l'esprit des *Ve-ho-e* devait fonctionner à l'envers. Jamais elle ne pourrait s'y faire !

Jamais non plus elle ne renierait sa tribu, comme l'espéraient les Prescott. Certes, elle répétait docilement les prières que le révérend lui apprenait, et obéissait à Mme Prescott sans rechigner, mais cette apparente soumission, qui semblait les satisfaire, n'était pour elle qu'un moyen d'éviter le fouet. Les conseils de Douce Grand-Mère lui manquaient terriblement. Ici, elle n'avait personne à qui se confier.

Elle ressentait d'autant plus cruellement son abandon que, depuis quelques heures, des crampes affreuses lui tordaient le ventre. A qui dire ses soucis, son inquiétude, ses craintes d'avoir contracté une maladie grave ?

Sur le chemin du retour, les douleurs reprirent, redoublant de violence avec le froid et la marche. Louve Bienfaisante se retourna plusieurs fois. Le loup la regardait s'éloigner, assis dans la neige, l'air désespéré et malheureux.

– On dirait bien que l'orage se lève, observa Thomas. Rentrons vite !

Heureuse de retrouver la chaleur de la cabane, Louve Bienfaisante se précipita près du poêle et se recroquevilla sur le sol. Elle n'en pouvait plus. Si la gravité de son mal se mesurait à l'intensité de ses souffrances, elle allait certainement mourir.

Le révérend la porta sur son lit. Pour la première fois, lui et sa femme semblaient soucieux de ce qui pouvait lui arriver.

Louve Bienfaisante se pelotonna sous les couvertures et, effrayée, se sentant plus seule que jamais, elle se mit à implorer *Maheo* en secret.

9

Il eût été difficile d'imaginer plus grande humiliation que celle que Mme Prescott venait d'infliger à Louve Bienfaisante. Affolée, se déchargeant de sa tâche, celle-ci, sans chercher à comprendre la cause de ses douleurs, s'était empressée d'appeler un médecin militaire au chevet de la « malade ». C'est lui qui avait découvert que les douleurs abdominales de la petite Indienne n'avait rien que de naturel : Louve Bienfaisante était devenue femme.

Jamais une squaw cheyenne ne laissait un homme l'approcher dans ces périodes-là, à moins d'avoir la pernicieuse intention de lui ôter sa force spirituelle. Louve Bienfaisante fut profondément mortifiée. Dire que, par sa faute, le chamane blanc avait peut-être perdu son pouvoir de guérir !

Le soutien de sa mère, de sa grand-mère, de toute la tribu lui manquait cruellement. Elle était condamnée à vivre dans la solitude cet événement que les Cheyennes célébraient toujours par un grand rituel. Le pouvoir de donner la vie était à leurs yeux un mystère magnifique qui devait se fêter dans l'allégresse. Son père, aidé de Bison Noir, aurait organisé la cérémonie, Douce Grand-Mère lui aurait concocté un breuvage à base d'herbes magiques contre la douleur et... Patte d'Ours l'aurait enfin regardée différemment.

Mme Prescott tournait nerveusement dans la pièce où était couchée Louve Bienfaisante, en maugréant que tout cela était « bien gênant et bien embarrassant ».

Dehors, le vent poussait des gémissements sinistres. Recroquevillée sur son lit, la jeune Indienne repensait sans cesse au loup qu'elle avait laissé dans le froid glacial. Lui qui avait passé tous les hivers précédents dans la chaleur du tipi devait bien souffrir. Avec un coin de la couverture, elle essuya vite quelques larmes. Si Mme Prescott la voyait pleurer, elle était capable de la croire de nouveau malade et de rappeler le sorcier blanc !

Le révérend entra à son tour dans la pièce. Avant que Louve Bienfaisante ait eu le temps de lui crier de ne pas approcher, Mme Prescott dit :

— Mon mari va prier pour toi, Martha. Tu ne dois pas faire comme ces Indiennes qui se marient trop jeunes. C'est très mal ! Ce qui t'arrive en ce moment est le juste châtiment que Dieu envoie aux femmes pour expier les péchés de celles qui ne se conduisent pas honnêtement. Tu dois savoir que les mœurs des Cheyennes sont bien trop libres. Le mariage est un sacrement, tu comprends ? On m'a dit que les femmes de ta tribu pouvaient changer de mari quand elles le voulaient. Ce sont des dévergondées. Nous allons prier pour que tu ne tombes pas toi aussi dans le péché.

— Pas comme ça ! essaya d'expliquer Louve Bienfaisante. Squaws cheyennes, très bien. Jamais voir hommes seules. Toujours avec mère. Nous avoir aussi cérémonie de mariage.

— Mais c'est une cérémonie païenne ! rétorqua Mme Prescott en lui donnant une tape faussement affectueuse sur l'épaule. Si un mariage n'est pas chrétien, ce n'est pas un vrai mariage. Nous ne voulons que t'aider, Martha, crois-le bien.

— Comment vous pouvoir aider Louve Bienfaisante si pas comprendre ? (Puis, montrant le révérend, la jeune fille ajouta :) Lui partir. Mauvais lui me toucher ou me regarder en ce moment.

La femme du révérend écarquilla les yeux, choquée non seulement par la nature des propos de Louve Bienfaisante, mais aussi par son assurance effrontée après cinq mois d'obéissance silencieuse. Alors qu'elle pensait qu'à force de prières, de lectures de la Bible et de prêches moralisateurs elle avait enfin réussi à la mettre dans le droit chemin, elle découvrait que c'était toujours une petite sauvage, emplie de ces superstitions ridicules, inculquées depuis son plus jeune âge !

— Le révérend ne risque rien près de toi. Il faut absolument que tu cesses de croire à ces bêtises, Martha. Je vais te prouver que toutes tes croyances n'ont aucun sens, tu vas voir.

A ces mots, elle s'empara du sac contenant les pattes de loup, que Louve Bienfaisante avait accroché à un clou au-dessus de son lit, sur le mur de rondins.

— Sac à moi ! s'écria Louve Bienfaisante en se redressant d'un bond, oubliant les douleurs qui lui déchiraient le ventre.

— C'est pour ton bien, mon enfant, clama Mme Prescott.

Et elle sortit en claquant la porte.

Au moment où Louve Bienfaisante allait se lever pour se lancer à sa poursuite, le révérend lui saisit fermement les deux mains. Il était bien trop fort pour qu'elle pût résister, et elle se laissa retomber sur le lit, désespérée. Jusqu'au retour de sa femme, il ne lui lâcha pas les poignets.

— Voilà, tes pattes sont en train de brûler dans le poêle ! annonça Mme Prescott d'un air victorieux.

— Prions pour l'âme de cette petite, Marilyn, dit le révérend.

Tous deux s'agenouillèrent, tandis que Louve Bienfaisante leur tournait le dos pour ne plus les voir.

La tempête fit rage pendant cinq jours. Soudain le ciel redevint bleu, et le soleil, étincelant.

Pendant toute cette période de mauvais temps, Louve Bienfaisante avait reçu l'ordre de ne pas quitter la cabane. Bien sûr, n'importe qui pouvait se perdre dans une telle tourmente. « C'est pour ton bien », avait affirmé Mme Prescott. Combien de fois Louve Bienfaisante avait-elle entendu cette phrase ? Chaque fois qu'elle recevait un ordre ou une interdiction, c'était toujours pour son bien !

L'idée de devoir encore passer un an et demi auprès des Prescott, autoritaires, intolérants et imbus de leur supériorité, était terriblement angoissante. Si elle n'avait pas eu l'amitié de Thomas, Louve Bienfaisante se disait qu'elle n'aurait jamais supporté la perte de ses pattes de loup. Sans son bien le plus précieux, elle se savait faible et vulnérable. C'était peut-être la fin de ses visions et, plus affligeant encore, la fin de son beau rêve avec Patte d'Ours.

En raison de l'accalmie, et surtout en échange de la promesse de quelques prières supplémentaires, Louve Bienfaisante avait réussi à extorquer à Mme Prescott l'autorisation d'utiliser le traîneau du fort pour retourner voir le loup. Pouvoir enfin sortir de la cabane lui procurait autant de bonheur que si elle était libérée de prison. Elle avait mis sa peau de loup sous ses vêtements de laine, en espérant qu'elle lui porterait chance. Si Mme Prescott en avait connu l'histoire, elle lui aurait, sans nul doute, fait subir le même sort qu'aux pattes sacrées.

L'air était vif et la neige éblouissante. Serrés l'un contre l'autre sur le siège du traîneau, Louve Bienfaisante et son habituel chaperon demeuraient silencieux. Ils se cachaient mutuellement leur crainte de ne pas retrouver le loup après ces longs jours de séparation.

– Ici, lui ! s'exclama soudain Louve Bienfaisante.

Thomas arrêta aussitôt les chevaux et Louve Bienfaisante bondit joyeusement. Elle enlaça le loup comme on étreint un ami après une longue absence et, plongeant les doigts dans sa fourrure blanche, se laissa tomber dans la neige à ses côtés.

– Je voulais venir te voir, lui dit-elle, s'exprimant naturellement en cheyenne, mais la femme blanche m'en a empêchée. Tu le savais, hein, que je pensais à toi ?

L'animal remuait la queue et poussait des petits cris de plaisir. Il se jeta sur la viande et le pain rassis que les jeunes gens lui avaient apportés.

Louve Bienfaisante croisa le regard de Thomas. Après tous ces mois, la limpidité de ses yeux bleus continuait de la surprendre. Comment la revêche Mme Prescott avait-elle pu engendrer un fils si doux ?

– J'ai quelque chose pour toi, dit Tom en fouillant dans sa poche.

Le visage de Louve Bienfaisante se figea quand elle vit ce qu'il lui tendait : le sac qui contenait les pattes du loup ! La gratitude la submergea.

– Dès que ma mère est retournée dans ta chambre, j'ai vite ouvert le poêle pour récupérer ton sac. Je me suis même brûlé le bout des doigts, dit-il en riant.

– Toi être bon, Tom. Toi avoir cœur de brave.

Thomas rougit légèrement.

– Maintenant, je voudrais que tu me dises ce qui est magique là-dedans. Raconte-moi ta vie et celle des Cheyennes.

Louve Bienfaisante acquiesça et Thomas vint s'asseoir dans la neige à ses côtés. Encore sous le coup de l'émotion, elle serrait soigneusement son petit sac contre elle.

– Moi essayer de raconter en anglais, mais difficile. Toi pas ouvert le sac au moins ?

– Bien sûr que non ! la rassura Tom. J'aurais eu l'impression de violer un secret.

– Très bien, car pattes être sacrées. Pour les yeux de

Louve Bienfaisante seulement, pas pour les autres. Moi avoir six ans quand choisie par Esprit des Loups.

Dans son anglais hésitant, à la syntaxe chaotique, elle relata son kidnapping par le Crow, le coup qu'elle avait reçu sur la main droite et qui lui avait laissé une petite rigidité dans un doigt, la nuit qu'elle avait passée avec les loups, et enfin la parole du loup blanc qu'elle avait entendue en songe. Elle raconta aussi comment Patte d'Ours l'avait retrouvée et vanta les grandes qualités du jeune homme.

— Patte d'Ours avoir vingt étés. Mais lui pas se marier. M'attendre.

— Toi ? Mais tu vas avoir douze ans ! On ne peut jamais savoir de quoi l'avenir sera fait.

— Lui m'épouser plus tard... un jour ! Lui et moi avoir eu visions. Secret, chut ! dit Louve Bienfaisante en posant l'index sur ses lèvres.

Les histoires de Louve Bienfaisante emplissaient Tom d'un étonnement admiratif. Lui aussi aurait aimé vivre libre comme les Indiens. Quelque chose le fascinait dans leur aptitude à trouver le bonheur dans une existence simple, proche de la nature.

— Je trouve extraordinaire la façon dont ton peuple réussit à être heureux sans toutes ces richesses superflues après lesquelles nous courons sans cesse.

— Nous avoir seulement besoin des choses données par la Mère Terre. Manger et se soigner avec plantes ; faire beaucoup de choses avec grand bison, animal sacré pour Indiens. Avec peau, faire vêtements, tipis, outres. Avec os, faire choses pour cuisiner. Avec poil, faire brosses. Nous manger bonne viande et avec gras, faire pemmican.

— Du pemmican ? Qu'est-ce que c'est ?

Louve Bienfaisante expliqua qu'il s'agissait d'un mélange de gras et de baies qui, une fois séché, offrait l'avantage de se conserver très longtemps et pouvait nourrir les hommes lorsqu'ils partaient à la chasse durant de longues périodes.

– Voilà pourquoi Indiens avoir peur que hommes blancs tuer bisons. Très triste pour eux. Très triste aussi voir Blancs tuer arbres vivants. Arbres avoir mal. Indiens prendre seulement bois mort.

Ces propos, presque naïfs, recelaient des vérités profondes. Est-ce cela la sagesse ? se demanda Thomas.

– Je n'avais jamais vu les choses sous cet angle, avoua-t-il, d'un air pensif.

– Ton peuple pas avoir d'esprit. Eux dire que Dieu créer le monde et avoir aucun respect pour terre et animaux. Pour Cheyennes, terre être Dieu, animaux être Dieu, Dieu être partout. Pourquoi femmes blanches pas mettre peau comme animaux ? Pourquoi moi devoir mettre vêtement trop raide sous robe ?

Thomas, amusé, réalisa que Louve Bienfaisante parlait de son corset avec un naturel désarmant. Sa mère aurait hurlé d'horreur si elle l'avait entendue.

– Je ne sais pas ! Je ne sais vraiment pas pourquoi ma mère t'oblige à faire tout cela.

– Elle femme malheureuse, car rien avoir là, dit-elle en posant la main sur son cœur. Elle vouloir que tout le monde penser comme *Ve-ho-e*. Mais lire Bible, connaître bien anglais et savoir chiffres rien changer dans moi.

Thomas la regardait, étonné de la maturité dont elle faisait preuve dans ses jugements. Ce qu'elle disait était empreint de beaucoup de bon sens.

– Crois-moi, je suis très fier que tu m'aies dit tout cela.

– Que faire maintenant avec sac ? Si mère à toi le trouver, très fâchée contre moi.

Thomas inspecta les lieux autour de lui.

– Regarde ! Nous allons le cacher sous ce gros rocher là-bas. Je parie qu'il a protégé la terre du gel.

– Gel ? Qu'est-ce que c'est ?

– Viens voir, tu vas comprendre.

Thomas entraîna Louve Bienfaisante derrière lui. A grand-peine, il réussit à déplacer le rocher, puis il ordonna à la jeune fille de creuser un trou dans la terre qui, comme il le supposait, n'avait pas gelé, malgré la température glaciale. Ils y placèrent le sac, et Tom roula de nouveau le roc à sa place initiale.

– Ouf ! J'espère que tu n'exigeras pas que je soulève cette masse tous les jours, plaisanta-t-il en se relevant, essoufflé et transpirant.

Louve Bienfaisante éclata de rire en voyant son visage rougi par l'effort.

– Non, Tom, les pattes rester ici jusqu'à ce que peuple cheyenne revenir chercher moi. Esprit des Loups te protège, ami blanc !

Tom nota avec plaisir que pour la première fois Louve Bienfaisante venait de l'appeler « ami », mais ne lui en fit pas la remarque.

– Je ne crois qu'à moitié à ton Esprit des Loups, mais je te remercie pour ta bénédiction. En tout cas, une chose est sûre : on a bien eu ma mère !

Cette pensée leur donna le fou rire quelques instants. Quand ils eurent retrouvé leur sérieux, ils se regardèrent, éprouvant en même temps le sentiment étrange que quelque chose avait changé entre eux, qu'ils étaient plus proches.

– Pour peuple cheyenne, moi être une femme maintenant. Peut-être pas bien... toi et moi rester seuls ensemble, dit-elle en baissant les yeux, un peu gênée.

Le ton léger de Thomas la rassura aussitôt.

– Pour les Blancs, tu es encore bien trop jeune pour

être considérée comme une femme ! dit-il avec un sourire affectueux.

– Toi savoir, Tom : filles cheyennes, pas mauvaises comme mère à toi dire. Quand nous être assez grandes, jamais rester toutes seules avec garçons. Toujours avec mère ou grand-mère. Même quand parler sous couverture, toujours avec monde autour.

– Explique-moi alors pourquoi les Indiens ont plusieurs femmes.

– Homme indien toujours devoir prendre femme de frère, si frère mourir. Indien être responsable, jamais abandonner femme de la famille. Parfois, prendre aussi autre femme sous tipi si travail trop dur. Autre femme nécessaire pour partager travail, mais pas pour... (Elle interrompit sa phrase en rougissant, mais Thomas la laissa poursuivre, faisant semblant de n'avoir pas remarqué sa gêne.) Femmes indiennes travailler beaucoup : devoir porter bois, cuisiner, fumer viande, découper bisons, fabriquer tipis. Femmes aussi devoir élever enfants. Très important ! Enfants très précieux pour Cheyennes.

Le regard de Tom se teinta d'une lueur un peu mélancolique, et un sourire malheureux apparut sur ses lèvres.

– Je crois que je comprends bien ce que tu veux dire... J'imagine qu'une mère indienne ne dresse pas son enfant à la trique.

Une retenue pudique empêchait Thomas de se plaindre. Louve Bienfaisante pensa à la triste enfance qu'il avait dû avoir et au nombre de coups que sa mère avait dû lui infliger « pour son bien ».

– Enfant cheyenne apprendre que honte bien plus dure que fouet. Quand petit Cheyenne désobéir, comprendre que lui blesser autre personne. Cœur pleurer très fort et lui plus recommencer bêtise.

– Il faudrait expliquer cela à ma mère, dit Thomas d'un ton sarcastique. Elle prône toujours la miséricorde du Christ, mais il y a loin de ses paroles à ses actes !

Bien qu'assez bouleversé, Thomas affichait un air détaché. Il se dirigea vers le traîneau et annonça qu'il était temps de rentrer. Louve Bienfaisante fit un dernier adieu au loup, l'embrassa et lui promit de revenir le lendemain.

Avant de partir, elle posa sa main sur le bras de Tom et lui dit gravement :

– Toi avoir cœur grand.

– C'est un beau compliment, répliqua Thomas en détournant le regard pour cacher son émotion.

Il prit les rênes et donna aux chevaux l'ordre du départ.

Devant eux apparurent bientôt les vastes plaines enneigées du territoire de Fort Laramie.

– J'aimerais tant que les Indiens et les Blancs finissent par s'entendre ! soupira Tom. J'ai peur de l'avenir. Qui sait où nous mènera notre intolérance ?

Louve Bienfaisante se rembrunit.

– Toi être tranquille. Peuple cheyenne vouloir paix et Grand Père blanc avoir promis plus se battre avec Indiens.

Tom sourit tristement, se gardant de la contredire pour ne pas l'inquiéter davantage. Louve Bienfaisante se rendrait compte bien assez tôt de la dure réalité. Lui aussi, quand il était plus jeune et plus crédule, imaginait que la terre était bien assez grande pour tous les hommes, mais depuis, la fièvre de l'or avait amené les Blancs à la conquête de l'Ouest et, progressivement, l'appât du lucre avait remplacé la générosité dans le cœur des hommes.

Douce Grand-Mère avançait, les bras tendus. Elle était telle que Louve Bienfaisante l'avait toujours connue : son visage avait la même douceur, son regard reflétait la même bonté.

– *Nexahe*, tu m'as manqué ! s'exclama la vieille femme en serrant longuement sa petite-fille sur son cœur.

– Toi aussi, *ne-ske-eehe*.

– Je te retrouve toujours fidèle à ton peuple, enfant bénie !

Brusquement, la voix de Douce Grand-Mère se fit lointaine ; et son visage se nimba d'une étrange lumière. De plus en plus légère, la vieille femme disparut en une seconde des bras de sa petite-fille, comme par enchantement.

Louve Bienfaisante s'éveilla en sursaut, le cœur palpitant d'angoisse. Elle se redressa sur son lit. Instinctivement, elle frissonna et s'enroula dans la couverture. Le poêle s'était éteint, l'air était glacé. Alors seulement, elle réalisa qu'elle venait de rêver. Au même instant, un hurlement plaintif retentit dans les collines. C'était le loup.

Oppressée par une horrible sensation d'étouffement malgré le froid, elle se leva et se dirigea vers la fenêtre, refusant encore de comprendre le sens de son rêve. Sous la lumière de la pleine lune, la neige prenait d'étranges reflets dorés et luisants. Le loup hurla encore une fois et l'affreuse chouette, *Bubo*, passa dans le ciel. Terrassée par le chagrin d'une vérité qui s'imposait à elle, elle tomba à genoux et éclata en sanglots. Douce Grand-Mère était venue la voir une dernière fois avant de mourir.

Exprimant sa douleur à la manière des Cheyennes, Louve Bienfaisante se mit à se balancer en psalmodiant les lamentations rituelles. Eveillés par le bruit, les trois Prescott accoururent en même temps dans la chambre.

– Que se passe-t-il, Martha ? demanda Mme Prescott. Es-tu devenue folle, pour te mettre à hurler en pleine nuit ?

D'un geste de la main, Tom écarta sa mère pour venir s'agenouiller aux côtés de Louve Bienfaisante. Il posa doucement la main sur son épaule et parla à voix basse :

– Dis-moi ce qui ne va pas. Tu as mal ? Tu es malade ?

Louve Bienfaisante arrêta son balancement et laissa voir son visage ruisselant de larmes.

– Douce... Grand-Mère... murmura-t-elle d'une voix étranglée : être... morte.

– Mais comment le sais-tu ? demanda Thomas, interloqué.

Au même moment, le loup poussa un troisième hurlement.

– Moi... avoir... eu... songe. Douce Grand-Mère venir embrasser moi et... s'envoler. Le... loup, lui, bien savoir vérité. Moi... vouloir rester seule pour prier.

Elle regarda par la fenêtre et se remit à sangloter.

– Qu'elle arrête ses jérémiades ! C'est complètement stupide ! s'exclama Mme Prescott.

Thomas se releva et défia sa mère du regard.

– Elle adorait sa grand-mère. Il faut respecter son chagrin.

– Enfin, c'est ridicule ! Comment pourrait-elle savoir que cette vieille femme est morte ?

– Elle le sait, c'est tout. Fichons-lui la paix !

– Quoi ? s'étrangla Mme Prescott.

– Petit voyou, je vais t'apprendre à être poli avec tes parents ! renchérit le révérend.

Thomas laissa passer quelques secondes, le temps de se maîtriser. Puis, d'une voix calme et posée, il répliqua :

– Je vais avoir vingt-deux ans et j'estime être assez grand pour avoir mes opinions personnelles. Louve Bienfaisante a fait suffisamment d'efforts jusqu'à présent, vous pouvez bien lui permettre de redevenir indienne quelques heures. Il vous reste un an et demi pour essayer de la changer.

Sans attendre de réponse, Thomas quitta la chambre. Le révérend et sa femme se regardèrent, abasourdis. Louve Bienfaisante avait repris ses balancements et ses prières.

– Andrew, je n'en peux plus ! s'exclama Mme Prescott. Je ne savais pas que ce serait si dur quand j'ai accepté de convertir cette petite. Là, c'est trop ! Regarde-moi ça, on ne pourra jamais rien en tirer !

– Dieu veut sans doute éprouver notre patience, Marilyn. Ne nous décourageons pas ! Elle croit que sa grand-mère est morte ; laissons-la pleurer.

Il prit son épouse par le bras et ils quittèrent la chambre.

Une certitude atténuait l'immense chagrin de Louve Bienfaisante : sa grand-mère ne l'avait pas oubliée ; au moment de partir pour le Territoire des Ancêtres, elle était venue l'embrasser et lui parler.

– *Ne-mehotatse, ne-ske-eehe*, je t'aimerai toujours, chuchota-t-elle, le cœur malheureux mais apaisé.

10

Les mois, les jours, les heures s'écoulaient, ternes et monotones, rythmés par l'impitoyable cadence de l'horloge, qui semblait régir la vie des Blancs.

Du matin au soir, les travaux s'enchaînaient avec une

régularité de métronome. Après les tâches ménagères de la matinée venait le repas, vite pris, à midi sonnant. L'après-midi était dévolu à l'apprentissage religieux et profane.

En anglais, Louve Bienfaisante avait considérablement enrichi son vocabulaire et elle maîtrisait maintenant la conjugaison. En calcul, elle connaissait les quatre opérations. L'écriture n'avait plus de secret pour elle. Avec la religion, en revanche, les choses n'étaient pas aussi simples. Elle ne parvenait pas à comprendre comment ce Dieu qui commandait d'aimer son prochain et de pardonner, pouvait, en même temps, promettre les flammes de la géhenne à quiconque transgressait un de ses nombreux interdits. Pourquoi ce Dieu de miséricorde demandait-il à l'homme blanc, comme l'affirmaient aussi les Prescott, de défricher la forêt, de fouiller le sol pour en extraire le minerai, de chercher à se rendre maître de tout un continent ?

« Enrichissement » et « progrès » revenaient sans cesse dans la bouche du révérend et de sa femme. Ils affirmaient qu'il était du devoir des Blancs de conquérir l'Ouest, d'apporter la lumière aux ignorants et de civiliser les pauvres sauvages vivant encore sur ces terres. Mme Prescott avait vainement tenté d'inculquer à Louve Bienfaisante la notion de propriété. Posséder de la terre semblait être une des préoccupations essentielles des *Ve-ho-e*. Apparemment, plus ils en avaient, plus ils étaient puissants. Louve Bienfaisante avait beau essayer d'assimiler ce concept, il lui échappait complètement. A la rigueur, elle pouvait concevoir qu'un peuple revendiquât son droit à chasser sur un territoire donné, dès lors qu'il s'agissait de survie. Mais que pouvait bien apporter le fait de posséder en propre un lopin de terre minuscule ? Cela ne dispensait pas son propriétaire de devoir aller chasser ailleurs ou travailler chez un autre Blanc pour pouvoir s'offrir ce dont il avait besoin !

A ce propos, la quantité incroyable de choses que le Blanc considérait comme indispensables à sa vie restait aussi pour Louve Bienfaisante un sujet d'étonnement extraordinaire. Les explications de Mme Prescott avaient accru sa perplexité. Elle lui avait raconté que dans l'Est, la plupart des Blancs se levaient à l'aube pour aller travailler, qui aux champs, qui dans des magasins ou des usines, lieux que Louve Bienfaisante avait beaucoup de mal à imaginer. Leur seul but était de gagner de l'argent ; notion totalement inconnue à la jeune fille. Le plus surprenant était qu'ils ne consacraient pas seulement cet argent aux achats essentiels comme la nourriture ou les vêtements, mais qu'ils le dépensaient aussi en objets parfaitement inutiles : statuettes, meubles ou tableaux. A en croire Mme Prescott, la richesse d'un homme était toujours proportionnelle à ses qualités.

Quels comportements ridicules ! Pourquoi les *Ve-ho-e* ne savaient-ils se contenter de ce que la Mère Terre offrait gracieusement et en abondance à tous ? Louve Bienfaisante les soupçonnait parfois de prendre un malin plaisir à se compliquer la vie.

Toutes ces réflexions lui trottaient dans la tête, tandis qu'elle se préparait pour l'office dominical qui se tiendrait au fort une heure plus tard. Chaque dimanche, les soldats venaient écouter le prêche du révérend Prescott. Louve Bienfaisante aussi était tenue d'y assister. Elle détestait pourtant ces sermons ampoulés, où il n'était question que d'« invitation divine à sauver les âmes de ces malheureux Indiens ». Elle en ressortait toujours humiliée et, ayant découvert des similitudes entre la Genèse de l'Ancien Testament et l'histoire de la création racontée par les Indiens, ne comprenait pas bien pourquoi les Blancs se croyaient les seuls élus de Dieu.

En mettant sa robe, la jeune fille se remémora avec un certain amusement les difficultés qu'elle avait éprouvées au début à boutonner les affreux vêtements que Mme Prescott lui imposait. Elle détestait toujours autant l'image que lui renvoyait le miroir.

Bientôt, à la prochaine Lune des Orages, au moment où les fleurs commenceraient à éclore et l'herbe de la prairie à verdoyer, Louve Bienfaisante aurait treize étés. Depuis qu'elle était devenue femme – il y avait maintenant un an de cela –, son corps s'était paré de courbes gracieuses. Son visage s'était affiné, mettant en valeur une bouche ronde et bien dessinée, un teint lisse et de grands yeux sombres, légèrement en amande. Ses parents allaient la trouver bien changée !

Dans cinq mois, Etoile du Ciel et Archer Agile viendraient enfin la chercher ! Elle retrouverait la vie simple et libre qu'elle chérissait tant. Et surtout, elle retrouverait Patte d'Ours. L'avait-il attendue, comme il l'avait promis ? Il avait vingt et un étés maintenant. C'était un homme ! Cette idée fit naître en elle une émotion fugitive et indéfinissable qu'elle n'avait jamais ressentie.

Tom lui faisait souvent penser à Patte d'Ours, en raison de son âge. Il avait désormais un petit travail au fort, qui lui rapportait un peu d'argent. Ses parents, eux, vivaient des dons qu'ils recevaient d'une communauté religieuse de l'Est. Ils étaient maintenant bien implantés sur le territoire de Fort Laramie. Non loin de leur cabane, ils avaient bâti une petite chapelle de bois. Avec tous les Indiens – pour la plupart des Shoshones et des Pawnees – qui rôdaient dans les parages, leur travail d'évangélisation devenait de plus en plus prenant.

Lorsque des Cheyennes ou des Sioux venaient au fort

pour échanger leurs peaux contre du tabac, Mme Prescott enfermait Louve Bienfaisante dans la cabane. Heureusement, la libération était proche !

Quelqu'un frappa à la porte. C'était Thomas, qui venait voir si elle était prête. Il portait un de ces costumes trois-pièces de laine un peu stricts que les *Ve-ho-e* revêtaient le dimanche ou lors des grandes occasions. Il avait l'air engoncé et légèrement emprunté.

– Mon père et ma mère viennent de partir, annonça-t-il.

Il avait un regard étrangement mobile qui, de toute évidence, cachait sa gêne. Louve Bienfaisante repensa à la façon dont Patte d'Ours l'avait quelquefois regardée avec un embarras tout à fait identique. Sur le moment, elle en éprouva de la surprise. Depuis que Tom apprenait en secret le cheyenne avec elle, des liens profonds s'étaient créés entre eux. Mais l'idée qu'il pût éprouver pour elle des sentiments autres qu'affectueux ne lui avait jusqu'alors jamais effleuré l'esprit.

– Tu es plus belle que jamais, reprit-il avec un gentil sourire.

Louve Bienfaisante songea, sans le lui dire, que Tom était un beau *Ve-ho-e*.

– Merci, répondit-elle simplement, flattée mais légèrement troublée tout de même par ce compliment.

Si Thomas éprouvait pour elle les mêmes sentiments que les hommes éprouvent ordinairement pour les femmes, c'était bien ennuyeux : elle devrait forcément lui faire de la peine, puisque son cœur appartenait à Patte d'Ours !

– Es-tu prête ? demanda-t-il.

– Je prends mon châle et j'arrive.

Au moment où elle se tournait, Thomas lui saisit le bras.

– Louve Bienfaisante... (en l'absence de ses parents,

il l'appelait toujours par son prénom cheyenne)... je voudrais te poser une question grave. Y a-t-il la moindre chance que tu décides de rester avec nous quand ton peuple viendra te chercher ?

– Voyons, Tom ! s'exclama-t-elle, sincèrement surprise. Tu sais bien que ce que je désire le plus au monde, c'est de retrouver les miens !

Les yeux de Thomas brillèrent, comme s'il avait envie de pleurer, mais il lui sourit.

– Tu vas terriblement me manquer... Je voulais simplement que tu le saches.

– Toi aussi, tu vas me manquer, Tom, dit-elle en lui prenant tendrement la main, mais je ne peux vraiment pas rester avec les *Ve-ho-e*.

– Malgré mon chagrin, j'aurai au moins la satisfaction de savoir que ma mère n'a pas réussi à changer ton cœur et tes convictions. Elle est tellement persuadée du contraire qu'elle croit dur comme fer que tu vas rester avec les Blancs. J'ai hâte de voir sa tête le jour de ton départ !

Louve Bienfaisante sourit tristement. Elle n'avait certes pas d'affection pour Marilyn Prescott, mais elle trouvait Tom bien dur avec sa mère.

– Tu ne devrais pas te réjouir de sa déception.

– Pourquoi ? demanda Thomas en haussant les épaules d'un air indifférent. Elle m'a fait tellement de mal dans ma vie ! Quand j'étais petit garçon, j'avais droit au fouet à la moindre bêtise. Elle a tout fait pour me briser. Je n'ai jamais reçu d'elle le moindre encouragement, jamais le moindre compliment. Rien ! Elle n'a cessé de répéter que j'étais un mauvais chrétien et un fils indigne.

Louve Bienfaisante avait le cœur serré. C'était la première fois que Thomas s'épanchait ainsi.

– Si tu étais mon fils, je serais très fier de toi. Tu es

un garçon généreux, tolérant et ouvert. Je n'aime pas le Dieu de tes parents, qui n'est qu'un affreux censeur sans pitié, mais ton Dieu à toi me plaît, il ressemble au mien.

– Jamais je n'oublierai ce que tu viens de me dire, répliqua Thomas en serrant la main de Louve Bienfaisante entre les siennes.

Puis, sans lui laisser le temps de réagir, il se pencha vers elle et effleura ses lèvres. Louve Bienfaisante le regarda, éberluée, sans pouvoir dire autre chose que « oh ! ».

– Je ne recommencerai plus, se défendit-il aussitôt en rougissant. Je voulais simplement te montrer que je t'aime beaucoup. Si tu changeais d'avis, si tu décidais de rester, je patienterais, comme Patte d'Ours. Mes parents ne pourraient jamais m'empêcher de t'épouser si tu voulais bien de moi. Ma mère aurait certainement une crise cardiaque, mais tant pis !

Sur ce, il sortit, disant à Louve Bienfaisante qu'il l'attendait dehors.

Louve Bienfaisante resta stupéfaite. Ainsi, Thomas l'aimait à ce point ! Il l'avait embrassée... un *Blanc* l'avait embrassée ! En tremblant, elle jeta son châle sur ses épaules.

Elle rejoignit Thomas sans oser le regarder.

– Ne sois pas fâchée, je t'en prie, supplia le jeune homme.

– Je ne suis pas fâchée, je suis embarrassée. Je ne sais pas ce que tu attends vraiment de moi, maintenant.

– Je n'attends rien, soupira Thomas. Si je t'ai offensée, je te demande pardon. Je n'avais pas le droit de t'embrasser comme ça. C'est idiot, mais c'est le seul moyen que j'aie trouvé pour t'exprimer mes sentiments. Je n'avais absolument aucune autre intention, sois-en certaine ; je sais bien que tu t'es promise à Patte d'Ours.

Quand tu seras partie, je penserai toujours à toi, je me demanderai toujours si tout va bien, ce que tu fais et ce que tu deviens. Je ne veux pas que tu gardes un mauvais souvenir de moi. Restons amis, tu veux ?

Louve Bienfaisante le savait sincère.

– Bien sûr ! dit-elle. C'est toi qui m'as appris qu'il y avait du bon dans tout homme, Blanc ou Indien, et cela, je ne l'oublierai jamais. Tu seras toujours mon ami, mon meilleur ami, Tom. Je comprends ce que tu ressens.

– Tu es bien plus intuitive et plus mûre que la plupart des filles de ton âge.

– C'est à cause de l'Esprit des Loups, qui m'a choisie alors que je n'avais que six ans.

Ils approchaient de la chapelle. Thomas ferma sa veste pour se protéger du mauvais vent de mars, Louve Bienfaisante s'enroula dans son châle.

– Qu'est-ce que vous fabriquez, tous les deux ? s'écria Mme Prescott, qui les guettait avec un œil noir depuis l'entrée. Tom, ton père est sur le point de commencer la prière ! Dépêchez-vous !

Dès que la femme du révérend eut tourné les talons, Thomas se pencha vers son amie et lui murmura à l'oreille :

– Tu comprends pourquoi je ne serai pas mécontent de voir la tête de ma mère quand tu partiras !

– *Saaa*, Tom ! le taquina Louve Bienfaisante. Quelle vilaine pensée de la part d'un si gentil garçon !

Thomas rit de bon cœur, et ils entrèrent l'un derrière l'autre dans la chapelle.

Comme d'habitude, tous les soldats se tournèrent vers Louve Bienfaisante. Chaque dimanche, leurs regards étranges la déconcertaient. Elle retrouvait dans leur expression la même agressivité, la même hypocrisie, que celle qu'ils montraient à l'égard des Indiens qu'ils accueillaient au fort... sourire aux lèvres, mais doigt sur la détente !

Pendant que le révérend récitait les prières du jour, Louve Bienfaisante adressait à voix basse une supplique à l'Esprit des Loups et à la Terre Mère, pour que Blancs et Indiens finissent par vivre en harmonie. Depuis quelques mois, les militaires aux tuniques bleues avaient reçu de gros canons, qu'ils avaient pointés en direction des plaines. Pourquoi ? Après ces mois de vie commune avec les Prescott, Louve Bienfaisante avait pris conscience du gouffre qui séparait les mentalités des deux peuples. Plus le temps passait, plus les promesses du traité de Laramie lui semblaient fragiles.

Deux pleines lunes ! Plus que deux pleines lunes et les siens viendraient la chercher ! Louve Bienfaisante en perdait le sommeil. Pourtant, le sentiment d'un danger, d'une menace indéfinissable, l'empêchait de savourer pleinement sa joie. Elle n'aurait su dire d'où lui venait cette impression. Du regard des soldats, des ricanements des éclaireurs pawnees, du vent, peut-être...

Thomas venait de lui raconter que des escarmouches avaient eu lieu dans le Sud, près de Santa Fe, et dans le Nord, sur la piste qui menait de l'Oregon à la Californie. Les Indiens avaient, paraît-il, dépassé les frontières de leur territoire, et les Blancs, à qui la peur donnait la détente facile, avaient tiré inconsidérément. D'après Tom, les représentants du Grand Père blanc et les agents du Bureau des Affaires indiennes s'évertuaient à trouver des solutions pour maintenir le calme sur les fronts sensibles. Malheureusement, leur ignorance des problèmes réels des Indiens faussait leur analyse et les empêchait de faire des propositions pertinentes. Déjà, à Fort Laramie comme dans d'autres forts à travers le pays, les soldats maudissaient « ces salauds de Cheyennes et de Sioux » qui ne savaient pas ce que signifiait « respecter sa parole ».

Bien qu'ignorant le détail de ces événements, Louve Bienfaisante était sûre que si les Indiens brisaient leurs promesses, c'était qu'ils y étaient acculés.

Un autre grave souci la taraudait. La semaine précédente, on avait retrouvé mort, à demi dévoré, le veau que les soldats engraissaient au fort. Immédiatement, les soupçons s'étaient portés sur son loup blanc – alors que des meutes entières de loups sauvages erraient dans les environs –, et Louve Bienfaisante n'échappait pas à cet opprobre.

Depuis, la jeune Indienne vivait dans la crainte d'une vengeance aveugle. La plupart du temps, elle restait enfermée dans la cabane, trouvant moins insupportable la froideur de Marilyn Prescott que la méchanceté des militaires, dans le regard haineux desquels passait parfois la même flamme salace qu'elle avait vue dans les yeux du Crow qui avait violé sa mère. Ses seules sorties se limitaient aux offices religieux à la chapelle, au ravitaillement quand elle accompagnait Mme Prescott jusqu'à l'entrepôt, ou aux visites qu'elle rendait au loup avec Thomas.

Cette nuit, comme toutes les autres, on entendait hurler les hardes errantes. La tête sur l'oreiller, l'adolescente écoutait attentivement pour reconnaître son loup à elle. Un hurlement solitaire monta enfin de la forêt. C'était lui ! Il lui disait qu'il l'attendait fidèlement. Elle ferma les yeux, rassérénée, quand un claquement affreux, sinistre, déchira la nuit.

Louve Bienfaisante sentit son sang se glacer. Elle attendit un peu, comme paralysée, mais le silence, soudain, l'aida à réagir. Elle sortit de son lit, enfila sa robe de chambre et glissa ses pieds dans les vieux mocassins qui lui servaient de chaussons.

L'angoisse lui coupait le souffle. Elle ouvrit la porte de sa chambre en haletant. Au milieu de la salle commune vacillait la flamme d'une lampe dont l'huile finissait de se consumer. Elle aperçut Thomas en train d'attacher le pantalon qu'il venait de passer à la hâte. Il avait encore sa chemise dans la main et ses bretelles retombaient de chaque côté.

– Tu as entendu, toi aussi ? demanda-t-elle.

Il fit signe que oui et ordonna :

– Reste ici. Je vais voir ce qui se passe.

– Non, je dois y aller moi-même. Les loups se ressemblent, tu pourrais te tromper.

Le révérend apparut à son tour.

– Que se passe-t-il ? Qu'est-ce que vous complotez ici ?

Sans répondre, Louve Bienfaisante se précipita au-dehors et se mit à courir à toutes jambes, malgré les cris de Thomas. Elle progressait à la vitesse d'une biche devant le chasseur. Le loup avait peut-être besoin d'elle ; il n'y avait pas une seconde à perdre.

– Halte ! Qui va là ? hurla une sentinelle aux abords du fort.

Elle ne s'arrêta pas et s'enfonça dans l'ombre pour mieux se dissimuler, au cas où le soldat la poursuivrait. Relevant sa chemise de nuit et sa robe de chambre, elle passa les limites du territoire du fort et se retrouva dans la prairie.

La pleine lune lui permettait de se diriger aisément, mais elle aurait à peine eu besoin de sa lumière. Il ne s'était pas passé de jour sans qu'elle vînt voir son loup. Toujours, elle l'avait trouvé au même endroit, qui l'attendait.

Elle était complètement hors d'haleine lorsqu'elle

s'arrêta enfin. Plissant les yeux, elle scruta le paysage autour d'elle. Il lui sembla qu'une tache plus claire se détachait sur l'herbe sombre.

– C'est toi ? chuchota-t-elle, avec une terrible appréhension.

La tache ne bougea pas. En s'approchant, elle ne put retenir un cri de détresse. Une marque noire ombrait le pelage blanc du loup à hauteur de l'épaule. L'animal avait été tué sur le coup.

Elle fondit en larmes et serra l'animal déjà froid contre son cœur.

Au bout d'un moment, un cliquetis de roues lui fit lever les yeux : les Prescott arrivaient en chariot. Louve Bienfaisante s'étonna d'entendre Marilyn Prescott pester après le responsable de ce massacre, mais elle comprit vite la vraie raison de sa colère. La femme du révérend n'éprouvait aucune peine ; elle redoutait simplement les conséquences de cet incident quand les Cheyennes en auraient connaissance.

– Elle va nous accuser et dire du mal de nous. Il faudra tout recommencer de zéro pour regagner la confiance de sa tribu. Quand j'y pense, Andrew, après tous les efforts que nous avons faits depuis un an et demi ! pleurnicha-t-elle, d'une voix geignarde. Il faut absolument que tu découvres qui a fait ça. Le coupable doit être puni.

– Il se trouvera une excuse. On ne peut nier que les loups ont semé le trouble, par ici, ces derniers temps.

Marilyn Prescott soupira.

– Ramenons la petite à la cabane, dit-elle à son mari. Elle ne va quand même pas rester dehors ! Nous reviendrons demain enterrer cette sale bête.

Le révérend se baissa vers Louve Bienfaisante, qui le repoussa vivement.

– Laissez-moi tranquille. Cette nuit, je vais dormir

près de lui, comme j'aurais toujours dû le faire si vous ne m'en aviez pas empêchée.

– Tu ne peux pas, ce n'est pas raisonnable, mon enfant.

Louve Bienfaisante se redressa et regarda les Prescott bien en face. D'une voix dans laquelle, pour la première fois de sa vie, perçait la haine, elle leur lança :

– Inutile d'insister, je vais passer la nuit ici à réciter des prières indiennes. Demain, Thomas m'apportera une pelle et j'enterrerai moi-même le loup. Si vous m'obligez à rentrer ce soir, je me tuerai.

Tom tenait sur le bras deux couvertures qu'il avait apportées à l'insu de ses parents. Il annonça d'un ton ferme :

– Je reste avec elle.

– Répète ça un peu, pour voir ! hurla sa mère, indignée.

– Je ne vous demande pas votre permission, mère. Vous avez bien entendu : je reste avec Martha... euh... Louve Bienfaisante. Elle tenait à ce loup comme à sa propre vie. Sa douleur est immense... Quant à vous, père, n'essayez pas de m'arrêter dans ma décision, vous m'obligeriez à me fâcher définitivement avec vous.

– Il est grand temps que tu retournes dans l'Est. Ton séjour ici est une catastrophe. Cette fille a eu une très mauvaise influence sur toi.

– Une mauvaise influence ! J'ai appris plus de choses avec elle que pendant toute ma vie d'avant. Je vous en prie, allez-vous-en.

– Partons ! dit le révérend en tirant sa femme par le bras.

Marilyn Prescott jeta un dernier regard vers son fils. Ses yeux lançaient des éclairs.

– Que Dieu te pardonne, pauvre pécheur !

Puis elle rejoignit son mari, et ils partirent.

Louve Bienfaisante s'était de nouveau assise par terre et berçait le loup contre sa poitrine. Thomas s'approcha d'elle par-derrière et lui posa doucement une couverture sur les épaules.

– Si seulement je pouvais te délivrer de ton chagrin ! Je ne sais comment apaiser ta douleur.

La peine de Louve Bienfaisante était si profonde qu'elle ne pouvait même plus pleurer. Hagarde, la mine livide, elle semblait même avoir oublié que le loup qu'elle tenait dans ses bras était mort. Thomas s'assit à côté d'elle. Elle se mit à parler d'une voix froide :

– Tu ne peux rien faire, Tom. Tout cela est arrivé par la faute de ta mère qui m'a obligée à me séparer du loup et qui m'a empêchée de porter sur moi les pattes sacrées. Mais c'est fini, je ne quitterai plus jamais ceux que j'aime ! Maintenant, je vais prier pour que les esprits accueillent le loup avec bienveillance et pour que lui aussi m'attende auprès de Douce Grand-Mère, quand mon tour sera venu de rejoindre *Ekutsihimmiyo* au Territoire des Ancêtres.

Thomas fit un signe de tête pour montrer qu'il comprenait, mais il ne réussit pas à prononcer un mot, tant il était ému. Louve Bienfaisante parlait de la mort, de sa propre mort, comme d'une chose inéluctable et parfaitement naturelle. C'était pour elle un simple passage vers un au-delà où elle retrouverait tous ceux qui l'avaient précédée. Il n'y avait ni tristesse ni crainte en elle, contrairement à la plupart des Blancs lorsqu'ils évoquaient la mort.

Depuis des mois que Tom avait pris l'habitude de venir quotidiennement ici avec Louve Bienfaisante, il avait fini par éprouver une véritable affection pour le loup. Ce qui était arrivé lui mettait la rage au cœur et, avec une hargne qu'il n'avait jamais ressentie jusqu'à présent, il avait envie de cogner sur le coupable. Le trouverait-on un jour ?

– Je vais déterrer les pattes pour te les rapporter, dit-il en se dirigeant vers le gros rocher sous lequel ils avaient caché le sac autrefois.

Louve Bienfaisante s'allongea sur l'herbe tendre de la prairie et se serra contre le loup. Pour sa dernière nuit, au moins, il ne serait pas seul.

11

La matinée était déjà bien avancée et l'air s'était radouci quand Thomas finit de creuser le trou. Prenant appui sur la pelle plantée dans la terre, il se redressa, se massa les reins et s'épongea le front d'un revers de manche.

– C'est prêt, dit-il.

A quelques mètres de là, Louve Bienfaisante, penchée en avant, semblait parler au loup sur le ton de la confidence. Lorsqu'elle releva la tête, Tom fut frappé par son air absent. C'était comme si, brusquement, elle n'était plus elle-même, mais une créature éthérée, une sorte d'apparition habitée par des sentiments surnaturels.

– Il me faut un couteau, déclara-t-elle froidement.

– Un couteau ? Pour quoi faire ?

– Le loup veut que je prenne sa fourrure, il me l'a dit dans mon sommeil.

Thomas fronça les sourcils.

– Tu sais ce que c'est que dépecer un animal ? Tu n'y arriveras jamais !

– Si ! Je l'ai vu faire des dizaines de fois. J'ai bien

regardé aussi quand Patte d'Ours a détaché devant moi la peau du loup qui m'avait sauvée du grizzli.

Sachant l'importance que cet acte revêtait pour elle, Thomas n'insista pas et alla lui chercher un couteau. Quand il revint, les mains ouvertes vers le ciel, elle chantait une prière cheyenne qu'elle lui avait apprise :

Ô Mère Terre ! Ô Esprit des Loups ! Ô grand Maheo !
Soyez bénis pour vos bienfaits. Je vous donne ma vie.

Thomas ne connaissait pas assez bien le cheyenne pour comprendre la suite. Il mesurait cependant la solennité de ce moment, conscient que cette cérémonie le faisait pénétrer au tréfonds de l'âme indienne. Louve Bienfaisante semblait baignée d'une espèce d'aura mystique. Partageait-elle vraiment l'esprit de ce loup parti retrouver *Ekutsihimmiyo* ? Les animaux avaient-ils vraiment une âme comme les êtres humains ?

C'était la première fois que Tom se posait de telles questions. Du même coup, il se rendit compte avec tristesse que tout séparait les Indiens et les Blancs. Ces deux peuples vivaient dans deux mondes parfaitement étrangers. Le jour où il avait imaginé qu'il pourrait épouser Louve Bienfaisante, il s'était complètement trompé. Même avec la meilleure volonté du monde, même avec un amour infini, leurs pensées ne pourraient jamais totalement fusionner. Ils pouvaient se comprendre, la raison pouvait les rapprocher, les sentiments aussi, il manquerait toujours à Thomas cette petite flamme qui brûlait dans le cœur de chaque Indien depuis le jour de sa naissance.

Des nuages lourds apparurent à l'occident, tourbillonnant au-dessus de la prairie.

Louve Bienfaisante cessa ses prières et prit le couteau des mains de Thomas. Alors qu'il s'attendait qu'elle le plongeât dans le corps du loup, il la vit, horrifié, s'entailler le bras gauche, tandis que le tonnerre résonnait lugubrement. Louve Bienfaisante leva les yeux vers les cieux et laissa couler quelques gouttes de sang sur le loup. Dans des torrents de larmes, elle se lamenta à voix haute.

Tom regardait la scène avec des yeux ronds. Puis il lui revint à l'esprit que les Indiens faisaient souvent un sacrifice de sang lors de la perte d'un être cher. Un autre grondement secoua la terre.

Perdue dans son monde, la petite Indienne semblait ignorer l'approche de l'orage. Thomas s'avança doucement, s'agenouilla près d'elle et lui mit gentiment la main sur l'épaule.

– Il va pleuvoir, dit-il.

Louve Bienfaisante le regarda comme si elle s'éveillait.

– Ce n'est que *Maheo* qui manifeste sa colère.

Sa voix avait des intonations profondes, presque tragiques.

Au moment où elle se tournait vers le loup, Thomas lui saisit la main qui tenait le couteau.

– Moi aussi, je voudrais faire un sacrifice de sang pour dire au loup que je l'aimais.

– Tu en es vraiment sûr ? demanda Louve Bienfaisante en levant vers lui ses yeux rougis.

La pluie commençait à tomber.

Thomas fit un signe de tête et releva sa manche. Louve Bienfaisante lui prit le poignet et, vivement, lui incisa le bras. Il ne broncha pas et, à son tour, répandit des gouttes de sang sur l'animal. Il avait les larmes aux yeux.

Louve Bienfaisante pressa alors sa blessure contre celle de Tom.

– Désormais, Thomas Prescott et Louve Bienfaisante

sont frère et sœur de sang, déclara-t-elle d'une voix solennelle. Chez les Indiens, il ne te sera jamais fait aucun mal. Le sang des Cheyennes coule maintenant dans tes veines.

L'émotion nouait la gorge de Tom, au point qu'il ne réussit pas à émettre le moindre son.

Louve Bienfaisante se servit du couteau pour découper deux bandes de tissu dans la robe de chambre qu'elle portait depuis la veille au soir. Elle en tendit une à Tom.

– Enroule ça autour de ton bras et baisse ta manche. Personne ne pourra deviner le secret qui nous lie.

– Merci... dit enfin Thomas quand il eut retrouvé un filet de voix, merci pour l'honneur que tu m'as fait.

Au moment où Louve Bienfaisante commençait à dépecer l'animal, la pluie redoubla d'intensité.

– Si on attendait un peu ? suggéra Tom.

– Non, j'ai hâte d'avoir terminé et c'est une entreprise de longue haleine, tu sais. Quand j'aurai enlevé la peau, je devrais encore la racler, la laver, puis la faire sécher au soleil. Alors seulement je pourrai la porter. Avec sa tête sur mon épaule, j'aurai l'impression qu'il est encore tout près de moi et qu'il continue à me protéger.

Le geste vif et efficace, elle glissait le couteau sous la peau pour la détacher des chairs. Thomas la regardait faire en grimaçant.

Enfin, elle étendit la peau à plat sur le sol.

– Comme elle est belle ! s'émerveilla-t-elle en caressant la fourrure trempée de pluie. Allons enterrer le reste du corps pour qu'aucun animal ne vienne le dévorer.

Thomas l'aida à transporter les chairs ensanglantées jusqu'au trou qu'il avait creusé. Louve Bienfaisante effectuait sa tâche avec concentration et précision. Ils recouvrirent le corps de terre.

Quand tout fut terminé, les jeunes gens étaient trempés jusqu'aux os.

Thomas comprenait maintenant ce qu'il avait eu du mal à admettre jusqu'à présent. Il était étonné de voir combien la douleur était importante pour les Indiens, présente dans chacun de leurs sacrifices. Ainsi dans la Danse du Soleil. La souffrance des guerriers qui offraient leur sang et leur corps pour le bien de leur peuple lui faisait penser au Christ, venu sauver l'humanité par le sacrifice de la croix. Les Cheyennes étaient peut-être plus proches de Dieu que bien des Blancs qui se prétendaient chrétiens et se targuaient de lire la Bible régulièrement. Quelque feu divin les habitait sans aucun doute.

– Jamais je ne te dirai assez ma reconnaissance pour m'avoir permis de rester près de toi. Je suis vraiment malheureux que mes parents t'aient fait tant de mal.

– C'était mon destin ; il ne faut rien regretter. C'est vrai, chez les Blancs, j'ai connu l'amertume, la haine et le désespoir. Mais ne sois pas triste ; avec toi, j'ai aussi rencontré la loyauté et la générosité.

Tout le long du chemin du retour, la pluie les accompagna, mêlant à leurs larmes l'eau du ciel.

La nuit suivante, Louve Bienfaisante fit un rêve nouveau. Etait-ce un avertissement ?

Un monstre noir surgissait devant elle, menaçant, crachant une épaisse fumée grise et opaque, dans un terrible fracas où se mêlaient gémissements aigus et grondements assourdissants. Les Indiens et les animaux fuyaient devant lui. Quand le monstre arriva plus près d'elle, elle eut l'impression qu'il portait un feu énorme dans ses entrailles. Le bruit se transforma en une longue plainte, et la fumée, devenue noire, capitonnait le ciel au-dessus de sa tête. Elle s'était éveillée brusquement, en pleine nuit, au moment où il allait se jeter sur elle pour la dévorer.

Louve Bienfaisante resta quelques instants assise sur son lit, glacée de sueur, avant de s'apercevoir de la présence de Marilyn Prescott, une lanterne faiblement éclairée à la main.

— Que faites-vous ici ? demanda-t-elle.

Comme prise en faute, Mme Prescott, la mine coupable, restait clouée sur place, près de la chaise où la jeune fille avait étalé la peau du loup.

— Tu ne peux pas garder cette chose dans ta chambre, Martha. Ça empeste ! finit-elle par articuler.

Avec une grimace de dégoût, la femme du révérend tendit le bras vers la peau, mais la protestation véhémente de Louve Bienfaisante l'arrêta.

— N'y touchez pas ! Demain matin, je la sortirai, si le soleil est revenu !

— C'est très malsain, Martha.

— Je ne suis pas Martha. Je m'appelle Louve Bienfaisante et je n'ai que faire de votre avis ! Mon peuple sait traiter les peaux, il le fait depuis la nuit des temps. Quand celle-ci sera bien sèche, elle sera aussi propre que n'importe lequel de vos vêtements. Je sais que vous espériez me la prendre pendant mon sommeil. Vous êtes lâche et méprisable.

Mme Prescott ouvrit de grands yeux. Soudain, son regard se porta sur le sac autour du cou de la jeune Indienne.

— Où... as-tu pris... ça ? bégaya Mme Prescott.

Louve Bienfaisante hésita une seconde. Elle devait inventer une réponse pour que Tom n'eût pas d'ennuis.

– Je l'ai sorti du poêle. Un sac magique ne peut pas brûler, vous auriez dû vous en douter !

La femme du révérend lâcha un soupir scandalisé.

– Menteuse ! Je suis sûre que c'est Tom, n'est-ce pas ?

– Non, non ! protesta Louve Bienfaisante. Pourquoi refusez-vous de me croire ?

– Donne-le-moi ! Je le jetterai demain matin dans la cuisinière. On verra bien si tu dis la vérité.

– Sûrement pas ! cria Louve Bienfaisante en reculant.

– Tu ne perds rien pour attendre ! hurla Mme Prescott en quittant la pièce comme une folle.

Louve Bienfaisante n'eut que le temps de dissimuler le sac sous une latte du plancher et de sortir son couteau, que Mme Prescott était déjà de retour avec son mari.

– Où as-tu mis le sac ?

– Fouillez partout, vous ne le trouverez pas, dit Louve Bienfaisante sans se démonter.

Thomas, réveillé par ce tintamarre, fit bientôt irruption. L'air rebelle, presque sauvage, de la jeune fille l'inquiéta. C'était la première fois qu'il la voyait dans un tel état. Elle brandissait son couteau d'une manière menaçante.

– Si vous touchez à mes affaires, je vous tue ! déclara-t-elle froidement.

– Seigneur ! souffla Mme Prescott.

– Ma petite, dit le révérend, as-tu déjà oublié les bons principes que tu as appris avec nous ?

– Avec vous, j'ai appris à écrire, à compter et toutes ces choses qui ne me servent à rien. J'ai appris à vivre au rythme de votre horloge, à porter des vêtements qui ne protègent pas du froid. J'ai appris que votre Dieu aime et pardonne, mais que ceux qui l'adorent ne suivent pas son exemple. J'ai appris que votre peuple ne respecte pas les êtres vivants. Voilà ce que j'ai appris ! dit-elle avec un ricanement amer. Je sais maintenant que mon peuple est bien naïf de croire aux promesses des *Ve-ho-e*. L'homme blanc en veut toujours plus. Il ne sera satisfait que lorsqu'il aura fait de nos guerriers des fermiers sédentaires, et de nos squaws des prisonnières dans des maisons de bois comme la vôtre. Les Cheyennes n'iront jamais dans vos églises adorer un dieu qui n'est pas le leur !

— Après tout le mal que nous nous sommes donné ! gémit Marilyn Prescott, au bord des larmes.

— C'est une sauvage, nous n'y pouvons rien, répondit le révérend.

— Vous vous fourvoyez complètement, intervint alors Thomas. Elle protège simplement ce qui lui est cher, quoi de plus normal ? C'est nous qui nous conduisons comme des sauvages en lui imposant par la force notre foi et notre mode de vie. Que diriez-vous si on vous obligeait à renier le Christ ? Essayez de la comprendre, pour une fois !

Mme Prescott jeta un regard furieux sur son fils.

— Elle t'a complètement envoûté, ma parole ! Nous qui pensions que tu allais nous aider à la convertir ! J'aurais dû te renvoyer finir tes études au séminaire. Si j'avais su, mon Dieu !

— Un jour j'essaierai, moi aussi, d'aider les Indiens, mais je m'y prendrai autrement ! On ne peut faire table rase de convictions vieilles de plusieurs siècles.

— Tu n'es qu'un faible ! lança sa mère avec mépris.

Thomas sursauta, profondément blessé.

— Détrompez-vous, mère, rétorqua-t-il durement. Je sais ce que je veux et je me sens assez fort pour y arriver. Mais vous qui vous vantez de connaître la Bible sur le bout du doigt, vous feriez bien de vous interroger sur le *vrai* sens des enseignements du Christ.

– Nous sommes tous fatigués, coupa le révérend. Nos propos dépassent notre pensée. Retournons nous coucher.

Comme souvent en pareille situation, M. Prescott évitait de s'interposer. Il eût sans doute pris le parti de Thomas, s'il n'avait craint le courroux de sa femme. Devant cette lâcheté, le jeune homme protesta violemment :

– Pour l'amour du ciel, père, pourquoi n'osez-vous pas dire enfin ce que vous pensez ?

Il sortit et claqua la porte derrière lui.

– Range ce couteau, personne ne touchera à tes affaires, dit le révérend à Louve Bienfaisante, puis il soupira et s'adressa à sa femme : Nous aurions dû écouter Fitzpatrick qui nous conseillait de prendre une enfant plus jeune. Nous avons lamentablement échoué, Marilyn, c'est vrai, mais nous avons fait de notre mieux.

– Crois-moi, Martha, fit Mme Prescott, utilisant encore le nom anglais de la jeune fille, si ton peuple refuse de se civiliser, il est perdu. Il doit se soumettre ou mourir, c'est aussi simple que ça !

Après un regard appuyé où se fondaient colère et dédain, elle sortit, suivie du révérend.

Louve Bienfaisante resta seule, regrettant déjà les mots de haine qu'elle avait prononcés. Elle se sentit soudain fragile et épuisée. Reposant son couteau, elle se dirigea vers la fenêtre, ouvrit les volets en grand et respira à pleins poumons. L'air frais lui fit du bien. La voûte céleste, lavée par la pluie qui avait enfin cessé pendant la nuit, était tapissée de milliers d'étoiles. Il flottait une délicieuse odeur de terre.

Elle retourna se coucher et le rêve du monstre noir remonta à sa mémoire. Que signifiait-il ? Etait-ce à cause de lui que son peuple mourrait, comme l'avait dit Mme Prescott ? Elle décida qu'elle en parlerait à Thomas : c'était son frère de sang et il savait ce qui se passait à l'Est, chez les Blancs.

Malgré son impatience de s'en aller, l'idée de devoir le quitter dans deux lunes lui serrait le cœur.

Les événements de la nuit précipitèrent les choses. Dès le lendemain matin, Thomas quitta la cabane pour s'installer de nouveau sous la tente. Il déclara à ses parents qu'il ne souhaitait plus partager le même toit qu'eux et qu'après le départ de Louve Bienfaisante il retournerait dans l'Est reprendre ses études.

— Entre, dit-il à son amie qui se tenait, hésitante, à l'entrée de l'abri. Bienvenue dans ma nouvelle demeure !

Il fut frappé par le changement d'apparence de la jeune Indienne. Elle avait remis une tunique et laissé pendre ses longs cheveux noirs. Sous ses traits d'adolescente, on devinait aisément la beauté saisissante de la femme qu'elle serait sous peu. Il l'invita à s'asseoir sur une couverture à côté de lui.

— J'étais en train de lire un ouvrage de ce bon vieux William. Tu connais ? Ma mère t'en a peut-être parlé.

— William ? répéta Louve Bienfaisante, avec l'air intrigué de quelqu'un qui entend un nom pour la première fois.

Thomas se mit à rire.

— Shakespeare ! William Shakespeare !

— Ah oui, je le connais, mais je ne vous savais pas en si bons termes ! plaisanta-t-elle. Ta mère m'en a fait lire quelques passages. Sincèrement, j'avoue que je ne me sens pas très à l'aise avec le vieil anglais et je risque bien de ne jamais l'être. C'est fini pour moi, tout ça !

– Je pense aussi que ma mère va renoncer à te donner des leçons jusqu'à ton départ. A-t-elle vu que tu avais remis tes anciens vêtements ?

– Certainement, mais elle ne m'a pas adressé la parole de toute la matinée. Elle considère qu'elle a échoué avec moi et elle ne l'accepte pas.

– Elle mettra sûrement un bout de temps à le digérer, approuva Thomas.

Son air triste incita Louve Bienfaisante à lui faire des excuses.

– C'est à cause de moi que tu as quitté la cabane. Cela doit faire de la peine à ta mère ; je suis vraiment désolée.

Thomas se redressa, et une lueur dure traversa brusquement son regard.

– Ne t'inquiète pas pour ma mère, elle ne connaît pas ce genre de sentiment. Elle peut être déçue, vexée, outragée, mais jamais peinée. Et mon père ? T'a-t-il parlé, ce matin ?

– Oui. Il m'a dit que je pouvais toujours aller aux offices religieux, si je voulais. Il a ajouté qu'il regrettait que je sois restée païenne. Tu crois vraiment que je suis mauvaise, Tom ?

– Bien sûr que non ! Mes parents ne te comprennent pas, c'est tout ! Ou plutôt, ils ne *veulent* pas te comprendre.

– Je n'aurais quand même pas dû les menacer de mon couteau. J'ai été trop loin.

– La peur pousse les gens à faire des choses inconsidérées. Imagine cela à grande échelle, entre ton peuple et le mien. Si l'un pousse l'autre à bout...

Il s'interrompit avec un air pensif qui raviva l'inquiétude dans le cœur de Louve Bienfaisante.

– Tu crois que les Indiens finiront par mourir, comme le prétend ta mère ?

Thomas répugnait à répondre par l'affirmative, mais il ne pouvait lui cacher totalement la réalité.

– Tout ce que je peux te dire, c'est que de nombreuses tribus ont déjà été exterminées dans l'est du pays. Celles qui restent sont parquées dans des réserves.

Tout en réfléchissant, Louve Bienfaisante suivait du bout du doigt le tracé d'un motif de la couverture.

– Mais ça n'arrivera pas ici, n'est-ce pas ? Le pays est si grand !

– Hélas, je ne suis guère optimiste ! soupira Tom.

Louve Bienfaisante releva fièrement le menton et, une note de défi dans la voix, elle déclara :

– Eh bien, si les Blancs veulent confisquer nos territoires de chasse, ils nous trouveront sur leur chemin !

Innocente enfant ! songea Thomas.

– J'espère me tromper, dit-il sans conviction. En tout cas, je ferai tout ce qui est en mon modeste pouvoir pour œuvrer à la bonne entente de nos deux peuples. Je vais terminer mes études et je reviendrai dans l'Ouest pour aider les Indiens. Pas à la manière de mes parents, non ! J'aimerais écrire des articles pour la presse de l'Est, qui est pleine de préjugés sur ton peuple. Tu sais ce qu'est un journal, je suppose ?

– Oui, ta mère m'en a fait lire quelques-uns, et je me suis aperçue que l'on y racontait beaucoup de mensonges sur nous. A propos de ce qui se passe à l'Est, je voulais te demander quelque chose, Tom...

Louve Bienfaisante lui raconta le rêve qu'elle avait fait, en lui rapportant tous les détails. Elle relata les gémissements terrifiants du monstre noir, la fumée qu'il crachait vers le ciel et la fuite éperdue des Indiens et des animaux devant lui.

Thomas, appuyé sur son coude, l'écoutait avec ébahissement. Louve Bienfaisante ne pouvait pas avoir vu de train ou de locomotive à vapeur, et pourtant, elle venait de lui en faire une description très précise !

– Seigneur ! murmura-t-il dès qu'il fut revenu de sa surprise. Tu as vraiment des pouvoirs surnaturels, Louve Bienfaisante !

Pourquoi Tom avait-il l'air si inquiet ? Avait-il vu dans ce songe l'annonce d'un malheur ?

– Est-ce que le gros monstre noir va nous faire du mal ? demanda Louve Bienfaisante, intriguée. De quoi s'agit-il ?

– Je ne vois rien d'autre que les trains pour traverser les plaines, avec un bruit d'enfer qui effraie les animaux.

– Les... tr... trains ?

– Oui, ce sont de grosses voitures que les Blancs utilisent pour transporter les passagers et les marchandises. Ils fonctionnent à la vapeur, obtenue à partir de la combustion du bois. C'est pourquoi tu as vu du feu à l'intérieur. La fumée s'échappe par une cheminée avec un sifflement strident.

Louve Bienfaisante réfléchit un moment, puis elle demanda :

– Est-ce que mon rêve peut vouloir dire que les trains vont venir jusqu'ici ?

– Je n'y avais jamais pensé, mais il n'est pas impossible qu'au nom du progrès les Blancs étendent le réseau de rails jusque dans l'Ouest.

– Des rails ? Qu'est-ce que c'est ?

– Les trains ne peuvent avancer que sur des pistes de fer, spécialement construites pour eux.

Thomas ne put s'empêcher d'être attendri par tant de candeur. Par chance, Louve Bienfaisante n'avait pas saisi ce que signifierait pour les siens l'étendue du réseau ferré.

– Allez, sauve-toi vite, dit-il pour ne pas prolonger

une conversation qui risquait de devenir bien sombre. Si quelqu'un te voyait ici, il pourrait se faire des idées.

En quittant la tente, Louve Bienfaisante partit vers la colline où était enterré le loup. Près de lui, elle pourrait réfléchir aux propos de Thomas. Elle n'en mesurait pas vraiment la portée, mais ils la troublaient un peu. Suffisamment, en tout cas, pour qu'elle ne remarquât pas qu'un cavalier, venant du sud, galopait vers le fort.

Elle méditait depuis quelques instants sur la tombe de l'animal, lorsque des pas attirèrent son attention. C'était Thomas qui courait dans sa direction. Il agitait les bras, l'air passablement excité.

– Un envoyé de ta tribu... vient d'arriver au fort, annonça-t-il, tout essoufflé. Les Cheyennes... seront là... plus tôt que prévu. Dans... moins d'un mois !

Louve Bienfaisante eut l'impression que son cœur bondissait dans sa poitrine. Elle sauta au cou de Thomas et l'embrassa avec une spontanéité tout enfantine, puis, sans plus attendre, elle partit en courant.

– Il faut que j'aille voir qui est venu porter cette nouvelle, cria-t-elle sans se retourner. Si c'est quelqu'un que je connais, je pourrai lui demander des nouvelles de mes parents.

Thomas la regarda s'éloigner avec un curieux mélange de bonheur et de mélancolie.

– Adieu, Louve Bienfaisante, *ne-mehotatse*, chuchota-t-il comme pour lui-même.

12

Le grand jour était arrivé ! Un autre messager était venu annoncer la veille que les Cheyennes, en route vers le nord, s'arrêteraient ce matin même au fort pour reprendre Louve Bienfaisante.

La petite Indienne ne se sentait plus de joie à l'idée de retrouver les siens et de participer bientôt, avec eux et leurs amis sioux, à la Danse du Soleil, comme les autres étés. Pendant un an et demi, son existence avait été mise entre parenthèses. Enfin, elle allait revivre !

Pour la circonstance, elle avait revêtu sa tunique préférée, celle que sa mère lui avait cousue et qu'elle avait portée pour la dernière fois lors de la Danse de la Couverture. A cette époque, elle flottait dedans, mais depuis, son corps s'était épanoui et sa poitrine bien développée. Aujourd'hui, le joli vêtement était un peu juste. Comme elle avait changé en quelques mois ! Les Indiens avaient laissé une enfant, ils allaient retrouver une jeune fille. A tout point de vue, elle était différente. Son physique, bien sûr, avait évolué, mais sa personnalité aussi. Ce séjour chez les *Ve-ho-e* l'avait mûrie. En plus des connaissances livresques, elle y avait acquis force de caractère et indépendance.

La main en visière pour protéger ses yeux du soleil, elle scrutait l'horizon attentivement. Tom la regardait faire. Il était resté en arrière avec ses parents, le commandant du fort et un éclaireur indien. Pour lui aussi, la journée allait être chargée d'émotion. Louve Bienfaisante allait le quitter définitivement. Il se sentait heureux pour elle et éprouvait, en même temps, une furieuse envie de la retenir. Elle était vraiment jolie avec sa tunique de peau frangée, ses petits mocassins brodés de perles et ses cheveux noirs et soyeux que le vent faisait ondoyer. Son petit sac se balançait comme un bijou autour du cou et sur son dos reposait la fourrure du loup, la tête retombant sur son épaule droite.

Thomas savait que Louve Bienfaisante ne pensait pas à lui en ce moment et que c'était pour un autre qu'elle s'était faite belle, mais il ne lui en voulait pas. Il était même assez impatient de voir Patte d'Ours. Il l'avait déjà rencontré au cours des festivités qui avaient clos la signature du traité de Laramie, mais il faisait noir, et il n'avait pas suffisamment prêté attention à lui pour en garder un quelconque souvenir.

– Ils arrivent ! cria soudain Louve Bienfaisante, mettant ses mains en porte-voix.

Thomas s'écarta de quelques pas pour mieux observer ses parents. Il savait que sa mère avait tout fait pour persuader Louve Bienfaisante de s'habiller à la mode des Blancs. Le visage pincé, Marilyn Prescott ravalait sa frustration. Au cours du mois précédent, elle s'était obligée, à contrecœur et toujours du bout des lèvres, à reparler à Louve Bienfaisante. En fait, elle ne lui avait jamais pardonné de l'avoir menacée avec un couteau. A ses côtés, le révérend restait impassible. Thomas n'aurait su dire s'il était déçu ou heureux. Il le soupçonnait d'être plus simplement résigné.

Dès que les silhouettes des chevaux se dessinèrent à l'horizon, Louve Bienfaisante se précipita à la rencontre des siens. Bientôt, Thomas assista à un spectacle qui le laissa pantois. Alors qu'il s'attendait à découvrir la famille de Louve Bienfaisante et peut-être quelques-uns de ses amis, il vit avancer une tribu au grand complet. Au moins deux cents personnes s'étaient déplacées ! Les guerriers, en ligne de front parfaitement ordonnée, menaient la troupe. Leurs tenues de cérémonie révélaient l'importance qu'ils accordaient à l'événement. Leurs visages étaient peints de motifs multicolores, aux formes souvent géométriques, et leurs torses, nus et huilés, étaient ornés de quantité de colliers de perles. Ils brandissaient vers le ciel leurs lances de guerre décorées de plumes et tenaient devant eux des boucliers d'os sculpté.

Louve Bienfaisante se jeta dans les bras d'un guerrier, un homme d'âge mûr, bien bâti et musclé. Puis une femme se détacha du groupe de l'arrière et se mit à courir vers eux. Longuement, ils restèrent enlacés tous les trois. Thomas pensa immédiatement à ce que devait ressentir sa mère devant cette scène d'amour familial. Elle qui était persuadée que ces sauvages n'avaient pas de sentiments ! Les Prescott ignoraient ce qui se disait entre la jeune fille et ses parents, mais il n'était guère difficile de deviner que leurs gestes traduisaient l'affection profonde qui les liait.

Louve Bienfaisante essuya quelques larmes de joie.

– Et Douce Grand-Mère ? demanda-t-elle enfin avec appréhension.

Un éclair de tristesse passa dans le regard de sa mère qui confirma :

– Ta grand-mère est partie rejoindre les étoiles.

– Je le savais. Elle est venue me dire adieu en songe.

Louve Bienfaisante baissa les yeux pour cacher son chagrin. Etoile du Ciel lui caressa tendrement les cheveux.

– Il n'est pas de jour où elle n'ait parlé de sa petite-fille préférée. Elle n'aimerait pas que tu aies de la peine. Au contraire, tu dois te réjouir de la savoir délivrée des maux de l'âge. Un jour, tu la rejoindras ; elle t'attend dans le Territoire des Ancêtres. On l'a enterrée sur les terres sacrées de *Hinta-nagi*. Nous irons la voir dès que nous retournerons dans le Sud.

Louve Bienfaisante ravala ses larmes. Non, elle ne devait pas pleurer. Douce Grand-Mère ne voulait pas !

Archer Agile se retourna et fit un signe, conviant Beauté Radieuse et Renard Rapide à venir à leur tour embrasser leur sœur. La fillette, âgée de dix ans, trépignait déjà d'impatience en attendant l'autorisation de son père. Elle arriva en courant et bondit dans les bras de Louve Bienfaisante en poussant des cris de joie. Elle lui ressemblait beaucoup, en un peu moins svelte peut-être. Renard Rapide était en première ligne avec les guerriers. Louve Bienfaisante fut saisie par la fière allure du beau jeune homme de dix-neuf ans qu'il était devenu. Au signe d'Archer Agile, il mit pied à terre et s'approcha de sa sœur cadette, mais, malgré son envie de la serrer sur son cœur, il se contenta d'une accolade pudique, réservant les effusions et les démonstrations d'affection pour l'intérieur du tipi, à l'abri des regards.

Après ces retrouvailles, Louve Bienfaisante porta son regard sur les autres guerriers. Celui qu'elle cherchait était bien là ! Subjugué par la jeune fille qu'il venait de découvrir, Patte d'Ours la fixait avec une intensité qui en disait long. Avait-il eu la patience de l'attendre ? Lui-même était encore plus beau que dans son souvenir. Lorsqu'elle songea qu'elle serait un jour sa femme, elle sentit la chaleur lui monter aux joues et une étrange vibration lui traverser le corps. Il n'avait plus rien de commun avec le garçonnet qui l'avait découverte dans la montagne, ni même avec l'adolescent qui lui avait caressé la joue sous la couverture, pendant la danse. C'était un homme, jeune, superbe, et terriblement séduisant.

C'est lui ! songea Thomas en voyant le magnifique jeune homme qui gardait les yeux rivés sur Louve Bien-faisante. La cicatrice qu'il portait sur la joue gauche le lui confirma. Son amie lui avait raconté que Patte d'Ours avait été blessé au visage par un ennemi. Une courte observation lui permit de noter qu'il était plus grand que la plupart des Cheyennes, et très musclé. Il avait des traits parfaitement réguliers, un nez droit, des lèvres pleines. Thomas regretta, un peu jaloux, que Louve Bienfaisante eût si bon goût !

Comme s'il lisait dans les pensées du jeune Prescott, le bel Indien se tourna vers lui. Embarrassé et maladroit, Tom fit un petit salut de la tête et sourit vaguement. Le guerrier ne lui rendit pas son sourire, se contentant de le scruter d'un regard glacial et méprisant qui mit Thomas encore plus mal à l'aise.

Louve Bienfaisante, émue d'avoir retrouvé Patte d'Ours, gardait les yeux baissés.

– *Saaa !* fit Etoile du Ciel, amusée. Je vois que ma fille n'est plus une enfant ! Nous ferons une grande fête avec les Sioux pour célébrer ton entrée dans le monde des femmes... A moins que tu n'aies décidé de rester avec les *Ve-ho-e* ? demanda-t-elle avec un brin d'appréhension.

– Avec les *Ve-ho-e* qui battent les enfants ! Sûrement pas ! s'exclama Louve Bienfaisante sans réfléchir.

Archer Agile fronça les sourcils, l'air préoccupé.

– Ils t'ont battue ? demanda Patte d'Ours, ulcéré.

En dépit de la gêne qu'elle éprouvait, Louve Bienfaisante s'obligea à lever les yeux vers lui. La présence de ses parents lui autorisait cette attitude.

– Je t'en supplie, Patte d'Ours, ne fais pas de scandale. Je te raconterai tout plus tard. Ici, c'est trop dangereux. Le fort grouille de soldats armés. Je ne veux pas que mon retour commence par un bain de sang.

– Le sang des *Ve-ho-e* est aussi insipide que de l'eau, et celui de ces chiens de Pawnees ne vaut guère mieux.

Quelques guerriers commençaient déjà à s'énerver. La présence des éclaireurs pawnees, ennemis des Cheyennes, passés en outre à la solde des Visages pâles, rendait la situation encore plus conflictuelle. Les

Blancs, conscients de la tension latente qui régnait, étaient sur leurs gardes. Généralement, le souci des militaires était plutôt d'éviter les heurts. Ainsi, ils préféraient souvent fermer les yeux sur les déplacements des Cheyennes lorsque ceux-ci sortaient illégalement du territoire qui leur avait été alloué par le dernier traité, plutôt que d'entrer en conflit avec eux. Leur grande crainte était de voir leurs efforts de maintien de l'ordre anéantis pour de stupides questions de susceptibilité entre tribus. Si les Indiens commençaient à s'énerver, on ne savait jamais jusqu'où cela pouvait aller. Toute leur colère accumulée au fil du temps pouvait exploser d'un seul coup. Tous leurs griefs pouvaient resurgir en même temps : le retard persistait dans le versement des annuités, et le traité de Laramie, vieux de deux ans, n'avait toujours pas été ratifié par le Congrès !

Sourd aux conseils de modération de Louve Bienfaisante, Patte d'Ours leva sa lance et hurla une injure à l'adresse des éclaireurs pawnees. Plusieurs guerriers l'imitèrent. Une rumeur parcourut la tribu ; les chevaux s'agitèrent, les fouets claquèrent.

Thomas, affolé, comprit que quelque chose de grave venait de se produire. Il serra les poings sans rien dire, attendant de voir comment allaient évoluer ces manifestations de colère.

– Je t'en prie, père, supplia Louve Bienfaisante. Fais-les taire ! Si les soldats tirent, ce sera dramatique.

Archer Agile intima aux guerriers l'ordre de se calmer. Patte d'Ours baissa sa lance en maugréant.

– Les Pawnees ont volé nos plus beaux chevaux et brûlé nos tipis, grogna-t-il.

– On leur revaudra ça, dit Archer Agile, quand on aura repris des forces, après la Danse du Soleil.

– Que s'est-il passé ? s'enquit Louve Bienfaisante.

– Il y a deux lunes, les Pawnees nous ont attaqués

par surprise, expliqua son père. Nous allons riposter. Tant pis si cela nous fait rompre l'engagement que nous avons pris au traité de Laramie. Nous devons venger nos morts. La mère de Lune d'Eté a péri sous la lance d'un ennemi.

Louve Bienfaisante reçut un choc en apprenant le malheur qui frappait son amie.

Les éclaireurs pawnees lancèrent encore quelques railleries amères mais, comme les Cheyennes ne réagissaient pas, l'échange s'arrêta là.

Pour ne plus regarder en direction de leurs ennemis, Patte d'Ours fit volter son cheval. Il surprit alors le regard insistant de Cheval Blanc posé sur Louve Bienfaisante. Apparemment, le temps n'avait pas entamé ses prétentions ! Patte d'Ours devinait que son rival admirait autant que lui les changements survenus chez la jeune fille mais se sentit rassuré en constatant que celle-ci ne semblait faire aucun cas de Cheval Blanc. Sa jalousie s'éveilla quand il la vit inviter le jeune *Veho-e* à la rejoindre.

Tom s'avança d'un pas hésitant, effrayé par le regard noir de Patte d'Ours. Quand il arriva à la hauteur de Louve Bienfaisante, celle-ci se retourna vers les siens et leur dit :

– Ce Visage pâle est l'ami des Cheyennes, c'est mon frère de sang ! Il s'appelle Thomas Prescott.

Au lieu d'apaiser Patte d'Ours, cette déclaration l'agaça. Il dut se faire violence pour admettre qu'il n'avait aucune raison de douter de l'honorabilité des sentiments qui liaient Louve Bienfaisante et Thomas Prescott.

– Pourquoi as-tu fait d'un Blanc ton frère de sang ? s'étonna Archer Agile.

– Le cœur de Tom est grand comme celui d'un Cheyenne, expliqua-t-elle. Il aime les Indiens et respecte leurs croyances. Il me l'a prouvé à la mort du loup blanc.

Patte d'Ours murmura un mot que Thomas ne comprit pas, mais qu'il supposa être un juron de colère. Etoile du Ciel et Archer Agile échangèrent un regard.

– Je n'osais pas te poser la question, reprit Archer Agile après quelques instants, mais je me suis douté, en voyant la peau que tu portes sur les épaules, qu'il était arrivé quelque malheur. Que s'est-il passé ?

Louve Bienfaisante lui expliqua.

– Le meurtrier ne s'est pas dénoncé, mais il s'agit sûrement d'un soldat, conclut-elle.

– Nous avons eu tort de te laisser chez les *Ve-ho-e*, mais nous ne savions pas qu'ils avaient tant de méchanceté dans le cœur.

– Il ne faut pas avoir de regret car j'ai beaucoup appris avec les Blancs, et puis, j'ai eu la chance de connaître Tom ! C'est lui qui m'a aidée à enterrer le loup. Lui aussi l'aimait sincèrement ; il a même versé son sang sur sa fourrure. Grâce à Tom, j'ai retrouvé mes pattes sacrées que sa mère voulait brûler. Je vous demande de le considérer comme un des nôtres.

Les quelques mots de cheyenne que connaissait Thomas étaient insuffisants pour lui permettre de comprendre ce qui se disait. Un peu inquiet, il se demanda ce qu'on attendait de lui. Il sursauta de peur lorsque Patte d'Ours posa sa lance sur son épaule.

– *I-tat-ane*, dit le jeune Indien.

– Mon ami, Patte d'Ours, t'appelle « frère », traduisit Louve Bienfaisante.

– *I-tat-ane*, répéta Tom du mieux qu'il put, incertain toutefois de la qualité de sa prononciation.

Archer Agile mit la main sur le bras de Tom et lui adressa aussi quelques mots d'un ton amical.

– Mon père dit qu'il se réjouit que j'aie un ami. Il dit

aussi qu'il est rare qu'un Blanc ait un cœur d'Indien, et que tu seras toujours notre frère.

L'envie de tout quitter pour suivre ce peuple d'adoption traversa l'esprit de Thomas, mais il se rendit bien vite compte que cette idée était insensée. Habitué à un certain rythme, à un certain confort, il ne survivrait pas longtemps à la vie dure et rudimentaire des Cheyennes.

– Pourquoi y a-t-il eu un mouvement d'agitation dans vos rangs, tout à l'heure ? s'enquit Thomas.

Louve Bienfaisante releva fièrement la tête et lança un regard de défi vers les éclaireurs pawnees.

– C'est à cause de ces traîtres qui ont attaqué les Cheyennes, mais ils ne perdent rien pour attendre. Mon peuple aura bientôt sa revanche.

– Ces luttes indiennes sont contraires aux dispositions du traité ! s'exclama Thomas avec un profond soupir qui trahissait son inquiétude.

– C'est la faute des Pawnees, Tom, pas la nôtre ! répliqua Louve Bienfaisante.

– J'ai peur pour ta vie si vous continuez à vous entre-tuer, avoua Tom.

– Ne crains rien, les pattes du loup me protègent... Viens avec moi maintenant, je dois aller dire adieu à tes parents.

Patte d'Ours avait observé attentivement Louve Bienfaisante et Thomas pendant qu'ils conversaient, rageant que son ignorance de l'anglais ne lui eût rien permis de comprendre. Il n'était pas mécontent qu'enfin Louve Bienfaisante quittât ces *Ve-ho-e* ; elle était bien trop jolie pour ne pas séduire les hommes blancs. Mais c'était à lui qu'elle était destinée ! Tout en elle l'attirait : sa beauté, certes, mais aussi son charisme, son innocence, sa sagesse et sa force. Et puis, il lisait dans son regard qu'elle l'aimait toujours.

Louve Bienfaisante et Thomas s'avancèrent vers

Marilyn Prescott qui, raide comme un piquet, s'efforçait de ne montrer aucune émotion.

– L'Esprit des Loups est avec moi, vous ne pouviez rien changer à cela. Je resterai fidèle aux Cheyennes jusqu'à la fin de mes jours. Avant de partir, je voudrais vous faire des excuses pour ce que j'ai pu faire ou dire qui vous a offensée. Je sais que vous étiez sincère, mais je regrette que vous vous soyez montrée si dure et si intolérante.

– Je suis désolée, dit simplement Marilyn Prescott.

Il ne s'agissait pas vraiment d'un *mea culpa*, mais c'était bien la première fois qu'elle semblait ébranlée dans ses certitudes. Louve Bienfaisante imagina quelques secondes qu'elle allait avoir des mots plus tendres, mais Mme Prescott se reprit aussi vite qu'elle avait cédé du terrain.

– Tiens, Martha, dit-elle en lui tendant une Bible, tâche de te souvenir des bons préceptes que je t'ai enseignés. Ton peuple finira bien par comprendre que sa fin est proche s'il persiste à refuser la loi des Blancs. Ce jour-là, tu seras obligée d'admettre que j'avais raison.

– Notre prophète, Renard Savant, nous a aussi annoncé le triomphe des Visages pâles, mais j'espère que je ne serai plus de ce monde quand cela se produira. Tant que nous le pourrons, nous résisterons pour reculer l'échéance. Les forces du mal obligeront peut-être les Indiens à changer leur mode de vie, mais jamais leur cœur ne variera. Vos longs fusils peuvent tuer le corps des Cheyennes, pas leur esprit.

Voyant Thomas au bord des larmes, Mme Prescott songea qu'il était grand temps que Louve Bienfaisante déguerpît. Elle dut encore supporter de le voir serrer la jeune fille dans ses bras et de l'entendre dire qu'il ne l'oublierait jamais.

Louve Bienfaisante alla chercher son sac à dos, y

glissa la Bible que lui avait donnée Mme Prescott et retourna vers les siens.

Etoile du Ciel déchargea sa fille et attacha toutes ses affaires sur un *travois*. Renard Rapide s'avança alors vers sa sœur, tirant une magnifique jument à la robe pie. Louve Bienfaisante ne put refréner une bouffée de fierté en se voyant offrir un tel cadeau. C'était un grand honneur à son âge, elle en était bien consciente. Archer Agile l'aida à se mettre en selle.

Avant de partir, Patte d'Ours alla se poster sur une butte, à l'écart. De là, il se retourna vers le fort. Il leva sa lance, poussa un cri aigu et modulé, dont Thomas ne comprit pas la signification. Puis il rejoignit les guerriers. Tous ensemble firent demi-tour et se remirent en ligne devant les femmes.

Thomas regarda s'éloigner Louve Bienfaisante. Elle se tenait droite et fière. Au moment où il se demandait si elle l'avait déjà oublié, elle se retourna et, avec une majesté royale, lui adressa un signe de la main. La reverrait-il un jour ?

TROISIÈME PARTIE

L'AFFRONTEMENT

13

Louve Bienfaisante ne s'était jamais sentie aussi importante que ce soir, où tous les honneurs lui étaient rendus.

Après qu'ils eurent quitté les Prescott, les Cheyennes avaient rejoint les Sioux pour leur fête annuelle, qui revêtait cette fois-ci un caractère particulier, tant les motifs de célébration étaient nombreux. En même temps que la Danse du Soleil étaient fêtés le retour de Louve Bienfaisante et son passage de l'enfance à l'âge adulte, ainsi que celui de quelques autres jeunes filles devenues femmes dans l'année.

Bien sûr, en raison de son séjour chez les *Ve-ho-e*, Louve Bienfaisante focalisait toutes les curiosités. Sa tribu l'avait conviée ce soir à raconter son expérience. L'aspect officiel de cette invitation, qui était sans nul doute une reconnaissance de la part des siens, la rendait fière et un peu nerveuse. Parler devant tous ces gens plus âgés était certes impressionnant ! Les Chiens-Soldats les plus respectés ainsi que quelques Sioux renommés pour leur sagesse s'étaient installés en cercle autour d'un feu de bois, autour de Louve Bienfaisante. Femmes et enfants s'étaient groupés derrière eux pour écouter ce qui allait se dire. Les flammes éclairaient des visages anxieux où se lisait une certaine impatience. Bison Noir présidait la cérémonie. A sa gauche étaient assis Archer Agile, son frère Deux Lunes et le frère d'Etoile du Ciel, Pied Rouge. A sa droite avaient pris place Patte d'Ours, son père, Grand Couteau et le frère de celui-ci, Aigle Blanc. Cheval Blanc et le frère de Louve Bienfaisante, Renard Rapide, faisaient aussi partie du cercle des guerriers.

Depuis un moment, les hommes se passaient en silence une pipe, dont chacun à tour de rôle tirait une bouffée. Ce partage les aidait à se concentrer et à se recueillir. De temps à autre, ils examinaient Louve Bienfaisante avec une attention respectueuse. Patte d'Ours avait d'autres sentiments. Il s'efforçait de dissimuler l'admiration et l'excitation qu'il ressentait pour la femme que le destin lui avait choisie. L'heure n'était pas aux préoccupations personnelles.

Enfin, Bison Noir souffla la fumée de la pipe en direction de la jeune fille, en signe de bénédiction.

– Maintenant que Louve Bienfaisante est de retour, commença-t-il, les pattes du loup vont de nouveau protéger notre peuple. Les Cheyennes vont pouvoir s'allier aux Apaches et aux Arapahoes pour attaquer les Pawnees. Ils vaincront, j'en suis sûr ! Remercions *Maheo* de nous avoir rendu cette femme.

Louve Bienfaisante sursauta. Honneur suprême, le grand prêtre l'avait appelée « femme » ! L'enthousiasme des Indiens se manifesta si bruyamment que Bison Noir dut élever la voix pour apaiser les esprits aussitôt échauffés.

– Allons, allons, dit-il, nous devons réfléchir dans le calme. L'heure est grave ! Pour l'instant, nous nous contenterons de faire la guerre à nos frères ennemis. Mais un jour viendra où nous devrons affronter les Visages pâles, comme nous l'a annoncé notre prophète,

Renard Savant. Pour éviter de nous faire massacrer, nous devrons user de ruse et d'intelligence. Vous le savez bien, la connaissance de notre adversaire est essentielle. Grâce à notre sœur bénie qui vient de passer deux étés chez les *Ve-ho-e*, nous allons en savoir plus... Donne-nous ton sentiment, poursuivit-il en s'adressant directement à Louve Bienfaisante, pouvons-nous avoir foi en la parole des Blancs ?

Un silence saisissant s'était rétabli. Consciente du poids de ses paroles, la jeune fille avala sa salive et prit une profonde inspiration avant de commencer.

– Je pense que les promesses des Visages pâles sont des mensonges, dit-elle sans ambages. Il est très difficile de savoir ce que veut l'homme blanc, car il dit une chose et en fait une autre ! Il affirme que son Dieu, Yahvé, a créé la terre, le ciel et tous ceux qui les peuplent, mais il méprise la création. C'est à n'y rien comprendre ! Quand le grand prêtre blanc et sa femme m'enseignaient leur religion, je trouvais que leur Dieu ressemblait à *Maheo*, mais dans la pratique, on ne peut imaginer deux vies plus différentes que la leur et la nôtre. Quand leur Dieu, qu'ils disent vénérer, leur demande quelque chose, ils font tout le contraire ! Comment pourrions-nous accorder notre confiance à un peuple à l'esprit si confus ?

Encouragée par les murmures d'intérêt et les hochements de tête approbateurs, Louve Bienfaisante avait pris de l'assurance. A l'appui de ce qu'elle venait d'expliquer, elle sortit la Bible de son sac et la fit circuler autour d'elle.

– Voilà le livre saint des *Ve-ho-e*. Tout ce qu'il proclame est bon, mais le Blanc en fait une interprétation qui ne l'est pas. Parce qu'il pense que son Dieu lui commande de cultiver la terre en friche, il se croit autorisé à faire saigner les arbres, à griffer profondément notre Terre Mère et à faire couler le sang des animaux qui le dérangent. Parce qu'il se croit supérieur à nous, il affirme qu'il est de son devoir d'obliger les Indiens à adopter ses coutumes et sa foi.

— Si les *Ve-ho-e* sont capables d'être infidèles à leur livre saint, pourquoi ne le seraient-ils pas aussi aux promesses qu'ils nous ont faites ? demanda Bison Noir à la cantonade.

L'assemblée s'agita. La plupart des assistants acquiescèrent.

— Dans l'Est, les Visages pâles ont construit de grosses maisons : ils appellent cela des usines, reprit Louve Bienfaisante. La femme blanche m'en a montré des images ; ce sont de lugubres bâtisses. On n'y voit jamais le soleil, et des hommes y sont enfermés toute la journée.

— Ce sont des prisonniers ? demanda un guerrier.

— Ils ont dû faire quelque chose de mal, suggéra un autre.

— Vous vous trompez. Ils vont à l'usine de leur plein gré, pour gagner de l'argent, des pièces de métal qu'ils échangent contre des choses dont ils n'ont pas besoin ! Voilà la vie que les Blancs voudraient nous voir mener aussi, mais je n'ai rien vu chez eux qui vaille la peine que nous renoncions à ce que nous sommes. Même dans la vie de tous les jours, les Blancs sont fous ! Ils gardent les yeux constamment rivés sur un objet qu'ils appellent « pendule ». Tout autour, il y a des dessins qui représentent les différents moments de la journée. Une petite flèche les pointe à tour de rôle, indiquant qu'il faut changer d'activité. Par exemple, quand la flèche dit qu'il faut manger, ils vont manger, même s'ils n'ont pas faim !

Des rires fusèrent, rapidement suivis d'un long silence d'incompréhension. Ce que venait d'affirmer

Louve Bienfaisante dépassait l'entendement de la quasi-totalité des Indiens qui s'étaient rassemblés pour l'écouter. Pour ce peuple, dont le quotidien était rythmé par une sage logique, le mode de vie extravagant des Blancs frôlait la démence.

– Ils n'ont pas le droit de manger avec leurs doigts, mais ils ont celui de laisser la nourriture qui leur est servie, renchérit Louve Bienfaisante.

Certains Indiens exprimèrent leur consternation par des paroles dures. Jamais un Cheyenne ne prenait plus de nourriture qu'il ne pouvait en avaler. Ne pas finir sa part revenait à insulter la femme qui avait préparé le repas.

Maintenant qu'elle parlait depuis un moment, Louve Bienfaisante ne se sentait plus intimidée. L'impatience qu'elle avait de faire partager son expérience à son peuple lui donnait une aisance étonnante, et les mots lui venaient si facilement qu'elle en était elle-même surprise. L'Esprit des Loups était avec elle, elle en était sûre ! Il parlait par sa bouche. Grâce à lui, elle avait une faculté de recul et d'analyse étonnante pour une jeune fille de son âge.

– L'intolérance des Visages pâles me laisse supposer qu'ils nous harcèleront jusqu'à ce que nous cédions. Ne vous fiez pas aux sourires hypocrites qu'ils nous adressent lorsqu'ils veulent que nous acceptions les conditions de leurs traités ! Comme un serpent fait le mort pour mieux sauter sur sa proie, ils attendent le moment propice pour nous attaquer. Un jour, j'ai essayé d'expliquer nos croyances à la femme du grand prêtre. Elle a poussé les hauts cris et, sans même m'écouter, s'est mise à hurler que nous étions des païens et que nos cœurs étaient noirs. Elle disait toujours : « Satan est en vous ! »

– Satan ? répétèrent quelques hommes, surpris par

le mot anglais que Louve Bienfaisante avait utilisé, faute de traduction cheyenne.

– C'est une sorte d'esprit mauvais dont les Blancs ont très peur. Ils y pensent tout le temps et en parlent sans arrêt. C'est sans doute cela qui leur donne l'air triste en permanence. Je les ai rarement vus rire. Même quand ils prient ou quand ils chantent des hymnes à leur Dieu, ils ont la mine sombre ! On croirait qu'ils sont toujours inquiets ou en colère. Comme si Dieu n'était pas partout, ils vont prier dans des maisons qu'ils construisent spécialement pour cela. Il y fait tout noir, car la lumière du ciel n'y entre pas. Si les enfants chuchotent pendant les cérémonies religieuses, ils sont sévèrement réprimandés, quelquefois même fouettés. Ils dressent leurs petits plus durement que si c'étaient des bêtes sauvages. Un jour, au fort, j'ai vu une mère battre son bébé âgé d'à peine un été ! Plus elle le battait, et plus il pleurait. Moi-même, j'ai été fouettée plusieurs fois par la femme blanche, qui voulait me séparer du loup sacré.

Des cris hostiles s'élevèrent. La colère déformait les traits d'Archer Agile.

– Les Blancs ne respectent pas les animaux, expliqua encore Louve Bienfaisante. J'ai vu des soldats assassiner les bisons par plaisir ou par jeu. Quand le loup a été tué, le commandant du fort a questionné tous ses soldats, mais aucun n'a reconnu son acte. Ces hommes ne sont pas seulement cruels, ils sont lâches !

– Ce sont des barbares ! s'exclama Vieux Tourbillon, un guerrier aux joues parcheminées.

Louve Bienfaisante esquissa un sourire désabusé.

– Ils sont persuadés du contraire, pourtant ! Ils prétendent que nous vivons, nous, comme des sauvages, parce que nous portons les cheveux longs ou parce que nous ne cachons pas notre corps, comme eux, sous d'épais vêtements.

A nouveau, la foule siffla pour manifester son courroux.

– J'ai pourtant rencontré des trappeurs blancs qui laissaient pousser leurs cheveux et qui vivaient comme nous, s'étonna Archer Agile. Nous avons longtemps fait des échanges avec eux, et nos relations ont toujours été bonnes. Les Blancs qui viennent de l'Est sont-ils si différents de ceux que nous avons connus autrefois ?

Louve Bienfaisante trouvait drôle d'avoir à renseigner un guerrier aussi savant que son père.

– Oui, père, répliqua-t-elle. Les premiers Blancs arrivés ici, les trappeurs et les coureurs de bois, étaient proches de nous, c'est vrai. Mais tout cela a bien changé ! Le fils du prêtre blanc m'a expliqué qu'aujourd'hui, les intérêts des *Ve-ho-e* s'opposaient aux nôtres.

Au fur et à mesure que Louve Bienfaisante parlait, elle voyait l'inquiétude grandir sur le visage de ses frères. Cela la peinait, mais elle n'avait pas le droit de travestir la sombre réalité.

– Je dois aussi vous dire, ajouta-t-elle, que tous les *Ve-ho-e* n'ont pas des cœurs de scélérats. Le fils du grand prêtre blanc, mon frère de sang, est un ami qui aime et respecte les Indiens. Il a toujours pris ma défense contre sa mère et quelquefois, je vous assure, il lui a fallu beaucoup de courage ! Sans lui, j'aurais perdu les pattes du loup.

Patte d'Ours réprima un mouvement d'agacement ; ces paroles le blessaient aussi vivement que la pointe d'une aiguille.

– Y a-t-il beaucoup de Visages pâles comme Thomas Prescott ? demanda Renard Rapide.

– Hélas, Thomas est certainement une exception. En général, les Blancs que j'ai rencontrés à Fort Laramie étaient méchants. Les soldats surtout étaient agressifs. Au fort, j'ai vu des armes bien plus grosses que des fusils. Tom m'a expliqué un jour qu'elles pouvaient tuer plusieurs hommes en même temps ! Il m'a aussi révélé que la plupart de nos frères qui vivaient dans l'Est avaient été exterminés, et que les Blancs s'étaient approprié leurs terres. Si les Indiens veulent avoir une chance de survivre, il faudra bien qu'un jour ils cessent leurs guerres tribales pour s'allier contre leur ennemi commun, les *Ve-ho-e*.

– Ça, jamais ! protesta un homme.

Supposant qu'elle avait offensé son honneur de guerrier, Louve Bienfaisante n'insista pas.

– Quelle que soit notre destinée, reprit-elle, l'esprit des Cheyennes doit survivre. Nos descendants devront garder la mémoire de notre peuple.

Etoile du Ciel lança à Louve Bienfaisante un regard plein de fierté. Quel honneur d'être la mère d'une jeune fille au tempérament aussi noble, aussi sage et aussi réfléchi ! Il était presque impossible de croire qu'elle avait été autrefois une enfant rêveuse, insouciante et frondeuse.

– Sachez que l'homme blanc a deux idoles pour lesquelles il est bien capable de faire couler le sang : la terre et le métal jaune. Soyons prêts, s'il le faut, à nous battre jusqu'à la mort. Prions pour que *Maheo* éclaire notre chemin et nous donne la force de lutter, recommanda une dernière fois Louve Bienfaisante. J'ai vu en songe un monstre noir et hurlant qui traversait notre territoire en soufflant une épaisse fumée. D'après Thomas Prescott, il pourrait s'agir d'un gros chariot que les Blancs appellent un « train ». J'ai bien peur qu'il ne déverse sur notre territoire des hordes de Visages pâles malintentionnés. Un jour, vous verrez, les *Ve-ho-e* nous voleront les terres qu'ils nous ont accordées par traité.

Ces hommes sont assez perfides pour reprendre ce qu'ils nous ont eux-mêmes donné.

Une impressionnante clameur de cris de guerre, que la nuit rendait plus effrayants encore, monta vers le ciel, comme un appel aux dieux de la vengeance. Louve Bienfaisante mesura alors avec effarement l'étendue de son pouvoir.

Encore une fois, Bison Noir dut rétablir le calme.

– Nous avons beaucoup appris de Louve Bienfaisante, conclut-il. Si les Blancs sont si nombreux qu'on le dit, il serait sage qu'ils restent chez eux, au pays du soleil levant. Mais si, par quelque grand malheur, ils devaient venir jusqu'ici nous chercher querelle, plutôt mourir que renoncer à notre liberté ! Nous ne les laisserons pas rompre les accords qu'ils ont signés ; une parole est une parole ! Les *Ve-ho-e* ne détruiront pas ce qui appartient aux Cheyennes. J'ai dit !

Le grand prêtre leva le poing vers le ciel étoilé et les guerriers l'acclamèrent. Quelques-uns, excités par le whisky, entonnèrent des chants de guerre et se mirent à danser autour du feu. D'autres suivirent bientôt, au rythme du tambour.

– Ma fille a bien parlé, dit Archer Agile en posant la main sur l'épaule de Louve Bienfaisante. Mon cœur est plein d'admiration. Je me souviendrai toute ma vie de ce discours.

Dans la bouche de ce vaillant guerrier, de telles félicitations n'étaient pas des mots creux. Archer Agile était à la fois profondément fier et excessivement ému de réaliser que sa fille était une femme d'honneur, digne des Chiens-Soldats les plus courageux.

Louve Bienfaisante appréciait à leur juste valeur les compliments d'un père qui était pour elle le plus estimable des hommes.

– Merci, *ne-ho-eehe*. Si je suis une bonne Cheyenne, père, c'est grâce à toi.

Archer Agile détourna le regard pour dissimuler son émotion. Il serra les mâchoires une seconde, le temps de se reprendre, puis il quitta sa fille pour aller se joindre aux danseurs.

Pendant que Louve Bienfaisante cherchait sa mère des yeux dans la foule, un cri de guerre, hurlé ostensiblement juste derrière elle, la fit sursauter et se retourner. Elle se trouva face à Cheval Blanc qui la fixait du regard, un sourire plus sournois qu'amical sur les lèvres. Il avait des cercles blancs peints autour des yeux et des traits rouges sur les joues.

– Un jour tu seras à moi, tu verras ! déclara-t-il d'un ton plutôt menaçant, puis il fila, sans laisser à la jeune fille le temps de lui répondre.

Louve Bienfaisante demeura quelques instants très troublée, presque apeurée. Par bonheur, le regard tendre qu'elle échangea avec Patte d'Ours lui apporta un peu de réconfort.

Etoile du Ciel vint à son tour remercier et féliciter Louve Bienfaisante pour son intervention auprès des guerriers. Elle serra chaleureusement sa fille dans ses bras, puis, prenant soudain un air vaguement amusé, lui déclara à brûle-pourpoint :

– Si un jeune homme te propose de parler sous sa couverture ce soir, ne crains pas de mal faire en acceptant son offre. Ton père et moi lui avons donné notre autorisation.

– Mais... mais... de qui s'agit-il ? bégaya Louve Bienfaisante.

Le regard d'Etoile du Ciel pétilla.

– C'est une surprise !

Il était de coutume qu'un jeune homme désireux de courtiser une jeune fille allât l'attendre devant son tipi pour lui proposer quelques minutes d'intimité sous une couverture. Même si les amoureux se savaient surveillés du coin de l'œil par la mère de la jeune fille, cette tradition était toujours source de joie et d'excitation pour les jeunes gens.

Hélas, l'annonce d'Etoile du Ciel ne fit naître en Louve Bienfaisante qu'un terrible malaise. La jeune Indienne repensa aussitôt au sinistre avertissement de Cheval Blanc. La plus horrible des « surprises » serait bien de se retrouver sous la couverture de ce présomptueux prétendant !

Lançant un regard inquiet vers les danseurs qu'avait rejoints Cheval Blanc, elle aperçut le jeune guerrier. Se tenant à l'écart, il avalait, à même la bouteille, de larges rasades de cette eau-de-feu des *Ve-ho-e* qui donnait des visions. Avec un peu de chance, il sombrerait bientôt dans un état second et il oublierait ses projets !

Louve Bienfaisante décida de revenir au tipi, où sa mère venait de ramener Beauté Radieuse qui tombait de fatigue. Penchée sur la fillette qui somnolait à demi, Etoile du Ciel lui racontait, comme tous les soirs, les exploits de chasse d'Archer Agile. Ce rite d'endormissement immuable était infaillible pour entraîner Beauté Radieuse en quelques minutes au pays des rêves.

Louve Bienfaisante attisa le feu et y jeta quelques bûches supplémentaires, car les nuits étaient anormalement fraîches pour la saison.

– Brrr ! fit-elle en se frottant les mains.

Au même instant, une voix grave qu'elle n'eut pas le temps de reconnaître l'appela de l'extérieur.

Louve Bienfaisante regarda sa mère, mais celle-ci lui adressa un sourire énigmatique et se contenta de hocher la tête pour indiquer qu'elle renouvelait son consentement.

Sachant qu'elle ne pouvait se dérober, la jeune fille

rassembla son courage pour sortir du tipi. Elle venait à peine de mettre le nez dehors qu'elle se sentit happée par une poigne énergique. Elle se retrouva assise par terre en un rien de temps, la tête cachée sous une couverture, un homme à ses côtés, sans avoir eu la possibilité de voir de qui il s'agissait.

– Enfin, tu es près de moi !

En reconnaissant Patte d'Ours, Louve Bienfaisante se sentit libérée du poids qui l'oppressait. Elle eut d'abord la sensation de pouvoir respirer à nouveau, avant de prendre conscience du profond bonheur qui la saisissait.

– Tu m'as terriblement manqué, murmura-t-elle d'une voix émue.

Autour de ses épaules, elle sentait le bras de Patte d'Ours, fort, réconfortant, sécurisant et en même temps agréablement dangereux.

– Toi aussi, tu m'as manqué, dit-il en lui caressant la joue.

Comment la main de Patte d'Ours sur son visage pouvait-elle lui donner des fourmillements dans tout le corps ? Jamais Louve Bienfaisante n'avait ressenti une telle impression. Elle ne savait plus où elle en était. Lorsque le jeune homme se pencha à son oreille, ce fut pis encore ! Elle tressaillit, et des pensées taboues lui vinrent à l'esprit.

– Je t'ai attendue comme je te l'avais promis, reprit Patte d'Ours en chuchotant. Tu es devenue une très jolie femme. Tu me plais beaucoup ! C'est un grand honneur pour moi de partager ma couverture avec toi.

– J'en suis très heureuse aussi, réussit-elle à dire, d'un ton qui trahissait son émoi.

– Dis-moi... Tom Prescott... Il n'était rien pour toi ?

– Rien qu'un ami, un frère. Il appartient à un monde

qui n'est pas le nôtre. Rassure-toi, il n'a jamais pris ta place dans mon cœur.

Patte d'Ours lui saisit la main et la posa contre son torse encore bandé car il venait de participer pour la seconde fois à la Danse du Soleil, et ses blessures étaient récentes.

– J'ai des choses graves à te dire, maintenant, poursuivit le jeune homme. Je possède déjà un bouclier et trois scalps de Pawnees, le scalp d'un Crow et de nombreux chevaux pris à l'ennemi. Demain je partirai dans la montagne pour capturer un aigle. Pour t'épouser, j'aurai bientôt plus que ce qu'a exigé Bison Noir ! En attendant, je t'en supplie, ne laisse pas ton père te donner à un autre homme.

– Je n'appartiendrai qu'à toi. Ne le sais-tu pas, Patte d'Ours ?

– Je le sais, mais j'aime te l'entendre dire !

Louve Bienfaisante sentait le souffle chaud de Patte d'Ours contre son cou. Il était si près d'elle ! Instinctivement, elle se tourna vers lui. Patte d'Ours effleura ses lèvres et y déposa un baiser chaste et retenu.

– Je dois te quitter, Louve Bienfaisante, dit-il, au prix d'un effort évident. Je ne voudrais pas te déshonorer en te gardant trop longtemps sous ma couverture. Bientôt je porterai mes présents à ton père et, quand tu m'entendras jouer de la flûte, tu sauras que mon cœur est à toi pour toujours.

Patte d'Ours laissa retomber la couverture, se leva et s'en alla.

Louve Bienfaisante resta un moment assise sur le sol, étourdie, enivrée, ne trouvant plus la force de réagir. Les yeux fermés, elle passa sa langue sur ses lèvres pour tenter de retrouver le goût que Patte d'Ours y avait laissé.

Rien n'était trop beau pour conquérir Louve Bienfaisante ! Patte d'Ours n'allait sûrement pas se contenter de rapporter une plume d'aigle, comme l'avait demandé Bison Noir. Il voulait capturer un aigle vivant et montrer ainsi son courage. Il laisserait le soin à Archer Agile de décider lui-même de garder ce magnifique présent ou de lui rendre la liberté.

Au cours de sa deuxième participation à la Danse du Soleil, il avait prié sans relâche pour réussir cette entreprise risquée. En endurant un nouveau sacrifice, en offrant son sang à *Maheo* une fois de plus, il avait aussi, espérait-il, apporté à Archer Agile la preuve de sa bravoure et de l'amour qu'il portait à son peuple. Comme la première fois, pas un cri n'était sorti de ses lèvres. Cheval Blanc n'avait pas eu, lui, le cran de supporter de nouvelles souffrances. Patte d'Ours imagina avec un certain plaisir la jalousie de son rival quand il le verrait revenir au village avec un aigle !

Après plusieurs jours de jeûne et de prière dans la solitude des Black Hills, Patte d'Ours se sentait plein de courage pour affronter le danger. Malgré le manque de sommeil, la douleur de ses blessures encore ouvertes et la faim qui le tenaillait, sa détermination ne flanchait pas. Il avait tant supplié l'Esprit des Aigles qu'il était convaincu d'obtenir sa bénédiction et son aide.

A cette altitude, il faisait assez frais mais Patte d'Ours avait le sentiment d'étouffer, dans ce trou où il avait trouvé refuge. Il n'était pas question d'en sortir pourtant ! Si près de l'aire des aigles, cela eût été follement imprudent. Son oncle, Aigle Blanc, avait eu autrefois la maladresse de se faire remarquer par des oiseaux de proie. Il en avait gardé pour toujours une vilaine balafre au coin de l'œil ; c'était un miracle qu'il n'eût pas perdu la vue. Les aigles lui avaient aussi profondément entaillé les bras et les mains. Pour rien au monde, Patte d'Ours ne voulait commettre la même erreur.

Sur les conseils d'Aigle Blanc, il avait d'abord tué un lapin qu'il avait solidement attaché à un lit de branches entrelacées. Puis il avait creusé un grand trou dans lequel il s'était glissé et avait recouvert l'entrée de sa cachette avec le lit de branches. C'est là qu'il patientait, invisible et silencieux, en attendant que le lapin finît par allécher un aigle gourmand. Ce serait alors à lui de jouer. Mais la partie n'était pas gagnée !

Le deuxième jour finissait. Patte d'Ours savait qu'il n'était pas rare de devoir attendre aussi longtemps avant que l'odeur de la viande, suffisamment faisandée, attirât les aigles. Au fond de sa cache, la faim et l'immobilité commençaient à le tourmenter sérieusement. La tête lui tournait comme s'il avait trop bu et il se sentait de plus en plus faible.

Le soleil avait amorcé sa descente lorsque le cri perçant d'un rapace mit ses sens en alerte. Immédiatement il se redressa, prêt à réagir. Quelques instants plus tard, il entendit un souffle de vent puis, très nettement, un battement d'ailes. L'oiseau semblait proche, mais Patte d'Ours n'eut pas le temps de se questionner sur sa distance. L'aigle agrippait déjà les branches de ses terribles serres. A la façon dont il se mit à les secouer, Patte d'Ours comprit qu'il s'acharnait sur la proie qui, bien accrochée, lui résistait.

Le jeune homme n'hésita pas. C'était maintenant ou jamais ! D'un geste ferme, il passa la main à travers les branchages pour saisir les pattes de l'aigle. La bataille commença aussitôt, plus âpre qu'il ne l'avait imaginé. L'aigle était bien plus fort et bien plus résistant que ne se l'était figuré le jeune Indien. Comprenant qu'il ne pourrait en venir à bout s'il restait tapi dans le trou,

Patte d'Ours bondit de son réduit, gardant le poignet coincé dans les branches et la main droite fermement serrée sur les pattes de l'animal. De l'autre main, il saisit un grand sac qu'il avait préparé. Bien décidé à ne pas se laisser faire, l'aigle se débattait. A plusieurs reprises, il planta son bec recourbé dans le corps de son ennemi, réveillant les blessures du sacrifice qui se remirent immédiatement à saigner. Patte d'Ours poussa un cri, mais ne lâcha pas prise. Après plusieurs minutes de cette lutte sans merci, il réussit à enfermer l'aigle dans le sac de cuir. Au passage, l'oiseau lui laboura un peu plus le bras gauche. Patte d'Ours serra la cordelette. Le rapace captif se calma.

Le jeune homme se laissa alors tomber sur le sol, hors d'haleine et couvert de sang. Il secoua le sac et se défoula par un grand éclat de rire.

Enfin, il avait réussi ! Combien d'exploits il aurait à raconter à ses enfants, combien de glorieuses cicatrices à montrer !

Il avait le sentiment que cette victoire faisait de lui un homme invincible. Non seulement il avait réalisé une action d'éclat, mais il avait gravi un pas de plus dans la conquête de Louve Bienfaisante. Il l'aimait, il la désirait tant qu'il se sentait prêt à décrocher la lune pour elle. Rien ne l'effrayait. Un jour, la plus jolie fille de sa tribu deviendrait sa femme. Malgré son corps qui saignait, son bonheur était immense.

Il tomba à genoux et, les mains levées vers le ciel, rendit grâce à l'Esprit des Aigles pour le cadeau qu'il lui avait accordé. Une gratitude infinie le submergeait.

Lentement, il commença à redescendre vers la vallée. Son corps meurtri prouverait à tous qu'il avait accompli la prouesse suprême de dominer le Grand Oiseau. Personne ne pourrait mettre en doute son courage, Cheval Blanc n'oserait même plus lui disputer sa place auprès de Louve Bienfaisante.

Patte d'Ours n'avait jamais été aussi fier ni aussi heureux. Pourtant, sa plus grande joie était encore à venir. C'était celle que lui procurerait le visage de Louve Bienfaisante, inondé de bonheur.

14

Louve Bienfaisante avait profité du déplacement de sa tribu pour se rendre sur le site de *Hinta-nagi* où était enterrée sa grand-mère. Elle s'était longuement recueillie devant le minuscule monticule qui marquait à peine l'emplacement de la tombe et avait parlé à son aïeule à voix basse.

Ensuite, les Cheyennes avaient fait halte à Fort Bent, bâtisse neuve construite sur les rives de l'Arkansas, en remplacement du premier fort incendié. Pour éviter de connaître les mêmes déboires, les militaires avaient pris soin de n'utiliser que de la terre et de la pierre. Avant de repartir, les Indiens avaient troqué des peaux de bison et de cerf contre du tabac et des fusils.

La vie semblait se dérouler comme par le passé. Pourtant, les Cheyennes étaient inquiets. Depuis quelque temps, avec l'arrivée massive de milliers de Blancs, le gibier se faisait de plus en plus rare. Non seulement la vie des Indiens s'en trouvait compliquée, mais cela les contraignait parfois à franchir les limites de leur territoire, pour simplement pourvoir à leurs besoins les plus élémentaires : se nourrir et se vêtir.

Louve Bienfaisante, comme les autres, percevait ces changements avec tristesse. Pour ne pas sombrer dans la mélancolie, elle s'efforçait de ne pas trop y penser, préférant n'évoquer que les bons moments. Le jour où Patte d'Ours avait offert un aigle à Archer Agile était sûrement l'un de ceux-là ; un jour de gloire et de bonheur qui resterait à jamais gravé dans sa mémoire. L'exploit du jeune homme avait impressionné toute la tribu et ridiculisé, par comparaison, Cheval Blanc qui avait offert, la semaine précédente, une lamentable plume d'aigle volée au fond d'un nid ! Le rapace de Patte d'Ours était si fougueux et si belliqueux qu'il avait fallu quatre personnes pour le tenir pendant qu'Archer Agile lui prenait quelques-unes de ses plus jolies plumes. L'oiseau avait ensuite été relâché et, de quelques coups d'ailes, amples et majestueux, il avait disparu dans le ciel bleu avec un cri d'adieu.

De ce jour, Patte d'Ours avait eu l'autorisation de chevaucher à la droite d'Archer Agile. Il lui était déjà arrivé occasionnellement d'occuper cette place d'honneur ; désormais, elle devenait officielle. Bien sûr, par politesse pour Archer Agile et en raison du jeune âge de Louve Bienfaisante, le jeune homme s'était gardé d'évoquer le lien direct qui existait entre la capture de l'aigle et ses espoirs de mariage, mais nul n'était dupe. Archer Agile connaissait mieux que quiconque les intentions de Patte d'Ours, et son silence valait consentement. Comme son mari, Etoile du Ciel feignait l'ignorance, mais elle savait bien pourquoi Patte d'Ours venait si souvent jouer de la flûte devant son tipi ! Cela l'amusait et la replongeait quelques années en arrière, lorsque Archer Agile, tout timide, venait lui donner la sérénade.

Les Indiens s'étaient remis en route pour Fort St. Vrain, dernière étape avant de retrouver leurs amis arapahoes et apaches, avec qui ils devaient attaquer les Pawnees. Louve Bienfaisante marchait auprès de sa mère, tenant par la bride la jument que lui avait offerte son frère. Elle chantonnait les couplets d'amour de Patte d'Ours, dont elle connaissait maintenant l'air par cœur. La nature s'offrait, orgueilleuse et éblouissante, dans la lumière sensuelle d'un ciel ensoleillé. C'était une de ces sublimes journées d'été où le bonheur ambiant se respire tout simplement. Louve Bienfaisante repensait aux jours heureux où elle n'avait pas encore eu de visions, où elle ne détenait encore aucun pouvoir et où elle ignorait tout des *Ve-ho-e*.

Le cours de ses pensées s'interrompit lorsqu'elle reconnut Lune d'Eté qui marchait à une portée de flèche devant elle. Depuis qu'elle avait retrouvé sa tribu, Louve Bienfaisante n'avait pas encore eu l'occasion de reparler à son amie d'enfance. Celle-ci s'était attardée dans le Nord pour fêter le mariage de sa sœur avec un Sioux, et elle venait juste de rejoindre les Cheyennes. Louve Bienfaisante regrettait de n'avoir pas même eu l'occasion de lui dire un mot affectueux après la mort de sa mère.

Elle cria plusieurs fois son nom, mais Lune d'Eté, qui n'était pourtant pas très loin, ne se retourna pas. Louve Bienfaisante pressa le pas pour la rattraper.

– Ohé, l'apostropha-t-elle en arrivant à sa hauteur, tu ne m'as pas entendue ? Quel bonheur de te rev...

Louve Bienfaisante laissa sa phrase en suspens devant le regard hargneux que lui adressa Lune d'Eté.

– Tu n'es plus mon amie ! Je ne veux pas être l'amie d'une prétentieuse, déclara Lune d'Eté, levant ainsi toute ambiguïté sur la nature de ses sentiments. Tu te crois supérieure parce que tu es bénie par les loups ! Pfft !

Ces paroles choquèrent et peinèrent Louve Bienfaisante.

– Tu sais bien que je n'ai rien fait pour être choisie

par l'Esprit des Loups. J'aurais mille fois mieux aimé ne pas connaître tout cela ! C'est un fardeau qui me pèse et qui me fait souvent souffrir. Tu ne peux pas imaginer comme je me sens seule !

Lune d'Eté eut une mimique qui révélait son incrédulité.

– Je ne ferais pas tant de manières, à ta place ! marmonna-t-elle d'un ton jaloux. Tu es belle, tu es la princesse des Chiens-Soldats, tu sais parler et écrire la langue des Blancs et tu te plains ! Enfin, tout ça me serait bien égal si...

– Si... ? demanda Louve Bienfaisante, sincèrement étonnée par tant d'agressivité.

– Si... tu ne faisais pas les yeux doux à Cheval Blanc !

Louve Bienfaisante fut tellement sidérée qu'elle ne trouva rien à répliquer. Lune d'Eté interpréta ce mutisme comme un aveu.

– Tu croyais peut-être que je n'avais pas remarqué vos manigances ? reprit-elle. Depuis la Danse de la Couverture, Cheval Blanc n'a d'yeux que pour toi. Au début, c'est vrai, je ne me suis aperçue de rien, mais maintenant, je ne suis plus si naïve. Je sais bien pourquoi il a donné une plume d'aigle à ton père, je vois bien comme ses yeux brillent quand il te regarde !

– Cheval Blanc ne me plaît pas du tout, protesta Louve Bienfaisante, enfin revenue de sa surprise.

Contrairement à ce qu'elle espérait, sa dénégation n'eut aucun effet apaisant sur Lune d'Eté qui, des éclairs de colère dans les yeux, s'exclama :

– Tu veux sans doute dire qu'il n'est pas digne de toi ? Que ce n'est pas un guerrier assez noble ?

La haine de Lune d'Eté atteignit Louve Bienfaisante avec la violence d'un coup de poignard.

– Cheval Blanc est un excellent guerrier, répliqua-t-elle en s'efforçant de rester calme, mais écoute-moi : mon destin est lié à celui de Patte d'Ours. Je ne peux pas t'en dire plus, car c'est un secret, mais je te demande de me croire. Quand bien même Cheval Blanc serait le plus héroïque des Chiens-Soldats, il ne m'intéresserait pas !

– Mais lui ne s'intéresse qu'à toi et, pendant ce temps-là, il ignore jusqu'à mon existence. Ça fait pourtant des lunes que je l'aime !

Une formidable émotion perça dans la voix de Lune d'Eté. Louve Bienfaisante prit son amie par l'épaule et elles marchèrent côte à côte en silence pendant de longues minutes.

– Je n'ai rien fait pour attirer Cheval Blanc. Je t'en prie, Lune d'Eté, ne me fais pas de reproches pour une faute que je n'ai pas commise. Ma grand-mère est morte, mon loup blanc aussi. J'avais un seul ami chez les *Ve-ho-e* et je ne le reverrai probablement jamais. Tu ne vas pas m'abandonner toi aussi ! J'ai besoin de toi, ne me reprends pas ton amitié.

Lune d'Eté renifla et secoua la tête.

– Si ! Désormais, il vaut mieux que nous nous évitions. Je souffre trop de voir Cheval Blanc rôder sans arrêt autour de toi.

Louve Bienfaisante, qui avait espéré l'espace de quelques instants que Lune d'Eté revenait à de meilleurs sentiments, eut l'impression que soudain deux mains lui enserraient le cœur sans pitié. Elle ralentit le pas et laissa son amie la distancer. De grosses larmes de chagrin coulaient sur ses joues, pendant qu'elle repensait aux paroles de Bison Noir. L'amour et l'amitié lui étaient-ils interdits parce que l'Esprit des Loups l'avait élue ? Cette solitude affective était trop dure, bien trop dure à supporter !

Elle se lova contre l'encolure de sa jument et essuya ses larmes dans sa crinière. Devant elle, Lune d'Eté s'éloignait comme s'éloigne l'enfance. Pour toujours !

Fort St. Vrain était le lieu de rendez-vous pour la distribution des annuités promises par le Grand Père de Washington.

Les Cheyennes y arrivèrent la rage au cœur. Depuis le temps qu'ils ruminaient en silence, ils étaient à bout. L'année précédente, ils n'avaient rien dit lorsque ni les dates ni les quantités prévues par le traité de 1851 n'avaient été respectées. Mais leurs réserves de patience étaient épuisées, et ils ne cachèrent pas leur méchante humeur.

Après quelques jours d'attente, le convoi, mené par Fitzpatrick, dit Main Cassée, parvint enfin au fort. Il contenait des fusils, des couvertures, de la farine et des bons d'achat que les Indiens pouvaient échanger au comptoir contre les marchandises de leur choix.

Bien que Main Cassée connût le cheyenne, les Indiens avaient demandé que la transaction se fît en anglais, sous la direction de Louve Bienfaisante. Ayant déjà été floués, ils savaient que leurs problèmes avec les *Ve-ho-e* ne se réduisaient pas à un simple problème de traduction. Il fallait bien connaître l'état d'esprit des Blancs et leur mode de pensée pour comprendre leurs intentions, saisir leurs sous-entendus.

Vérifier la livraison et veiller au respect des accords signés étaient une lourde responsabilité. Mais Louve Bienfaisante savait que son peuple avait besoin d'elle, et il n'était pas question qu'elle se dérobât.

L'inspection commença avec la vérification des bons d'achat. Au comptoir, le prix des marchandises correspondait rarement au montant exact des bons. Faute de posséder de l'argent pour faire l'appoint, les Indiens étaient obligés d'échanger leurs bons contre des objets de valeur inférieure. Et, bien entendu, ils ne récupéraient jamais la différence ! Louve Bienfaisante demanda à Main Cassée pourquoi son gouvernement ne donnait pas directement du papier-monnaie aux Indiens ; cela eût été plus simple et, surtout, plus équitable !

Surpris par sa maîtrise de l'anglais, Fitzpatrick comprit immédiatement qu'il ne pourrait guère user de détours ou de faux-fuyants avec Louve Bienfaisante.

– Les Indiens ne connaissent pas la valeur de l'argent. Notre Grand Père de Washington craint qu'ils n'en fassent un mauvais usage, ne le dépensent à tort et à travers, ne le perdent...

Que répliquer à un tel argument ? Les Indiens n'avaient en effet aucune notion de ce que pouvait représenter une pièce ou un billet de banque. Cependant, afin de ne pas laisser Fitzpatrick assimiler l'ignorance des Indiens à de la sottise, Louve Bienfaisante expliqua longuement que les Blancs et les Indiens n'avaient simplement pas les mêmes valeurs. L'homme l'écouta, secrètement impressionné par tant de justesse et d'intelligence dans la réflexion d'une si jeune fille.

Cette mise au point établie, Louve Bienfaisante entreprit de totaliser la valeur des bons pour voir si chacun avait sa part. Lorsque, après plusieurs décomptes, elle fut certaine que ce n'était pas le cas, elle protesta. Fitzpatrick toussota et, apparemment embarrassé, il soutint qu'on retrouvait bien le montant promis en ajoutant à la valeur des bons celle des marchandises. Autant dire que tout contrôle était impossible !

Louve Bienfaisante avait assez souvent accompagné Mme Prescott au magasin général pour savoir que les Cheyennes n'obtiendraient pas grand-chose en échange de leurs bons. Et la situation ne ferait qu'empirer au fil des ans, puisque les accords ne mentionnaient aucune clause d'indexation.

– Lors de mon séjour chez les Prescott, j'ai appris que la monnaie américaine perdait de sa valeur chaque année. Que représenteront les sommes qui nous ont été accordées dans cinquante ans ?

Fitzpatrick s'agita nerveusement, visiblement agacé par les questions de cette petite Indienne trop futée.

– J'ai justement de bonnes nouvelles pour les Cheyennes, s'ils sont inquiets à ce sujet ! Le gouvernement du Grand Père blanc, qui vient d'entériner le traité, a apporté quelques modifications sur sa durée. Il n'est plus valable pour cinquante ans, mais pour dix ans seulement. Le Grand Père blanc voudrait que les Indiens signent ces nouvelles conditions, continua Fitzpatrick avec la même légèreté de ton.

Quand elle avait dit à son peuple que les Blancs n'avaient pas de parole et qu'ils étaient capables de détourner le traité à leur profit, Louve Bienfaisante n'imaginait pas que les événements lui donneraient si vite raison.

Elle se tourna vers son père qui attendait, impatient et inquiet, à ses côtés, et lui fit part de la demande de Main Cassée.

Archer Agile bondit de surprise et de colère.

– Impossible ! Il y a deux étés seulement que les Blancs ont fumé le calumet de la paix avec nous et ils rompent déjà leurs accords ! Le traité de Laramie porte nos signatures ; il n'y en aura pas d'autre !

Rapidement, la tension monta devant cette mauvaise foi.

Louve Bienfaisante demanda à Fitzpatrick de lui lire les modifications apportées au traité d'origine. Elle découvrit alors qu'outre le changement sur la durée, les nouveaux accords prévoyaient une réduction substantielle des annuités. De plus, le point de rencontre pour la distribution était déplacé vers le sud, ce qui ne manquerait pas de poser davantage de problèmes aux Cheyennes qui, en cette saison, chassaient au nord du pays. Cette année, ils avaient dû descendre vers le sud pour rejoindre les Arapahoes et les Apaches, mais de telles coïncidences ne se produiraient pas tous les ans, et les Cheyennes, tenant compte de leurs migrations habituelles, souhaitaient que le lieu de rendez-vous fût au contraire ramené vers le nord. Naïvement, Louve Bienfaisante présenta la requête des siens à Thomas Fitzpatrick.

– Ne m'oblige pas à te rappeler que vous sortez de votre territoire quand vous montez vers le nord retrouver vos amis sioux. Cela contrevient au traité ! observa Fitzpatrick, ravi de faire retomber la responsabilité de la rupture sur les Indiens. J'ai aussi entendu dire que vous vous apprêtiez à attaquer les Pawnees. Vous savez que les guerres entre tribus sont contraires à nos accords.

Fitzpatrick avait continué à s'exprimer en anglais. Louve Bienfaisante traduisit. Aussitôt, son père entra dans une colère noire.

– Quel toupet d'accuser les Indiens de rompre un traité qui n'existe déjà plus ! fulmina Archer Agile. Les Visages pâles semblent oublier que ce sont eux qui ont fourni aux Pawnees les fusils avec lesquels ils nous ont attaqués. Puisque c'est ainsi, il n'y a plus d'accords ! Comme par le passé, je chasserai où je veux et je ferai la guerre à qui je veux ! Si certains de mes frères cheyennes acceptent de rester au Sud pour y mourir de soif et de chaleur en plein été, s'ils veulent signer le nouveau traité, c'est leur droit. Moi, je reste un homme *libre* !

Furieux, Archer Agile tourna les talons, imité par d'autres guerriers aussi outrés que lui. Plus que jamais, la vengeance s'imposait, et ce n'étaient sûrement pas les ordres d'un peuple de traîtres qui allaient les empêcher d'attaquer les Pawnees !

Louve Bienfaisante tenta d'expliquer à Fitzpatrick l'état d'esprit des Cheyennes. L'homme parut gêné.

– Je déplore autant que ton père ce qui s'est passé, mais je n'y peux rien, avoua-t-il, révélant enfin qu'il désapprouvait le rôle qu'on l'obligeait à tenir.

Quelques chefs s'approchèrent de Main Cassée pour signer le traité. Ce spectacle de lâcheté donna presque la nausée à Louve Bienfaisante.

Sitôt que la distribution des marchandises fut terminée, les Indiens repartirent pour retrouver les Apaches et les Arapahoes. Tous ensemble, ils allaient faire la guerre à ces maudits Pawnees. Ils n'avaient plus rien à faire à Fort St. Vrain, plus rien à dire à Thomas Fitzpatrick.

« Ils reviennent ! » L'annonce s'était répandue dans le camp à la vitesse d'une flèche. Partis depuis trois semaines, les guerriers étaient de retour. Les blessés portaient des bandages, les plus chanceux brandissaient fièrement des scalps au bout de leurs lances.

Archer Agile venait en tête de colonne. Il s'arrêta devant Etoile du Ciel, qui éclata en sanglots de joie et de soulagement.

Louve Bienfaisante s'avança vers son père. Il avait l'air fatigué, mais heureux.

– Tiens, c'est pour toi, dit-il en lui tendant un tomahawk orné de plumes. Je t'offre ce trophée en remerciement de la bénédiction des pattes de loup qui nous a donné la victoire.

Archer Agile et Etoile du Ciel échangèrent un sourire de connivence qui fit songer à Louve Bienfaisante que ce soir, dans la chaleur de leur tipi, ses parents renouvelleraient leurs promesses d'amour. Elle imagina avec quel bonheur elle-même accueillerait Patte d'Ours dans quelques années. Pour le moment, elle n'avait pas encore aperçu le jeune homme. Elle commençait à s'inquiéter, bien que tous les guerriers n'eussent pas encore regagné le camp.

– Renard Rapide arrive avec les chevaux, dit Archer Agile à Etoile du Ciel. Nous en avons capturé des quantités !

Dans un tourbillon de poussière, il partit au galop rejoindre ses compagnons, et ils entrèrent au village dans un joyeux brouhaha.

Louve Bienfaisante aperçut bientôt ses deux oncles, Deux Lunes et Pied Rouge, suivis de Cheval Blanc qui tirait trois chevaux au bout d'une corde. Il ralentit devant Louve Bienfaisante pour lui faire admirer sa prise de guerre et il lui jeta un regard tellement suffisant qu'elle ne put s'empêcher de le brocarder.

– Tu n'as pris que trois chevaux ? Patte d'Ours a sûrement fait mieux !

A l'air vexé du jeune homme, Louve Bienfaisante comprit qu'elle avait touché un point sensible.

Plissant les yeux pour distinguer les guerriers qui continuaient d'arriver, elle reconnut Patte d'Ours, encadré par Aigle Blanc et Grand Couteau. Derrière eux venaient Renard Rapide et son cousin, Petit Ours, le fils de Deux Lunes, âgé de douze ans. Le garçonnet avait accompagné les guerriers pour commencer à s'initier aux techniques de la guerre, mais, trop jeune pour prendre part aux combats, il avait dû se contenter de s'occuper des chevaux.

Lorsque Patte d'Ours fut plus près, Louve Bienfaisante vit que plusieurs scalps étaient accrochés à sa lance et qu'il tirait cinq chevaux. Son jeune aide, Visage Rieur, âgé de treize ans, lui en tenait six autres. Cinq plus six... Patte d'Ours avait battu Cheval Blanc haut la main !

Patte d'Ours vint vers elle en souriant.

– Tiens, dit-il en lui désignant un superbe étalon noir. Son maître est mort. C'était le cheval d'un grand guerrier pawnee. Je l'ai ramené pour toi.

Louve Bienfaisante ne se sentait pas digne d'un présent aussi grandiose, mais elle ne pouvait le refuser sans offenser gravement Patte d'Ours qui avait risqué sa vie pour lui faire plaisir. En attrapant la bride, elle effleura la main du jeune homme, et ce contact lui causa une émotion qui la fit rougir.

– Merci, Patte d'Ours, dit-elle, les yeux baissés.

– J'ai longtemps cherché ce que je pouvais t'offrir de mieux, en échange du présent que tu m'as fait ; tu sais, notre secret... J'espère qu'il te plaira. Il est rapide et il obéit bien, tu verras.

Quand Patte d'Ours se fut éloigné, Etoile du Ciel émit un long sifflement d'admiration.

– C'est un cheval de grand guerrier ! s'exclama-t-elle. Si Patte d'Ours te fait d'autres cadeaux comme celui-ci, tu seras une femme riche avant d'être mariée !

Louve Bienfaisante passa en revue tous ses biens : le tomahawk et deux plumes d'aigle offerts par son père, la jument donnée par son frère, les pattes sacrées, le livre saint qui lui venait des Prescott, ses deux peaux de loup, sa jolie tunique blanche, et déjà plusieurs peaux de bison pour son futur tipi. A quoi venait maintenant s'ajouter le magnifique étalon de Patte d'Ours ! Pour rien au monde elle n'aurait échangé le moindre d'entre eux contre ces babioles inutiles qui faisaient la fierté des *Ve-ho-e* ! Cela faisait trois mois qu'elle avait quitté les Visages pâles, et cette époque lui semblait si éloignée qu'il lui arrivait parfois de douter de sa réalité. Elle avait décidé d'enfouir au fond de sa mémoire ces tristes jours et leur cortège de souffrances. Seul restait bien vivant en elle le souvenir de son frère de sang.

– En hommage à Patte d'Ours, je vais t'appeler Valeureux ! dit-elle à son étalon noir tandis qu'elle le conduisait dans la prairie où paissait déjà sa jument.

Comme s'il avait compris, le cheval dressa la tête et s'ébroua joyeusement.

Louve Bienfaisante resta un moment à contempler ses deux animaux gambadant parmi la luzerne. Le bonheur était bien dans cette vie simple. Au loin résonnaient déjà le tambour, les hourras et les cris de joie de la Danse du Scalp qui durerait jusqu'au milieu de la nuit. Elle aperçut Patte d'Ours qui, décrivant un cercle au petit galop, les hanches souples et l'allure fière, levait les bras vers les cieux et agitait sa couverture en signe de victoire. Qu'il faisait bon vivre !

A quelques centaines de kilomètres de là, dans les territoires du Kansas et du Nebraska, les Blancs déroulaient chaque jour un peu plus de longues pistes de fer...

15

1854

Louve Bienfaisante s'éveilla brusquement, le corps moite, le cœur palpitant. Si les détails du cauchemar qu'elle venait de faire s'étaient volatilisés, l'impression qu'elle en gardait était l'angoisse : images de feu et de mort, bruits insupportables d'explosions, odeurs de poudre et de sang. Quel funeste présage se cachait là ?

Sa famille dormait profondément. Elle enfila ses petits mocassins, mit sur ses épaules une peau de cerf pour se protéger de l'humidité matinale et sortit sans bruit du tipi.

Le jour se levait à peine. Entre le bleu et le mauve, l'aube semblait hésiter à poindre. Des vapeurs douces, qui montaient de la terre, annonçaient déjà une belle matinée d'été. Louve Bienfaisante regarda au loin. Des troupeaux de chevaux animaient le vaste horizon. Le campement s'étendait sur une cinquantaine de mètres, encore endormi. Les oiseaux n'étaient pas encore réveillés ; on n'entendait que le chuchotement des hautes herbes dans la prairie. C'était un spectacle paisible et rassurant... Trop paisible, trop rassurant, peut-être.

Les Cheyennes s'étaient installés pour l'été non loin d'un village sioux. L'année précédente, l'un de ces derniers, ivre, avait tué un soldat blanc. Lors de l'arrestation de l'Indien, quelques coups de feu avaient été échangés, ravivant le vieil antagonisme, et le moindre conflit, la moindre parole un peu agressive dégénérait rapidement. Aux yeux des militaires, le meurtre commis par le Sioux équivalait à une déclaration de guerre de tous les Indiens, et ils ne leur passaient plus rien.

Parce qu'elle connaissait les Blancs, leur façon de raisonner et de réagir, Louve Bienfaisante éprouvait une terrible angoisse. D'autant que les incidents – aux motifs souvent futiles – s'étaient multipliés ces temps derniers.

Aussi plusieurs fermiers blancs qui vivaient dans le coin s'étaient-ils constitués en milice, jurant qu'ils écraseraient tous ces sauvages rouges. Mais à la première escarmouche, ils s'étaient dispersés, apeurés, comme une volée de moineaux. Flatteuse pour les orgueilleux guerriers, la fuite des *Ve-ho-e* avait eu l'inconvénient de persuader les Indiens de leur supériorité et de les inciter un peu trop hâtivement à minimiser les forces de leur adversaire.

Louve Bienfaisante se dirigea vers la prairie où paissaient son bel étalon noir et sa jument. Tout en marchant, elle songeait à la situation. Certes, les derniers conflits avec les Blancs n'étaient pas dramatiques à proprement parler et elle aurait pu, comme nombre des siens, faire preuve d'un peu plus d'optimisme. Pourtant, elle ne pouvait se départir de son angoisse. Après réflexion, elle se dit que l'arrivée au fort du nouvel officier, le lieutenant Grattan, n'était sûrement pas étrangère au sentiment de malaise qui l'oppressait. Le nouveau venu semblait possédé d'une haine incontrôlable envers les indigènes. Il avait une étrange façon de lever le poing vers les Indiens qu'il rencontrait, geste qu'il accompagnait généralement de commentaires menaçants, de mises en garde fulminantes ou de promesses de destruction. Sa vision manichéenne du monde comprenait l'armée et ses justes lois d'un côté, et un peuple sans droits de l'autre. Jamais le doute n'effleurait son esprit. Un ordre était un ordre. Une guerre ne pouvait que se gagner ou se perdre. C'était le parfait militaire, obéissant et amoureux de l'ordre, complètement ignorant de la complexité de l'âme humaine. Louve Bienfaisante était sûre que Grattan saisirait la première occasion pour donner libre cours à ses détestables instincts.

En revenant sur le territoire de Laramie, elle avait espéré revoir Thomas Prescott, mais elle avait appris que seul le révérend était resté sur place. Thomas était reparti pour l'Etat de New York reprendre ses études interrompues, et sa mère était provisoirement retournée se reposer chez elle quelque temps. Fidèle à son poste, le révérend Prescott continuait sa mission d'évangélisation auprès des Indiens, mais on racontait qu'il avait de moins en moins de succès. Louve Bienfaisante avait jusqu'à présent réussi à l'éviter.

Un moment s'était écoulé depuis que la jeune fille était sortie de son tipi, mais elle ne pouvait chasser de son esprit les images de son cauchemar. Les dernières étoiles disparaissaient à présent dans un ciel pâlissant et les oiseaux commençaient à entonner les premières notes d'un chœur allègre.

Que signifiaient les visages ensanglantés de ces soldats blancs qu'elle avait vus en rêve, si ce n'était l'annonce d'une nouvelle bataille ? Quel en serait le point de départ cette fois ? Peut-être la récente plainte qu'un immigrant mormon venait de déposer auprès des militaires de Laramie contre le Sioux qui avait tué sa vache ?

Louve Bienfaisante regagna son tipi, ranima le feu et rajouta un peu d'eau et quelques navets dans la marmite où mijotait depuis la veille un reste de ragoût de bison. A quatorze ans, elle participait à toutes les tâches ménagères, apportant maintenant une aide vraiment efficace à Etoile du Ciel.

– Déjà debout ! Ma fille est bien matinale ! s'exclama Archer Agile en s'étirant.

– Un rêve troublant m'a empêchée de me rendormir, rétorqua-t-elle, sans cesser de remuer le contenu de la marmite. Je crois que les Sioux et les soldats vont recommencer à se battre. A cause de la vache tuée, peut-être... je ne sais pas... En tout cas, j'ai vu beaucoup de *Ve-ho-e*, le visage en sang.

Archer Agile se leva et enfila son pantalon de peau.

– Voir des *Ve-ho-e* en sang est un heureux présage, dit-il.

– Non, père. Si des soldats meurent, il en viendra d'autres pour les venger.

– Je n'ai pas peur ! remarqua Archer Agile avec une pointe d'orgueil.

– Je le sais bien. Mais s'il est vrai qu'il y a à l'Est plus de Blancs que d'étoiles dans le ciel, je crains que...

– Ce sont des mensonges, coupa Archer Agile.

Louve Bienfaisante soupira et ajouta d'un ton subitement suppliant :

– Thomas Prescott me l'a dit aussi ; lui ne m'aurait jamais menti. Je t'en prie, père, promets-moi de ne pas mêler les Cheyennes aux histoires entre Sioux et Visages pâles.

Archer Agile et sa fille échangèrent un regard de compréhension mutuelle.

– Les paroles de ma fille bénie sont pleines de sagesse. Dès ce matin, nous reprendrons la route du sud sur la piste des bisons, et bientôt, nous serons loin. Nous avons besoin de faire provision de viande, celle qu'on trouve au comptoir est à moitié pourrie. Tu as raison, nous devons partir d'ici, nous aurons bien assez tôt nos propres problèmes avec les Blancs. Mais laissons-les venir nous chercher ! Les Cheyennes ne commenceront pas la guerre.

Au même moment, le lieutenant Grattan, nouveau Don Quichotte, allait, à la tête d'un détachement de trente hommes munis de deux obusiers et de trois dizaines de fusils, arrêter un malheureux Indien qui avait eu la mauvaise idée de tuer une vache efflanquée déjà à demi crevée.

Louve Bienfaisante ne ménageait pas sa peine. Depuis de longues heures, elle travaillait en chantonnant. La nuit commençait à tomber, mais elle ne ressentait pas la fatigue, tant elle avait de cœur à l'ouvrage.

Pour quelques mois encore, le peuple cheyenne était à l'abri du besoin. Les chasseurs avaient eu la chance de croiser la route de gigantesques troupeaux de bisons comme ils n'en avaient pas vu depuis longtemps. Pendant plusieurs jours, les hommes avaient risqué leur vie en poursuivant ces dangereux mastodontes, si précieux pour la survie de la tribu. Sur leurs montures au pied sûr, ils avaient galopé sans relâche, fatiguant et rabattant les troupeaux, évitant avec agilité les trous laissés par les chiens de prairie. Au mépris du danger, ils s'étaient jetés sur les animaux, les visant quelquefois à bout portant.

A leur retour, les femmes avaient pris la relève, travaillant dur à découper et à préparer les bisons rapportés au camp. Tout l'hiver, les ventres seraient pleins, le produit de la chasse étant toujours également réparti. Avec les peaux tannées, on rénoverait les tipis, on confectionnerait des vêtements, des mocassins, des nouveaux boucliers ou des couvertures. Des os, on tirerait de la colle et des ustensiles de cuisine. Le sang serait recueilli et cuit. La viande, partagée, serait fumée pour la plus grande partie, ou consommée telle quelle au cours des toutes prochaines célébrations. On pourrait aussi renouveler la réserve de pemmican qui commençait à s'épuiser. Des vessies, on ferait des gourdes pour le transport et le stockage de l'eau ; des dents, de magnifiques bijoux de cérémonie ; et des queues, de très efficaces balais pour chasser les mouches. Pas une once de ces animaux n'était perdue. Même les bouses faisaient un excellent combustible qui dégageait très peu de fumée.

Aux yeux de Louve Bienfaisante, ces richesses valaient tout le métal jaune du monde et toute la monnaie des Visages pâles. Pour vivre heureux, les Indiens demandaient simplement qu'on leur laissât leurs bisons sauvages et l'eau claire des rivières.

Depuis qu'ils avaient quitté le territoire des Sioux pour s'installer au bout de la Smoky Hill, les Cheyennes n'avaient plus rencontré un seul Blanc. Les Indiens reprenaient espoir. Les hommes passaient leurs journées à fabriquer des flèches ou à nettoyer leurs armes, tout en tirant nonchalamment sur leurs pipes. Les femmes s'occupaient des tâches ménagères. Pour tous, la vie était belle et paisible.

Il se faisait tard. La tribu s'était rassemblée autour du grand feu pour la cérémonie rituelle de retour des chasseurs. Les hommes aimaient cette occasion de vanter leurs hauts faits et s'enorgueillissaient des murmures d'admiration qu'ils suscitaient. C'était une sorte de jeu bien organisé, immuablement répété pour la joie de tous, dans lequel chacun tenait son rôle.

Les enfants, fascinés, bouche bée, écarquillaient les yeux.

La nouvelle, portée par un cavalier sioux, avait rompu le charme de cette période heureuse de la dernière chasse si fructueuse. Les Cheyennes étaient restés anéantis quand le messager leur avait raconté que le lieutenant Grattan était venu arrêter un de leurs frères, coupable d'avoir tué la vache d'un mormon. Les Sioux avaient proposé d'offrir une mule en échange, mais Grattan avait refusé tout net. Son but n'était pas la justice. L'occasion lui était offerte d'arrêter un sale Peau-Rouge ; il n'allait pas s'en priver !

Le messager avait raconté que Grattan traînait derrière lui trente soldats, à qui il avait donné aussitôt l'ordre de mettre les Indiens en joue. Un des Blancs, un peu trop nerveux, avait appuyé sur la détente, et le grand chef, Ours qui Danse, avait été blessé. Sans que l'on sût comment ni d'où les coups étaient partis, les

Sioux avaient répliqué immédiatement. C'est au moment où, affolés, Grattan et ses hommes tentaient de battre en retraite, qu'une autre tribu, des Sioux Ogla- las arrivés en renfort, les avait encerclés par-derrière. Les Blancs n'avaient même pas eu le temps de se servir de leurs canons. Ils avaient réussi à tuer quelques Indiens, mais après un bref combat tous avaient péri.

La mort de Grattan avait de quoi réjouir Louve Bien- faisante ; cependant, la disparition de cet homme détes- table la laissait inquiète. Qu'adviendrait-il si le gouver- nement des Blancs décidait maintenant d'exercer des représailles ? Les Indiens pouvaient payer très cher ce meurtre, pourtant perpétré en état de légitime défense.

Au récit du messager, les guerriers cheyennes avaient brandi leur poing fermé et affirmé que si les Visages pâles voulaient la guerre, ils étaient prêts à répondre.

Louve Bienfaisante comprenait maintenant la signi- fication de son dernier songe : des *Ve-ho-e* couverts de sang.

Le messager s'était reposé et avait rejoint les guer- riers réunis en conseil. Après une heure de débats ani- més, la sage décision fut prise de maintenir la paix coûte que coûte : les Cheyennes ne se battraient que s'ils étaient attaqués.

– Je dois aussi vous avertir de l'étrange rencontre que j'ai faite ici, annonça enfin le messager. Je suis tombé sur un campement de Blancs. J'étais sur mes gardes, mais j'ai vite compris qu'ils ne me voulaient aucun mal. Apparemment, ils n'étaient pas au courant pour le lieutenant Grattan. Ils m'ont accueilli aimable- ment, m'ont offert du tabac et de la nourriture. J'ai vu qu'ils se servaient d'instruments bizarres. Ils inspec- taient la prairie au travers d'appareils posés sur des trépieds. Un éclaireur m'a expliqué que ces hommes cherchaient le meilleur tracé pour construire une « voie ferrée ». C'est les mots qu'il a employés. Comme je ne comprenais pas bien, il m'a montré une image. C'est... comment dire... un cheval de fer, une espèce de grosse bête comme je n'en ai jamais vu ailleurs, qui sert à transporter, paraît-il, des hommes et du matériel.

Les autres guerriers chuchotèrent entre eux, puis Archer Agile se tourna vers Louve Bienfaisante.

– Ma fille l'avait vu ! Comme elle a vu la mort du lieutenant Grattan et de ses hommes. Nous devons prier pour que l'Esprit des Loups continue de lui envoyer des songes.

Louve Bienfaisante baissa les yeux, comme accablée sous le poids d'une terrible charge. Elle ne redoutait pas d'avoir des visions, mais de les voir se réaliser si elles étaient mauvaises pour les siens.

Un lourd silence pesait sur l'assemblée. D'un ample mouvement du bras, Bison Noir envoya la fumée sainte en direction des quatre points cardinaux, puis, d'une voix unanime, les hommes se mirent à invoquer la Terre Mère et *Heammaihio*, le dieu du ciel.

Thomas Prescott reposa sa plume, incapable de se concentrer sur le mémoire qu'il rédigeait sur les Indiens, et plus particulièrement sur les Sioux et les Cheyennes. Le récent massacre des soldats américains obscurcissait considérablement l'image qu'il voulait en donner.

– On devrait tous les aligner, et pan, pan, pan ! avait déclaré un étudiant de sa classe cet après-midi-là. Bon sang, ce ne sont que des chiens sauvages, ignorants du bien ou du mal. Maudite engeance !

Les mots avaient brûlé Thomas comme un fer rouge.

La salle d'étude était vide maintenant. Le jeune homme essayait d'imaginer ce qui avait bien pu se passer entre les Sioux et les hommes de Grattan. Il était impensable que le vieux chef, Ours qui Danse, connu pour sa modération, eût provoqué les Blancs. C'était pourtant ce que le révérend avait écrit à son fils, affirmant que les soldats avaient été attaqués sans raison.

C'était à voir, mais personne n'avait retenu la version des Sioux. Une parole d'Indien ne valait pas qu'on s'y arrêtât. Déjà, le ministère de la Guerre préparait une punition exemplaire.

Le plus grand souci de Thomas était de savoir ce que devenait Louve Bienfaisante, sa sœur de sang. Il poussa un long soupir, où se mêlaient impuissance, frustration, désespoir et tristesse. Ses études terminées, il retournerait dans l'Ouest, afin d'œuvrer pour la paix et de tenter de sauver le peuple indien d'une mort indigne... si c'était encore possible !

16

Depuis la mort du lieutenant Grattan, Louve Bienfaisante avait l'impression que les Cheyennes n'étaient plus nulle part en sécurité. Comme ils l'avaient décidé, ils faisaient pourtant de leur mieux pour se montrer pacifiques, osant à peine répondre aux provocations des Blancs. Ils sentaient maintenant combien les forces étaient inégales. L'attaque militaire du paisible camp sioux de la rivière Blue Water, lancée à l'automne 1855 pour venger Grattan et ses hommes, avait laissé aux Indiens un souvenir cruel et la certitude désespérée que tout combat contre les *Ve-ho-e* était perdu d'avance. En plus de leurs fusils, les soldats n'avaient pas hésité à utiliser contre le village leurs énormes canons, tuant sans scrupule femmes et enfants. En outre, près de soixante-dix squaws avaient été capturées et la quasi-totalité des provisions de l'hiver pillée ou détruite.

Cette bataille avait complètement traumatisé la nation cheyenne. Les Indiens étaient désormais persuadés que les Visages pâles voulaient leur mort. Les jours heureux n'étaient plus qu'un lointain souvenir !

Défigurant le pays, saccageant les terres où les Indiens chevauchaient autrefois librement, le réseau ferré allongeait inlassablement ses affreux tentacules. Les lignes s'étendaient maintenant vers le sud jusqu'à Smoky Hill et vers le nord le long de la Platte. Les Cheyennes n'avaient pas encore vu le redoutable cheval de fer, mais quelques guerriers isolés, dangereusement excités, parlaient déjà de tuer les Blancs s'ils continuaient d'empiéter sur leur territoire de chasse.

Des escarmouches incessantes avaient rendu définitivement caducs les accords de paix de 1851, et la situation ne cessait d'empirer.

Cherchant la force ou l'évasion, les guerriers indiens consommaient de plus en plus de cette eau-de-feu que les Blancs leur procuraient avec une complaisance suspecte, ce qui ne laissait pas d'inquiéter Louve Bienfaisante. A chaque conseil des Chiens-Soldats, elle essayait de faire comprendre le bien-fondé de ses craintes, mais en vain. Elle avait le sentiment que le monde des Cheyennes devenait aussi fou que celui des Blancs.

Dans la vie des Indiens, malheureusement, les difficultés s'ajoutaient aux difficultés. Les bisons, aussi nombreux par le passé que les herbes de la prairie, étaient devenus si rares que les périodes de chasse s'allongeaient. Du fait des déplacements plus fréquents de la tribu, la charge de travail des femmes s'était aussi considérablement accrue.

Louve Bienfaisante ressentait cruellement tous ces

changements. S'y ajoutaient ses problèmes sentimentaux personnels. Cheval Blanc et Patte d'Ours avaient tous deux présenté à Archer Agile les cadeaux de mariage exigés par Bison Noir, en même temps que leur demande officielle. Au désespoir de la jeune Indienne, le grand prêtre avait déclaré que les deux rivaux devaient encore subir une épreuve qui les départagerait.

La décision de Bison Noir avait plongé la jeune fille dans une profonde tristesse. Elle aimait tant Patte d'Ours qu'elle préférait mourir plutôt que d'en épouser un autre. Elle avait supplié le grand prêtre de lui donner son consentement, mais il avait simplement répété qu'il était encore trop tôt. Il y avait un an de cela. Elle avait maintenant seize étés et attendait toujours !

Pour ne pas provoquer de conflit entre les deux hommes, Louve Bienfaisante était condamnée à les éviter, et ne plus voir Patte d'Ours lui fendait le cœur. Elle craignait que le jeune homme ne finisse par se lasser.

Cet après-midi-là, il faisait bon et Louve Bienfaisante avait décidé de descendre à la rivière, espérant oublier un moment les tracas qui l'obnubilaient.

Arrivée sur la berge, elle resta un long moment à contempler le courant murmurant, qui lui rappelait sa vie. Tout semblait lui échapper inexorablement. Pourquoi Bison Noir la faisait-il si cruellement languir ?

Un bain lui ferait sûrement du bien. Personne ne viendrait l'importuner, puisqu'elle avait dit à ses parents qu'elle voulait rester seule. Elle délaça sa tunique et entra dans l'eau profonde. Les dernières pluies avaient gonflé la rivière. Louve Bienfaisante se trempa d'un seul coup, puis s'éloigna à la nage. Le clapotis de l'eau, le chant des oiseaux au-dessus de sa tête, la sensation de fraîcheur sur sa peau, tous ces plaisirs simples lui causaient un bonheur infini. Elle en profita longuement, jusqu'à se sentir apaisée.

C'est au moment où elle sortait de l'eau pour récupérer sa tunique qu'elle eut brusquement la certitude que le destin s'acharnait contre elle. Devant elle se tenait Cheval Blanc. Le jeune homme était visiblement en état d'ébriété ; une bestialité à peine dissimulée allumait son regard. Il fixa les seins ronds de Louve Bienfaisante avec une insistance lubrique, puis son regard glissa sur le reste de son corps. Prise de panique, la jeune fille se retourna, essayant vainement de se cacher de ses mains. Cheval Blanc en profita pour se jeter sur elle. Elle tomba en avant et il l'immobilisa au sol, face contre terre. Tout en la maintenant, il se mit à se contorsionner. Puis il la retourna sans douceur. Louve Bienfaisante constata alors avec horreur qu'il était nu ! De tout son poids, il s'allongea sur elle, l'étouffant presque.

Pour lui faire lâcher prise, elle le griffa violemment au visage, mais cela ne fit qu'attiser sa fureur. Lui saisissant les poignets, il l'attacha à l'aide d'une lanière qu'il avait gardée à portée de main.

Puis, sans douceur, il glissa sa jambe entre celles de Louve Bienfaisante, aussi terrorisée que dégoûtée, et d'une main indélicate entreprit d'explorer son corps.

– Je t'ai regardée te baigner, caché derrière le bosquet d'arbres là-bas. Ah ! ça fait des années que j'attendais ça ! Voilà l'épreuve dont Bison Noir a parlé. C'est moi qui vais te posséder. Patte d'Ours a perdu ! ricanat-il, un méchant rictus au coin des lèvres. Tu n'auras bientôt plus le choix qu'entre le mariage ou la honte.

Louve Bienfaisante se savait piégée. Cheval Blanc disait vrai. Qui croirait qu'elle n'était pas consentante ?

Elle voulut appeler, mais son cri s'étouffa dans sa gorge. Résignée, elle ferma les yeux. Cheval Blanc se redressa soudain. Un instant, elle espéra qu'il renonçait à ses vils projets mais, en ouvrant les yeux, elle comprit qu'il ne s'agissait que d'un répit provisoire.

Cheval Blanc, nu, la dominait de toute sa hauteur.

– Regarde donc à quoi ça ressemble un homme, un vrai ! lança-t-il avec obscénité.

Il s'accroupit de nouveau, la saisit par les hanches, mais, au moment où il allait accomplir son sinistre dessein, un bruissement se fit entendre. Cheval Blanc se figea. Louve Bienfaisante en profita pour le repousser en arrière d'un violent coup de pied. Patte d'Ours, sortant des fourrés, sauta sur son rival.

En le voyant surgir, la jeune fille crut mourir de honte. Elle réussit à se relever et courut se cacher derrière un fourré.

Les deux hommes continuaient de se battre sauvagement. Ils roulaient, enlacés sur le sol, dans un combat sans pitié, avec force cris rauques et halètements.

– Sale violeur ! cria Patte d'Ours, lâchant soudain son adversaire. Je te laisse trente secondes pour remettre tes vêtements et récupérer ton couteau.

Cheval Blanc se redressa, l'air hagard. Les griffures que lui avait faites Louve Bienfaisante le défiguraient. Elles seraient la preuve, si besoin était, que le jeune guerrier l'avait forcée. En silence, Louve Bienfaisante remercia l'Esprit des Loups de lui avoir envoyé du secours.

– A nous deux maintenant ! lança fièrement Patte d'Ours, comme Cheval Blanc s'était rhabillé.

Les deux hommes se faisaient face, couteau en main. Ils se jaugèrent quelques secondes, puis tentèrent des mouvements d'intimidation qui se transformèrent vite en vraies attaques. Le combat dura de longues minutes, mettant les nerfs de Louve Bienfaisante à rude épreuve. Soudain, Cheval Blanc enfonça sa lame dans le ventre de Patte d'Ours.

– J'ai gagné ! jubila le jeune présomptueux. A moi le droit de prendre Louve Bienfaisante dans mon lit !

Patte d'Ours, ruisselant de sang, trouva encore la force de se jeter sur son ennemi. Au corps à corps maintenant, ils essayaient de se désarmer. Patte d'Ours parvint enfin à faire reculer Cheval Blanc. Les hommes se lancèrent des regards de fauves enragés.

Cheval Blanc reprit l'initiative de l'attaque mais, au moment où il se jetait en avant, Patte d'Ours lui planta son couteau dans le bras droit. Tels deux animaux excités par le sang, ils sautèrent de nouveau l'un sur l'autre et roulèrent sur le sol, chacun prenant le dessus alternativement. Leur souffle violent était entrecoupé de grognements impressionnants.

La main levée, les muscles bandés, Patte d'Ours essayait maintenant de plonger son couteau dans la gorge de Cheval Blanc, qui lui retenait la main avec difficulté. Lorsqu'il réussit à le repousser, Patte d'Ours marqua une pause, que Cheval Blanc mit à profit pour faire basculer son adversaire en arrière. Patte d'Ours tomba lourdement, et Cheval Blanc cloua son rival au sol, lui transperçant le bras à son tour.

Le cri de douleur que poussa alors Patte d'Ours glaça Louve Bienfaisante. L'homme qu'elle aimait allait mourir... Un affreux cauchemar venait de commencer.

D'un coup de pied, Cheval Blanc se débarrassa du couteau que son adversaire venait de lâcher.

– Prépare-toi à mourir, Patte d'Ours. Sans arme, tu n'es plus bon à rien !

Patte d'Ours réussit à se mettre à genoux.

Au comble de la douleur, Louve Bienfaisante ne parvenait pas à pleurer, paralysée par l'émotion et la peur, horrifiée, haletante. Cheval Blanc se relança à l'assaut et essaya de nouveau d'atteindre Patte d'Ours au ventre. Tout s'enchaîna si vite ensuite que Louve Bienfaisante ne comprit pas comment, dans l'état de faiblesse où il se trouvait, Patte d'Ours réussit à se dégager.

Bondissant comme s'il avait en réserve des forces insoupçonnées, il attrapa le bras de Cheval Blanc et, d'une prise savante, le lui tordit jusqu'à ce qu'il craque. Cheval Blanc poussa un long hurlement et laissa immédiatement tomber son couteau.

Louve Bienfaisante retrouva sa voix pour implorer Patte d'Ours :

– Je t'en supplie, ne le tue pas !

Patte d'Ours parut hésiter. Son ventre et son bras saignaient abondamment, mais il semblait ne plus ressentir de douleur.

– Ce lâche mérite la mort ! dit-il enfin.

– Par pitié, Patte d'Ours, ne te rends pas coupable d'un tel acte de vengeance. La tribu le bannira ; la honte qu'il connaîtra sera un châtiment bien plus dur que la mort.

A terre, Cheval Blanc se tenait le coude, gémissant, pleurnichant à demi.

Se rendant aux raisons de Louve Bienfaisante, Patte d'Ours finit par abandonner son adversaire avec mépris. Il alla récupérer la tunique de la jeune fille et la lui tendit en détournant pudiquement les yeux.

– Je... Mes mains sont attachées, balbutia Louve Bienfaisante, accroupie derrière le fourré.

Patte d'Ours trancha les liens le plus rapidement qu'il put afin de ne pas gêner davantage Louve Bienfaisante, déjà horriblement mal à l'aise. Inutile de lui parler de la grande excitation qu'il avait ressentie quand il l'avait vue nue, aux prises avec son ennemi.

– J'ai aperçu Cheval Blanc au moment où il te suivait. J'ai tout de suite compris que tu étais en danger et je lui ai emboîté le pas. Crois-moi, je n'avais aucune mauvaise intention en venant ici, je voulais seulement te protéger, précisa-t-il pour dissiper tout malentendu.

Louve Bienfaisante émergea de derrière le bosquet. Elle avait remis sa tunique. Des larmes perlaient sur ses joues.

– Tu veux encore de moi ? sanglota-t-elle.

– Quelle question ! Jamais je ne t'ai autant désirée. Tu n'as rien fait de mal ; tout est la faute de Cheval Blanc. Quand tu seras ma femme, ce sera comme si je te voyais nue pour la première fois.

Un large sourire éclaira le visage de Louve Bienfaisante.

– Tu es bon, Patte d'Ours. Je suis si heureuse que tu aies vaincu Cheval Blanc ! Rentrons vite, maintenant ; tu as déjà perdu trop de sang.

Du bout du pied, comme s'il s'agissait d'un vulgaire objet de rebut, Patte d'Ours retourna Cheval Blanc sur le dos. Le jeune présomptueux grimaçait de douleur, ses traits s'étaient creusés, des rides de souffrance étiraient les coins de sa bouche et son teint, pourtant naturellement hâlé, paraissait livide. Son avant-bras déboîté pendait lamentablement.

– Allons chercher le chamane pour qu'il soigne le bras de Cheval Blanc, proposa Louve Bienfaisante. Pour la suite... ajouta-t-elle timidement, laissons le soin à Bison Noir d'en décider.

Obligeant Louve Bienfaisante à soutenir son regard, Patte d'Ours lui déclara d'un ton ferme :

– La suite, la voici : tu seras ma femme ! Et surtout, souviens-toi de ce que je t'ai dit : ne crains le regard de personne ; tu n'as rien à te reprocher. Relève la tête fièrement !

Les plus éminents guerriers s'étaient réunis en conseil extraordinaire pour statuer sur le sort de Cheval Blanc. A l'écart attendaient Patte d'Ours, le ventre et un bras bandés, Louve Bienfaisante et Cheval Blanc, le visage griffé et un bras en attelle.

Louve Bienfaisante fut appelée la première à témoigner. Comme Patte d'Ours le lui avait demandé, elle affronta les guerriers la tête haute et le regard droit. Sa gorge se noua plusieurs fois, mais elle réussit à aller au bout de son récit, s'efforçant de donner un compte rendu exact de sa mésaventure. Les hommes avaient du mal à exprimer leur dégoût.

A son tour, Patte d'Ours fut convié à donner sa version des faits, qui corroborait en tout point celle de Louve Bienfaisante.

Après ces deux dépositions, Cheval Blanc ne pouvait guère nier l'évidence. En outre, son visage, marqué par les ongles de Louve Bienfaisante, valait un aveu. Il essaya faiblement de se disculper en incriminant le whisky qu'il avait bu.

– L'eau-de-feu n'a fait que révéler ton véritable caractère, lui lança Louve Bienfaisante, le défiant courageusement. Tu n'es qu'un lâche !

Les traits tendus et les mâchoires serrées de Cheval Blanc accusaient sa rage. N'ayant plus aucun moyen de défense, il ne répondit pas.

Bison Noir se leva et vint se placer au centre du cercle des guerriers assis sur le sol.

– Un songe m'avait révélé que Patte d'Ours et Cheval Blanc devaient subir une dernière épreuve pour conquérir Louve Bienfaisante. Maintenant qu'elle s'est accomplie, dit-il d'une voix émue, je peux vous révéler des visions que j'ai gardées secrètes jusqu'à présent. A l'âge de six ans, Louve Bienfaisante s'est vue, en songe, femme, aux côtés de Patte d'Ours. Lui-même a eu la vision d'un ours blessé, réconforté par un loup. Je savais depuis longtemps que les destins de Patte d'Ours et de Louve Bienfaisante étaient liés.

Des murmures d'émerveillement et des exclamations d'étonnement se firent entendre.

Cheval Blanc lança à Bison Noir un regard empli de haine.

– Pourquoi ne m'as-tu pas dit ça plus tôt ? lui reprocha-t-il. Si j'avais été au courant, je n'aurais pas risqué ma vie pour faire ces cadeaux inutiles à Archer Agile.

– Tu sais bien que seules les visions concernant l'ensemble de notre peuple peuvent être révélées. Les autres doivent être tenues secrètes, tant que la preuve de leur authenticité n'a pas été faite. Cette épreuve finale qui vient de vous départager me confirme la justesse des visions de Patte d'Ours et de Louve Bienfaisante, et m'autorise à les divulguer.

Cheval Blanc se tourna brusquement vers Archer Agile et déclara effrontément :

– J'exige que tu me rendes les présents que je t'ai faits pour rien.

Le père de Louve Bienfaisante en resta sans voix, profondément insulté. Bison Noir se sentit obligé d'intervenir à sa place :

– Comment oses-tu ! Non seulement tu ne reprendras pas ce que tu as donné à Archer Agile, mais tu es désormais banni de tous les villages cheyennes. Nous allons envoyer des messagers à nos amis sioux et arapahoes pour leur demander de ne pas t'accueillir non plus. Maintenant, va préparer tes affaires. Si mes frères sont d'accord, je suggère que tu sois chassé sur-le-champ.

Les autres guerriers approuvèrent unanimement. Cheval Blanc étouffait de hargne.

– Vous ne pouvez pas me faire ça ! protesta-t-il d'une voix plaintive. Je vais devenir un errant...

– Ce n'est qu'un juste châtiment pour un dépravé de ton espèce, rétorqua Archer Agile.

Plus que jamais, Cheval Blanc regrettait de n'avoir pu mener son plan à terme. Dans un ultime sursaut de méchanceté, il défia encore Patte d'Ours.

– Un jour, tu me le paieras, déclara-t-il d'un ton menaçant. On se retrouvera !

Patte d'Ours se contenta de ricaner avec mépris, et Cheval Blanc tourna les talons. Dès qu'il se fut éloigné, Bison Noir leva les mains. Il regarda le ciel en silence pendant quelques instants, puis s'adressa à Archer Agile :

– Maintenant, j'autorise l'union de Patte d'Ours et de Louve Bienfaisante. La décision finale t'appartient, Archer Agile. Si tu approuves ce mariage et que ta fille le désire aussi, nous commencerons les préparatifs pour la cérémonie rituelle.

Archer Agile se tourna vers sa fille et, d'une voix à laquelle l'émotion donnait des accents solennels, il lui demanda :

– Veux-tu prendre Patte d'Ours pour époux ?

La jeune fille dut se mordre les lèvres pour ne pas laisser couler ses larmes. Lorsqu'elle s'aperçut que Patte d'Ours la regardait, les battements de son cœur s'accélérèrent et ses joues lui brûlèrent. Pouvait-elle soudain désirer avec force ce qui lui avait paru si horrible avec Cheval Blanc quelques heures plus tôt ? Mais elle savait que Patte d'Ours serait aussi patient et délicat que Cheval Blanc s'était montré brutal et vulgaire.

– Oui, chuchota-t-elle, d'une voix tout juste audible, je veux être la femme de Patte d'Ours.

– Alors, je te donne ma permission, déclara Archer Agile.

Et, levant le poing, il poussa un cri de joie, repris par tous les guerriers. Patte d'Ours avait saisi la main de Louve Bienfaisante dans la sienne et la serrait doucement.

Furieux, Cheval Blanc avait regagné son tipi pour rassembler ses affaires sous les yeux de sa pauvre mère, morte de honte et de chagrin.

Son sac bouclé, Cheval Blanc sortit pour préparer sa monture. Avec un seul bras, ce n'était guère facile, mais il savait que désormais personne ne lui viendrait en aide. Un proscrit était un homme seul.

Sentant soudain un regard posé sur lui, il tourna la tête. Lune d'Eté se tenait, immobile, à quelques pas de là. Elle s'avança timidement.

– Emmène-moi avec toi ! Tu as besoin de quelqu'un, et il y a si longtemps que je t'aime ! Je préparerai tes chevaux, te ferai la cuisine, et serai... ta femme, dit-elle, gênée et nerveuse.

Elle savait que partir avec Cheval Blanc était un acte hautement répréhensible, mais la vie sans lui lui paraissait plus insupportable que le déshonneur à ses côtés.

Cheval Blanc fut si étonné qu'il se demanda un moment s'il n'avait pas mal interprété son offre. Il la regarda longuement. Ce n'était sûrement pas le genre de fille qui l'attirait. Elle était si banale à côté de Louve Bienfaisante ! Mais il aurait besoin d'une femme pour assouvir ses désirs sexuels, et celle-ci pourrait bien faire l'affaire, faute de mieux. Après tout, si elle était assez bête pour accepter de se mettre à son service sans contrepartie !

– Va préparer tes affaires, finit-il par dire d'un ton froid et sans joie, et reviens m'aider. N'attends rien de moi, Lune d'Eté, je ne t'aime pas.

– Je ne veux que te rendre heureux et t'aider à oublier Louve Bienfaisante.

– Que ce soit clair : tu devras coucher avec moi chaque fois que je le voudrai, t'occuper de mes vêtements
et de mes chevaux, nettoyer mes armes et ramasser du
bois. Et je ne veux pas t'entendre râler quand je boirai
de l'eau-de-feu. Tâche de t'en souvenir, car je ne
t'emmène qu'à ces conditions.

– Je ferai tout ce que tu voudras.

Cheval Blanc la toisa avec mépris.

– D'accord ! Alors dépêche-toi, je n'ai pas de temps
à perdre.

17

La nuit commençait à tomber. Au bras de son père,
Louve Bienfaisante marchait en silence pour rejoindre
Patte d'Ours et Bison Noir qui l'attendaient à l'orée du
camp. L'heure était solennelle. Dans quelques instants,
le grand prêtre unirait officiellement sa vie à celle du
jeune guerrier. Peu après, son mari la conduirait
jusqu'au tipi de mariage qu'elle et sa mère avaient
dressé à l'écart du village, le long de la rivière, en un
endroit paisible et tranquille, à l'abri de toutes les indis-
crétions. A l'idée de passer sa première nuit dans les
bras de Patte d'Ours, Louve Bienfaisante frémit d'une
joie mêlée d'inquiétude.

De loin, elle aperçut le jeune homme, debout près
d'un magnifique cheval sauvage capturé quelques jours
plus tôt. Pour la circonstance, l'animal avait été décoré
de plumes rares et de peintures multicolores.

Patte d'Ours était plus séduisant que jamais. Il portait
un pantalon de peau claire et une jolie chemise à franges que sa mère, Petit Oiseau, avait brodée de perles,

soigneusement choisies pour leur transparence. Son front était ceint d'un bandeau aux tons vifs, qui retenait ses longs cheveux noirs comme de l'ébène. Autour du cou, un superbe collier d'os mettait en valeur le hâle doré de sa peau.

Louve Bienfaisante avait du mal à croire que ce beau guerrier serait bientôt à elle. Elle avait envie de courir, de crier, de chanter son bonheur. Elle était probablement en train de vivre les plus belles heures de sa vie ! En s'approchant, son regard croisa celui de Patte d'Ours. Les lueurs de joie qui illuminaient les yeux du jeune homme achevèrent de l'étourdir. Patte d'Ours avait des raisons d'être heureux : Louve Bienfaisante aussi était resplendissante !

Elle avait revêtu la tunique que sa mère avait mis des mois à confectionner en prévision du mariage. C'était une longue robe de daim blanche et fine qui se terminait juste au-dessus des chevilles par des franges identiques à celles des manches. Etoile du Ciel y avait cousu des clochettes, dont le tintement était un symbole de joie. Avec une patience infinie, elle avait composé un superbe motif floral, qu'elle avait brodé de pierres aux reflets irisés. Louve Bienfaisante savait bien que sa mère avait mis tout son amour dans la réalisation de ce travail.

Pour la cérémonie du mariage, la jeune fille avait dénoué ses cheveux. Une unique barrette de perles brillantes en rehaussait l'éclat. A la ceinture, elle portait le sac qui contenait ses précieuses pattes de loup. La seule ombre à son bonheur était de ne pouvoir partager sa joie avec Douce Grand-Mère, mais une petite voix intérieure lui disait que, en dépit des apparences, sa bien-aimée aïeule était à ses côtés.

Solennellement, Archer Agile vint se placer devant Patte d'Ours et lui tendit la main de sa fille. Bison Noir entonna une prière pour demander à *Maheo* de bénir cette union et la combler d'amour et de bonheur.

Patte d'Ours serrait fort la main de Louve Bienfaisante, qu'il sentait tremblante dans la sienne. Au moment de prononcer ses vœux, il planta son regard dans celui de la jeune femme ; pour lui aussi, l'instant était grave.

– Je promets de t'aimer toujours, dit-il. Je prends l'engagement de subvenir à tes besoins et de te protéger. Nos visions se sont croisées. Nous sommes unis depuis des années par le cœur et par l'esprit, bientôt nous le serons par le corps.

Bouleversée, Louve Bienfaisante eut du mal à prendre la parole à son tour.

– Je promets de t'aimer toujours, répéta-t-elle. Je prends l'engagement de veiller à la douceur de notre tipi et, si *Maheo* le veut, je te donnerai de nombreux fils qui seront des guerriers aussi beaux et aussi courageux que leur père.

– Je déclare que Louve Bienfaisante appartient désormais à Patte d'Ours, constata alors Bison Noir.

A ces mots, il poussa un cri de joie, destiné à avertir le village. Aussitôt, une immense clameur monta du camp. Les festivités allaient commencer ; toute la nuit, la tribu en liesse se réjouirait de l'heureux événement qui venait d'avoir lieu. Tous... sauf les nouveaux mariés, qui célébreraient leur union dans la plus parfaite intimité.

Après le départ de Bison Noir et d'Archer Agile, Louve Bienfaisante et Patte d'Ours se regardèrent en souriant, la parole coupée par l'émotion. Il faisait déjà noir. Les tambours commençaient à résonner dans le lointain.

Sans un mot, Patte d'Ours souleva Louve Bienfaisante pour l'asseoir sur son cheval. Il monta derrière elle et, la serrant contre lui, les deux bras autour de sa taille, il dirigea sa monture vers le bosquet qui abritait le tipi de mariage. Quand ils arrivèrent, ils n'avaient pas échangé un mot. Patte d'Ours aida Louve Bienfaisante à mettre pied à terre. Fébrile, elle attendit qu'il eût fini d'attacher son cheval à un arbre.

Plus le temps passait, plus son inquiétude grandissait. Patte d'Ours devinerait-il ses craintes secrètes ? Elle avait envie de pleurer, mais c'était bien la dernière chose à faire, à quelques minutes de sa nuit de noces ! En dépit des efforts qu'elle faisait pour dissimuler ses sentiments, Patte d'Ours remarqua tout de suite ses lèvres tremblantes et ses yeux brillants.

– De quoi as-tu peur, petite femme ? demanda-t-il en lui caressant doucement la joue. Que je ne pense qu'à mon plaisir ? Rassure-toi, je ne suis pas Cheval Blanc !

Comme Louve Bienfaisante ne répondait pas, il l'enlaça par la taille, la serra contre lui et la rassura à voix basse :

– J'ai tant attendu ce moment que je peux encore patienter si tu le veux. Tu ne seras pas à moi ce soir. Permets-moi simplement de t'admirer.

Il la prit par les épaules et fit un pas en arrière.

Partagée entre la crainte et le désir, Louve Bienfaisante le laissa délacer sa tunique, lui dégager les épaules, puis faire lentement glisser le vêtement jusqu'à terre.

– Comme tu es belle ! dit-il en la dévorant des yeux.

La jeune femme ne put retenir un frisson d'excitation, et quelques larmes de joie, dont elle eut presque honte. Elle entendit Patte d'Ours soupirer. Quand, d'une main douce, il caressa ses seins, elle eut l'impression qu'un feu lui brûlait le corps.

– Les esprits m'ont comblé au-delà de mes espérances, chuchota-t-il d'une voix émue. Non seulement ma femme a de grands pouvoirs, mais c'est la plus belle Cheyenne que la prairie ait jamais portée. Viens !

Il la prit par la main et ils entrèrent.

Debout devant le tipi, Louve Bienfaisante avait l'impression de contempler une scène irréelle. La brume matinale estompait l'horizon et des vapeurs couleur d'opale dissimulaient encore la rivière. Patte d'Ours dormait.

La jeune femme éprouvait une reconnaissance infinie pour cet homme qui, plutôt que de la brusquer, avait préféré l'apprivoiser. Cette nuit, Patte d'Ours avait tenu sa promesse : il s'était contenté de la serrer dans ses bras. C'était si rassurant de sentir qu'elle pouvait lui faire confiance ! Maintenant, elle pourrait se donner à lui sans crainte. Pendant la semaine où ils camperaient seuls, loin de leur tribu, ils pourraient parler, apprendre à se connaître et... peut-être déjà faire un enfant si *Maheo* voulait bien leur accorder ce bonheur.

Un baiser dans le cou fit sursauter Louve Bienfaisante qui n'avait pas entendu Patte d'Ours se lever. Elle se retourna. Il était torse nu. Les cicatrices laissées par le couteau de Cheval Blanc étaient encore bien visibles sur son bras et sur son ventre, mais il ne portait plus de bandages. Dire qu'il avait risqué sa vie pour la sauver ! L'émotion la submergea. Sous le regard insistant de Patte d'Ours, qu'elle surprit au même instant, elle se sentit faiblir, comme sous l'effet d'une fièvre violente. Il la désirait. Elle ne voulait plus le faire attendre.

– Tu es si belle, petite femme, murmura-t-il en lui prenant la main, que j'ai hâte de t'aimer complètement. N'aie pas peur !

– Si j'ai peur de quelque chose, Patte d'Ours, c'est

simplement de te décevoir, rétorqua Louve Bienfaisante d'une petite voix qui trahissait son embarras.

– Tu peux lever les yeux, maintenant que nous sommes mariés, dit-il en riant et en lui basculant le visage pour l'obliger à soutenir son regard. Voyons, comment pourrais-je être déçu par une femme que j'aime depuis des années ? Le don de nos corps ne pourra que renforcer nos liens. Et puis, avoua-t-il avec un brin d'hésitation, moi aussi, j'ai un peu peur de ne pas te plaire.

– Comment peux-tu...

– Chut ! l'interrompit Patte d'Ours en posant un index sur ses lèvres. Ne prolongeons plus cette attente. La nuit dernière, j'ai souffert comme jamais !

Louve Bienfaisante sentit de nouveau son corps s'enflammer lorsque Patte d'Ours se mit à caresser ses épaules. Elle ferma les yeux et, comme dans un rêve, sentit sa tunique glisser à ses pieds. Elle crut s'évanouir, tant la tête lui tournait.

Lorsqu'elle ouvrit les paupières, elle vit le regard chaud de Patte d'Ours parcourir son corps. Elle était à sa merci, et cette soumission qui l'avait tant dégoûtée avec Cheval Blanc lui causait maintenant une joie étrange.

Patte d'Ours la souleva dans ses bras et la ramena dans le tipi, où il l'allongea sur une fourrure. Instinctivement, elle se recroquevilla un peu. Pendant de longues secondes, son mari ne la toucha pas. Un mélange de violent désir et d'adoration faisait briller son regard. Puis, doucement, il commença à promener sa main sur son cou et ses épaules.

– Tes muscles sont contractés comme ceux d'un guerrier, petite femme ! dit-il en souriant. Abandonne-toi au plaisir des instants magiques que nous allons partager. Laisse-toi aller et ferme les yeux.

Louve Bienfaisante s'exécuta et, tandis qu'il continuait, du bout des doigts, à parcourir ses épaules et ses bras d'une manière de plus en plus sensuelle, son corps se décontractait doucement. Petit à petit, elle s'enhardissait, se cambrant inconsciemment en un geste d'offrande, simplement heureuse de sentir qu'elle satisfaisait Patte d'Ours.

Quand les mains de son mari descendirent sur sa poitrine, un vertige aussi soudain que violent s'empara d'elle. Elle poussa un profond soupir de plaisir, qui encouragea Patte d'Ours. D'abord légères, ses caresses devinrent rapidement possessives. Avec gourmandise, il joua longuement avec le bout de ses seins, avant de s'aventurer plus bas, sur ce ventre chaud qu'elle lui tendait maintenant sans retenue.

Avec une audace dont elle ne se croyait pas capable, Louve Bienfaisante ouvrit les yeux. La flamme presque sauvage qui incendiait le regard sombre de Patte d'Ours accrut son émoi. En une seconde, une fièvre destructrice et exquise à la fois l'envahit. Elle ne put retenir quelques gémissements et, glissant ses doigts dans la chevelure de Patte d'Ours, attira son visage contre elle. La bouche de son mari couvrit alors de baisers ardents et désordonnés ce corps qu'elle lui abandonnait avec tant de plaisir. Puis, comme s'il voulait maîtriser sa fougue ou faire durer l'attente, il se mit à savourer sa peau douce beaucoup plus lentement, du bout de la langue. L'espace d'une seconde, Louve Bienfaisante se demanda si c'était Fleur Accueillante qui avait enseigné toutes ces choses à Patte d'Ours. Cette pensée fit naître en elle une pointe de jalousie, qui se dissipa aussitôt.

Avec de délicieux effleurements, Patte d'Ours frottait son corps contre celui de sa femme, mû par un désir de plus en plus violent, de plus en plus évident aussi. Ne pouvant plus résister à cet appel sauvage qui montait du tréfonds de son être, Louve Bienfaisante s'arc-bouta, dans un voluptueux mouvement de hanches. Cramponnée aux épaules de son mari, elle le griffait.

Comblée par les caresses intimes auxquelles il se livrait maintenant, elle poussa un cri qui emplit Patte d'Ours de joie. D'un simple geste de la main, il lui fit comprendre ce qu'il attendait d'elle. Elle se soumit et écarta doucement les jambes. Une vive douleur lui traversa le corps : il était déjà en elle ! Elle se crispa un peu, mais elle se moquait bien d'avoir mal puisqu'elle savait qu'elle le rendait heureux ! La montée du désir faisait naître sur les lèvres de Patte d'Ours des murmures de jouissance à chacun de ses mouvements. Ses narines palpitaient au rythme rapide de ses halètements, de plus en plus rapprochés. Il connut l'extase dans un dernier spasme.

– C'était bon, c'était si bon ! répéta-t-il en enfouissant son visage en sueur dans le cou de Louve Bienfaisante. Tu m'as donné beaucoup de plaisir, petite femme.

La douleur qui tenaillait encore Louve Bienfaisante avait amené une larme au bord de ses yeux. Patte d'Ours s'en aperçut aussitôt.

– J'ai été un sale égoïste, je n'ai pensé qu'à moi ! Je t'ai fait mal ?

– C'est normal ; ma mère m'avait prévenue. Mais je sais bien que ça ne dure pas.

Le visage de Patte d'Ours s'éclaira d'un large sourire.

– Tu verras comme ce sera bien la prochaine fois, quand tu seras moins contractée, quand tu pourras te laisser aller à ton désir. Tu avais bien envie de moi, non ?

Louve Bienfaisante n'eut pas le temps de lui répondre. Déjà, il emprisonnait sa bouche sous ses lèvres avides. Oui, Patte d'Ours avait raison : elle l'avait follement désiré.

Dehors, la brume commençait à se dissiper, et la

tribu, épuisée après la nuit de fête, reprenait tout doucement ses activités quotidiennes.

Au loin, le hurlement d'un loup, tout à fait inhabituel à cette heure, montait vers le ciel comme une bénédiction. Patte d'Ours et Louve Bienfaisante savaient que leur vie amoureuse commençait sous de favorables auspices.

Les cris et les rires des jeunes mariés résonnaient à une lieue à la ronde. Nus au milieu de la rivière, ils jouaient à s'éclabousser comme deux enfants. Louve Bienfaisante faisait mine de s'échapper, mais Patte d'Ours la rattrapait aussitôt, la serrant dans ses bras avant de la replonger dans l'eau.

Pour la énième fois, elle ressortit du courant en riant aux éclats, menaçant de nouveau Patte d'Ours des pires représailles s'il recommençait. Qu'elle était belle ! Comment résister à des rondeurs aussi séduisantes, à des jambes aussi fines, à une gorge aussi voluptueuse ? Alors qu'elle venait tout juste de sortir de l'eau, il s'élança sur elle une fois encore. Elle retomba en arrière, presque sur la berge. A cet endroit, la rivière n'était guère profonde.

– Tu es ma prisonnière, dit-il en s'allongeant sur elle pour la maintenir captive.

Les yeux de Patte d'Ours pétillaient malicieusement.

– Alors, promets-moi que tu ne voudras jamais d'autre femme que moi, dit-elle.

– Et toi, promets-moi que tu as oublié Thomas Prescott !

– Ma parole, tu es jaloux !

Ils continuèrent un moment de se taquiner, bien qu'ils fussent sûrs de leur amour.

Se penchant vers elle, Patte d'Ours passa la langue

sur le bout de ses seins. Comme chaque fois, un délicieux frisson lui traversa le corps. Près d'une semaine s'était écoulée depuis leur mariage, et la petite souffrance de la première nuit n'était plus qu'un vague souvenir. Les plaisirs insoupçonnés qu'elle avait découverts avec lui étaient si bouleversants qu'elle n'aspirait qu'à leur renouvellement. Elle balança la tête en arrière et ferma les yeux en gémissant. Patte d'Ours avait une façon si experte de la caresser, qu'en quelques secondes il réussissait à lui enfiévrer le corps. Les éclaboussures qui se mêlaient à leurs baisers augmentaient leur ardeur.

Jamais Louve Bienfaisante n'avait imaginé qu'elle pourrait désirer Patte d'Ours d'une façon aussi violente. Elle se cabra, se cramponna à lui et, sans résistance, céda à son dernier assaut.

L'année prochaine, à pareille époque, elle bercerait leur fils, elle en était sûre !

Ils se relevèrent, étourdis de plaisir, et chahutèrent encore un peu. Mais soudain, le regard de Patte d'Ours s'assombrit. Une seconde, Louve Bienfaisante craignit de l'avoir déçu, mais elle comprit vite que ce qui le tracassait n'avait rien à voir avec elle.

— Demain, nous devons regagner le village pour partir vers le nord avec la tribu. Qui sait, avec le tour que prennent les événements, si nous reviendrons par ici ! soupira-t-il. Il n'est pas sûr non plus que nous soyons davantage en sécurité auprès de nos amis sioux. Leur chef, Ours qui Danse, est un homme sage, mais depuis la mort de Grattan, il n'ose plus s'opposer à la volonté des Blancs.

— Si seulement nous pouvions rester ici, tous les deux seuls ! soupira tristement Louve Bienfaisante.

— Ensemble, nous serons plus forts. Et puis, les pattes de loup nous protègent.

Patte d'Ours caressait les cheveux de Louve Bienfaisante. Il essayait d'être rassurant. Ne s'était-il pas engagé à la protéger pour la vie le jour de son mariage ?

Elle esquissa un faible sourire, se gardant de lui faire part de ses pensées. Elle venait de songer à la vision qu'elle avait eue d'un homme et d'un loup qui l'appelaient, tous deux en même temps. Bison Noir lui avait dit qu'un jour, elle aurait à faire un choix. Elle se ressaisit : ses craintes étaient sans fondement. Elle était la femme de Patte d'Ours, désormais, et cela, personne n'avait le pouvoir de l'annuler.

Ils s'enlacèrent, bien décidés à savourer jusqu'à la dernière seconde le temps qu'il leur restait à passer dans ce petit coin caché.

Cheval Blanc arrivait à Laramie, suivi de Lune d'Eté, dont le cheval tirait un *travois* où étaient entassés les quelques vêtements qu'ils avaient pu emporter. Leurs deux montures et leurs effets personnels étaient leur seule richesse, car les Cheyennes avaient obligé Cheval Blanc à abandonner à Archer Agile les chevaux qu'il possédait, en compensation de l'affront causé à sa fille.

Depuis leur départ, Cheval Blanc n'avait cessé de rudoyer Lune d'Eté. Le visage tuméfié de la jeune Indienne portait encore les traces des coups qu'elle avait reçus. Avec soumission et patience, elle avait enduré ses caprices et sa mauvaise humeur, souvent aggravée par l'alcool. Au fond du cœur, elle gardait l'espoir qu'un jour, il finirait par l'aimer. Et puis, il avait fait d'elle sa femme. Sans cérémonie et sans délicatesse, certes, mais elle l'aimait tant qu'elle lui pardonnait.

Cheval Blanc s'approcha d'un éclaireur qui parlait le cheyenne. C'était un Blanc, surnommé Blondy par ses amis et Visage Jaune par les Indiens, en raison de sa barbe de la couleur du soleil.

– Que veux-tu ? demanda Blondy.

L'Indien alla droit au but : il était là pour se mettre au service des Blancs. Les siens l'avaient rejeté, et il allait le leur faire payer. Il s'était surtout promis de se venger de Patte d'Ours et de faire expier son refus à Louve Bienfaisante.

– Je pourrais efficacement aider les soldats dans leur chasse aux Cheyennes, dit-il.

Lune d'Eté ne put s'empêcher d'intervenir, malgré les interdictions de Cheval Blanc.

– Tu veux agir contre ton peuple ! s'exclama-t-elle.

– Je n'ai plus de peuple. Les Cheyennes m'ont chassé, ce sont mes ennemis. Ici, on me donnera un fusil et de l'argent, comme aux *Ve-ho-e*, et nous serons vêtus et nourris.

Le « nous » employé par Cheval Blanc rassura Lune d'Eté, qui craignait toujours de se voir abandonnée.

– Je comprends, Cheval Blanc, tu n'as pas le choix, dit-elle en baissant les yeux.

– File préparer un tipi, commanda-t-il brutalement. Nous allons nous installer ici, sur le territoire du fort.

Lune d'Eté s'éloigna docilement.

Blondy, qui avait assisté à la scène, se dit que les Cheyennes n'avaient sûrement pas chassé l'un des leurs sans raison sérieuse. Cheval Blanc avait probablement commis quelque grave méfait. Les traces de griffes qu'il portait sur le visage avaient peut-être un lien avec son bannissement. Mais après tout, ce n'était pas l'affaire des Blancs. L'Indien connaissait parfaitement les ruses des Cheyennes et semblait nourrir contre eux une haine farouche, c'était tout ce qui importait !

– Je vais en parler au lieutenant. S'il est d'accord, on te donnera un fusil et un uniforme.

Un grand sourire se dessina sur les lèvres de Cheval Blanc.

— Faites-moi confiance, je ferai du bon travail, dit-il.

A une centaine de mètres de là, le révérend Prescott observait depuis un moment cet Indien qui parlementait avec Blondy. Que lui voulait-il ? Au fond, le révérend s'en moquait. Il en avait par-dessus la tête, de ces sauvages récalcitrants !

Il se sentait vieux. Lassé de cette vie rude, il n'aspirait plus qu'à rentrer chez lui pour retrouver sa femme et son fils. Dans sa dernière lettre, Marilyn lui avait appris que Thomas avait rencontré une jeune fille tout à fait convenable, Elena, et qu'il projetait de l'épouser. Apparemment, Tom avait abandonné ses folies de jeunesse. La mauvaise influence qu'avait eue sur lui Louve Bienfaisante n'avait heureusement pas perduré.

Le révérend rentra chez lui sans voir que Cheval Blanc et Blondy se serreraient la main, avant de sceller leur pacte d'une grande rasade de whisky.

18

1857

Bouter les Visages pâles hors des limites des territoires indiens était devenu la préoccupation essentielle des Cheyennes. Même la région de la Smoky Hill, longtemps protégée, était maintenant envahie par les *Ve-ho-e*. Dans ces conditions, il était impossible de demeurer passif.

Les Cheyennes étaient d'autant plus mal disposés à l'égard des Blancs que, l'été précédent, sans aucune raison, leurs annuités s'étaient réduites comme peau de chagrin. A un moment où ils en avaient le plus besoin pour se défendre, ils n'avaient reçu ni fusils ni munitions. Il s'en était fallu de peu que l'agent du Bureau des Affaires indiennes, Whitfield, ne fût scalpé. Il n'avait dû son salut qu'à ses longues jambes et à sa vélocité. Floués, trahis, les Indiens, amers, se montraient de plus en plus agressifs.

Archer Agile et tous les guerriers de sa tribu avaient le sentiment d'avoir atteint un point de non-retour. On ne leur rendrait jamais ni leurs terres ni leur gibier. Pour ne pas mourir, ces hommes fiers, qui avaient toujours vécu en autarcie du produit de leur chasse et de leur travail, en étaient parfois réduits à attaquer les trains de marchandises qui approvisionnaient les forts et les villes de plus en plus nombreuses dans l'Ouest américain.

Louve Bienfaisante, inquiète, se demandait jusqu'à quelles extrémités cette situation mènerait son peuple. Elle craignait que la colère, souvent mauvaise conseillère, ne l'entraînât dans des actions suicidaires. Ces conflits créaient des dissensions entre Indiens, au sein d'une même tribu parfois, renforçant la position des Blancs, ravis de diviser pour mieux régner. Certains Cheyennes, de plus en plus rares, préféraient encore la paix à l'affrontement. C'était le cas du grand chef, Lame Emoussée, dont les concessions à l'égard des Blancs paraissaient inadmissibles à la plupart de ses frères.

Par-desssus tout, Louve Bienfaisante avait peur pour Patte d'Ours, qui devenait ombrageux dès que les problèmes avec les Visages pâles étaient évoqués. L'année qui s'était écoulée depuis leur mariage n'avait en rien atténué leur ardeur. Leur passion réciproque et leur jeunesse les poussaient à faire l'amour presque toutes les nuits et à se séparer le moins possible. Lorsque Patte d'Ours devait partir à la chasse au bison ou à l'assaut d'une tribu ennemie, Louve Bienfaisante se rongeait les sangs et le retour du guerrier donnait toujours lieu à de chaudes retrouvailles.

En raison de ses pouvoirs et de la chance que portaient aux guerriers ses pattes de loup, Louve Bienfaisante avait été priée d'accompagner les Chiens-Soldats dans quelques-unes de leurs attaques. Ainsi, depuis quelque temps, elle avait eu plusieurs fois l'honneur et la joie de chevaucher aux côtés de son mari. Il était vraiment difficile de croire que cette Cheyenne fière et sauvage, aussi passionnée et déterminée que les hommes avec qui elle galopait, avait vécu plusieurs mois avec les Blancs.

Cet après-midi-là, les Cheyennes avaient attaqué les Utes. En se précipitant pour planter son tomahawk dans le torse du Ute qui tentait de l'atteindre avec sa lance, Louve Bienfaisante avait encore prouvé qu'elle était une vraie guerrière. Surpris par la rapidité de l'action, l'ennemi n'avait pu se dérober. Patte d'Ours avait immédiatement volé au secours de Louve Bienfaisante, mais elle n'avait déjà plus besoin de lui ! Au sol, son adversaire saignait abondamment. En signe d'admiration, Patte d'Ours lui avait offert le scalp du Ute.

A présent, les Cheyennes étaient rentrés au camp. Tenant fièrement le trophée à bout de bras, Louve Bienfaisante mêlait ses cris de joie à ceux des guerriers qui dansaient autour du feu.

– *Notaxe he-e* – petite femme guerrière –, vint chuchoter Patte d'Ours à son oreille.

Les ombres des flammes dansant sur le corps peint du jeune homme faisaient ressortir ses muscles. Ses yeux qui illuminaient son visage viril et sa main qui cherchait celle de sa femme l'invitaient à l'amour. Louve Bienfaisante se laissa entraîner en riant vers un lieu plus discret. Dès qu'ils se furent assez éloignés des danseurs et qu'ils se retrouvèrent dans l'obscurité, les amoureux se laissèrent glisser dans l'herbe. Louve Bienfaisante sentit bientôt la main de son mari qui remontait le long de sa cuisse.

– Au diable, les Pawnees et les Utes ! J'échangerais toutes les victoires du monde contre un moment comme celui-ci, dit-il à voix basse.

Quelques minutes plus tard, ils sombraient ensemble dans le plus délicieux des vertiges et la plus douce des extases, unissant leurs corps au rythme lancinant du tambour.

Cette fois, peut-être, leur union se concrétiserait par une naissance. Depuis un an, Louve Bienfaisante aspirait en vain à donner un fils au vaillant guerrier qu'elle avait épousé.

Les problèmes avec les *Ve-ho-e* empirèrent encore. Les Blancs étaient devenus si présents sur les terres des Indiens que ceux-ci ne pouvaient plus les éviter désormais.

L'esprit des Indiens évoluait. Après avoir longtemps essayé de transiger, ils considéraient maintenant qu'ils étaient dans leur bon droit et, convaincus que les Blancs étaient des usurpateurs, ils retrouvaient la fierté naturelle de leur race. Si les Visages pâles voulaient se risquer sur leur territoire, ils devaient aussi en assumer les risques. Partant de ce principe, l'attitude des Cheyennes se faisait de plus en plus provocante.

L'attaque du train que préparaient quelques jeunes et fougueux guerriers était presque une opération de routine. Au premier sifflement, ils se mirent en ligne sur les rails, l'obligeant à s'arrêter. Patte d'Ours s'approcha le premier du wagon de tête, le torse droit, les cheveux au vent, dans une attitude de défi. Le conducteur semblait nerveux et apeuré. Avec force gestes, il se mit à crier des paroles que les Indiens ne comprirent pas, puis il tendit le bras. Louve Bienfaisante aperçut tout de suite le pistolet. Au moment où elle lançait son cheval en avant pour obliger Patte d'Ours à s'écarter de la trajectoire, un coup de feu retentit et elle ressentit une vive brûlure au bras gauche. En même temps, une flèche vint s'enfoncer dans l'épaule du cheminot. Louve Bienfaisante regarda son bras : une tache de sang était visible, juste sous le coude.

– Tu es blessée ? demanda Patte d'Ours, l'air complètement affolé.

– Ce n'est que superficiel, mais... et... et toi ? balbutia Louve Bienfaisante.

Patte d'Ours ne s'était même pas aperçu du sang qui lui poissait l'aisselle. Il passa la main sur sa blessure.

– Ce n'est qu'une égratignure, dit-il. La même balle a dû me frôler avant de t'effleurer le bras. Nous avons eu de la chance ! Tu m'as sauvé la vie, petite femme guerrière. Si tu ne m'avais pas obligé à me déporter, j'aurais reçu le projectile en pleine poitrine. Quel bonheur surtout que tu ne sois que légèrement touchée ! J'ai eu si peur pour toi !

– C'est mauvais signe, Patte d'Ours. C'est la première fois que les pattes de loup ne me protègent pas. J'ai bien peur que nous ne soyons allés trop loin avec les Blancs.

– Les *Ve-ho-e* ne nous ont jamais envoyé leurs soldats pour une attaque de train. Ne t'inquiète pas !

Il s'était approché d'elle et lui caressait tendrement les cheveux.

Les guerriers commençaient à revenir, chargés de marchandises qu'ils avaient dérobées dans les wagons : du tabac, de la farine et des rouleaux de tissu.

Paniqué, le conducteur se tenait l'épaule où s'était plantée la flèche. Tremblant de tous ses membres, il fit repartir son train, qui s'ébranla en grinçant. Il restait adossé à la paroi de la cabine : ces traîtres d'Indiens étaient bien capables de lui envoyer une autre flèche dans le dos ! Il n'était plus possible de travailler dans ces conditions. Il était grand temps que l'armée intervienne : ces sauvages en prenaient vraiment trop à leur aise.

La pluie tombait depuis l'aube sans discontinuer. La température était plutôt fraîche pour un mois d'août. Avec un temps pareil, Louve Bienfaisante et Patte d'Ours, dont les blessures n'étaient pas encore complètement cicatrisées, préféraient rester à l'intérieur de leur tipi. Bien au chaud, ils prolongeaient leur nuit, enlacés dans les bras l'un de l'autre, se dévorant de baisers.

– M'aimes-tu encore ? demanda brutalement Louve Bienfaisante en se hissant sur ses coudes.

– Quelle sottise ! Pourquoi ne t'aimerais-je plus ? rétorqua Patte d'Ours, très surpris par l'interrogation de sa femme.

Louve Bienfaisante baissa les yeux. Un souci la préoccupait, qu'elle n'osait avouer.

– Mon ventre reste désespérément vide, dit-elle enfin, et cela me peine beaucoup. C'est ma faute si tu n'as pas encore de fils ; un grand guerrier comme toi est bien capable de procréer.

Patte d'Ours serra fougueusement sa femme dans ses

bras, puis il se plaça au-dessus d'elle, et, lui lançant un regard plein de sensualité, il dit en souriant :

– Nous avons alors de bonnes raisons pour faire une autre tentative.

Louve Bienfaisante n'avait nulle envie de résister à une si tendre invitation. Le désir enflammait le corps de Patte d'Ours. Il entra en elle si rapidement. Elle y prenait, elle aussi, tant de plaisir maintenant ! Sous les caresses de Patte d'Ours, elle se mit à onduler avec souplesse. L'excitation, qui se diffusait jusqu'au creux de ses reins, accélérait sa respiration.

Un instant, Patte d'Ours ouvrit les yeux sur Louve Bienfaisante. L'amour semblait la transfigurer. Son corps tout entier célébrait la passion qui l'animait. Ses murmures, ses lèvres entrouvertes, sa peau veloutée, ses seins dressés étaient un hymne à l'amour.

Différant le plaisir, ils murent leurs corps en rythme et soupirèrent ensemble, jusqu'au moment magique où le ciel se déchira. Comblé, Patte d'Ours se reposa un moment, puis, avec un sourire malicieux, il murmura à l'oreille de Louve Bienfaisante :

– On recommencera autant de fois qu'il le faudra... Après tout, ne remettons pas à demain ce qui peut être fait le jour même !

Le corps de Louve Bienfaisante, affamé, encore chaud et consentant, l'accueillit de nouveau avec la même ardeur. Puis, épuisés par tant de bonheur, ils retombèrent l'un à côté de l'autre.

Des cris vinrent interrompre soudain ce merveilleux moment.

– Les soldats ! Les soldats ! Ils arrivent ! hurla une voix.

Patte d'Ours se leva d'un bond, passa son pantalon de peau, tandis que Louve Bienfaisante enfilait sa tunique et bourrait son carquois de flèches. Des tirs d'armes à feu retentissaient déjà. Une balle traversa le haut du tipi.

– Rassemble le maximum de chevaux et cours à la rivière avec les femmes, ordonna Patte d'Ours. *Hopo ! Hopo !*

Il fallait tout laisser derrière soi : les Indiens n'avaient guère de chances de résister à cette attaque surprise qui semblait bien avoir un lien avec l'action contre le conducteur du train. Etait-il possible que les soldats fissent payer à tout un village la blessure légère d'un seul homme blanc ?

Louve Bienfaisante se précipita donc vers la prairie où paissaient les chevaux, pendant que les hommes tentaient de contenir l'offensive des soldats. Elle réussit à rassembler cinq des plus beaux poneys de Patte d'Ours, son étalon noir et sa jument. Criant pour stimuler les animaux, elle les fit descendre jusqu'à la rivière. Des coups de feu déchiraient l'air. A tout moment, une balle perdue pouvait lui traverser le corps. Comment cette paisible matinée d'amour avait-elle pu soudainement basculer dans l'horreur ?

Par bonheur, Louve Bienfaisante atteignit la Platte saine et sauve et la traversa à gué. L'eau, plus profonde qu'elle ne l'était habituellement en été, lui arrivait à la taille. Sur l'autre rive, elle retrouva sa petite sœur qui lui apprit que leur mère était restée au camp pour aider le grand-père âgé de Patte d'Ours.

– Dis-moi ce qui se passe, Louve Bienfaisante ? demanda Beauté Radieuse en pleurant.

– Les *Ve-ho-e* sont de plus en plus méchants, mais ne t'inquiète pas, je vais prier et jeûner pour que *Maheo* vienne au secours de notre peuple. Maintenant, filons nous abriter dans les bois. Les guerriers nous rejoindront plus tard.

En même temps qu'elle prononçait ces paroles,

Louve Bienfaisante se retourna vers le village. La vue de quelques guerriers allongés sur le sol la glaça.

Femmes, enfants et vieillards se dirigèrent vers la forêt. Sinistre cortège, où les plus forts aidaient ceux qui n'avaient pas la force de marcher ou de se hisser seuls sur leur cheval.

Après quelques longues minutes d'attente, quelques guerriers arrivèrent au galop. Louve Bienfaisante eut à peine le temps de se réjouir de voir Patte d'Ours parmi eux.

– *Hopo ! Hopo !* Fuyez ! Sauvez-vous ! crièrent les hommes.

– Nous n'avons pas pu prendre nos armes, dit Patte d'Ours. Il faut aller nous réfugier au village de Lame Emoussée.

On n'entendit pas un cri de peur, pas un cri de panique. Les femmes et les enfants se contentèrent d'obéir aux ordres. La mort dans l'âme, la tribu laissait derrière elle dix tués et huit blessés.

Un sourire béat sur les lèvres, le capitaine G. H. Stewart, qui avait mené l'attaque, contemplait d'un regard réjoui la fuite des Indiens.

Deux jours après l'attaque du camp, les Cheyennes revinrent enterrer leurs morts.

Bientôt, on entendit par tout le village d'étranges modulations qui ressemblaient à de longs murmures. C'étaient des chants de mort. Archer Agile et Etoile du Ciel pleurèrent ainsi longuement devant le corps sans vie du jeune et fier Renard Rapide. Louve Bienfaisante fit couler quelques gouttes de son sang sur son malheureux frère, tandis que son père implorait *Maheo* de l'aider à supporter son incommensurable chagrin.

Cette fois, c'en était bien fini de la paix. Le temps des

discussions avec les Blancs, des négociations et du pardon était définitivement révolu. Une soif de vengeance étouffait le cœur des Indiens. Pour Louve Bienfaisante, les *Ve-ho-e* ne paieraient jamais assez cher la vie de son frère chéri, prise à la fleur de l'âge.

Jusqu'à l'automne suivant, l'écho des cris de guerre résonna à travers les grandes plaines où il faisait autrefois si bon vivre. Depuis l'attaque contre le paisible village cheyenne, les colons blancs mouraient de peur, craignant des représailles.

Pourtant, avant même l'assaut de Stewart, pour prévenir justement cet engrenage infernal, Archer Agile avait envoyé un messager à Fort Kearny pour expliquer aux soldats qu'en attaquant le train les Cheyennes n'avaient que l'intention de voler des marchandises. Les Cheyennes pensaient que le conducteur pouvait s'estimer heureux. Ils auraient eu le droit de le tuer sur-le-champ puisqu'il avait pénétré sur leur territoire de chasse. Ils ne comprenaient sincèrement pas de quoi il était allé se plaindre !

Les Blancs, évidemment, ne considéraient pas la situation du même œil. Ni les militaires ni leur gouvernement ne pouvaient comprendre la mentalité des Indiens. Pour eux, ils restaient des barbares incultes, des primitifs assoiffés de sang. En sortant des limites des territoires qui leur avaient été impartis, les Indiens s'étaient rendus coupables de non-respect des accords signés. C'étaient donc eux les responsables. Ces abominables Peaux-Rouges qui terrorisaient les braves gens, pillaient leurs biens, tuaient les Blancs sans distinction de sexe ou d'âge devaient être exterminés – en dépit des traités signés, selon lesquels l'armée devait les protéger. Les Indiens n'hésitèrent pas à rendre coup pour coup.

Puisque les Visages pâles tuaient ou kidnappaient les squaws et les petits Cheyennes, ils capturèrent à leur tour des femmes et des enfants blancs, les utilisant en général comme monnaie d'échange contre la nourriture qui leur faisait cruellement défaut. Quand ils les gardaient, ils les mettaient au travail pour tenter d'en faire de bons petits « Indiens blancs ».

Pour les Indiens, depuis des temps immémoriaux, la vengeance était une forme de justice.

Pendant quatre ans encore, l'antagonisme entre les Blancs et les Indiens continua de se manifester par des incidents divers. De représailles en représailles, toute une série d'escarmouches pouvaient découler d'un unique événement.

Le colonel Sumner, responsable des troupes fédérales, finit par supprimer les annuités destinées aux Cheyennes, déclarant qu'ils ne méritaient pas de recevoir les dons d'un gouvernement auquel ils refusaient de se soumettre.

En 1858, les Cheyennes perdirent définitivement leur dernier refuge, la région des Smoky Hills, quand, de l'or ayant été découvert dans le Colorado, un flot d'immigrants se rua à la conquête de cette nouvelle richesse, déferlant sur les riches prairies, tuant le gibier, poursuivant le massacre des bisons, polluant les rivières et abattant les arbres.

De plus en plus fréquemment, Louve Bienfaisante prenait part aux raids qu'effectuaient ses frères guerriers. Son nom revenait bien trop souvent dans les récits des militaires rescapés pour n'être pas honni par tous les Visages pâles.

– Cette femme profite de sa connaissance des Blancs pour diriger les hostilités et de ses pouvoirs soi-disant magiques pour pousser les siens au combat, répétait-on de fort en fort.

Un seul *Ve-ho-e* connaissait sa véritable personnalité et sa riche sensibilité. Thomas Prescott était revenu avec sa femme Elena s'établir près de Fort Laramie pour faire la classe aux enfants indiens dont les parents travaillaient pour les Blancs. Malheureusement, leurs moyens de venir en aide à ce peuple opprimé étaient plutôt réduits. Thomas essayait de lutter avec l'arme qu'il maniait le mieux : l'écriture. Il rédigeait des articles destinés aux populations de l'Est, dont les journaux dépeignaient les Indiens comme des animaux enragés. En vain. La vérité aurait fait baisser les ventes.

Thomas leva les yeux sur les vastes plaines qui s'étendaient devant lui.

Quelque part dans cet espace infini, Louve Bienfaisante devait errer avec les siens en quête d'un endroit paisible. Avaient-ils définitivement renoncé à retourner vers le sud comme beaucoup d'autres Cheyennes depuis qu'ils avaient dû quitter les Smoky Hills ? Thomas savait aussi que le réseau ferré qui s'étendait vers l'ouest repoussait de plus en plus les Indiens. Brusquement lui revint à l'esprit le « monstre noir » que Louve Bienfaisante avait vu en rêve et dont elle lui avait parlé. Il y avait combien de temps de cela ?... Elle était repartie en 1853 et on était en 1860. Sept ans déjà !

Thomas fit un rapide calcul : il avait maintenant trente et un ans. Louve Bienfaisante devait en avoir vingt et celui dont elle lui parlait tant, Patte d'Ours, vingt-huit. D'après les récits des militaires, il savait qu'ils étaient en vie tous les deux et que c'étaient eux qui menaient les Chiens-Soldats.

Même s'il ne devait jamais la revoir, Thomas garderait toujours une petite place au fond de son cœur pour sa sœur de sang. Un sourire triste passa sur ses lèvres.

19

1861

Après de longues et pénibles pérégrinations, les Cheyennes avaient décidé de rester auprès de leurs amis sioux dans les Black Hills, un des rares endroits que les Blancs n'avaient pas encore envahis. Le gibier était devenu si rare qu'il était bien trop aléatoire de continuer à n'utiliser que des arcs et des flèches. Poussés par la faim – ayant été privés par le gouvernement de leurs annuités et de leurs fusils –, les Indiens se débrouillaient comme ils le pouvaient. Ils volaient ou avaient recours aux services de contrebandiers blancs peu scrupuleux qui, en échange de précieuses peaux de loup, d'ours ou de cerf, qu'ils revendaient à prix d'or, leur fournissaient les armes dont ils avaient besoin.

Patte d'Ours prit un autre morceau de viande, qu'il dévora avec appétit.

– Nous ne reviendrons peut-être jamais chez nous, mais au moins, dans le Nord, notre peuple trouve encore de quoi manger, observa-t-il d'un air pensif.

A ses côtés, Louve Bienfaisante ne répondit pas. Qu'aurait-elle pu ajouter ? Ils vivaient au jour le jour.

A l'extérieur du tipi, le vent de l'hiver poussait de longues lamentations et balayait la neige qui recouvrait le sol. Dans les collines environnantes, les loups hurlaient.

Louve Bienfaisante jeta un coup d'œil vers l'entrée de la tente. Ce soir, en dépit de la sérénité qui régnait dans le camp, elle avait le cœur lourd.

– Qu'est-ce qui te contrarie, Louve Bienfaisante ? Pourquoi gardes-tu le silence ? demanda Patte d'Ours. Voilà des jours que tu sembles tourmentée. Quand nous faisons l'amour, j'ai l'impresssion, depuis quelque temps, que tu t'accroches à moi comme si j'allais mourir le lendemain !

Louve Bienfaisante chercha le regard de Patte d'Ours. Son mari avait presque vingt-neuf étés et il était toujours aussi séduisant. C'était un Chien-Soldat courageux qui n'avait peur de rien, un vaillant guerrier dont le corps portait de nombreuses cicatrices, un homme fort et puissant. Elle l'aimait plus que jamais, et pourtant, elle avait le vague sentiment qu'une distance s'était creusée entre eux. Plusieurs fois, elle avait cru lire une espèce de rancœur sur son visage, une sorte de ressentiment étrange. Lui en voulait-il parce qu'elle ne lui avait pas donné d'enfant ? La vision qu'elle avait eue deux nuits plus tôt lui revint à l'esprit. Elle en avait parlé à Bison Noir, qui lui avait fait une réponse troublante.

– Patte d'Ours, dit-elle d'une voix émue, après un long moment de silence, il faut... (Elle s'interrompit quelques secondes.) Il faut que tu prennes une autre femme.

Le front de Patte d'Ours se plissa de rides.

– Quoi ? Que me racontes-tu là ?

– Tu sais bien ce que je veux dire... Si tu voulais de ma sœur, Beauté Radieuse, elle serait d'accord... je le lui ai demandé. Ce serait un grand honneur pour elle. Elle t'aime déjà comme un frère, elle n'aurait pas de mal à t'aimer comme un mari.

– Mais je ne veux pas d'autre femme ! s'exclama Patte d'Ours.

Malgré la douleur que cette conversation lui faisait endurer, Louve Bienfaisante ne faiblit pas.

– Cela revient à déclarer que tu ne veux pas de fils.

– Tu n'avais aucun droit de questionner Beauté

Radieuse avant de m'en parler. Tu sais bien que je veux des enfants, mais c'est avec toi que je les aurai.

Patte d'Ours fronçait les sourcils, paraissant plus contrarié que véritablement fâché.

— Je n'aurai jamais d'enfant, insista Louve Bienfaisante. Nous sommes mari et femme depuis presque cinq hivers et je n'ai jamais été enceinte. Il n'est pas juste que tu souffres à cause de moi et, même si tu l'acceptais, ce serait mal agir envers la tribu. Le devoir d'un Cheyenne est de faire des enfants pour perpétuer notre race.

— Je ne ressens aucun désir pour une autre femme, réaffirma Patte d'Ours.

La lueur des flammes dansait dans ses yeux noirs.

Louve Bienfaisante soupira. Imaginer Patte d'Ours prenant du plaisir avec une autre lui mettait la mort dans l'âme, mais elle savait qu'elle devait faire passer le bien de son peuple avant ses propres sentiments.

— Le désir viendra tout seul. Si ma sœur se couche nue auprès de toi, tu réagiras... Les hommes sont faits comme cela.

Patte d'Ours posait maintenant sur sa femme un regard insistant, empreint de douleur.

— Honnêtement, je ne peux pas dire que je ne désire pas d'enfant et tu as raison de dire que c'est mon devoir de procréer. Je suppose qu'une femme est moins jalouse de sa propre sœur que d'une étrangère mais, sincèrement, que ressentirais-tu si j'acceptais ?

Louve Bienfaisante faisait son possible pour retenir ses larmes.

— Cela ne changerait rien aux sentiments que j'ai pour toi. Et puis, l'enfant que porterait ma sœur serait aussi de mon sang. De toute façon, à mes yeux, il serait surtout l'enfant de mon bien-aimé Patte d'Ours. La seule faveur que je te demande est de m'autoriser à retourner dans le tipi de mes parents jusqu'à ce que Beauté Radieuse soit enceinte. Je ne veux pas que vous fassiez l'amour en ma présence.

Patte d'Ours détourna le regard. L'idée de Louve Bienfaisante était détestable, mais, hélas, raisonnable. En outre, pour diverses raisons, il arrivait fréquemment que les Cheyennes eussent plusieurs femmes, et personne ne s'en offusquait. Néanmoins, Patte d'Ours se sentait doublement meurtri par cette proposition. D'une part, il n'avait nulle envie de coucher avec une autre femme que la sienne et, d'autre part, il lui en voulait étrangement de ne pas lui avoir laissé l'initiative d'une telle décision. Depuis quelque temps d'ailleurs, il éprouvait, bien malgré lui, un sentiment proche de la jalousie. En raison de sa condition d'élue, c'était toujours Louve Bienfaisante qui commandait. Pour tous les actes importants de la vie – à la guerre comme à la chasse –, il fallait lui demander son avis. Il n'était son maître qu'au lit, et voilà qu'elle se mettait à lui donner des ordres dans ce domaine aussi !

Dans l'esprit de Patte d'Ours, prendre une autre femme revenait à abandonner un peu plus Louve Bienfaisante à ce monde étrange des esprits d'où il était exclu. Ne pas pouvoir tout partager avec elle était bien ce qui le peinait le plus.

Les larmes qui coulaient sur le visage de Louve Bienfaisante ramenèrent brusquement Patte d'Ours à des sentiments plus tendres et il se reprocha son égoisme. Ce qu'elle lui proposait était sûrement plus douloureux pour elle que pour lui.

– J'ai un aveu à te faire, dit-elle en lui prenant la main. J'ai eu une vision : je croyais tenir un bébé dans les bras et je m'apercevais soudain que c'était un louveteau. J'en ai parlé à Bison Noir... Il a affirmé que je n'aurais jamais d'enfants. Une partie de moi appartient à l'Esprit des Loups...

Sa voix s'étouffa dans un sanglot. Une minute passa avant qu'elle ne pût poursuivre :

– Seule une femme stérile peut comprendre ce que je ressens. Crois-moi, je ne t'abandonne pas, Patte d'Ours, mais je ne veux pas te priver du plaisir de voir grandir tes enfants. Moi, je dois retourner à ma solitude.

Patte d'Ours était profondément touché, conscient de son sacrifice. Jamais il ne pourrait aimer personne plus qu'elle ; pour cette raison même, il lui fallait se résigner.

– Va chercher ta sœur, alors ! Puisque c'est une deuxième femme, nous n'avons pas besoin de faire de cérémonie. Tu sais, je n'accepte ta proposition que par devoir et j'espère que Beauté Radieuse concevra vite un enfant pour te permettre de revenir près de moi.

Une vague de jalousie submergea le cœur de Louve Bienfaisante. Espérait-elle qu'il se serait fait davantage prier ?

– Je reviendrai bientôt dans notre tipi, dit-elle pour rompre le silence.

Brusquement, le visage de Patte d'Ours changea d'expression.

– Tu reviendras quand je te le demanderai, rétorqua-t-il d'un ton soudain si cassant qu'elle se sentit meurtrie.

Avait-il décidé de lui faire payer la blessure d'amour-propre qu'elle venait de lui infliger ? Elle avait si mal déjà !

Incapable de lui répondre, elle sortit précipitamment.

– C'est bizarre ! Depuis des années, les Blancs nous interdisent de nous faire la guerre entre tribus et voilà qu'à l'Est ils se battent entre eux[1]. Qu'en penses-tu, Louve Bienfaisante ? s'enquit Archer Agile.

La jeune femme assistait au conseil des Chiens-Soldats, devant le tipi sacré, là où aurait bientôt lieu la Danse du Soleil. Pour le plaisir de tous, l'été était revenu.

– Je pense qu'ils sont fous, mais laissons-les se battre ! Pendant ce temps, ils nous laissent en paix. Ils ont rappelé un grand nombre de leurs soldats, tant mieux pour nous ! Il en reste moins pour nous persécuter.

Tout en parlant, Louve Bienfaisante évitait soigneusement le regard de Patte d'Ours. Depuis six mois, ils n'avaient plus aucun contact physique et ne se parlaient qu'aux conseils, en présence d'autres guerriers.

– Nous devons tout de même rester prudents, objecta Aigle Blanc. Pourquoi les *Ve-ho-e* font-ils maintenant courir ces fils qui chantent dans notre ciel ? Encore une de leurs nouvelles inventions qu'ils vont utiliser contre nous ! Je suggère que nous fassions tomber les poteaux qui les maintiennent.

– Tu as raison, acquiesça Louve Bienfaisante, ces fils doivent bien leur servir à quelque chose. De même, nos frères qui sont restés dans le Sud nous ont fait savoir que le cheval de fer s'approchait d'eux à toute vitesse. Nous pourrions peut-être leur prêter main-forte pour attaquer les convois.

Aigle Blanc approuva d'un signe de tête.

– C'est une bonne idée, dit-il, mais certains Cheyennes du Sud, menés par Chaudron Noir, ont déjà signé des accords avec les Blancs.

---

1. La guerre de Sécession déchira les Etats-Unis quatre années pleines, d'avril 1861 à avril 1865. *(N.d.T.)*

– Nous, nous n'avons rien signé en tout cas ! s'écria Louve Bienfaisante, et de nombreuses tribus du Sud ont également refusé ces accords. Vous verrez que les Blancs ne respecteront pas plus ce nouveau traité que le précédent. Refusons d'être emprisonnés dans ces minuscules surfaces que les Visages pâles appellent « réserves » ! Refusons de vivre comme des mendiants des miettes qu'ils veulent bien nous donner ! Si nous nous laissons faire, nous serons bientôt chassés de la terre qui nous a toujours nourris, de la terre que nous aimons. Regroupons-nous avec les Sioux et les autres tribus cheyennes. L'union fera notre force ! Profitons de ce que les soldats sont moins nombreux pour faire peur aux immigrants qui ont pris nos terres ; peut-être retourneront-ils chez eux !

Un concert d'acclamations salua cette exhortation.

– Beaucoup de Cheyennes de la tribu de Chaudron Noir nous soutiendront aussi ; ils n'étaient pas d'accord avec leur chef, remarqua Grand Couteau.

Nouvelles manifestations d'approbation.

Le cousin de Louve Bienfaisante, Petit Ours, qui avait maintenant vingt ans et qui était déjà un Chien-Soldat respecté, leva son couteau, la lame dressée vers le ciel.

– Puissent nos frères du Sud tuer cet agent nommé Albert Boone ! supplia-t-il. Leurs messagers nous ont rapporté que c'était un homme dur et cruel. Il paraît qu'il essaie de transformer en fermiers les Indiens qui ont eu le malheur – ou la lâcheté – d'accepter de vivre dans des réserves.

– Mais pour qui se prennent-ils, ces Blancs ? cria Patte d'Ours en levant le poing. Qui sont-ils, pour se permettre de nous enfermer comme des bestiaux et nous obliger à cultiver la terre ? Comment Chaudron Noir a-t-il pu accepter ça ? J'approuve Louve Bienfaisante : retournons vers le sud et montrons aux Blancs de quoi nous sommes capables ! Qu'ils comprennent que les Cheyennes sont des chasseurs et des guerriers qui ont besoin d'espace et de liberté !

Louve Bienfaisante lança un regard discret vers Patte d'Ours. Comme il lui manquait ! Comme elle souffrait de savoir sa sœur heureuse avec lui ! Par délicatesse, jamais Beauté Radieuse ne lui parlait de Patte d'Ours, mais Louve Bienfaisante devinait qu'elle était comblée.

– C'est vrai, Chaudron Noir n'aurait jamais dû signer ce traité. C'est indigne d'un Cheyenne ! lança Grand Couteau, l'air indigné.

Un brouhaha et des cris de guerre montèrent du groupe. Un seul guerrier se montra réticent. Patte d'Ours reprit la parole :

– Ils avaient déjà fait les mêmes promesses au traité de Laramie. Vois le résultat ! Dis-toi bien qu'ils renieront leur parole dès que cela les arrangera. Il n'est plus question que nous nous aplatissions devant les Blancs comme Chaudron Noir et sa bande de lâches.

Cette déclaration souleva l'enthousiasme général. Archer Agile suggéra de faire provision de viande et de partir dès que possible. Une fois dans le Sud, les Cheyennes attaqueraient les immigrants, leur voleraient leurs chevaux et leurs fusils. Ainsi, le Grand Père blanc de Washington comprendrait que Chaudron Noir n'avait engagé que lui-même en signant le dernier traité.

Après six heures de discussions, le conseil s'acheva sur la bénédiction des pattes de loup. Les hommes défilèrent l'un derrière l'autre devant Louve Bienfaisante. Celle-ci, posant une patte de loup sur l'épaule du guerrier, lui souhaitait du courage et de la force, avant d'implorer *Maheo* de protéger son corps des balles, des flèches et des lames de couteau.

Patte d'Ours s'était arrangé pour passer le dernier.

Quand il se présenta devant elle, Louve Bienfaisante sentit l'étreindre une vive émotion.

— Que ton esprit soit droit et...

Ne la laissant pas finir, Patte d'Ours lui saisit brusquement les poignets. Il lui souriait, une flamme brillait dans son regard.

— Reviens avec moi, dit-il d'une voix pleine de désir. Ta sœur attend un enfant. Nous pouvons enfin nous retrouver.

Le sang de Louve Bienfaisante ne fit qu'un tour. Elle n'avait jamais été aussi heureuse depuis son mariage. Les yeux embués de larmes, elle rangea ses pattes de loup dans son petit sac et glissa sa main dans celle de Patte d'Ours.

— Je t'emmène passer deux nuits dans les collines. Ne t'inquiète pas pour tes parents et pour Beauté Radieuse, je les ai prévenus.

Louve Bienfaisante se laissa guider jusqu'au cheval, et le couple se mit en route pour les forêts profondes des *Paha-Sapa*.

Après ce qui s'était passé entre eux, Louve Bienfaisante avait compris qu'elle avait désormais intérêt à se faire discrète et à laisser son mari prendre les initiatives. Elle devait lui abandonner le plaisir du commandement. L'attitude de Patte d'Ours la conforta dans cette idée. Tout, dans son maintien, ses paroles, indiquait qu'il n'avait pas l'intention de se laisser déposséder de ses prérogatives masculines.

Une fois sur place, il saisit énergiquement Louve Bienfaisante par la taille pour la faire descendre de cheval. Puis, d'un pas tout aussi décidé, il la conduisit à l'intérieur de la grotte.

L'après-midi finissait. L'ouverture de la caverne laissait filtrer un peu de lumière, mais le soleil n'y pénétrait pas. Patte d'Ours étendit quelques couvertures sur le sol humide, puis, sans un mot, vint se planter devant Louve Bienfaisante. D'un geste à la lenteur teintée de froideur, il entreprit alors de se déshabiller. Lorsqu'il n'eut plus sur lui que le sac magique qu'il portait toujours à l'intérieur de la cuisse, il ordonna à sa femme d'une voix étonnamment hautaine :

– Retire-le-moi !

Louve Bienfaisante obéit. Elle se baissa et détacha les cordons en tremblant.

Lorsqu'elle se redressa, elle crut déceler des marques d'indifférence sur le visage impassible de Patte d'Ours.

Sans lui adresser davantage la parole, celui-ci lui retira sa tunique. Il prit le temps de l'observer et, enfin, sembla montrer d'imperceptibles signes d'émotion : il respira profondément, et Louve Bienfaisante crut le voir trembler.

Le regard plongé dans celui de sa femme, il lui adressa enfin des paroles un peu tendres :

– Comme tu m'as manqué ! Quand j'étais avec Beauté Radieuse, c'est à toi que je pensais. Je n'ai jamais éprouvé avec elle le même plaisir qu'avec toi.

Mais ses traits se durcirent aussitôt. Et quand il la posséda, un sentiment de victoire se lisait sur son visage.

– Je n'ai pas retrouvé mon mari dans l'homme qui vient de me prendre, murmura Louve Bienfaisante, emplie de chagrin et d'amertume, en lui caressant les cheveux.

Patte d'Ours releva légèrement le visage. Il pleurait doucement.

– Il y a deux hommes en moi. Le passionné, l'amoureux si épris de toi qu'il en souffre, et celui que je déteste : le coléreux, jaloux de tes pouvoirs, de ta force et de ton autorité. Le second vient de prendre le pas sur le premier, pardonne-moi.

Louve Bienfaisante essuya les larmes qu'il n'avait pu retenir.

– Je n'aime pas non plus cet homme coléreux, mais j'aime mon mari qui est le plus beau, le plus brave d'entre tous les guerriers. Sans lui, je ne serais rien.

Patte d'Ours avait retrouvé le sourire. Ses traits détendus prouvaient que son cœur était enfin débarrassé du poison qui l'emplissait parfois. Il se pencha pour embrasser les seins de Louve Bienfaisante.

– M'aimes-tu comme avant ? demanda-t-elle, frémissant au contact de ses lèvres chaudes.

Il lui répondit par un murmure, mais le feu de ses prunelles sombres en disait beaucoup plus que de longs discours.

Il s'unit à elle avec beaucoup de douceur, mais ses mouvements réveillèrent rapidement en Louve Bienfaisante le désir qu'elle contenait depuis des mois. Et ce fut elle cette fois qui, au paroxysme du plaisir, l'incita à jouir en elle sans attendre.

– *Ne-mehotatse*, chuchota-t-elle, soumise et heureuse.

Elle savait qu'ils feraient l'amour plusieurs fois encore pendant la nuit, et ce n'était pas pour lui déplaire !

Patte d'Ours dormait profondément. La lune venait-elle de se lever ou le soleil était-il sur le point d'apparaître ? Louve Bienfaisante n'en avait aucune idée. Elle venait de s'éveiller brusquement, ne sachant trop si elle avait réellement entendu un loup hurler ou si elle avait rêvé. Elle se tint immobile, aux aguets pendant quelques instants.

Le gémissement se répéta. Il semblait provenir d'un endroit proche. Immédiatement, elle pensa que l'Esprit des Loups l'appelait et se leva sans réveiller Patte d'Ours. Les braises du feu de la veille, encore rougeoyantes, éclairaient faiblement l'intérieur de la grotte. Elle plissa les yeux et ce qu'elle découvrit alors mit fin à ses incertitudes : deux paires d'yeux pailletés d'or étaient braqués dans sa direction. Dans la pénombre, elle aperçut une louve tenant un petit dans sa gueule.

Enroulant son corps nu dans une couverture, elle gagna l'entrée de la grotte à pas feutrés. La louve attendit qu'elle fût juste devant elle pour lâcher le louveteau à ses pieds.

Louve Bienfaisante comprit immédiatement la signification de ce geste. L'Esprit des Loups partageait les souffrances que lui causait sa stérilité et lui faisait don d'un autre louveteau à aimer. Par cette offrande, il lui rappelait aussi ses devoirs : mettre ses visions au service de son peuple. C'était pour accomplir cette mission qu'il l'avait élue. L'amour humain devrait toujours passer au second plan.

Au même instant, comme pour sceller ce pacte, le chœur des loups retentit au loin telle une longue mélopée.

Aurait-elle le courage d'assumer son implacable destin ?

20

Le froid vif surprit Louve Bienfaisante au réveil. Le feu, qui avait brûlé toute la nuit dans le tipi, s'était éteint à l'aube.

Le fils de Beauté Radieuse, bel enfant potelé à la peau dorée et aux cheveux noirs, était déjà debout. Dès qu'il entendit qu'on l'appelait, il détala comme un lièvre. Louve Bienfaisante se leva d'un bond et se précipita dehors pour rattraper le petit fuyard qui n'avait pas encore eu le temps d'aller bien loin.

– Où te sauves-tu, bonhomme ? dit-elle en le saisissant à bras-le-corps. Tu vas attraper mal. Il fait glacial.

L'enfant se laissa faire et se mit à rire aux éclats lorsque les baisers de Louve Bienfaisante lui chatouillèrent le cou.

Le petit garçon aurait bientôt deux ans. C'était un adorable bambin, espiègle, épanoui, en bonne santé et assez précoce. Il avait fait ses premiers pas pour son premier anniversaire et il parlait déjà assez bien. Beauté Radieuse avait cessé de l'allaiter plus tôt que la plupart des petits Cheyennes car il était doté d'un solide appétit, qui lui avait d'ailleurs valu son nom de Petit Fauve.

Louve Bienfaisante aimait cet enfant comme le sien. Elle s'en occupait autant que sa sœur, aussi souvent qu'elle le pouvait en tout cas. La joie qu'avaient éprouvée Patte d'Ours et Beauté Radieuse à la naissance de Petit Fauve l'avait définitivement convaincue qu'elle avait opté pour la bonne solution. Dès que Beauté Radieuse avait cessé de donner le sein à son bébé, Louve Bienfaisante s'était de nouveau effacée et sa sœur avait retrouvé sa place dans le lit de Patte d'Ours. Beauté Radieuse attendait un deuxième enfant pour les premiers jours du printemps, et Louve Bienfaisante avait rejoint son mari.

Bien qu'ils ne se fussent jamais querellés, la jeune femme avait souvent eu, au cours des derniers mois, la vague et désagréable impression que Patte d'Ours lui en voulait encore. Mais cette intuition avait disparu dès que son mari l'avait reprise dans ses bras.

– Petit Fauve, je ne pourrai bientôt plus te porter. Dans quelque temps, tu seras fort comme un homme, plaisanta-t-elle en ébouriffant les cheveux du garçonnet.

Elle se hâta de rentrer dans le tipi. Glacée, elle attrapa une fourrure et s'y enroula avec l'enfant.

Depuis qu'elle avait revu les grandes plaines du Sud, Louve Bienfaisante éprouvait un profond bonheur. Non seulement c'était sa terre d'origine, mais elle y avait retrouvé Pied Rouge, le frère de sa mère. Avec sa femme et son fils, il avait préféré rester à Sand Creek avec les Cheyennes de Chaudron Noir plutôt que de se replier au nord avec le gros de la tribu.

La région était tranquille. Pourtant, il n'y avait pas si longtemps, les uniformes bleus avaient mené la vie dure aux quelques Cheyennes qui refusaient encore de reconnaître le traité signé par Chaudron Noir en 1861. Dans le territoire du Colorado, les combats contre les troupes d'un certain colonel Chivington – homme cruel que les Indiens avaient surnommé Tueur de Squaws – avaient été si âpres et si sanglants que beaucoup avaient fini par se soumettre, plus par désespoir que par conviction. Nombre de tribus du Sud se replieraient donc bientôt dans ces réserves que les Blancs leur avaient concédées, ce qui avait ramené la paix dans le secteur. Réconciliation définitive ou simple trêve ?

La tribu de Chaudron Noir attendait désormais les nouvelles rations que le gouvernement avait promis de lui envoyer en contrepartie de sa soumission. N'avait-il pas eu raison de se montrer conciliant au lieu de s'obstiner à défendre une cause perdue ? Quelques concessions valaient sans doute mieux que disparaître.

Un épouvantable fracas tira brusquement Louve Bienfaisante de ses réflexions ; un coup de tonnerre venait de retentir. Le temps n'était pourtant pas à l'orage. Poussée par la curiosité, la jeune femme se précipita dehors, et la réalité s'imposa à elle dans toute son horreur. Une épaisse fumée recouvrait le camp. Au rythme des explosions, les tipis s'effondraient, les uns après les autres. Une attaque surprise ! Hébétée comme dans un cauchemar, Louve Bienfaisante s'aperçut soudain qu'un feu de salve venait de toucher le tipi de ses parents. Presque instantanément, sous ses yeux hagards et épouvantés, le corps de son père, propulsé par une force invisible et diabolique, alla rebondir à quelques mètres de là.

Louve Bienfaisante resta un bon moment pétrifiée, vidée de ses forces. *Pourquoi ?* Un tumulte de cris, de vociférations et de coups de feu avait envahi le camp ; les Indiens hurlaient leur haine et leur soif de vengeance. Un bruit de sabots la fit bientôt se retourner : une colonne bleue fonçait à bride abattue sur le village, sabre au clair.

Immédiatement, Louve Bienfaisante fit ce que la raison lui commandait : elle revint vers son tipi où elle avait laissé Petit Fauve. Beauté Radieuse et Patte d'Ours s'y trouvaient. Sa sœur portait l'enfant dans ses bras. Patte d'Ours, vêtu simplement d'une chemise et de jambières de peau, tenait son fusil dans la main.

– Emmenez Petit Fauve, prenez chacune un cheval et galopez aussi vite que possible, leur ordonna-t-il. *Hopo ! Hopo !* Louve Bienfaisante, veille sur Beauté Radieuse.

240

– Notre mère... son tipi... balbutia Louve Bienfaisante sans réussir à construire une phrase cohérente.

– Pas le temps ! Fuyez ! Fuyez ! répéta Patte d'Ours. En même temps, il empoigna Petit Fauve et le porta sur *Nonoma-e*. Depuis six mois, Patte d'Ours, rendu méfiant par les événements, avait pris l'habitude de garder deux chevaux en permanence devant le tipi.

Louve Bienfaisante eut le temps de saisir une fourrure, puis elle sauta en croupe, derrière l'enfant qu'elle attrapa par la taille. Beauté Radieuse, nu-pieds, était seulement vêtue d'une longue tunique, mais elle n'avait pas le temps d'enfiler des vêtements plus chauds. Chaque seconde était précieuse. Elle se hissa sur l'autre cheval. Patte d'Ours resterait en arrière avec les hommes pour protéger la fuite des femmes, des enfants et des vieillards.

Déjà, les soldats déferlaient. Les enfants couraient en pleurant au milieu des tipis en feu.

– C'est Tueur de Squaws ! hurla une femme.

Pourquoi ? se répétait inlassablement Louve Bienfaisante. Pourquoi cette attaque au moment où Chaudron Noir et ses hommes, complètement soumis, ne faisaient preuve d'aucun esprit belliqueux ?

Les soldats vociféraient, riaient et se jetaient en fanfaronnant sur les Cheyennes. Quelques-uns s'empalaient sur les lances indiennes et tombaient de cheval. Mais, avec le soutien des canons, la lutte était profondément inégale. Tout le courage des Indiens et les quelques carabines qu'ils possédaient étaient bien dérisoires face à l'artillerie des *Ve-ho-e*.

Louve Bienfaisante se retourna une dernière fois. Elle vit un soldat passer son sabre à travers le corps d'un enfant. Déjà, de nombreux Cheyennes gisaient au sol. Plus loin, une misérable squaw avait une épée fichée dans l'épaule. Un Blanc, dont la cruauté était à peine concevable, la violait. Louve Bienfaisante crut qu'elle allait vomir.

Elle aurait voulu voler au secours de son peuple, mais c'eût été se condamner à une mort certaine. Son premier devoir était de protéger sa sœur et de sauver Petit Fauve. Sous le choc des atrocités commises par les Visages pâles, Beauté Radieuse, blême, transie, serrait sans mot dire les rênes de son cheval. Il ne restait plus qu'à fuir pour oublier les cris, l'odeur de la poudre et les visions d'horreur.

Au terme d'un interminable galop, Louve Bienfaisante, Beauté Radieuse et Petit Fauve s'étaient enfin arrêtés au bord d'un affluent de la Republican. Un talus de terre leur avait fourni un abri de fortune contre le vent.

Grelottantes, les deux femmes se serraient contre Petit Fauve.

– Louve Bienfaisante ! l'interpella Beauté Radieuse entre deux sanglots. Toi qui sais tout, dis-moi pour quelle raison Tueur de Squaws a attaqué le camp.

– Je n'ai pas la réponse à cette question, petite sœur. Je sais seulement qu'il nous faut trouver des fourrures et des couvertures pour continuer notre voyage vers le nord. Nous nous réfugierons au premier village cheyenne pour attendre des nouvelles de notre tribu.

La grossesse avancée de Beauté Radieuse leur interdisait de voyager dans n'importe quelles conditions.

Le froid s'intensifiait. Beauté Radieuse toussait sans arrêt.

– Restez là pendant que je vais explorer les environs, ordonna Louve Bienfaisante en enveloppant sa sœur et Petit Fauve de sa fourrure.

Le désespoir lui donna la force de se relever. Dès

qu'elle s'avança, un vent cinglant la saisit. Avec un froid pareil, sa tunique ne lui offrait qu'une piètre protection et elle avait donné ses mocassins à Beauté Radieuse. Ses mains et ses pieds, bleuis par le froid, lui faisaient mal.

Devant elle s'étendait un horizon brumeux, désert. Sous le ciel bas et gris, la terre était recouverte d'un tapis de neige étrangement sinistre. Pas le moindre village en vue, pas la moindre tente, pas la moindre cabane, pas la moindre trace de vie. Rien. La mort dans l'âme, elle revint sur ses pas.

Cela faisait environ une heure qu'elle avait rejoint sa sœur et l'enfant, lorsqu'elle crut entendre un gémissement, puis des bruits de pas étouffés. Apeurée, elle se pelotonna contre le talus. Si quelqu'un les attaquait, elle devrait se défendre à mains nues. De nouveau, ces bruits sourds. A la même seconde, Doux Pelage, son petit loup, apparut. D'un bond, l'animal posa deux pattes sur ses épaules et se mit à lui lécher le visage. Louve Bienfaisante dut faire un effort pour ne pas basculer en arrière. Doux Pelage avait bien grossi depuis que la louve le lui avait donné.

Comment l'avait-il retrouvée ? Etait-ce un signe favorable ? Ses doutes se dissipèrent lorsqu'elle aperçut Patte d'Ours, à quelques mètres ! Il marchait à côté de son poney, les rênes dans une main, un fusil dans l'autre. Du sang, provenant d'une blessure au nez, avait coulé jusque sur ses lèvres. Malgré la couverture qu'il portait sur les épaules, Louve Bienfaisante s'aperçut que d'autres taches de sang lui maculaient le corps.

— Doux Pelage a flairé ta piste et m'a conduit jusqu'à toi, expliqua-t-il en voyant sa mine incrédule.

Sans un mot, Louve Bienfaisante se jeta dans les bras de Patte d'Ours. Emplie d'une immense gratitude envers les esprits qui l'avaient gardé en vie, elle ferma les yeux et se laissa simplement aller au bonheur de le retrouver après avoir redouté le pire.

– Tout est fini, dit-il après avoir lui aussi réussi à dominer ses émotions. Je n'ai jamais vu tant d'horreurs ! Aucun Crow, aucun Ute, aucun Pawnee, aucun Shoshone ne nous a jamais infligé ce que Tueur de Squaws vient de faire subir à notre peuple. Les femmes et les enfants... (Il s'arrêta et soupira.) Les soldats les ont poursuivis. Tout le long du chemin jusqu'ici... j'ai vu leurs corps atrocement mutilés.

La gorge nouée, Patte d'Ours n'avoua rien d'autre. La pudeur, conjuguée au chagrin et à l'anéantissement, l'empêchait de continuer. Il relâcha son étreinte et détourna la tête, mais Louve Bienfaisante eut le temps de voir qu'il pleurait, le visage défait, l'air vaincu. Ce n'est qu'à cet instant qu'elle s'aperçut aussi de la présence d'Herbe Tendre, la jeune femme de Pied Rouge, qui était restée en retrait derrière Patte d'Ours. Assise sur son poney, elle inclinait la tête de côté avec un air si abattu qu'on eût dit qu'elle n'avait plus la force de la relever. Elle sanglotait.

– Ton oncle... son mari, Pied Rouge est mort ; son bébé aussi, annonça Patte d'Ours d'une voix lasse.

– Dis-moi, Patte d'Ours... Ma mère, mon père ? Tes parents ? Les autres ?

Patte d'Ours aurait voulu pouvoir se taire, mais tôt ou tard il faudrait bien qu'il lui apprenne la sinistre vérité. Il se contenta de secouer la tête d'un air désespéré.

– Ton père et ta mère sont morts. Ma mère...

Il s'interrompit. Comment décrire ce qu'il avait vu ? Aucun mot ne pouvait exprimer l'indicible. Il revoyait sa mère en train de le supplier de l'achever pour abréger ses souffrances.

– Je ne sais pas ce qui est arrivé à mon père, je ne

l'ai pas retrouvé, reprit Patte d'Ours, mais j'ai vu les autres... Antilope Blanche, Vieux Guerrier, Loup Jaune... Tous morts. Nous avons perdu au moins deux cents des nôtres.

Louve Bienfaisante eut soudain l'impression que le soleil s'était couché et que la terre avait plongé dans les ténèbres. Les larmes brouillaient son regard et ses jambes tremblaient. Elle eut envie de se laisser tomber sur le sol pour y attendre la mort à son tour, mais une force venue des profondeurs de son être la retint.

– Par bonheur, Petit Fauve est encore en vie, soupira-t-elle, mais Beauté Radieuse est malade. Si nous ne l'aidons pas, elle va perdre son enfant. Il est plus que jamais nécessaire de sauver notre descendance. Nous ne devons pas partir d'ici, Patte d'Ours.

Louve Bienfaisante aurait voulu hurler sa haine. Attraper un soldat et l'écorcher vif ! Le faire mourir à petit feu !

– Le temps de l'union est venu. Cheyennes, Sioux ou Arapahoes, nous sommes tous des Indiens avant tout ! lança Patte d'Ours, animé de la même rage.

– Nous nous battrons ensemble pour venger nos morts.

Leur vie avait basculé en quelques heures. Etait-ce seulement ce matin que tout avait commencé ? Louve Bienfaisante avait l'impression que cela faisait une éternité. Elle se dirigea vers Herbe Tendre, pendant que Patte d'Ours se penchait vers Beauté Radieuse et Petit Fauve qui pleurait doucement contre sa mère.

– Ma vie est finie, ne perds pas de temps avec moi, Louve Bienfaisante, dit Herbe Tendre en la voyant approcher. Retourne vers ton mari et protège-le bien.

Louve Bienfaisante fit demi-tour pour que son émotion n'attristât pas davantage Herbe Tendre. Comment pourrait-elle l'aider à surmonter son chagrin ?

Soudain, un cri profond – un immense soupir plutôt – troubla la quiétude environnante. Tous se retournèrent en même temps pour voir Herbe Tendre basculer de sa monture comme un ballot de chiffons, la main encore serrée sur le poignard qu'elle venait de se planter dans le cœur.

Il y avait bien longtemps que les Cheyennes du Nord et ceux du Sud ne s'étaient pas trouvés réunis dans des opérations de pillage, mais l'attaque de Sand Creek avait allumé en ces hommes une telle haine, un tel désir de vengeance, que l'union leur était vite apparue comme la meilleure solution. Rares étaient ceux qui n'avaient pas perdu un ami ou un parent dans ce massacre insensé.

Après ces dramatiques événements, les tribus du Sud avaient entrepris de se replier vers le nord. Depuis lors, le télégraphe ne cessait de crépiter, envoyant toujours les mêmes dépêches : *Les Indiens ont encore attaqué... Les sauvages ont massacré nos troupes... Des dizaines de femmes et d'enfants ont péri sous les flèches de ces brutes sanguinaires...* Les noms de Patte d'Ours et de Louve Bienfaisante étaient de plus en plus fréquemment cités dans la presse de l'Est.

Comme de coutume en pareil cas, les autres tribus de Cheyennes étaient venues en aide à ceux de Sand Creek, leur fournissant de la nourriture et des armes. Cette tradition de partage, ajoutée à d'impitoyables pillages, avait permis aux déshérités de se reconstituer de solides stocks d'armes et de nourriture. Aucun immigrant n'était épargné s'il avait la malchance de croiser le chemin d'un Indien. Il était au mieux rançonné, au pire assassiné sans pitié.

Le massacre de Sand Creek avait eu lieu à la Lune

où Hurlent les Loups – en novembre 1864. Dès la Lune du Grand Froid – en janvier 1865 – les troupes indiennes étaient déjà fortes de plus d'un millier de guerriers : aux Cheyennes s'étaient joints les Arapahoes du Nord et la plupart des Sioux. La majorité de leurs attaques étaient maintenant couronnées de succès. Le récent retour des hommes, après la prise de Fort Rankin, où plus de quarante soldats avaient péri, venait de donner lieu, comme par le passé, à une nuit de danses et de chants autour d'un grand feu.

Les femmes qui avaient survécu au massacre encourageaient les guerriers et excitaient leur férocité. Toutes réclamaient la mort des Blancs qui leur avaient enlevé un être cher, qui, un mari, qui, un enfant. A l'exception de Louve Bienfaisante, aucune ne participait au combat, mais leur action de soutien n'en était pas moins précieuse. Elles assuraient l'indispensable intendance, préparaient les tipis, s'occupaient des chevaux, réparaient les armes et soignaient les hommes blessés. Au cours du raid mené contre la ville de Julesburg, dans le territoire du Colorado, les femmes s'étaient chargées de porter aux hommes les poneys nécessaires au transport de leur fabuleux butin. Sans elles, ils auraient dû abandonner sur place une partie de ce dont ils avaient réussi à s'emparer : des armes à feu, des caisses de munitions et des réserves de nourriture.

Louve Bienfaisante se souviendrait longtemps du jour où, en compagnie de Patte d'Ours et de quelques Chiens-Soldats, elle avait attaqué une diligence. Chaque fois qu'elle y repensait, elle ressentait une joie presque aussi grande qu'au moment où elle avait vécu l'événement. Elle revoyait les yeux affolés du passager quand les Indiens avaient découvert des quantités impressionnantes de billets de banque dans le coffre qu'il cachait sous la banquette. Quand elle avait expliqué aux guerriers ce que représentait le papier-monnaie pour les Visages pâles, les hommes s'étaient mis à jeter au vent les billets déchirés en petits morceaux.

– Arrêtez ! Arrêtez ! C'est la paie des... avait crié le Blanc, avant de s'interrompre subitement.

Louve Bienfaisante avait traduit et Patte d'Ours s'était précipité pour mettre la lame de son couteau sur la gorge de l'homme.

– Dis-lui de continuer sa phrase, avait-il demandé à Louve Bienfaisante.

Le *Ve-ho-e*, empli d'un effroi qui réjouit les Indiens, avait expliqué en bégayant qu'il s'agissait de la solde des troupes du colonel Chivington – Tueur de Squaws !

Enflammés d'une excitation grandissante, les guerriers avaient fini de déchirer les billets verts que le *Ve-ho-e* avait regardés s'envoler, consterné et horrifié.

– Ainsi, ce Visage pâle nourrit ceux qui ont tué notre peuple ! avait dit Patte d'Ours.

Lentement, la grande lame aiguisée de son couteau s'était enfoncée dans les chairs de l'homme blanc qui s'était affaissé sur le sol, la gorge tranchée.

Sans attendre, les Indiens avaient bondi sur leurs chevaux et étaient repartis au grand galop, avec la satisfaction du devoir accompli. Pas une seconde ils n'avaient pensé qu'ils commettaient une mauvaise action, ils s'étaient contentés de refaire les gestes que les Blancs avaient accomplis à Sand Creek. Le souvenir et le chagrin s'étaient mués en un inextinguible désir de revanche.

La route du Nord avait été ponctuée d'attaques. Tout au long des soixante-quinze miles, les guerriers n'avaient cessé de rançonner et de tuer, de piller les trains et les diligences, de détruire et d'incendier les villes, de saccager les fils télégraphiques dont ils avaient découvert l'utilité en même temps que le danger, puisque les *Ve-ho-e* s'en servaient pour se communiquer des informations qu'ils utilisaient contre eux.

C'était le temps du châtiment et de la justice. Unis, les guerriers se sentaient forts. Pour la première fois depuis bien longtemps, ils se prenaient à imaginer que les Blancs qui avaient envahi leurs terres retourneraient chez eux, au pays du soleil levant. En février 1865, les Sioux, les Cheyennes et les Arapahoes prirent une seconde fois Julesburg. Le vent semblait avoir enfin tourné ! Les soldats rappelés à l'Est n'étaient pas revenus ; ceux qui restaient n'étaient plus assez nombreux. Les Indiens avaient recouvré leur liberté pour galoper dans les plaines de leurs ancêtres ou monter leurs tentes où ils le voulaient. Ils mangeaient de nouveau à leur faim et avaient du tabac à fumer.

Pourtant, pour Louve Bienfaisante, la situation n'était pas tout à fait idyllique. Un nouvel ennemi, aussi menaçant qu'imprévisible, s'était soudain dressé contre elle, quand, après l'horreur de Sand Creek, Patte d'Ours s'était mis à boire. Chaque fois qu'elle avait tenté de l'en dissuader, Patte d'Ours s'était renfermé sur lui-même, trouvant refuge dans un mutisme entêté, sa fierté, exacerbée par l'alcool, s'offensant de la moindre remarque.

Depuis qu'il s'adonnait à la boisson, l'amertume que Louve Bienfaisante avait cru déceler en lui quelques mois plus tôt avait réapparu. A chaque raid, quand elle donnait des ordres aux Chiens-Soldats, elle voyait croître son agressivité. Une espèce de rivalité s'était installée entre eux, qui empoisonnait leurs relations.

Même au cours de leurs ébats amoureux, Patte d'Ours se montrait sous un jour différent. Certes, il lui donnait toujours autant de plaisir physique, mais, lorsqu'il avait bu, il était plus brutal, quelquefois même plus distant. Honnêtement, elle comprenait que le drame de Sand Creek eût pu perturber l'esprit de Patte d'Ours, mais elle s'inquiétait surtout de ne pas voir d'issue à cette situation. De quelque point de vue qu'elle envisageât le problème, elle ne savait pas comment elle pourrait convaincre son mari que l'alcool contenait des mauvais esprits. Même la naissance de Grandes Mains, que Beauté Radieuse avait mis au monde quelques lunes après le massacre, n'avait rien changé. Patte d'Ours avait célébré l'événement en se gorgeant de whisky !

A l'instar des autres Cheyennes encouragés par leurs succès guerriers, Patte d'Ours devenait arrogant et de plus en plus belliqueux. Les Indiens avaient le sentiment d'être devenus invincibles, d'autant que la majorité des soldats restés dans l'ouest du pays ne les gênait pas. Ils étaient cantonnés plus au nord, près des monts Big Horn, le long de la route que les Blancs appelaient la piste Bozeman. Le vieux Sioux Nuage Rouge avait lancé une vaste opération visant à couper cette piste remontant jusqu'aux mines du Montana, qu'empruntaient tous les chercheurs d'or. Il comptait déjà à son actif une série de succès. Sur le territoire du Wyoming, un autre Sioux, nommé Crazy Horse, remportait aussi victoire sur victoire. La dernière en date se racontait encore autour des feux de camp. Grâce à sa ruse, Crazy Horse avait réussi à éloigner de leur poste quatre-vingts soldats de Fort Kearney. Dès qu'ils s'étaient trouvés hors de portée des canons, le piège s'était refermé. Une marée de guerriers, tapis depuis des heures dans les herbes hautes, répondant comme un seul homme à un unique geste de leur chef, s'étaient précipités contre les militaires. En moins d'un quart d'heure, la plaine s'était transformée en un vaste cimetière.

Deux ans après la tragédie de Sand Creek, les Indiens

se croyaient enfin vainqueurs et bientôt définitivement débarrassés de leurs ennemis ! Les Blancs n'osaient plus emprunter la piste Bozeman ; pour plus de sécurité, les épouses de militaires avaient été rapatriées au sud, à Denver ; et le gouvernement de Washington ne savait plus que faire pour venir à bout de ces Peaux-Rouges décidément indomptables !

Louve Bienfaisante était bien la seule Indienne à ne pas se croire complètement à l'abri du danger. Le hurlement des loups, qui normalement ressemblait à un chant paisible, avait pris ces derniers temps des accents lugubres. Elle avait le pressentiment que son peuple se réjouissait trop vite. En outre, il existait une espèce d'hommes que les exactions commises par les Indiens ne semblaient nullement effrayer. Ils continuaient d'affluer, de plus en plus nombreux. Sales et grossiers, ils étaient déterminés. Et surtout, ils portaient d'énormes fusils, capables d'abattre un bison d'un seul coup. C'étaient de simples chasseurs de peaux, des tueurs professionnels qui dédaignaient la viande et les os. Ils tuaient, écorchaient et abandonnaient sur place les restes de leur épouvantable carnage, transformant les plaines en un gigantesque charnier où flottait une puanteur infâme.

21

Elena Prescott leva le nez de son bureau en entendant Thomas entrer. Il tenait un journal à la main.

– Toujours la même chose ! dit-il tristement. Ecoute cet article : *Du Missouri aux Rocheuses, partout où sont passés les sauvages rouges, notre pays n'est plus qu'un grand lac de sang. Le sang de nos frères ! Mes chers conci- toyens, pouvons-nous rester insensibles à leur détresse ? Pouvons-nous dormir tranquilles quand nous savons que les nôtres se font massacrer par un peuple dont la ruse n'a d'égale que la sauvagerie ? Imaginez ces braves gens partis courageusement pour contribuer au développement de notre action, contraints aujourd'hui de se barricader dans leurs ranches ! Imaginez ces femmes en prière, ces enfants en pleurs, pendant que les hommes tentent par les armes de sauver ceux qui leur sont chers ! La situation est devenue intolérable. Agissons ! Exigeons de notre gou- vernement que des actions efficaces soient enfin entrepri- ses pour juguler cet abominable fléau !*

Thomas replia son journal et se laissa tomber sur une chaise de la minuscule salle de classe, vide à cette heure. Les écoliers, peu nombreux, ne reviendraient pas avant le lendemain. C'étaient essentiellement des enfants d'éclaireurs indiens qui travaillaient au service des soldats, sur le territoire de Fort Laramie. Parmi eux, se trouvait un petit garçon de neuf ans, Corbeau Noir, fils d'un éclaireur cheyenne, Cheval Blanc, et de sa femme, Lune d'Eté.

— Tant que les hommes continueront à rendre coup pour coup, soupira Elena, on ne sortira pas de cette situation. C'est un cercle vicieux.

Tom regarda sa femme. Elle avait l'air las et un regard découragé.

— Tu penses que c'est sans espoir, n'est-ce pas, ma chérie ? Mais il faut y croire ! Il suffirait que nous accep- tions de laisser aux Indiens le droit de vivre comme ils l'entendent plutôt que de vouloir les soumettre par la force. Nos deux peuples pourraient coexister en paix et, petit à petit, ils finiraient bien par se connaître. Les méthodes autoritaires de ma mère ont échoué avec une seule Indienne, comment pourraient-elles réussir auprès d'un peuple tout entier !

Elena s'inclina sur le dossier de sa chaise et posa la main sur son ventre. Après neuf ans de mariage et deux fausses couches, elle était de nouveau enceinte et, cette fois, Dieu soit loué, sa grossesse avait l'air de bien se passer.

– J'aimerais bien rencontrer cette Louve Bienfaisante qui t'a tant marqué. Heureusement que tu ne la revois plus ; je serais jalouse ! plaisanta-t-elle.

Tom rosit imperceptiblement et sourit.

– Ne dis pas de sottises, Elena ! Si tu avais connu Louve Bienfaisante à cette époque, toi aussi tu aurais été impressionnée. Elle était si intelligente, si... si raisonnable, si mûre pour son âge. Il y avait une espèce de flamme divine en elle. C'est difficile à expliquer, tu sais ! Grâce à elle, j'ai compris ce qu'il y avait de beau dans son peuple, j'ai pu aller au-delà des apparences. Je sais maintenant que les Indiens préfèrent mourir plutôt que vivre sans liberté. La plupart des Blancs, hélas, ne le comprennent pas.

Le regard d'Elena tomba sur le manuel qu'elle utilisait pour faire la classe. Etait-ce ce besoin de liberté qui empêchait ses petits élèves d'être attentifs plus de cinq minutes consécutives ? Etait-ce au nom de cette sacro-sainte liberté que la plupart des Indiens du fort refusaient encore d'envoyer leurs enfants à l'école ? Elena n'en était pas sûre !

– J'ai bien peur que ce que t'a raconté Louve Bienfaisante ne s'applique pas à tous les Indiens. Ceux que nous voyons ici me semblent plutôt paresseux et sans grand caractère. Tiens, prenons l'exemple de Cheval Blanc : il boit comme un trou et bat sa femme. Elle, semble anormalement docile. Je ne vois pas là de quoi s'émerveiller !

– Sois honnête, Elena ! Les autres Indiens ici ne traitent pas leur femme comme Cheval Blanc.

– C'est vrai, mais ils ne font rien non plus pour l'en empêcher.

– Primo, un Indien n'intervient jamais dans la vie privée de l'un de ses frères. Secundo, il ne faut pas généraliser à partir des exemples que nous avons à Fort Laramie. D'après ce qu'on dit, les Cheyennes ont chassé Cheval Blanc. Je ne sais pas ce qu'il a fait, mais c'est bien la preuve qu'il existe chez eux un code de l'honneur. Quant aux autres Indiens du fort qui ont préféré leur confort personnel au combat auprès de leur peuple, qui s'empiffrent et boivent du whisky tant et plus, je ne suis pas sûr qu'ils soient de dignes représentants de leur peuple. Des Indiens comme Patte d'Ours et Louve Bienfaisante préféreraient mourir de faim plutôt que vivre comme eux !

– Mourir de faim... répéta Elena d'un air songeur. C'est bien ce qui pourrait leur arriver, avec tous ces détestables chasseurs de bison qui écument le pays. La vie des Indiens est complètement dépendante de la présence des bisons. Au train où vont les choses, les soldats pourraient presque se retirer et laisser ces mercenaires faire le travail d'extermination à leur place. Plus de bisons, plus d'Indiens ! Quelquefois, c'est vrai, Tom, je n'y crois plus ! J'ai le sentiment que les Indiens du fort n'envoient leurs enfants à l'école que par intérêt, en espérant recevoir davantage s'ils coopèrent. Ils n'ont plus la fierté de ceux qui sont restés libres, lesquels refusent d'envoyer leurs enfants à l'école ! J'ai l'impression que nous nous battons pour rien, que nous nous épuisons en vain. Et puis maintenant, avec le bébé... Tom, je voudrais retourner à Boston pour accoucher.

Thomas lança à sa femme un regard tendre. Elle était découragée, mais il la savait bien plus forte qu'elle n'en avait l'air. Quand il l'avait rencontrée, il avait vite compris que cette jolie rousse aux yeux verts cachait, sous son apparence fragile, un caractère bien trempé. Il fallait bien avoir de l'énergie, du courage et une certaine noblesse d'âme pour renoncer à son confort et venir jusqu'ici faire la classe aux petits Indiens.

— Ce ne serait pas raisonnable, ma chérie, rétorqua Thomas. Je suis bien d'accord avec toi, c'est loin d'être l'endroit idéal pour mettre un enfant au monde, mais avec tes antécédents, il serait vraiment insensé que tu entreprennes maintenant un long et difficile voyage.

— Mais je me sens bien, Tom ! protesta Elena. Je pourrais partir sans problème.

— Au risque de te faire massacrer par les Cheyennes ou par les Sioux ? Tu sais qu'en ce moment, ils ne tiennent pas les Blancs en haute estime !

— Mais tu es le frère de sang d'une Cheyenne, non ?

Thomas se leva. Machinalement, il posa les doigts sur la petite cicatrice, presque invisible, qu'il avait au bras. Tant d'années s'étaient écoulées depuis le temps où il avait mêlé son sang à celui de Louve Bienfaisante ! L'adolescent de cette époque était devenu un bel homme de trente-six ans qui avait pris quelques rides, certes, mais dont le bleu des yeux n'avait rien perdu de sa limpidité.

— Imagine que tu sois attaquée. Tu te vois en train de dire aux Indiens : « Hé ! Attendez ! Je suis la femme de Thomas Prescott. Allez chercher Louve Bienfaisante, elle vous confirmera qu'il ne faut pas me faire de mal ? » Le pays est immense, et il est parcouru par des Indiens furieux. Dieu seul sait d'ailleurs si Louve Bienfaisante serait toujours prête à me défendre !

– Je suis sûre qu'elle ne t'a pas oublié, répliqua Elena en souriant.

Thomas se pencha par-dessus le bureau pour embrasser sa femme sur la joue.

– Tu vois bien qu'il est plus sage que tu restes ici. Quelques femmes, ici, t'assisteront pendant l'accouchement. Les Indiennes pourront aussi donner un coup de main précieux ; elles sont habituées à affronter des conditions difficiles.

– Tu as sans doute raison, finit par admettre Elena. Mais quand ce bébé sera né, j'aimerais bien que nous repartions, au moins le temps qu'il grandisse un peu. Je ne me vois pas élever un enfant ici, c'est trop dangereux. Quand les Indiens seront dans des réserves, la vie sera peut-être plus facile, mais pour l'instant...

Thomas songea encore une fois à Louve Bienfaisante que sa mère n'avait pas réussi à convertir. Aujourd'hui, elle se battait aux côtés des impitoyables Chiens-Soldats.

– Obliger les Indiens à vivre dans des réserves et les convaincre qu'ils doivent sagement y rester sont deux choses bien différentes ! observa Thomas. Tant de choses imprévisibles peuvent se passer d'ici là. Pour le moment, les Indiens ont le sentiment d'avoir regagné du terrain, mais le gouvernement n'a pas dit son dernier mot. Quand il décidera d'employer les grands moyens...

Tant d'incertitudes, tant de doutes, tant d'inquiétude, aussi, habitaient le cœur de Thomas. Heureusement, il trouvait auprès de sa femme le réconfort dont il avait besoin. Son seul regret était de n'avoir jamais connu avec elle le moindre plaisir sexuel. Ce n'est qu'après leur mariage qu'il avait découvert qu'elle était frigide.

Mais elle était si douce, si généreuse, si affectueuse qu'il l'aimait tendrement.

Son amour pour Elena n'empêchait pas Thomas de laisser quelquefois ses pensées voguer vers une autre femme, qu'il n'oublierait sans doute jamais : une petite Indienne à la peau hâlée et aux yeux de jais, dont l'âme chantait avec les loups.

1867

— Alors, ce maudit Grand Père blanc veut encore que nous signions un traité, maugréa Patte d'Ours avant d'avaler une autre gorgée de whisky.

A ses côtés, devant le tipi, Beauté Radieuse ravaudait une paire de mocassins décousus. Louve Bienfaisante, accroupie, caressait Doux Pelage qui ne dormait que d'un œil. De temps à autre, elle se levait pour retourner la cuisse de cerf qui rôtissait, embrochée sur le feu en plein air. Un peu plus loin, Petit Fauve et son frère, Grandes Mains, âgés respectivement de cinq et deux ans, jouaient avec des cailloux.

C'était une belle soirée de septembre, l'air était encore tiède. Les Cheyennes avaient établi leur campement dans les monts Big Horn, à proximité d'une importante tribu de Sioux Oglalas, le long de la rivière Powder. Le calme régnait. Les efforts conjugués de Nuage Rouge et de Crazy Horse avaient réussi à stopper l'avancée des Visages pâles et, maintenant, des éclaireurs blancs avaient été dépêchés auprès des Indiens pour les convaincre de redescendre à Fort Laramie signer un nouvel accord.

— Je ne crois pas plus à ces promesses qu'aux précédentes. Je ne pense pas qu'il faille signer ce traité, dit

Louve Bienfaisante, sans remarquer le regard coléreux que son mari lui lançait.

— Ce n'est pas à toi de décider, répliqua-t-il sèchement.

— Pourtant, Bison Noir et les Chiens-Soldats voudront avoir mon avis, rectifia Louve Bienfaisante sans réfléchir.

Elle avait oublié combien Patte d'Ours devenait irascible quand il avait bu.

Beauté Radieuse sentit sa poitrine se serrer en voyant la mine méchante et le regard sombre de Patte d'Ours. Le whisky faisait de lui un homme agressif et autoritaire. Elle avait appris à se taire quand il était énervé par l'alcool, pourquoi Louve Bienfaisante ne faisait-elle pas de même ?

— Moi, je me moque de ce que tu penses, répliqua-t-il.

Louve Bienfaisante découvrit soudain qu'elle venait une fois de plus d'offenser son mari. Elle en avait assez ! On ne pouvait plus lui adresser la parole ; il se vexait sans arrêt. Même ses amis guerriers évitaient parfois de lui parler.

Elle se mit à observer cet homme devenu un étranger. Les *Ve-ho-e* avaient tué son âme.

— Je n'ai pas l'intention de te dicter ta conduite. Tu n'as pas besoin de moi en effet puisque tu confies ton esprit à l'eau-de-feu. Peux-tu me dire combien de temps tu comptes vivre ainsi et laisser ce maudit breuvage te prendre ta force et tes pensées ? Tu es en train de te détruire !

Louve Bienfaisante tourna les talons pour entrer précipitamment dans le tipi. Après un instant d'étonnement, Patte d'Ours la suivit.

La jeune femme rangea ses vêtements dans un sac. Quand elle s'empara du couteau qu'elle portait à la ceinture et ramassa la couverture qu'elle partageait avec son mari, Patte d'Ours comprit tout de suite qu'elle allait la couper en deux, signifiant ainsi qu'elle souhaitait quitter le tipi commun. Sans lui laisser le temps d'agir, il lui saisit le poignet et le lui tordit si violemment qu'elle dut lâcher prise.

– Est-ce que tu diras encore que je suis un faible ? demanda-t-il en ricanant.

– Tu es peut-être fort physiquement, repartit Louve Bienfaisante sans baisser les yeux, mais ton esprit et ton cœur sont faibles. Patte d'Ours, tu as bien changé ! Je ne te reconnais plus... Je ne veux plus rester dans le tipi familial.

Que ces mots avaient été difficiles à dire ! En les prononçant, Louve Bienfaisante avait ressenti comme une grande brûlure à l'intérieur d'elle-même. Mais elle y avait longuement réfléchi : c'était la seule manière d'aider Patte d'Ours à prendre conscience de ses erreurs.

Apparemment, son mari n'était pas aussi enclin à reconnaître ses torts qu'elle le supposait. D'un brusque coup de pied, il la fit tomber au sol, puis il se jeta sur elle.

– Je ne te laisserai pas *encore* décider pour moi ! Une femme doit rester avec son mari et lui permettre de prendre du plaisir quand il en a envie !

Joignant le geste à la parole, il commença à remonter sa tunique jusqu'en haut des cuisses. Avant qu'il n'allât plus loin, Louve Bienfaisante lui décocha dans la poitrine un coup de pied qui le fit reculer d'un bon mètre. Elle se releva aussitôt, mais il la rattrapa par la cheville et la lui serra si fort qu'elle retomba sur le dos. Son cri de douleur n'arrêta nullement Patte d'Ours. S'élançant en avant, il se plaça à califourchon sur son corps et la maintint prisonnière, les mains clouées au sol.

– Tu penses peut-être que tu es la seule à détenir des

pouvoirs, mais moi aussi, je suis puissant. L'eau-de-feu me rend fort. Je suis un grand guerrier. Ce n'est pas parce que l'Esprit des Loups te permet de faire des prophéties pour notre peuple que tu as le droit de m'empêcher de boire. Pourquoi ne pas me mesurer l'air que je respire !

– L'eau-de-feu ne te donne *aucun* pouvoir, rétorqua Louve Bienfaisante. Partage ton chagrin et ta colère avec moi au lieu de les noyer dans ce poison qui te rend fou !

– C'est toi qui es folle, pauvre femme, de ne pas craindre le courroux de ton mari. N'oublie pas que tu m'appartiens, et garde tes remarques pour les autres. J'en ai assez d'être toujours « le mari de Louve Bienfaisante ». Je suis Patte d'Ours, le grand guerrier !

– Personne ne le conteste. Mais si tu as perdu le respect des autres Chiens-Soldats, c'est à cause de l'eau-de-feu, pas à cause de moi !

– A partir de maintenant, je t'interdis de me donner des ordres. C'est *moi* le maître ici !

Il leva sur elle une main menaçante. C'en était trop ! Louve Bienfaisante profita de ce qu'il lui avait lâché un bras pour attraper le couteau qui était resté à portée de main sur le sol. Quand il la vit faire, Patte d'Ours bondit en arrière avec le même regard de haine furieuse qu'il aurait jeté sur un ennemi.

Louve Bienfaisante ne perdit pas une seconde pour s'éclipser. Une fois dehors, elle se mit à courir aussi vite que ses jambes le lui permettaient. Quelques Cheyennes la regardèrent passer, étonnés mais discrets. Il n'était pas dans leurs habitudes d'intervenir dans une querelle conjugale, encore moins si elle impliquait une femme bénie et un des plus vaillants guerriers de la tribu.

A bout de souffle, Louve Bienfaisante se laissa glisser

contre le tronc d'un grand arbre. En haletant, elle s'allongea sur un lit d'aiguilles de pin et s'abandonna enfin au chagrin. Elle se sentait seule à mourir. Archer Agile, Etoile du Ciel et Douce Grand-Mère étaient tous partis dans les nuages retrouver les ancêtres. Comme s'il sentait sa détresse, Doux Pelage, qui l'avait rejointe, lui lécha la main. Elle s'aperçut alors de sa présence et cela lui réchauffa le cœur. Alors, elle se revit, à l'âge de six ans, quand, après une nuit passée avec les loups, un garçon nommé Castor Roux l'avait découverte. C'était le temps de la douceur de vivre, de la paix et de la liberté. Un autre temps ! Presque un autre monde !

Louve Bienfaisante aurait tant aimé voir Patte d'Ours surgir soudain devant elle pour lui demander pardon ! Elle attendit longtemps, en vain.

Quand elle s'éveilla, le soleil s'était déjà levé. La journée s'annonçait belle et lumineuse. Doux Pelage, qui s'était lové contre elle pendant la nuit, se poussa dès qu'il la sentit remuer.

Les événements de la veille lui revinrent en mémoire.

– Toi, au moins, tu ne me décevras jamais, hein ? dit-elle en plongeant les doigts dans la fourrure de l'animal.

Elle se leva, secoua son vêtement et passa les doigts dans ses cheveux emmêlés. Elle ne pouvait rester éternellement dans la forêt ; il lui fallait maintenant affronter la réalité qu'elle avait fuie la veille, cela dût-il lui mettre le cœur en pièces !

En arrivant au camp, elle tomba sur Patte d'Ours. Il était encore loin, mais il marchait dans sa direction. Cette rencontre trop brusque lui procura une vive émotion, qu'elle essaya de dominer sans y parvenir. Doux

Pelage aussi montra des signes d'énervement. Il se mit à grogner et son poil se hérissa.

– Tout va bien, lui dit-elle en le caressant doucement. Ce n'est que mon bien-aimé Patte d'Ours. Ce matin, je pense qu'il va m'écouter.

Louve Bienfaisante espérait que la nuit avait permis à Patte d'Ours de cuver son eau-de-feu.

Mais Doux Pelage, sourd à sa voix rassurante, retroussait les babines, comme s'il voulait mordre. Patte d'Ours marqua un temps d'arrêt.

Pour la première fois, elle remarqua les rides et les cicatrices qui marquaient son visage. C'était bien normal pour un homme de trente-cinq étés à la vie dure et intrépide. Louve Bienfaisante songea qu'elle avait partagé avec lui de vrais soucis, mais aussi des joies profondes et une passion hors du commun.

Patte d'Ours posa les yeux sur le poignet bleui de Louve Bienfaisante, son visage crispé par la souffrance.

– Beauté Radieuse m'a raconté ce que je t'ai fait hier soir. J'étais ivre, je ne me souviens de rien ! Pardonne-moi, je t'en prie. Il n'y a rien de plus lâche que de faire mal à la femme qu'on aime.

Louve Bienfaisante ne put s'empêcher de frémir de joie en entendant ces paroles, mais elle savait qu'elle devait rester prudente.

– Alors, qu'as-tu l'intention de faire, Patte d'Ours ?

– Je ne peux pas continuer à vivre avec une femme qui a plus de pouvoirs que moi, annonça-t-il froidement. Au début, je pensais que c'était possible parce que je t'aimais à la folie, mais je m'aperçois maintenant que l'amour ne suffit pas. La rivalité est inévitable entre deux personnalités fières et fortes. Je ne supporte plus de ne pas pouvoir pénétrer dans ce monde que tu partages avec les esprits. A un homme comme moi, il fallait une femme soumise, comme Beauté Radieuse. Toi... tu n'aurais jamais dû te marier, tu ne peux rendre aucun homme heureux !

Le sentiment d'abandon qu'éprouva alors Louve Bienfaisante était aussi douloureux que celui qu'elle avait connu lorsque ses parents l'avaient quittée à Fort Laramie pour la laisser avec les Prescott.

– Qu'est-ce que tu dis ? demanda-t-elle comme si elle n'avait pas bien compris.

Patte d'Ours hocha la tête.

– Je dis que tu ne m'as jamais appartenu complètement. Je n'ai réussi à t'aimer que comme un étranger, de loin, de l'extérieur. Quelquefois même tu me fais peur ! Quelle honte pour un guerrier ! Je ne peux plus continuer à vivre comme ça. Abandonne tes pouvoirs, et je cesserai de boire. Le grand prêtre sera très honoré d'accepter tes pattes de loup.

La situation était claire et affreuse. Patte d'Ours lui imposait de faire ce choix épouvantable que Bison Noir avait annoncé. Elle essaya de se contrôler, mais une larme coula sur sa joue.

– Tu sais bien que c'est impossible, dit-elle. Si je n'avais plus de visions, notre peuple en souffrirait car je ne pourrais plus le guider. Mon devoir passe avant tout.

Patte d'Ours souffrait terriblement.

– Je le sais ! Alors, reprends ça, murmura-t-il d'une voix profonde en lui tendant la patte de loup qu'elle lui avait offerte autrefois. Tu as fait ton choix. Je ne la mérite plus.

Par ce geste, il voulait dissoudre leur mariage. Mais mesurait-il le risque qu'il prenait en abandonnant l'objet magique qui le protégeait.

– Ne fais pas ça, Patte d'Ours, ce serait mettre ta vie en danger. Cette patte n'est pour rien dans notre mésentente. C'est l'eau-de-feu qui t'a perturbé l'esprit. Garde le cadeau que je t'ai fait.

Patte d'Ours lui mit de force la patte de loup dans la main.

– Je vais te prouver que je n'en ai pas besoin. Avec l'eau-de-feu, je me sens assez fort pour passer au travers du danger.

– Tu me demandes de faire un choix pour cautionner le tien. Je t'en supplie, Patte d'Ours, écoute-moi. Si tu continues à boire, tu deviendras paresseux et timoré. L'eau-de-feu ne sert que les Blancs, qui veulent notre déchéance.

– Je continuerai à subvenir à tes besoins, à te protéger ; je te promets même de ne plus jamais lever la main sur toi. Mais laisse-moi agir à ma guise. Que chacun de nous suive sa route !

Sur ces mots, Patte d'Ours tourna les talons.

Louve Bienfaisante regarda s'éloigner cet homme avec qui elle avait connu tant de bonheur. Elle contempla son dos large et puissant, ses longs cheveux noirs qui flottaient au vent, le mouvement familier de ses hanches. Elle savait maintenant que c'était lui qui, dans son rêve, l'avait appelée en même temps que l'Esprit des Loups, au bord de la rivière.

Elle rangea la quatrième patte dans son sac magique et s'effondra sur le sol en sanglotant.

Depuis un an, les Blancs n'avaient toujours pas obtenu l'accord des Cheyennes et des Sioux pour le nouveau traité qu'ils souhaitaient leur faire signer à Fort Laramie. Les Indiens s'étaient réunis pour discuter, une fois encore, de l'opportunité d'un énième pacte.

Depuis leur séparation, qui remontait aussi à près

d'une année, Louve Bienfaisante vivait avec Deux Lunes, le frère de son père, et sa femme, Astre Brillant. Elle trouvait auprès d'eux tout ce dont elle avait besoin matériellement, mais ils ne pouvaient combler le vide qu'elle avait au cœur.

Patte d'Ours continuait à boire et se montrait de plus en plus irritable. Comme Beauté Radieuse attendait un troisième enfant, il avait pris l'habitude de rendre de fréquentes visites à Fleur Accueillante. Cette dernière, flattée d'être honorée par un grand guerrier, se pavanait dans le village avec des airs de princesse et n'hésitait pas à toiser Louve Bienfaisante avec des regards hautains et victorieux.

– Encore des traités inutiles ! Qu'en pense notre femme bénie ? demanda Aigle Blanc au conseil des Chiens-Soldats.

Avant de prendre la parole, Louve Bienfaisante regarda discrètement vers Patte d'Ours.

– Ce sont des mensonges, dit-elle, comme toujours ! Des messagers nous ont appris que la réserve accordée à nos frères du Sud par le traité de Medicine Lodge n'était qu'un tout petit territoire, à l'écart de nos riches prairies d'autrefois. Après ce que les Blancs ont fait à Sand Creek, il ne reste guère plus que Chaudron Noir pour leur obéir ! Je crois qu'il veut éviter l'affrontement à tout prix, mais il a tort. Je l'ai vu en rêve, poursuivit Louve Bienfaisante en fermant les yeux pour raviver le souvenir de sa vision. Il tenait le drapeau des Blancs dans une main et, dans l'autre, la médaille que le Grand Père blanc donne en récompense aux Indiens qui acceptent de négocier. Mais son cœur était transpercé par le sabre d'un soldat. Chaudron Noir va mourir ! Tout ce qu'il aura sacrifié n'aura servi à rien.

Louve Bienfaisante rouvrit les yeux et regarda le cercle des guerriers autour d'elle. Il faisait nuit, mais le feu éclairait des visages aux mines consternées.

– Les Cheyennes et les Sioux doivent donc refuser d'aller à Laramie pour signer ? demanda Grand Couteau.

Le père de Patte d'Ours semblait las, comme si la lutte pour la liberté l'avait vieilli prématurément.

– Oui, sous réserve que Nuage Rouge partage toujours notre point de vue. Les Sioux sont encore puissants. Nous devons continuer à lutter ensemble pour notre Mère Terre.

– Et moi, je dis que nous devons redescendre vers le sud pour aider ceux des nôtres qui sont restés là-bas, lança brusquement Patte d'Ours d'un air de défi.

– Les Cheyennes du Sud ont déjà perdu la partie, répliqua immédiatement Louve Bienfaisante. Ce serait bien trop dangereux d'aller les rejoindre. D'autant plus qu'un militaire aux cheveux longs, que les Blancs appellent Custer, mène, dit-on, une dure campagne contre eux en ce moment.

– Les femmes et les enfants peuvent rester ici pendant que les hommes iront se battre, insista Patte d'Ours qui ponctuait chaque remarque d'une rasade de whisky.

L'inquiétude de Louve Bienfaisante frôlait la panique.

– Tu sais pourtant bien ce qui est arrivé la dernière fois que nous sommes retournés là-bas ! Les jours des Cheyennes du Sud sont comptés. J'ai un mauvais pressentiment. Je ne vous ai pas tout dit à propos de ma vision : c'était Custer qui enfonçait le sabre dans la poitrine de Chaudron Noir !

Ce dernier détail souleva une vague de murmures et des hochements de tête, laissant les guerriers pensifs. Mais Patte d'Ours se leva brusquement et clama :

– Nous avons mis le gouvernement des Blancs à genoux. La preuve, c'est qu'ils nous supplient de signer un nouveau traité. Et il faudrait maintenant attendre l'avis de Nuage Rouge ! Contrairement à ce que dit Louve Bienfaisante, beaucoup de Cheyennes continuent de se battre au sud. Vous avez peut-être oublié ce que les Blancs nous ont fait à Sand Creek, moi pas ! Je n'ai pas oublié le visage de ma mère agonisante. Croyez-moi, il faut retourner là-bas.

– C'est encore plus dangereux de traverser le pays maintenant qu'il y a le cheval de fer, observa judicieusement Grand Couteau. Les Blancs nous tirent comme du gibier, sans même descendre de leurs wagons.

– Rien ne m'arrêtera ! affirma Patte d'Ours.

– Mon fils a perdu toute raison depuis qu'il trouve sa force dans l'eau-de-feu.

Patte d'Ours jeta à Grand Couteau un regard de mépris. Pour le narguer, il engloutit quelques gorgées supplémentaires avant de répliquer :

– Mon père écoute trop les paroles de la femme bénie, mais je suis plus puissant qu'elle ! Je n'ai peur ni de Custer ni d'aucun autre uniforme bleu.

– Nous avons déjà beaucoup lutté, et il vient toujours plus de trains, plus d'immigrants, plus de soldats. Redescendre au sud, c'est mourir, tenta encore de protester Grand Couteau.

Mais Patte d'Ours avait perdu tout bon sens.

– C'est rester ici et ne rien faire qui serait mourir ! s'entêta-t-il.

– En voilà assez de se battre, Patte d'Ours ! Ce nouveau traité accorde un grand territoire aux Cheyennes du Nord et aux Sioux : toutes les Black Hills et la plus grande partie de la région de la Powder. Cette terre est bonne. Restons ici pour empêcher l'homme blanc de nous la reprendre. En unissant nos forces à celles de

Nuage Rouge et des grands chefs Crazy Horse et Sitting Bull, nous serons une grande nation.

Patte d'Ours secoua la tête et regarda les autres guerriers, semblant solliciter leur appui.

— Mon père est vieux et fatigué, dit-il, mais moi, je me sens fort ! Qui veut m'accompagner ?

— N'y va pas, supplia Louve Bienfaisante. C'est dangereux, je le sens. Je...

Patte d'Ours ne la laissa pas finir.

— Tais-toi, femme ! lui commanda-t-il.

Puis il se leva et partit.

Le conseil se termina sans que Louve Bienfaisante donnât la bénédiction des pattes de loup. Nombre de jeunes guerriers, qui partageaient avec Patte d'Ours un goût immodéré pour le whisky, pensaient, comme lui, qu'ils n'avaient plus besoin de la protection des esprits.

Louve Bienfaisante s'était éloignée et elle méditait sur ce qui venait de se passer lorsque quelqu'un lui tapa sur l'épaule. Elle se retourna, surprise, pour apercevoir une grande silhouette dont elle ne distingua pas tout de suite le visage dans l'obscurité. C'était Bison Noir.

— Laisse Patte d'Ours s'en aller s'il le souhaite ! Il a besoin de temps pour comprendre qu'il ne peut vivre sans toi. Un homme aussi fier que lui a du mal à accepter de ne pas dominer. Pour l'instant, il n'est pas encore prêt à t'écouter.

La voix du vieillard était tremblotante. Louve Bienfaisante se demanda s'il serait encore là longtemps pour la conseiller.

— Je me sens si seule depuis que nous sommes séparés ! avoua-t-elle au grand prêtre. Patte d'Ours est toute ma vie.

— Non, mon enfant ! rectifia Bison Noir d'un air

grave. Ta vie, c'est l'Esprit des Loups ; c'est par lui que tu retrouveras ton mari.

Louve Bienfaisante hésitait encore à tout dire, puis elle se décida :

– J'ai peur pour Patte d'Ours. Tu es le seul, Bison Noir, à savoir que je lui ai donné une patte magique autrefois. Eh bien... il me l'a rendue !

Dans l'obscurité, Louve Bienfaisante entendit Bison Noir souffler de stupéfaction.

– C'est très mauvais, commenta-t-il brièvement.

– A cause de cette eau-de-feu, il ne sait plus ce qu'il fait. Affronter Custer dans ces conditions, c'est de la folie. Jusqu'à présent, la patte du loup a détourné les balles de son corps. Mais maintenant, j'ai peur, très peur...

Louve Bienfaisante s'interrompit. Sa voix s'étranglait d'émotion.

Bison Noir lui posa doucement la main sur les cheveux.

– Prie pour lui, mon enfant, et garde confiance dans le pouvoir de l'Esprit des Loups. Tu ne peux rien faire d'autre pour Patte d'Ours pour le moment.

Après avoir quitté Bison Noir, Louve Bienfaisante alla chercher une couverture et une outre pleine d'eau, puis elle informa Astre Brillant qu'elle partait avec Doux Pelage se recueillir dans les collines.

Au bout d'une heure de marche, elle s'arrêta sur une butte qui dominait le village. Des cris de guerre montaient jusqu'à elle, manifestations de colère de ces jeunes Indiens qui n'avaient jamais connu que la guerre et la chasse et que les Blancs voulaient sédentariser.

Louve Bienfaisante entonna son chant de prière.

Ô Mère Terre ! Ô Esprit des Loups ! Ô grand Maheo !
Soyez bénis pour vos bienfaits. Je vous donne ma vie.

Puis elle ajouta quelques supplications particulières pour son mari. Pour lui, elle allait jeûner et prier plusieurs nuits et plusieurs jours.

Le lendemain à l'aube, Patte d'Ours et dix jeunes guerriers se mettaient en route pour le Sud. Certains avaient convaincu leurs femmes de les accompagner. Patte d'Ours, lui, emmenait Fleur Accueillante.

22

Louve Bienfaisante !

Louve Bienfaisante sortit de son profond sommeil, éveillée par cet appel, accompagné d'une douleur fulgurante au côté. Dans la pénombre du tipi, elle n'aperçut que Beauté Radieuse et les deux enfants dormant paisiblement. L'élancement avait disparu. Ce n'était qu'un songe ! Seul le hurlement des loups troublait le calme profond de la nuit. Incapable pourtant de se défaire d'une étrange sensation de malaise, Louve Bienfaisante décida d'en avoir le cœur net. Jetant sur ses épaules une peau de bison, elle sortit du tipi, Doux Pelage sur ses talons.

Au bout de quelques mètres, elle s'arrêta et écouta, à la recherche d'un éventuel indice. Toujours rien, sinon le chant bizarrement plaintif des loups. Voulaient-ils lui délivrer un message ? Patte d'Ours serait-il blessé ? C'était peu vraisemblable ; il n'était parti que depuis une semaine. En si peu de temps, il n'avait même pas pu rejoindre les Cheyennes du sud !

Son angoisse s'apaisa un peu, puis elle repensa à la voix, et à la vive douleur ressentie presque au même moment, et commença à invoquer les esprits.

Les craintes de Louve Bienfaisante sur l'état de Patte d'Ours devinrent certitudes une heure plus tard, lorsque le soleil levant se voila d'un coup de gros nuages noirs, plongeant la terre dans une pénombre sinistre, symbole de malheur ou... de mort ! A l'ouest, le tonnerre commençait de gronder. Le vent se leva très rapidement, et tout à coup, le ciel se mit à déverser des trombes d'eau.

En quelques instants, Louve Bienfaisante se retrouva trempée jusqu'aux os, mais elle continua de prier. Les mains et les yeux tournés vers le ciel, elle implorait toutes les divinités de l'univers.

S'il le fallait, elle se mortifierait par le jeûne pour que l'Esprit des Loups garde Patte d'Ours en vie... A moins qu'il ne soit déjà trop tard...

La pluie, qui avait redoublé d'intensité, se mêlait maintenant à ses larmes. Cette fois, elle n'avait pas eu besoin de Bison Noir pour interpréter son rêve. La terrible révélation s'était imposée à elle sans même qu'elle eût à réfléchir.

Patte d'Ours revient ! Patte d'Ours revient ! La nouvelle avait traversé le village comme une traînée de poudre. Certains racontaient que les Chiens-Soldats partis avec lui étaient gravement blessés, d'autres prétendaient qu'ils étaient tous morts.

Dès qu'il eut vent de la catastrophe, Grand Couteau enfourcha sa monture pour partir au-devant de son fils. Au dire du messager venu prévenir le camp, Patte d'Ours ne devait plus se trouver qu'à une heure de galop.

Beauté Radieuse était tranquillement en train d'écraser des baies pour faire du pemmican lorsqu'un guerrier vint lui annoncer que Patte d'Ours était blessé. Elle en ressentit un tel choc qu'elle crut qu'elle allait accoucher sur l'heure.

– Et ma sœur qui a disparu ! murmura-t-elle.

– Des cavaliers l'ont vue qui priait dans les collines, dit le guerrier. Bison Noir est parti la chercher. A l'heure qu'il est, il a déjà dû la rejoindre.

En fin d'après-midi, au grand soulagement de Beauté Radieuse, Louve Bienfaisante réapparut. Elle traversait l'immense prairie, au pied des collines où Bison Noir marchait à ses côtés, penché vers elle comme s'il la soutenait.

Lorsque tous deux furent assez près pour que Beauté Radieuse pût distinguer le visage de sa sœur, sa joie se mua en stupéfaction horrifiée. Louve Bienfaisante n'était plus que l'ombre d'elle-même, ses joues s'étaient creusées, son teint était livide.

Bison Noir la ramena directement à son tipi. Après ces jours de jeûne éprouvant, elle devait d'abord se reposer.

– Tu es épuisée. Il faut manger un peu, suggéra Beauté Radieuse en lui tendant un bol de nourriture. Tes prières ont été exaucées : Patte d'Ours revient ! Il aura besoin de toi, tu dois reprendre des forces. Veux-tu que je prépare une place pour lui dans notre tipi ?

– Non, dit Louve Bienfaisante d'une voix dont la faiblesse témoignait des privations qu'elle s'était imposées. Demande plutôt à Astre Brillant de t'aider à monter un autre tipi où je pourrai rester seule avec lui. Il aura besoin du plus grand calme... s'il est gravement blessé.

Cette hypothèse effrayait Louve Bienfaisante mais, raisonnablement, elle devait bien l'envisager.

Se dominant pour ne pas fondre en larmes, Beauté Radieuse obtempéra. En un rien de temps, un tipi fut érigé à l'écart des autres habitations. Les deux femmes plantèrent les pieux avec une rapidité et une dextérité remarquables, puis elles les recouvrirent de peaux parfaitement assemblées. D'autres Indiennes du village vinrent prêter main-forte, offrir des couvertures ou de la nourriture.

Tout était fin prêt lorsque apparut à l'horizon la triste procession des jeunes hommes défaits qui, quinze jours plus tôt, se croyaient invincibles. Des dix hommes et cinq femmes qui avaient quitté le camp, il ne revenait que cinq personnes : quatre étaient à cheval, la cinquième allongée sur un *travois*. Mieux que personne, Louve Bienfaisante savait de qui il s'agissait.

Ne pouvant contenir son impatience, Louve Bienfaisante partit à la rencontre des survivants défaits. Le premier qu'elle rejoignit fut son cousin, Petit Ours, qui ramenait le blessé, silhouette misérable, recroquevillée et parfaitement inerte.

– Ce sont ces maudits chasseurs de bison, dit Petit Ours, anticipant la question de Louve Bienfaisante.

Dans les yeux du jeune homme se lisaient le remords et les regrets. Il mit pied à terre et serra sa cousine dans ses bras.

– Je t'en prie, dis-moi ce qui est arrivé, le supplia-t-elle.

Petit Ours expliqua, d'une voix brisée par le chagrin :

– Nous étions partis depuis quelques jours quand nous avons vu passer un troupeau de cerfs. Certains d'entre nous sont partis à leur poursuite. Patte d'Ours, les autres guerriers et les femmes étaient restés sur place pour installer le campement. Pendant notre absence, les chasseurs ont attaqué...

– Tu n'as donc rien vu ? Qui t'a raconté ce qui s'était passé ?

– Fleur Accueillante... juste avant de mourir.

– Fleur Accueillante est morte ! répéta Louve Bienfaisante, horrifiée, oubliant la jalousie qu'elle avait ressentie en d'autres temps.

– Oui, malgré sa souffrance, elle a eu la force de me parler. Je crois qu'elle voulait que quelqu'un puisse témoigner... Tout a commencé quand les chasseurs ont aperçu nos femmes. Ils ont proposé de les emmener, en échange de quelques peaux. Patte d'Ours s'y est opposé ; il leur a fait comprendre que les Cheyennes ne vendaient pas leurs squaws. Alors, sans discuter, ils ont commencé à tirer avec leurs longs fusils à bisons.

– Et Patte d'Ours a été blessé au côté droit, dit Louve Bienfaisante en regardant son mari, aux traits tendus par la douleur.

– Comment le sais-tu ?

– J'ai ressenti le mal dans ma propre chair.

Petit Ours hocha la tête tristement et confirma :

– La balle lui a traversé le corps, puis elle a perforé la poitrine de mon frère, Grand Sapin. Fleur Accueillante a dit que les hommes s'étaient effondrés en quelques secondes. Ensuite, les Blancs se sont mis à rire et à crier. Ils ont criblé le corps de Patte d'Ours de coups de couteau, puis ils ont violé nos squaws, tous, les uns après les autres. Et comme si cela ne suffisait pas à apaiser leur soif de cruauté, ils les ont mutilées. Quand nous sommes revenus, seuls Patte d'Ours et Fleur Accueillante respiraient encore. Fleur Accueillante se tordait de douleur. Ils lui avaient coupé les seins. Elle a réussi à me dire quelques phrases, puis elle est partie dans les nuages... J'espère qu'elle sera accueillie avec miséricorde au Territoire des Ancêtres. La pauvre femme a racheté sa vie par ses souffrances.

Personne ne méritait une mort pareille. Louve Bienfaisante ferma les yeux devant l'horreur de cette scène insupportable.

– Voilà la façon dont les Blancs veulent faire la paix ! murmura-t-elle d'une voix atone.

– Je me demande comment Patte d'Ours a survécu, reprit petit Ours pendant que Louve Bienfaisante s'agenouillait près de son mari. Il a murmuré ton nom pendant des heures et des heures, nuit et jour.

Avec délicatesse, la jeune femme souleva la couverture dont on l'avait recouvert. Malgré toutes les blessures qu'elle avait vues dans sa vie, elle dut serrer les mâchoires. Patte d'Ours avait le teint olivâtre des mourants. Ses yeux, ouverts, regardaient dans le vide, des larmes de douleur coulaient sur ses joues. Une affreuse plaie ouverte et noire lui déchirait le côté, et son corps, taillardé de toutes parts, couvert de sang coagulé, était gonflé, déformé.

– Je suis là, dit-elle à voix basse en caressant lentement ses longs cheveux noirs. C'est moi, Louve Bienfaisante. Je vais te soigner, n'aie pas peur.

Patte d'Ours ne broncha pas. Louve Bienfaisante sortit alors une patte de loup de son sac magique et la lui glissa dans la main.

– Reprends ce qui t'appartient, Patte d'Ours. Bientôt tu te sentiras plus fort. Laisse l'Esprit des Loups pénétrer ton cœur et mon amour envahir ton être, lui chuchota-t-elle à l'oreille.

Patte d'Ours sembla alors réagir. Il tourna la tête et remua les lèvres.

– Pardonne-moi, murmura-t-il d'une voix à peine audible. Aide-moi... j'ai si mal, ajouta-t-il après quelques secondes.

– Je suis là... je suis là, répétait Louve Bienfaisante, rassurante.

Patte d'Ours referma les yeux et sembla s'assoupir.

Quelques minutes plus tard, il retrouvait son village et ses frères. Seule la force de l'amour pouvait encore le sauver.

Pas une seconde, Louve Bienfaisante n'accepta de quitter le chevet de Patte d'Ours. Inlassablement, on l'entendit prier et chanter. Nuit et jour, Bison Noir entretint le feu sacré au centre du tipi et le vieux chamane, Ours Debout, vint régulièrement soigner les plaies du blessé à l'aide de cataplasmes d'herbes médicinales.

Deux longues semaines durant, l'état de Patte d'Ours ne s'améliora pas. Quand il réussissait à dormir, son sommeil était empli de rêves où s'imbriquaient bizarrement réalité et fiction. Eveillé, la souffrance était parfois si intense qu'il lui semblait que son esprit quittait son corps. Puis de nouveau il entendait cette voix qui lui faisait du bien et il reprenait conscience : Louve Bienfaisante était à ses côtés, et il avait terriblement besoin d'elle.

– Tu dois retrouver ta force intérieure... Tu es un grand guerrier... Tu es plus puissant que l'eau-de-feu... murmurait-elle, douce et apaisante.

Enfin, au bout de trois semaines, l'état du jeune guerrier s'améliora sensiblement. Le jôur où il réussit à s'asseoir, Bison Noir et Ours Debout quittèrent le tipi. Ils avaient mené à bien leur mission, Patte d'Ours n'avait plus besoin que de sa femme.

Lorsque Louve Bienfaisante entra dans la tente, porteuse d'une cuvette pleine d'eau, Patte d'Ours, encore ensommeillé, entrouvrit les yeux.

– Réveille-toi, gros dormeur ! lança-t-elle d'une voix guillerette. Un brin de toilette te fera le plus grand bien. Ce n'est pas parce que tu ne peux pas encore te lever que tu en es dispensé !

Surpris qu'il fît déjà jour, Patte d'Ours s'étira et s'éveilla complètement. Louve Bienfaisante le contemplait en souriant. Avec ses cheveux encore mouillés par l'eau de la rivière, sa tunique simple et droite, elle respirait la fraîcheur. Qu'elle était belle ! C'était brusquement comme s'il la rencontrait pour la première fois. Il ne put s'empêcher de la complimenter.

– Ton corps est fin et souple comme une liane, dit-il en lui tendant les bras pour l'inviter à s'y blottir.

Louve Bienfaisante posa la cuvette.

– Pas étonnant ! J'ai jeûné pendant des jours avant ton retour. Il n'y a rien de mieux pour rester mince ! plaisanta-t-elle. Du jour où tu es parti, je n'ai cessé de prier pour toi. Tu ne m'as jamais vraiment quittée, tu sais ! ajouta-t-elle sur un ton plus grave.

– Tu m'as sauvé la vie, petite femme guerrière.

Petite femme guerrière ! Il l'avait appelée « petite femme guerrière » ! Louve Bienfaisante fit semblant de ne pas l'avoir remarqué, mais elle savait désormais que toute la colère, toute l'amertume qui avaient empoisonné le cœur de Patte d'Ours ces derniers mois avaient disparu. Si elle ne s'était pas retournée pour tremper un morceau de tissu dans la cuvette, son mari aurait pu voir que son regard pétillait curieusement.

– L'Esprit des Loups a exaucé mes prières, c'est vrai, dit-elle, mais c'est aussi grâce à ta force et à ta volonté que tu as survécu. Par certains côtés, Patte d'Ours, tu es bien plus puissant que moi. Comment as-tu pu croire un moment aux pouvoirs de l'eau-de-feu ?

Elle s'apprêtait à commencer sa toilette, quand il lui saisit la main et la regarda sombrement.

– Il faut que je t'avoue un terrible secret... J'ai tué ma mère...

Louve Bienfaisante resta bouche bée. Son mari était-il en train de délirer ?

– Qu'est-ce que tu racontes ?

Un léger tremblement sur les lèvres de Patte d'Ours trahissait son émotion. Il toussota et reprit d'un ton saccadé :

– A Sand Creek... les Blancs ont éventré ma mère... J'ai tout vu... tout vu... Je me souviendrai toujours de ses yeux suppliants quand elle m'a demandé... de l'achever... Et... j'ai dû le faire, pour abréger ses souffrances. C'était insupportable. Au moment où je lui ai planté le couteau dans le cœur, j'ai eu l'impression... de tuer toute la nation cheyenne.

– Ce sont les Blancs qui ont tué ta mère, pas toi. Tu n'as commis qu'un acte d'amour. Mais pourquoi ne m'en as-tu pas parlé ? Comment as-tu pu garder tant d'horreur pour toi ? demanda Louve Bienfaisante en chuchotant.

– Je croyais que je pourrais le supporter, mais je me suis rendu compte que c'était impossible. J'ai commencé à boire pour oublier. L'eau-de-feu me donnait l'impression que rien de cela n'était arrivé. Je me sentais si misérable, si désespéré quant à l'avenir de notre peuple...

– Si nous ne pouvons pas empêcher ce que tu redoutes, nous mourrons la tête haute, mais il faut encore croire en l'avenir ! Nuage Rouge acceptera peut-être de signer le traité. Les Cheyennes et les Sioux parviendront peut-être à vivre en paix dans les Black Hills. Gardons espoir ! Tant que nos jeunes seront là pour prendre la relève, nous ne baisserons pas les bras. Petit Fauve, Grandes Mains et bientôt ton troisième enfant poursuivront la lutte de leurs parents.

– Comment te dire ce que je ressens, t'exprimer ma reconnaissance ?...

Les mots se bloquèrent dans sa gorge. Quelques larmes firent briller son regard.

– En pleurant, mon bien-aimé. Pleurer n'est pas un signe de faiblesse, ce n'est qu'une façon d'exprimer ce que les paroles ne peuvent traduire.

S'abandonnant à l'émotion, Patte d'Ours laissa aller sa tête contre l'épaule de sa femme.

Tandis que Louve Bienfaisante déballait sur l'herbe ses provisions, Patte d'Ours folâtrait dans la rivière.

– C'est si bon de se sentir vivre ! Tu es à mes côtés, je vais bien, j'ai deux fils en bonne santé et maintenant une jolie petite fille ! Que demander de plus ?

Six mois plus tôt, peu après le retour de Patte d'Ours, Beauté Radieuse avait mis au monde Violette Sauvage.

Depuis sa guérison, Patte d'Ours avait beaucoup changé, ou plutôt, il avait retrouvé sa vraie nature. Avec la santé lui était revenue la force de caractère que le whisky lui avait enlevée. Non seulement il ne buvait plus, mais il avait compris ses erreurs passées. Louve Bienfaisante retrouvait en lui le vaillant guerrier qu'elle avait toujours admiré.

– Je suis sûre que ton sang coulera encore dans les veines d'autres enfants, lui dit-elle en venant se lover tendrement contre son torse. Que dirais-tu d'un petit plongeon ? Il fait si chaud !

Prenant une pose séductrice, elle lança à Patte d'Ours un regard troublant. Puis, sans attendre sa réponse, elle fit tomber sa tunique à ses pieds.

Encouragée par l'air grave qu'avait pris le visage de son mari sous l'effet du désir, elle se serra contre lui et commença à lui retirer sa chemise, le sentant avec délices frissonner sous ses doigts. Mais contre toute attente, Patte d'Ours s'écarta soudain, l'œil inquiet et le sourcil froncé.

– J'ai peur de ne pouvoir...

Point n'était besoin de rien ajouter. Louve Bienfaisante avait compris.

– Allons ! L'émoi que tu ressens en ce moment est signe que ton corps est sensible à l'amour.

Et elle continua à le déshabiller. Patte d'Ours, anxieux, se laissait faire, les prunelles enflammées et les joues empourprées.

Elle lui caressa les épaules, la poitrine, avant de laisser sa main descendre doucement sur ses muscles tendus. Au bout d'un moment, Patte d'Ours murmura son nom. Puis, presque aussitôt, il posa les lèvres sur son corps nu et se mit à l'embrasser avidement.

– Cela fait... si longtemps ! murmura-t-il dans un souffle.

Ses baisers se faisaient plus nombreux, plus fougueux, ses mains se promenaient frénétiquement sur sa peau chaude, s'attardant sur les seins aussi ronds que des collines. Chaque effleurement rapprochait un peu plus Patte d'Ours de l'extase. Louve Bienfaisante se cambrait sous les doigts experts. Doucement, sans même en avoir conscience, n'écoutant que leur désir, ils se laissèrent rouler dans l'herbe. Le plaisir monta en eux violemment et ils unirent leurs corps avec une violence exquise.

Ils firent l'amour avec une passion qu'ils n'avaient encore jamais connue. Pour l'un comme pour l'autre, ce fut un retour à la vie après un long engourdissement, un réveil après un profond sommeil, la plus douce des renaissances.

23

Novembre 1868

Une foule impressionnante de Sioux Oglalas et de Cheyennes du Nord, dont faisaient maintenant partie Louve Bienfaisante et Patte d'Ours, pénétra fièrement sur les terres de Fort Laramie.

Convaincu que les forces indiennes étaient supérieures à celles des Blancs, Nuage Rouge avait finalement consenti à venir signer le traité, suivi par de nombreux Indiens, en dépit de l'opposition persistante de quelques-uns de leurs chefs, dont Sitting Bull. Ce dernier refusait de participer à ce qui, d'après lui, n'était qu'un marché de dupes.

Sans être naïvement euphorique, Louve Bienfaisante n'allait pas jusqu'à partager ce pessimisme. Certes, ce nouvel accord n'était pas absolument satisfaisant, mais c'était bien l'unique façon de sauver ce qui pouvait encore l'être. Et puis, à bien y réfléchir, il fallait tout de même admettre que les Indiens avaient de bonnes raisons d'envisager l'avenir avec une certaine sérénité. L'abandon récent par les forces armées des forts Reno, Smith et Kearny, situés sur la piste Bozeman, dans le territoire du Montana, était un signe de victoire indéniable. Le vent semblait enfin avoir tourné. Après toutes ces années tragiques, une ère nouvelle semblait enfin s'ouvrir pour les Sioux et les Cheyennes du Nord. Peut-être toutes ces morts si cruelles n'avaient-elles pas été inutiles. Le sang des uns avait peut-être acheté la liberté des autres.

La situation n'était pas aussi rose pour les Cheyennes du Sud, traqués comme du gibier par les troupes de Custer. L'endurance de cet homme impitoyable, capable de rester en selle des jours durant, lui avait valu le surnom de Cul de Fer. Ses persécutions aveugles finissaient toujours en bains de sang. Chaudron Noir avait ainsi été tué à cause de lui, au cours de l'attaque que Custer avait menée contre un paisible village, pourtant situé à l'intérieur de la réserve indienne, sur les bords de la Washita. Cul de Fer n'avait pas hésité à traiter en ennemi le chef indien qui avait tant lutté pour rester en bons termes avec les Blancs !

Comme ses frères indiens, Patte d'Ours, ayant renoncé à l'alcool et retrouvé sa force dans l'amour de Louve Bienfaisante, arrivait à Laramie en conquérant.

Ces hommes qui avançaient étaient des vainqueurs, bien décidés à faire admettre leurs conditions à leurs anciens maîtres. Ils étaient prêts à reconnaître des limites à leur territoire, pourvu que ce dernier restât assez vaste. Mais à la moindre trahison des Blancs, ils cesseraient immédiatement de respecter ces frontières artificielles. Chaque fois que par le passé ils avaient obéi aveuglément, ils n'en avaient été remerciés que par davantage de cruauté de la part des *Ve-ho-e*. Ils ne répéteraient pas cette erreur ! Quant aux quelque quatre-vingts acres de terre aride que le gouvernement donnait aux familles acceptant de se sédentariser, les Indiens présents à Laramie ne voulaient même pas en entendre parler ! Les Cheyennes du Nord et les Sioux ne céderaient plus aux tuniques bleues.

En compagnie d'épouses de militaires, de marchands de peaux et d'immigrants blancs poussés par la pauvreté vers cet Ouest sauvage, Thomas et Elena Prescott, de passage à Laramie, observaient de loin l'avancée des Indiens.

Elena portait dans ses bras une adorable petite fille

de dix mois. La grossesse et la naissance de Rebecca s'étaient parfaitement déroulées et la présence de ce bébé adoucissait un peu la rude vie quotidienne du couple. Elena n'avait pas renoncé à son idée de repartir à Boston pour élever Rebecca, mais Tom la freinait encore. Si le système des réserves se généralisait, les Indiens auraient besoin d'être aidés. Déchiré entre sa vocation et son désir de faire plaisir à Elena, Tom réfléchissait sérieusement à la possibilité d'envoyer sa femme et sa fille passer l'hiver à Boston, puis de les faire revenir pour l'été. Avec l'achèvement du réseau ferré transcontinental, cela serait bientôt réalisable.

En tout cas, aujourd'hui plus que jamais, Thomas se félicitait de ne pas avoir quitté Laramie. Sans rien laisser paraître, il se sentait passablement énervé. Des éclaireurs lui avaient affirmé que la tribu de Louve Bienfaisante devait venir avec les Sioux. Ainsi, il allait peut-être retrouver son amie d'autrefois, sa sœur de sang. A quoi ressemblait-elle maintenant ? Quinze ans de lutte aux côtés des guerriers cheyennes avaient dû la transformer. Physiquement et moralement.

– Tu la vois ? demanda Elena, fâchée de ressentir malgré elle une pointe de jalousie.

Thomas ne répondit pas. Il scrutait l'horizon, les yeux plissés. « Seigneur ! » l'entendit-elle s'exclamer à voix basse.

– Alors, Tom, tu la vois ? redemanda-t-elle, en essayant de deviner sur qui se portait le regard de son mari.

Mais il était bien difficile de trouver quelqu'un dans cette foule. Les Sioux, menés par Nuage Rouge, ouvraient la marche. Derrière eux venaient les Cheyennes. Elena attendit que les premiers fussent passés, puis elle redoubla d'attention.

Précaution inutile, tant celle qu'elle cherchait était

repérable ! Au milieu des guerriers, une magnifique jeune femme, vêtue d'une tunique claire, montait un grand cheval noir. Les franges qui voltigeaient laissaient entrevoir deux petits genoux ronds et lisses ; une peau de loup était jetée sur ses épaules. Honnêtement, Elena n'avait jamais vu d'Indienne aussi belle. La brise, qui repoussait ses longs cheveux vers l'arrière, dégageait un visage aux traits d'une finesse remarquable, avec un nez droit et court, des lèvres rondes et rouges, appétissantes comme une cerise mûre, des pommettes hautes, et surtout, des yeux !... des yeux plus chauds qu'un soleil d'été. L'homme qui était à ses côtés était bâti comme un athlète, mais Elena, impressionnée par son port altier et son regard pénétrant, le trouva plus inquiétant que réellement attirant.

Un air étonnamment doux pour un mois de novembre balayait les Grandes Plaines. Quiconque avait vécu quelque temps dans la région savait bien qu'il ne fallait pas se fier au vent tiède venant des montagnes ; d'un moment à l'autre, ce souffle perfide pouvait se transformer en tornades de neige. Mais en attendant, les Indiens arrivaient au fort sous un ciel sans nuages, d'un bleu vif et lumineux.

Elena regarda Tom à la dérobée. Le trouble, à peine perceptible mais bien réel, qui saisissait son mari, fit renaître en elle la jalousie.

Thomas appela Louve Bienfaisante, d'une voix timide d'abord. Celle-ci ne réagissant pas, il renouvela l'opération, avec plus de véhémence. La jeune femme s'immobilisa, regarda autour d'elle. Puis un sourire radieux éclaira son visage. Elle se pencha une seconde vers son compagnon, et tous deux quittèrent le groupe au petit trot.

Louve Bienfaisante mit pied à terre et se jeta dans les bras de son ami. L'homme ne quitta pas son cheval, les sourcils froncés, l'œil noir, l'air toujours aussi sévère.

Ces retrouvailles chaleureuses en choquèrent plus d'un. Tous les Blancs présents connaissaient l'histoire de cette guerrière, ennemie de la loi, que Thomas avait connue autrefois.

– C'est elle ! lança une femme, offensée.

– Il paraît qu'elle est aussi sauvage que ceux de sa bande, répondit une autre du même ton méprisant.

– Elle était avec ceux qui ont attaqué Julesburg !

– Cette femme a du sang des nôtres sur les mains.

– On dit qu'elle a des pouvoirs magiques... qu'elle a vécu avec les loups... et qu'elle-même serait un loup déguisé en femme !

– Hé, hé ! Ce loup-là a des rondeurs qu'j'aimerais bien tripoter, railla un chasseur, l'air lubrique.

Elena, quant à elle, observait en silence son mari et Louve Bienfaisante. Atteinte au cœur, elle tentait de dominer ses sentiments amers, se taxant de mesquinerie et de stupidité : Thomas avait toujours été un mari fidèle et aimant. Mais cette femme était si séduisante... Elena en vint à se demander s'il n'y avait pas du vrai dans les histoires surnaturelles dont Tom lui avait parlé. Une telle perfection était nécessairement divine ! En tout cas, son mari semblait bien subir un charme...

– Je te présente Louve Bienfaisante, annonça Thomas en s'approchant de sa femme.

– Je... je suis très... heureuse... de vous rencontrer, balbutia Elena avec difficulté. Tom... m'a beaucoup parlé de vous.

Louve Bienfaisante posa un regard bienveillant sur la jeune femme à qui son ami venait de la présenter. Elle s'étonna de la pâleur de son teint, de la finesse de son corps, de ses cheveux rouges comme le grès et de ses yeux aussi verts que l'herbe de la prairie au printemps.

– Moi aussi, être très honorée de rencontrer la femme de Thomas Prescott, dit-elle.

– Dis donc, se moqua gentiment Thomas, tu as oublié tes leçons d'anglais ? Tu parlais pourtant parfaitement, autrefois, si je me souviens bien !

– Je voulais dire... je suis très honorée, corrigea Louve Bienfaisante en rougissant légèrement, sachant pourtant que la plaisanterie de Tom était affectueuse. Je n'ai pas souvent eu l'occasion de parler anglais en quinze ans, mais ça va vite me revenir.

– Voici notre bébé, Rebecca, ajouta Thomas pour terminer les présentations.

Une lueur de tendresse passa dans les yeux de Louve Bienfaisante, tandis qu'elle caressait la main potelée de la petite fille. Moins impressionnée que ses parents, Rebecca tendit les bras à Louve Bienfaisante, qui la prit aussitôt.

– Toi et ta jolie femme blanche avez un bien beau bébé, conclut la jeune Indienne en se tournant vers Thomas. Votre couple est béni par les dieux. Moi, je n'ai jamais pu avoir d'enfant, ajouta-t-elle avec un peu de tristesse dans la voix, puis elle se reprit aussitôt : Mais j'en ai trois par ma sœur !

– Par votre sœur ? s'étonna Elena.

– Mon mari, Patte d'Ours, a pris ma sœur pour deuxième femme. Elle lui a donné deux fils et une fille : Petit Fauve, âgé de six étés, Grandes Mains, qui a trois étés, et Violette Sauvage, la plus petite, venue au monde l'été dernier.

Elena avait beau savoir qu'il était extrêmement courant pour un Indien d'être bigame, elle fut choquée et dut se faire violence pour dissimuler ses sentiments.

– Je suis désolé que tu n'aies pas pu avoir d'enfant,

dit Thomas en posant une main consolatrice sur le bras de Louve Bienfaisante. Je sais ce que cela aurait représenté pour toi.

— Oui, les enfants sont très importants pour nous tous. Sans descendance, notre peuple s'éteindrait. C'est pour cela que j'ai demandé à Patte d'Ours de prendre une autre femme. Mais cela n'a rien changé entre nous. Notre amour est toujours aussi grand.

A ce moment, Elena remarqua que le guerrier qui accompagnait Louve Bienfaisante s'était légèrement rapproché, semblant vouloir surveiller d'un peu plus près l'entretien de sa femme avec des Blancs. L'air méfiant, il semblait tout particulièrement guetter les réactions de Thomas. Pourtant, son allure impassible et son visage d'une froideur marmoréenne ne traduisaient aucune émotion. Cet homme était donc capable d'aimer ? Elena l'entendit échanger quelques mots en cheyenne avec sa femme.

— C'est Patte d'Ours ! Je suppose que tu te souviens de lui, reprit Louve Bienfaisante en anglais, se tournant à nouveau vers Thomas.

— Bien sûr !

— Patte d'Ours me charge de te dire que vous êtes les bienvenus ce soir, si vous voulez vous joindre à nous pour manger autour du feu.

— Avec grand plaisir, remercia-t-il.

— Nous devons retourner avec nos frères, à présent.

— Attends ! J'ai quelque chose à t'avouer, annonça Thomas en regardant la peau que son amie portait sur les épaules. J'ai essayé de retrouver la tombe du loup, mais je n'ai pas pu. La végétation a changé le paysage. Je ne sais plus où nous l'avons enterré.

— Ne sois pas triste, Tom, cela n'a plus d'importance. L'Esprit des Loups m'a renvoyé un autre louveteau, juste après la naissance du fils de Patte d'Ours, pour me faire comprendre que ma famille à moi était celle des loups... Il a bien grandi depuis cette époque. Le voici, c'est Doux Pelage, dit-elle, pointant l'index vers l'imposant animal.

– Une dernière question et je te libère... Es-tu heureuse ? demanda Thomas.

– Je suis entourée des miens et je vis avec Patte d'Ours. Voilà mon bonheur !

– Je comprends... murmura Tom, se souvenant du temps où Louve Bienfaisante lui expliquait que les Blancs et les Indiens n'avaient pas la même notion du bonheur. Remercie encore ton mari pour son invitation, et à ce soir, alors !

D'un bond, Louve Bienfaisante sauta en selle. Elle adressa encore un sourire muet aux Prescott, puis elle se remit en route avec Patte d'Ours.

Depuis un moment, de l'autre côté du fort, un homme animé d'une vive colère et d'une jalousie dévorante épiait Louve Bienfaisante et Patte d'Ours. Depuis douze ans, c'était la première fois que Cheval Blanc revoyait sa tribu. Souvent, il avait eu l'occasion d'aider les soldats de Laramie à lutter contre les Sioux ou les Cheyennes, mais jamais le hasard n'avait voulu qu'il se retrouvât face à ceux de son village.

La vue de Louve Bienfaisante, toujours aussi rayonnante, avait réveillé en lui de vils sentiments, haine et convoitise mêlées. Rageur, Cheval Blanc ne put s'empêcher de repenser à Lune d'Eté, qui avait pris de l'embonpoint et qui était devenue une femme sombre et taciturne.

Brusquement, il vit Louve Bienfaisante regarder dans sa direction, puis se pencher vers son compagnon. Avait-elle reconnu celui qui avait autrefois tenté de la violer ? Cheval Blanc n'aurait pu l'affirmer avant de voir Patte d'Ours lui décocher un regard furieux. Douze ans n'avaient en rien atténué la haine qui taraudait les deux hommes. Depuis qu'il travaillait pour les Blancs, Cheval Blanc avait gardé au fond de lui l'espoir qu'un jour, au cours d'un raid, il aurait sa revanche. Son grand regret était de n'avoir pu jusqu'à présent mettre la main sur son ennemi. Avec quel plaisir il l'eût lui-même mené jusqu'à la potence du fort !

Ce jour n'était plus loin, Cheval Blanc en était persuadé. Il connaissait suffisamment les *Ve-ho-e* pour savoir que ce traité n'était qu'un piège de plus. Lorsque les Indiens découvriraient qu'on les avait abusés une fois de plus, ils se rebelleraient. Alors sonnerait l'heure délicieuse de la vengeance ! Soutenu par les militaires, Cheval Blanc mettrait toute son énergie et toute sa ruse à capturer Patte d'Ours. Le traître se délectait déjà en imaginant le moment merveilleux où il contemplerait son ennemi pendu au bout d'une corde. A lui Louve Bienfaisante ! Enfin, il prendrait avec elle ce plaisir dont il rêvait depuis des années !

Cheval Blanc retourna chez lui la tête pleine d'images concupiscentes, écœuré à l'idée d'y retrouver Lune d'Eté.

Dès que Lune d'Eté n'avait plus suffi à satisfaire ses désirs – ce qui n'avait guère tardé –, Cheval Blanc avait décidé de tirer d'elle un autre profit. En échange de quelques dollars, il la vendait aux Blancs, pour une nuit ou pour quelques heures. Au début, la malheureuse avait pleuré, supplié, mais rien n'y avait fait, et, confrontée aux violences de Cheval Blanc, Lune d'Eté avait fini par trouver moins douloureux de monnayer son corps. Deux bâtards étaient nés de ces unions abjectes, un garçon et une fille, que Cheval Blanc avait bien été obligé de recueillir, en plus de ses trois propres enfants. A vrai dire, il se contentait de les nourrir juste assez pour qu'ils ne meurent pas et les battait sans ménagement. Un jour, espérait-il, il tirerait de la fille un complément de revenus, semblable à celui que lui procurait Lune d'Eté, sort auquel il vouait d'ailleurs sa propre fille. Il montrait une nette préférence pour son fils aîné, Corbeau Noir, âgé de onze ans. Lui seul avait été autorisé à fréquenter la classe des Prescott. L'autre, Gros Bâton, était encore bien trop jeune pour intéresser son père.

Décidément, ce soir, Cheval Blanc ne pouvait rentrer chez lui. Il décida de faire demi-tour, espérant trouver au fort quelques soldats qui accepteraient de jouer au poker avec lui et de lui offrir quelques verres.

En arrivant au camp des Cheyennes, Thomas marqua un temps d'arrêt. N'était-il pas excessivement imprudent de s'aventurer seul chez les Indiens, même s'il répondait à l'invitation de Patte d'Ours ? Au dernier moment, Elena avait eu peur d'accompagner son mari et avait tenté de le dissuader. « Etre animé de bons sentiments pour les Indiens est une chose, pénétrer sans escorte dans leur village en est une autre », avait-elle dit. A présent, Tom se demandait s'il n'aurait pas mieux fait de l'écouter.

Des effluves étranges et âcres – un mélange d'odeurs de viande fumée et de fumier – planaient sur un camp parfaitement calme en apparence. Par le haut des tipis s'échappaient des fumées blanches qui montaient vers le ciel en spirale. Hormis quelques chiens vagabonds et une demi-douzaine d'hommes et de femmes qui regardèrent passer Thomas avec des yeux ronds, tous les Indiens étaient à l'abri sous leurs tentes. L'ambiance n'était en rien comparable à celle qui avait précédé la signature du traité de 1851. A cette époque, de joyeuses célébrations avaient eu lieu. Les épisodes tragiques que les Cheyennes avaient traversés depuis expliquaient leur actuelle circonspection.

Thomas songea encore une fois à la haine que ce peuple devait éprouver à l'égard des Blancs. Il se demandait s'il n'allait pas être scalpé d'une seconde à l'autre, lorsque, à son grand soulagement, il avisa enfin Louve Bienfaisante, en grande discussion avec une femme qui lui ressemblait beaucoup, quoique moins fine.

– Voici ma sœur, Beauté Radieuse, déclara-t-elle.

C'était donc la « seconde épouse » ! Thomas songea fugitivement au plaisir d'avoir plusieurs femmes. Aussitôt, il se morigéna, honteux d'une pensée si amorale.

– Il fait froid. Entrons sous le tipi ! proposa Louve Bienfaisante.

Thomas découvrit un endroit beaucoup plus agréable qu'il ne l'avait imaginé. Au centre du tipi brûlait un bon feu qui réchauffait l'atmosphère. Ses lueurs chaudes illuminaient les peaux de bison décorées ornant les parois. Sur le feu, une marmite pleine de nourriture dégageait des odeurs appétissantes. Des peaux et des vêtements étaient soigneusement pliés sur un fil qui, accroché à deux piquets, traversait le tipi de part en part. Deux ou trois couvertures de fourrure étaient posées par terre. Dans un coin étaient rangés un sac et un carquois. Tout semblait parfaitement organisé dans la vie simple de ces hommes et de ces femmes qui ne s'encombraient pas du superflu et qui surtout, contrairement aux Blancs, trouvaient leur bonheur dans ce dépouillement.

– Voici mes enfants, Petit Fauve, Grandes Mains et Violette Sauvage, dit Louve Bienfaisante en faisant un geste de la main aux deux garçonnets qui jouaient à enfiler des perles, assis auprès d'un berceau de branchages tressés.

Tom ne manqua pas d'être surpris par la façon dont Louve Bienfaisante parlait de *ses* enfants. Il ne dit rien, mais ses yeux écarquillés le trahirent. Son amie s'en amusa et précisa :

– Tout ce qui vient du corps de Patte d'Ours vient de moi-même. Comme je te l'ai déjà expliqué, c'est moi qui ai demandé à Patte d'Ours de prendre ma sœur pour deuxième épouse. Il ne voulait pas, mais après cinq hivers où nous avions fait l'amour passionnément, j'ai bien dû admettre que mon ventre resterait à jamais une terre stérile.

Thomas se sentit bêtement gêné d'entendre Louve Bienfaisante parler de choses si crues d'une manière aussi naturelle. Il ne put s'empêcher d'imaginer que Patte d'Ours devait faire l'amour comme il faisait la guerre : avec fièvre et violence. C'était sans doute ce qui convenait à Louve Bienfaisante, car son amie était rayonnante. Elle paraissait n'éprouver aucune jalousie envers sa sœur. Comment avait-il pu, autrefois, penser un seul instant qu'il pourrait l'épouser ? C'était tout bonnement ridicule et impossible ; l'alliance de l'eau et du feu.

– Veux-tu t'asseoir ? proposa Louve Bienfaisante en désignant un siège bas, fait de roseaux entrelacés, avant de retourner près du feu remuer le contenu de la marmite.

« J'espère que ça va être bon ! s'exclama-t-elle en se penchant au-dessus du récipient. Patte d'Ours ne devrait pas tarder à rentrer. Il discute du traité avec d'autres Chiens-Soldats et quelques Sioux... Et ta femme ? Elle n'a pas voulu venir, c'est ça ?

– Non... euh... bégaya Thomas, cherchant une excuse plausible. C'est... c'est... à cause de Rebecca... qui semblait un peu fiévreuse. Elle...

– Elle a eu peur, n'est-ce pas ? coupa Louve Bienfaisante.

– Ne sois pas offensée, Louve Bienfaisante. Elena est une femme généreuse qui se dévoue corps et âme pour les enfants indiens, mais elle a craint que...

– Ne t'inquiète pas, je comprends sa réaction. Nos mondes sont si différents ! Mon séjour chez tes parents m'a permis de me rendre compte que les Blancs craignaient les hommes qui ne leur ressemblaient pas. C'est dommage ; j'aurais bien aimé parler avec celle qui a épousé mon Tom.

Thomas frémit imperceptiblement. C'était si étrange de s'entendre appeler « mon Tom » par Louve Bienfaisante. Avait-elle souvent pensé à lui pendant ces quinze ans ?

Elle était demeurée près du foyer. Tom la regardait. Sous sa tunique, il devinait un corps mince et gracieux. Les flammes allumaient des reflets bleu nuit dans ses cheveux de jais.

– Tu es magnifique ! Quinze ans de vie difficile n'ont eu aucune prise sur toi, ne put-il s'empêcher de dire. On dirait même que le temps qui passe te rend de plus en plus belle.

Louve Bienfaisante sourit à ces aimables compliments et alla se rasseoir à côté de Thomas.

– Toi, tu as gardé la même douceur dans le sourire. Si tu savais comme j'ai prié pour revoir un jour mon frère de sang ! Au fait, comment vont tes parents ?

Elle se serra un peu plus contre lui, apparemment inconsciente du trouble qu'elle éveillait ainsi.

– Ils vont bien. Après être retournés à Boston, ils ne sont jamais revenus. Ce n'est pas un mal, je crois ! Elena et moi utilisons d'autres méthodes qu'eux. Peut-être qu'un jour nous ferons la classe à tes enfants...

– Cela m'étonnerait, répliqua Louve Bienfaisante

d'un ton où perçait une pointe d'orgueil. Je serais surprise que Patte d'Ours confie l'éducation de ses enfants aux Blancs... après ce qu'ils nous ont fait à Sand Creek !

– A Sand Creek !... Vous y étiez donc ?

– Oui. Les soldats ont tué mes parents. Ils ont aussi violé la mère de Patte d'Ours, puis ils l'ont éventrée... Elle a supplié son fils de l'achever, tant elle souffrait. Mon frère, Renard Rapide, avait déjà été tué par les Blancs sept hivers plus tôt.

Un long et pénible silence suivit les paroles de Louve Bienfaisante. La jeune femme fixait le feu, les mâchoires serrées comme pour retenir les propos de haine que le chagrin, encore vif, lui inspirait. Pendant plusieurs minutes, on n'entendit plus dans le tipi que les rires des enfants qui poursuivaient leurs jeux insouciants et la respiration saccadée de Violette Sauvage qui tétait sa mère goulûment.

– Les événements de Sand Creek ont perturbé l'esprit de Patte d'Ours, poursuivit enfin Louve Bienfaisante. Il s'est mis à boire pour oublier les scènes insupportables auxquelles il avait assisté, et nous avons été obligés de nous séparer plusieurs mois. A cause de l'alcool, il a failli se faire tuer par des chasseurs de bison. Heureusement, les pattes de loup l'ont sauvé. Grâce à elles aussi, nous nous sommes retrouvés comme avant.

– J'imagine les souffrances que ton peuple a endurées. Si seulement ce nouveau traité pouvait définitivement y mettre fin ! soupira Thomas, la mine sombre.

– Tu y crois vraiment, Tom ?

– Nous *devons* y croire ! Il *faut* que toutes ces horreurs cessent.

– Cela cessera si, cette fois, les Blancs sont fidèles à leur parole, s'ils arrêtent d'envahir notre terre sacrée. Ils ont déjà abandonné quelques forts ; j'espère que c'est bon signe. En tout cas, ils seraient bien imprudents de repartir à l'attaque, car à présent les Indiens sont décidés à mourir plutôt que de capituler.

– Je retrouve bien en toi la petite fille déterminée et volontaire que j'ai connue autrefois, murmura Thomas.

L'entrée de Patte d'Ours dans le tipi aida Tom à dominer son désir d'embrasser Louve Bienfaisante. Avec la présence de cet imposant guerrier, l'espace sembla se rétrécir. Patte d'Ours portait une chemise de daim dont l'encolure ouverte et les manches relevées laissaient voir de nombreuses cicatrices. Thomas pensa que c'étaient les traces des blessures faites par les chasseurs de bison, dont Louve Bienfaisante lui avait parlé.

Les deux époux échangèrent quelques mots dans leur langue aux étranges intonations musicales. Thomas ne put comprendre que le mot « manger ».

Puis Patte d'Ours se dirigea vers ses enfants et s'accroupit près d'eux. Alors, un miracle s'accomplit. Cet homme impressionnant et farouche se transforma en une seconde en père attentif et tendre. Pendant quelques minutes, il joua avec les garçons, leur parlant d'une voix douce et posant sur eux un regard admiratif. L'aîné dit quelque chose, et Patte d'ours éclata de rire. Ainsi, le Chien-Soldat le plus farouche de sa tribu et sa femme bénie ne formaient qu'un couple ordinaire qui aspirait à mener une vie familiale normale, dans la paix et la sérénité !

Puis les enfants rejoignirent les adultes et Louve Bienfaisante tendit une assiette fumante à chacun. Après le repas, pris en silence, Patte d'Ours alluma une de ses plus belles pipes sculptées, en tira quelques bouffées et la passa à Thomas. Celui-ci fut d'abord étonné, puis, se souvenant que ce geste était une marque d'estime, il prit la pipe en remerciant d'un sourire et la porta à ses lèvres. Aussitôt, le goût surprenant, mais pas désagréable, d'un mélange de tabac et de sauge envahit sa gorge.

Patte d'Ours avait repris son air hautain, mais Thomas savait à présent que ce n'était nullement un signe d'animosité. Le guerrier, recourant à Louve Bienfaisante comme interprète, voulut connaître l'opinion de Tom sur le traité et savoir si lui, un *Ve-ho-e*, pensait que les Indiens pouvaient faire confiance à ses compatriotes.

Thomas fut sur le point de dire le fond de sa pensée, puis se ravisa. Il n'avait pas le droit de détruire la seule illusion à laquelle ce peuple se raccrochait encore. Pourquoi avouer qu'il n'avait aucun espoir que les Blancs missent un terme à leur politique d'expansion à l'ouest ? Pourquoi dire que ce traité n'était qu'une manœuvre dilatoire pour laisser au gouvernement le temps de s'organiser ? Pourquoi révéler que, selon lui, les Cheyennes connaissaient leurs dernières années de liberté ? Si les Indiens pouvaient encore vivre heureux quelque temps, pourquoi gâcher leur bonheur ? Thomas s'en tira par un pieux mensonge, prétendant simplement que les Blancs souhaitaient voir régner la paix et la concorde.

A la fin de la soirée, au moment où il se levait pour prendre congé, Patte d'Ours lui saisit les mains et les garda longuement dans les siennes. Ce geste affectueux par lequel s'exprimait la sensibilité d'un homme, à première vue plus froid que la pierre, bouleversa Thomas. Il eut envie de lui ouvrir son cœur et de lui dire : *Oui, je te comprends, Patte d'Ours. Tu es féroce et cruel quand on te pousse à l'être, mais tu as aussi un cœur tendre. Ceux qui gouvernent ta vie à Washington feraient bien de s'en souvenir.* Mais la pudeur, et peut-être le vague sentiment que cela ne changerait rien, lui fit banalement déclarer :

– Merci pour cette invitation !

Après que Louve Bienfaisante eut traduit ces mots, il sembla à Thomas qu'un sourire à peine esquissé retroussait les lèvres de Patte d'Ours.

– Adieu, mon frère, dit Louve Bienfaisante, en même temps qu'elle étreignait chaleureusement son ami, les larmes aux yeux.

– Nous reverrons-nous demain à la signature du traité ?

– Je ne sais pas... Je sais seulement que nous nous retrouverons un jour, dans un autre monde. Un monde où il n'y aura ni guerre ni haine.

Je t'aime, je t'ai toujours aimée, eut envie d'avouer Thomas. Mais aucun son ne put sortir de sa gorge nouée par l'émotion. Il fit un signe de tête à Patte d'Ours rapidement.

Dehors, il s'arrêta quelques secondes et inspira profondément pour retrouver son calme puis, sans attendre, il reprit le chemin qui menait à la cabane.

Il rejoignit Elena qui venait de se coucher. Dès qu'il se fut allongé à côté d'elle, elle l'assaillit de questions en l'embrassant et en se cramponnant à lui comme s'il allait se volatiliser dans la seconde. Elle, d'habitude si calme, paraissait nerveuse et agitée. Etait-ce de savoir que son mari avait passé la soirée avec Louve Bienfaisante qui la rendait jalouse ? Mieux valait alors qu'elle ignorât que la belle Indienne avait en effet mis le feu aux sens de Thomas.

Ce dernier se montra vite entreprenant. Comme de coutume, le corps d'Elena, insensible à l'amour, se soumit par devoir et resta de glace. Mais ce soir, Thomas s'en moquait, il pensait à quelqu'un d'autre.

24

– Alors, ce Thomas Prescott ne t'a pas oubliée ! chuchota Patte d'Ours d'un ton mi-badin, mi-pincé.

– Aurais-tu peur d'un Blanc, grand guerrier ? répliqua Louve Bienfaisante avec l'intention de faire enrager son mari à son tour.

– En l'occurrence, oui !

Tous deux se retinrent de rire pour ne pas réveiller Beauté Radieuse et les enfants qui dormaient à l'autre bout du tipi.

– Voyons ! Tom a une petite fille et une jolie femme !

– Ma femme à moi est cent fois plus jolie que cette Blanche aux cheveux rouges. J'ai bien vu comment les soldats te regardaient aussi ! Je crois que j'ai intérêt à te garder dans mes bras si je ne veux pas qu'on te kidnappe, rétorqua Patte d'Ours en serrant Louve Bienfaisante encore plus fort.

– Hé, tu vas m'étouffer, mari jaloux !

– Je peux pourtant venir encore plus près de toi, souffla le guerrier, taquin, en relevant doucement la tunique de sa femme, sous l'épaisse couverture de fourrure.

En raison du froid de la nuit, ils avaient renoncé à dormir nus.

Louve Bienfaisante poussa un très léger soupir de contentement et déplaça sa jambe pour laisser la main de Patte d'Ours remonter le long de sa cuisse.

– Oui... Oui... l'encouragea-t-elle à voix basse, tandis que, d'un geste prompt, il retirait son pantalon.

Elle inclina la tête de côté, offrant aux lèvres de son mari la chaleur de son cou et de sa gorge qui se soulevait déjà sous le feu du désir. Livré aux baisers de Patte d'Ours, son corps mince et souple ne fut pas long à se cabrer, dans l'attente impatiente de la fusion promise.

Patte d'Ours adorait ce moment où le corps de sa femme cédait entièrement sous ses caresses. Elle lui appartenait ! C'était lui qui menait le jeu...

A l'instant précis où elle lui fit comprendre qu'elle se rendait, il fut en elle. En même temps, leurs lèvres enflammées s'unirent en un baiser au goût d'éternité. Patte d'Ours se redressa légèrement, et son corps brûlant s'agita au rythme d'incontrôlables balancements. Avec difficulté, Louve Bienfaisante étouffa en elle les cris de plaisir qu'elle aurait poussés s'ils avaient été seuls. Au moment où mille lumières jaillissaient dans sa tête, elle se cramponna aux épaules de son mari. Tout s'arrêta une fraction de seconde. Puis ce fut l'explosion finale, brutale et libératrice.

— Eh bien !... Je suis sûr maintenant... que tu ne t'endormiras pas... en pensant à Thomas Prescott ! susurra Patte d'Ours, encore essoufflé.

Cette remarque fit naître un sourire amusé sur les lèvres de Louve Bienfaisante, mais elle ne répliqua pas. Lasse et heureuse, elle s'endormit rapidement.

Il était tôt – la signature du traité n'aurait lieu que l'après-midi – mais les deux communautés étaient déjà en effervescence.

Du côté des militaires, on effectuait les dernières mises au point. Tout devait être étudié pour amener les Peaux-Rouges à se sentir en confiance. Ces sauvages, pensait-on, étaient tellement susceptibles qu'il fallait avoir le geste prudent et la parole mesurée ! Tout était passé en revue, du moindre détail protocolaire à la plus petite virgule du texte.

Chez les Indiens, les préparatifs étaient autres, mais

non moins graves. Les squaws mettaient la dernière touche aux tenues de cérémonie des guerriers. Pour un tel événement, il convenait bien sûr que les hommes revêtissent leurs plus beaux atours. Fumer le calumet de la paix était un acte sérieux. Encore plus quand il s'agissait de pactiser avec des *Ve-ho-e* !

A l'aube, Patte d'Ours et quelques autres Cheyennes étaient partis chasser l'antilope. Ils devaient rentrer en fin de matinée pour se préparer.

Louve Bienfaisante décida de profiter de ce moment de liberté pour rendre visite à Lune d'Eté. Depuis que cette dernière avait quitté le village avec Cheval Blanc, elle n'en avait eu aucune nouvelle. Qui pouvait savoir si l'occasion de revoir son amie d'enfance se représenterait ? L'avenir était si incertain !

Se rappelant la cruauté des soldats, Louve Bienfaisante intima à Doux Pelage de rester au camp.

Le temps s'était considérablement rafraîchi depuis la veille. La jeune Indienne jeta une peau d'ours sur ses épaules, pour se protéger du froid tout autant que pour s'abriter du regard lourd et gênant des Blancs, de leurs yeux brillants et du sourire en coin qu'ils arboraient chaque fois qu'elle passait devant eux. Elle avait mis ses mocassins d'hiver bien chauds, qui lui couvraient entièrement le mollet. Ainsi emmitouflée, elle partit d'un pas déterminé.

De leur poste d'observation, les soldats repérèrent immédiatement cette petite silhouette aérienne qui traversait l'espace désert aux abords du fort.

— Ai-je la berlue ou est-ce la femme bénie des Cheyennes qui vient droit sur nous ? Une sacrée beauté, tout de même ! s'exclama l'un d'eux.

— P't-être qu'elle a envie de s'faire admirer d'plus près ! railla un de ses camarades. (Puis se tournant vers

Cheval Blanc, avachi dans un coin de la pièce, il lança :)
Hé ! toi, l'éclaireur, viens donc voir un peu par là !

En dépit de quinze années au côté des Visages pâles, Cheval Blanc ne maîtrisait pas parfaitement leur langue. Sans doute fallait-il imputer au whisky cet apprentissage difficile. Cela n'empêchait pas l'Indien de passer le plus clair de son temps avec les soldats. Il y avait toujours quelque chose à grappiller auprès d'eux, et pour cela, il savait assez bien se faire comprendre !

Cheval Blanc s'approcha mollement, d'une démarche traînante. A la vue de Louve Bienfaisante, il fut saisi d'une joie perverse. Ne pouvant résister aux démons de la vantardise, il bomba le torse et clama :

– Oui ! Elle Louve Bienfaisante ! Moi bien connaître squaw. Autrefois, elle femme à moi.

– Si ce que tu prétends est vrai, pourquoi appartient-elle à cette brute de Patte d'Ours, alors ?

– Parce que elle avoir eu vision avec Patte d'Ours. Mais elle vouloir moi, rétorqua Cheval Blanc avec orgueil. Vous, voir ! Moi emmener elle au lit dans cabane à moi. Hmm !

Il se passa la langue sur les lèvres, comme s'il s'apprêtait à mordre dans un fruit juteux, puis il sortit.

Les soldats échangèrent un regard sceptique.

– Vous croyez qu'il dit vrai ?

– Penses-tu ! Il prend ses désirs pour des réalités ! Tout le monde sait bien qu'il n'y a qu'un homme qui compte pour cette femme-là. Dommage... si elle voulait, j'me f'rais pas prier !

– J'te conseille pas de te mettre en travers du chemin de Patte d'Ours, mon vieux ! Reste tranquille, ou j'donne pas cher de ta peau !

Les militaires se mirent à rire et poursuivirent leur conversation à bâtons rompus.

Pendant ce temps, Cheval Blanc avait rejoint Louve

Bienfaisante. Posant sur elle un regard insistant, il ne s'encombra pas de circonlocutions :

– Ah, tu viens me voir ! Je savais bien que je te manquais.

Il était si près que la jeune femme sentit les effluves écœurants de son haleine. Instinctivement, elle fit un pas en arrière, mais elle se força aussitôt à relever le menton, pour ne pas lui laisser croire qu'il l'impressionnait.

– Non, je suis venue voir Lune d'Eté. Quant à toi, tu ferais bien de disparaître.

– Lune d'Eté n'a pas envie de te parler. Si elle avait voulu te rencontrer, elle serait allée jusqu'à ton camp, rétorqua-t-il, sans sourire à présent.

– Nous avons eu des mots autrefois. Peut-être n'a-t-elle pas osé faire le premier pas. Je suis justement venue pour enterrer ces vieilles querelles. Maintenant, mène-moi à elle et déguerpis !

Cheval Blanc fronça les sourcils. Mais aussitôt, son visage s'éclaira : la victoire était à portée de main ! Patte d'Ours n'était pas dans les parages... Louve Bienfaisante, pour une fois, s'était déplacée sans son satané animal qui la suivait partout... et, comble de chance, elle venait elle-même de se jeter entre ses griffes en lui demandant de l'accompagner chez lui ! Allait-il laisser passer si belle occasion ?

Tous les vieux griefs que Cheval Blanc ressassait depuis des années lui revinrent à l'esprit. Déjà, il jubilait de châtier bientôt Louve Bienfaisante.

– D'accord, je vais te conduire jusqu'à Lune d'Eté. Mais je te préviens, ne t'avise pas de lui mettre en tête des idées de rébellion, tu le regretterais longtemps ! Les soldats sont mes amis. Un mot de moi et... hop ! ils tueraient Patte d'Ours et t'obligeraient à rester ici.

– Ne fais pas le fanfaron ! Je ne crois pas que tu sois

si bien que cela avec les *Ve-ho-e*. De toute façon, rassure-toi, je veux seulement parler amicalement à Lune d'Eté, c'est tout ! As-tu eu des enfants avec elle ?

– Notre fils aîné, Corbeau Noir, a onze étés. L'autre, Gros Bâton, en a cinq, déclara fièrement Cheval Blanc... Entre les deux garçons, ajouta-t-il d'un ton méprisant, nous avons aussi eu une fille, Plume d'Oiseau.

– Trois enfants, récapitula Louve Bienfaisante.

– J'allais oublier... il y en a encore deux...

Louve Bienfaisante resta interloquée. Elle n'avait jamais imaginé qu'un père pût « oublier » une partie de ses enfants !

– ... des bâtards, qui ont du sang de Visage pâle dans les veines, poursuivit Cheval Blanc.

A ces mots, il avança les mains, comme pour repousser un ennemi invisible, ravivant les exhalaisons fétides de son corps sans hygiène. Louve Bienfaisante s'écarta instinctivement. En l'observant un peu plus attentivement, elle remarqua qu'il portait des bottes sales au cuir lacéré par endroits et un uniforme usé aux coudes et aux genoux, maculé de taches grasses. Comment les Blancs, qui se prétendaient si fiers d'arborer leur tenue bleue, pouvaient-ils accepter de la voir porter par quelqu'un qui en dégradait ainsi l'image ?

– Lune d'Eté est une mauvaise femme. Il lui arrive souvent de rôder au fort pour s'offrir aux soldats, crut bon d'expliquer Cheval Blanc pour se dédouaner. Quelquefois, je suis même obligé de la battre pour l'en empêcher.

– Tu mens ! s'écria Louve Bienfaisante, au bord de l'écœurement. Je suis sûre que c'est toi qui la forces à faire ces choses ignobles. Tu n'as pas changé ; tu es resté l'odieux personnage que mon peuple a renié.

Les traits déformés par la rage, Cheval Blanc tourna la tête.

— Assez tergiversé ! Conduis-moi à Lune d'Eté ! reprit-elle fermement.

— Suis-moi ! rétorqua Cheval Blanc, non sans avoir au préalable jeté un regard en direction des soldats.

Quand il fut certain que, depuis le fort, on l'observait avec curiosité, il se sentit rassuré. Tout marchait comme prévu. Les militaires le voyaient partir avec Louve Bienfaisante ; son prestige s'en trouverait considérablement renforcé !

Louve Bienfaisante préférait le suivre. Elle laissa entre eux une distance de sécurité, qu'elle maintint tout le long des quelque cinq cents mètres qu'ils parcoururent. Ils arrivèrent enfin devant une cabane qui menaçait ruine. Ses murs de rondins étaient pourris par l'humidité et son toit, mélange de boue séchée et de branchages, s'incurvait au centre, près de s'effondrer. Une maigre fumée s'échappait du tuyau faisant office de cheminée. Cheval Blanc désigna le gamin assis nonchalamment sur le pas de la porte.

— Voici mon fils aîné, Corbeau Noir. Il travaille déjà de temps à autre pour les soldats. Ce sera un bon éclaireur... comme son père !

Le garçon adressa à la visiteuse un regard inexpressif. Puis, sans un mot, il replongea dans sa rêverie indolente, comme si le simple fait d'avoir redressé la tête l'avait totalement épuisé.

Louve Bienfaisante se garda d'exprimer sa stupeur et son effroi. A quoi cela aurait-il servi ? Le destin de cet enfant, élevé par un père alcoolique et lâche, était malheureusement tout tracé. Où était la fierté du peuple cheyenne dans ce tableau méprisable ?

Au moment où elle allait entrer, deux autres petits sortirent de la cabane en sautillant. Ils ne devaient guère avoir plus de six ou sept ans. Les yeux bleus du garçon et les cheveux clairs de la fillette trahissaient leur hérédité blanche. Louve Bienfaisante sentit son cœur se serrer à la vue de ces enfants qui, à cheval sur deux mondes, n'appartenaient en fait à aucun. Pauvres innocents au sang mêlé, rejetés de tous, rarement acceptés par les Indiens et carrément honnis par les Blancs !

– Ce ne sont pas les miens ! dit Cheval Blanc d'un air indifférent. Je nourris mes enfants d'abord. Ces chiens-là ne mangent que s'il y a des restes.

Corbeau Noir semblait ne jamais avoir entendu parler de la femme bénie de la tribu de ses ancêtres. En tout cas, il ne lui montra aucun signe de respect, ne prenant pas même la peine de se pousser pour la laisser passer. Louve Bienfaisante dut l'enjamber pour suivre Cheval Blanc à l'intérieur de la cabane.

Le spectacle affligeant qu'elle découvrit alors la fit frémir. Ses yeux se posèrent d'abord sur Gros Bâton et Plume d'Oiseau qui, assis sur un sol de planches mal dégrossies, jouaient à sculpter un morceau de bois avec un couteau bien trop gros pour leurs petites mains. Puis la femme qui était devant le fourneau de fonte se retourna et... Louve Bienfaisante dut s'appuyer sur le dossier d'une chaise pour ne pas s'effondrer complètement. Dans son esprit, l'image de Lune d'Eté s'était figée au moment où elle l'avait quittée, quinze ans plus tôt. C'était celle d'une jeune fille joyeuse, au corps mince et alerte, qui, sans être d'une beauté remarquable, avait un charme certain. Fallait-il que la vie eût été cruelle pour faire d'elle cette femme sans grâce, aux chairs lourdes et fatiguées !

– Lune d'Eté ! Ma bonne amie ! Ça fait si longtemps ! s'exclama Louve Bienfaisante en l'enlaçant affectueusement.

– Va-t'en, je ne suis plus digne d'être ton amie, gémit la malheureuse en s'écartant.

Ses yeux tristes disaient tout ensemble la honte et la peur. La pauvre Lune d'Eté avait une apparence aussi négligée que son mari et ses enfants ; elle portait les mêmes vêtements sales et déchirés. Une ecchymose jaunâtre sur sa joue confirma à Louve Bienfaisante ce qu'elle soupçonnait déjà.

– Dans mon cœur, tu es toujours restée mon amie, toutes ces années n'ont rien changé.

Lune d'Eté leva les yeux en silence et, de ses doigts bouffis, essuya ses larmes. Elle sembla hésiter à parler, puis se lança :

– Tu es aussi belle que le jour où...

– Le jour où tu t'es enfuie avec Cheval Blanc, continua pour elle Louve Bienfaisante. C'est ça ?

– Oui... répliqua-t-elle en reniflant. Quand je pense que je t'ai accusée de vouloir le séduire... Je te demande pardon. L'amour m'aveuglait, à l'époque. J'ai tout compris trop tard.

– Je ne t'en ai jamais voulu. Mais dis-moi, Lune d'Eté, dit Louve Bienfaisante à voix plus basse, ce n'est pas vrai ce que m'a dit Cheval Blanc... que tu te vendais aux Blancs ?

– Je n'ai dit que la vérité, intervint sèchement l'intéressé, qui n'avait rien perdu de l'échange des deux femmes.

– Il ment, n'est-ce pas ? insista Louve Bienfaisante.

– Tais-toi, femme, et cesse d'interroger Lune d'Eté. Puisque tu voulais simplement revoir ton amie, tu as eu ce que tu voulais. Maintenant, passons à la vraie raison de ta présence ici, braila-t-il en lui empoignant le bras. Si tu crois que je ne sais pas pourquoi tu es venue sans escorte jusque chez moi !

Louve Bienfaisante, se sentant prisonnière, tenta de

se dégager par un coup de pied. Mais Cheval Blanc s'écarta juste à temps, et elle manqua sa cible.

Excité par la résistance qu'elle lui opposait, il la tira brutalement vers la pièce adjacente, un réduit sombre aux rideaux crasseux qui servait de chambre.

Tous les efforts de Louve Bienfaisante pour se libérer furent vains ; les forces de Cheval Blanc étaient décuplées par la rage.

Une fois le seuil franchi, Cheval Blanc la battit comme plâtre. Lorsqu'elle se retrouva en train de ramper par terre, Cheval Blanc l'attrapa par les cheveux et la balança sur le lit.

A demi consciente, elle sentit qu'il se jetait sur elle et lui coinçait les bras dans le dos. Un froid glacial l'envahit. Cheval Blanc venait de relever sa tunique jusque sur son ventre. Elle eut encore le réflexe de repousser son adversaire d'un coup de pied dans l'estomac, puis ce fut tout.

Elle dut perdre connaissance car, pendant quelques secondes, elle n'eut plus devant les yeux qu'un grand voile noir. Puis la lumière revint, petit à petit, très lentement.

Lorsqu'elle reprit conscience, elle était encore allongée, Cheval Blanc penché, menaçant, à quelques centimètres au-dessus d'elle. Il avait posé les genoux sur ses cuisses et la maintenait ainsi, les jambes écartées.

– Il y a si longtemps que je rêve de t'avoir comme ça à ma merci ! Quand je t'aurai prise, Patte d'Ours te répudiera. Je pousserai même la générosité jusqu'à te partager avec les Blancs ! Je suis sûr qu'ils me donneront beaucoup d'argent et des litres de whisky pour t'avoir dans leur lit. Ha ! Je serai bientôt l'homme le plus riche de l'Ouest ! Tu seras ma putain préférée.

Cheval Blanc parlait, parlait toujours, de cette horrible voix rauque.

Soudain, Louve Bienfaisante entrevit une ombre derrière son assaillant, qui brandissait un objet sombre. Elle entendit trois coups mats, puis le beuglement sauvage de Cheval Blanc au moment où il s'effondrait comme une masse sur le plancher.

Quelqu'un rabattit sa tunique et une main douce passa sur son front. Une voix suppliante parvint à sa conscience, étouffée, feutrée :

— Ça va ?... Dis-moi que tu vas bien... je t'en prie ! Tout est ma faute... Pardon... pardon...

Comme le pâle soleil déchire la brume de l'aube, la mémoire lui revint à l'esprit. En quelques instants, Louve Bienfaisante comprit que c'était Lune d'Eté qui se tenait devant elle, une poêle à frire dans la main, et le film de son cauchemar redéfila dans sa tête.

— Aide-moi à me relever, dit-elle enfin à son amie, et filons d'ici pendant qu'il en est encore temps.

Lune d'Eté pleurait en silence.

— Je suis tellement honteuse que tu m'aies vue dans cet état ! Je vis comme une mendiante, avec le peu de nourriture que veut bien me donner Cheval Blanc. Il me force à coucher avec les Blancs pour avoir sa dose de whisky. Je t'en supplie... sanglotait Lune d'Eté... je t'en supplie... emmène Plume d'Oiseau. Elle a déjà neuf étés et je sais que son père ne tardera pas à la contraindre aux mêmes bassesses que moi. Je ne veux pas que...

La fin de la phrase de Lune d'Eté se perdit dans les larmes. Le corps agité de spasmes, elle se cramponnait à Louve Bienfaisante comme une noyée.

— Toi aussi, tu dois quitter cet endroit maudit. Va chercher tes enfants et viens avec moi, ordonna Louve Bienfaisante.

Elle remit sa peau d'ours sur ses épaules, s'efforçant de ne pas s'attendrir sur son propre sort. Elle avait l'impression que la pièce tournait autour d'elle, une douleur vive lui brûlait le torse, et elle avait un goût de sang dans la bouche. Mais Lune d'Eté avait besoin d'elle ; il n'y avait pas une seconde à perdre.

Sourde aux injonctions de son amie, prostrée, la pauvre femme ne réagissait pas.

– As-tu entendu ce que je viens de te dire ? Tu vas partir d'ici avec tes enfants... *Tous* tes enfants ! répéta Louve Bienfaisante, en même temps qu'elle la secouait énergiquement.

Lune d'Eté sembla brusquement émerger du sommeil. Elle s'agita un peu, puis regarda autour d'elle. Sans un mot, elle se précipita vers les enfants qui jouaient par terre et les releva l'un après l'autre, les tirant par le bras.

– La tribu te donnera des vêtements pour les petits, ne t'inquiète pas. Dépêche-toi ! lança Louve Bienfaisante, qui avait remarqué que Cheval Blanc venait de nouveau d'esquisser un mouvement.

L'espace d'un instant, les deux amies se regardèrent. Lune d'Eté avait à présent les yeux secs.

– Tu es une véritable amie. Comme toujours, je comprends les choses trop tard. Mon cœur est plein de regrets... Crois-tu que mon père et mon frère accepteront de me reprendre avec eux après ce que j'ai fait ?

Louve Bienfaisante dut lui avouer qu'ils avaient été tués à Sand Creek.

Pour une vie qui avait fini dans la débauche, Lune d'Eté avait abandonné sa famille, elle avait laissé ces êtres bien-aimés mourir seuls. Peut-être l'avaient-ils appelée au moment de rendre leur dernier souffle ? Frappée par l'horreur de son inconduite, elle se laissa tomber sur une chaise. Mais Louve Bienfaisante ne lui donna pas le temps de s'abandonner à son chagrin. Le temps pressait. D'un geste ferme, elle l'obligea à se relever.

– Vite ! Vite ! lui rappela-t-elle. Cheval Blanc va se réveiller si tu tardes trop.

Louve Bienfaisante eut le temps d'attraper un revolver accroché près de la porte d'entrée avant de sortir, entraînant à sa suite Lune d'Eté, Gros Bâton et Plume d'Oiseau.

Pressentant sans doute que quelque chose de grave se tramait, les deux petits bâtards, restés sur le seuil, se précipitèrent dans les jupes de leur mère dès qu'ils la virent sortir. Lune d'Eté détacha le cheval de son mari et y assit les trois plus jeunes à califourchon, serrés l'un derrière l'autre, tandis que Plume d'Oiseau restait debout à côté d'elle. Puis elle se tourna vers Corbeau Noir, qui n'avait pas bougé d'un pouce depuis l'arrivée de Louve Bienfaisante.

– Je quitte ton père. Je retourne avec *mon* peuple, dit-elle d'une voix où perçait enfin sa fierté retrouvée. Viens avec moi, Corbeau Noir. C'est aussi le tien !

– Non, je reste ici. J'aime les manières des Blancs. Je préfère lutter contre les Cheyennes plutôt que vivre avec eux, rétorqua le garçon en allongeant paresseusement les jambes.

Une discussion n'aurait probablement mené nulle part, et l'urgence s'imposait de mettre les quatre autres enfants à l'abri.

Corbeau Noir assista, complètement indifférent, au départ de sa famille.

De retour de la chasse, Patte d'Ours entra dans le tipi comme un fou, effrayant Beauté Radieuse par son air farouche.

– C'est donc vrai ce que je viens d'apprendre ! cria-t-il d'une voix coléreuse. Cheval Blanc a osé te toucher !

– Je voulais seulement aller voir Lune d'Eté. Jamais

je n'aurais pu imaginer que Cheval Blanc se conduirait de la sorte avec les Indiens si près, expliqua Louve Bienfaisante, qui se sentait un peu responsable de ce qui était arrivé.

Patte d'Ours s'approcha de sa femme, lui dégagea le visage en rejetant ses cheveux en arrière et passa une main douce sur ses joues bleuies par les coups.

– Il t'a... violée ? demanda-t-il enfin.

– Non. Je te jure que non. Il était sur le point d'arriver à ses fins, mais Lune d'Eté l'a assommé avec une poêle. Il était encore inconscient quand nous nous sommes sauvées. Lune d'Eté a amené quatre de ses enfants. A présent, Deux Lunes et Astre Brillant les ont recueillis. Je ne regrette pas d'être allée là-bas. Si tu voyais comment vivaient Lune d'Eté et ses enfants... J'ai appris que Cheval Blanc leur donnait à peine à manger et qu'il les battait. Mais surtout... il obligeait Lune d'Eté à se prostituer avec les soldats. Elle a eu deux enfants des Visages pâles.

L'expression de Patte d'Ours s'était radoucie. Sa fureur s'était muée en douleur.

– Cheval Blanc va regretter ce qu'il a fait.

– Je t'en prie... dit Louve Bienfaisante en saisissant le poignet de son mari. Cheval Blanc a des amis parmi les soldats, il pourrait les convaincre de te tuer. Il me l'a dit.

– Ici ! Au moment de la signature d'un traité, allons donc ! s'écria Patte d'Ours en secouant la tête. Cheval Blanc a essayé de t'intimider. Pas un soldat n'oserait lever son arme contre nous sans ordre de son commandant... Dès que le traité sera signé, je ferai payer à Cheval Blanc le mal qu'il a fait. Nous filerons tout de suite après jusqu'à Horse Creek, où nous camperons. Maintenant, va prévenir les autres. Dis à tous de se tenir prêts à s'enfuir immédiatement après la signature du traité. Ne t'inquiète pas, les soldats ne nous poursuivront pas. Ils ne voudront pas intervenir dans un simple règlement de comptes entre Cheyennes. De toute façon, ils seront bien trop heureux de nous voir partir !

— J'ai hâte de quitter cet endroit ! J'espère ne jamais y revenir.

— Pas même pour revoir ton ami Thomas ? demanda Patte d'Ours, une ride malicieuse au coin de l'œil.

Louve Bienfaisante réussit à sourire légèrement, malgré sa lèvre douloureuse.

— J'ai le pressentiment que je ne le reverrai plus après la signature du traité. Au moins, je sais qu'il a une famille, qu'il va bien...

Tandis qu'elle parlait, Beauté Radieuse avait commencé à peindre le visage de Patte d'Ours. Elle plongeait à présent les doigts dans une pâte composée d'argile et de jus de groseille pour lui dessiner des bandes rouges sur les joues.

Patte d'Ours la laissait faire en silence, profitant de ce moment pour se recueillir et se préparer à affronter sans fléchir les heures à venir.

25

Dès l'annonce du retour de Lune d'Eté, en fin de matinée, une étrange animation s'était emparée du campement indien. Bravant le froid glacial, des silhouettes emmitouflées jusqu'aux oreilles avaient convergé vers le tipi de Deux Lunes et d'Astre Brillant, où s'était réfugiée la revenante. Presque toute la tribu avait défilé pour souhaiter la bienvenue à la malheureuse.

Une fois de plus, la tradition de solidarité en vigueur chez les Cheyennes avait joué à plein : l'un des leurs était en difficulté, tous se devaient de l'aider. Même les deux enfants de soldats blancs avaient été acceptés sans discussion. D'ailleurs, la décision émanait de la femme bénie.

Pendant que les hommes finissaient de se préparer pour la signature du traité, les femmes rassemblaient les affaires, en prévision du départ imminent de la tribu. Après avoir aidé Astre Brillant à charger les chevaux et le *travois*, Lune d'Eté la secondait maintenant pour démonter le tipi. C'était une activité qu'elle n'avait plus pratiquée depuis une quinzaine d'années, elle se sentait un peu gauche. Involontairement, les images des temps heureux où, petite fille, elle avait appris ces gestes traditionnels en compagnie de Louve Bienfaisante lui revinrent à l'esprit. Une vague de nostalgie teintée de culpabilité lui serra le cœur.

Mais dans le même temps brûlait de nouveau au fond d'elle-même une lueur d'espérance. Grâce aux témoignages d'affection reçus des siens depuis son retour, à leur pardon, à leur chaleureux soutien, elle savait que sa vie pouvait recommencer.

En sortant du tipi, Louve Bienfaisante releva sa capuche de fourrure. Un vent cinglant soufflait en gémissant.

Patte d'Ours était à ses côtés. Elle lui tenait la main. Elle venait de lui donner en secret la bénédiction des pattes de loup.

– Je sais que mon mari n'a plus rien à craindre de Cheval Blanc, dit-elle. Je n'ai pas peur.

Patte d'Ours ne commenta pas, mais de toute évidence il se sentait fort et avait retrouvé sa confiance. Il se contenta de poser sur sa femme un regard de profonde reconnaissance.

– Allons-y, dit-il simplement en sautant à cheval, invitant Louve Bienfaisante à l'imiter.

Courbés contre les rafales glacées, ils parvinrent devant la grande tente dressée au pied du fort pour recevoir les signataires du traité. Un aréopage d'officiers et de représentants du gouvernement, venus tout exprès de Washington, était déjà là, accueillant les Indiens à mesure de leur arrivée, sourire de circonstance aux lèvres.

Les chefs sioux furent priés de s'asseoir en cercle. Nuage Rouge, le plus important d'entre eux, occupait la place d'honneur. A peine installés, ils commencèrent à se passer la pipe de prière pour se recueillir avant la cérémonie.

Les Cheyennes se placèrent très légèrement en retrait, suffisamment proches et bien groupés cependant, pour ne laisser planer aucun doute sur le soutien qu'ils apportaient à leurs frères oglalas. Si le traité impliquait avant tout les Sioux et les *Ve-ho-e*, le destin des Cheyennes du Nord était aussi indirectement en jeu. Et il était important de montrer aux Blancs que face à eux existait une nation indienne, unie et forte.

Un calme pesant régnait dans la tente bondée, comme si chacun, tendu et prudent, s'appliquait à ne pas se découvrir devant l'adversaire.

Louve Bienfaisante embrassa la pièce du regard. Elle entrevit Tom à l'extrémité opposée. Il observait attentivement l'assemblée et prenait des notes, le dos appuyé contre la paroi de toile. Au bout de quelques instants, leurs regards se croisèrent.

Que pense ma sœur de sang ? se demanda-t-il. Il refréna son envie d'aller la trouver : l'heure ne se prêtait pas aux bavardages. Pour le moment, Thomas devait rendre compte avec exactitude pour la presse des événements dont il était le témoin. Ces instants se révéleraient-ils historiques ? Fallait-il croire, enfin, que l'heure de la paix définitive avait sonné ?

En voyant Nuage Rouge, Tom fut surpris de constater que celui qui avait tenu la dragée haute aux Blancs, les forçant à abandonner les forts de la piste Bozeman, était un petit homme au visage impassible, à la peau ridée et à la mine sombre. Lorsque la pipe de prière eut fini de circuler, le chef sioux se leva dans un silence respectueux. Après avoir passé ses frères en revue avec attention, il promena un regard insistant sur les dignitaires blancs et Thomas comprit alors que ce qu'il avait pris pour de la froideur était de la fierté.

– Il y a deux hivers, commença-t-il avec lenteur, comme s'il pesait chacune de ses paroles, le Grand Père de Washington nous a demandé de laisser passer l'homme blanc sur nos territoires de chasse, pour qu'il puisse aller chercher le métal jaune dans la région de la Powder River... On nous a promis que les Blancs ne feraient que traverser nos terres et que les soldats protégeraient notre peuple... (Nuage Rouge s'arrêtait entre chaque phrase pour laisser à l'interprète le temps de traduire. Thomas écrivait aussi vite qu'il le pouvait pour ne rien perdre de ses propos.) Cette promesse, comme tant d'autres, n'a pas été tenue, et nous avons montré aux Visages pâles ce qu'il en coûtait de ne pas avoir de parole...

Les Indiens acquiesçaient de la tête. La plupart avaient une expression hautaine, presque cruelle parfois. Les membres du gouvernement, ne sachant trop à quoi s'attendre, restaient muets. Nuage Rouge poursuivit :

– Les Sioux ne voulaient que la paix. Ils se sont montrés confiants et pleins de bonne volonté. Mais l'homme blanc a commencé à s'installer sur nos terres, à y construire des forts, à tuer le gibier essentiel à notre survie, à labourer notre sol sacré et à répandre le sang de nos frères. Alors, nous avons recommencé à faire la guerre. Maintenant que nous avons mis vos tuniques bleues à genoux, le Grand Père veut que nous signions un autre traité... Une fois encore, mon peuple veut bien faire confiance à l'homme blanc et croire qu'il ne viendra plus reprendre le grand territoire qu'il nous promet aujourd'hui. Sinon... sachez-le, la colère des Indiens sera terrible, rougissant l'eau des rivières du sang des soldats.

Un tonnerre d'acclamations et de cris de guerre monta brusquement du clan indien, en même temps que poings et armes se levaient au-dessus des têtes.

Thomas, effrayé, ne put réprimer un frisson. Mais il se contraignit au calme et écrivit une heure encore, consciencieusement, jusqu'à la fin du discours de Nuage Rouge.

Quand ce fut terminé, il recommença à observer la foule des participants, en mâchonnant son crayon. Le chef indien venait de se rasseoir. La tente, fermée, baignait dans une semi-clarté prodiguée par quelques lanternes. Louve Bienfaisante avait enfin retiré sa fourrure. Elle regardait droit devant elle. Thomas ne la voyait que de profil. Soudain, il se figea. Etait-ce un effet d'éclairage ou une réalité ? Des traces brunes ombraient la joue de son amie... Se pouvait-il que Patte d'Ours eût levé la main sur sa femme bien-aimée ? Pour quelle raison ? Thomas aurait-il éveillé sa jalousie ? Machinalement, il chercha le guerrier du regard.

Ses peintures lui donnaient une expression féroce, encore renforcée par son front ridé, ses sourcils froncés et son immobilité parfaite. On eût dit un tigre près de sauter sur sa proie. Il sembla à Thomas qu'il fixait Cheval Blanc. Que ce fût à cause de Patte d'Ours ou pour tout autre motif, l'éclaireur, recroquevillé au milieu d'un groupe de six soldats, paraissait terrifié.

Du côté des autorités gouvernementales, on venait de déplier un long rouleau de vélin blanc. Un des envoyés de Washington s'en était emparé. Il se tourna vers Nuage Rouge, d'un air compassé, les gestes empreints d'une rigidité qui trahissait sa gêne. D'une voix assez lente pour laisser l'interprète traduire au fur et à mesure, il entreprit de donner lecture du traité.

Quand il eut terminé, Nuage Rouge s'approcha des dignitaires blancs et, pour respecter leur coutume, s'appliqua à leur serrer la main. Puis on lui remit une copie du document, fermée par un ruban écarlate... Couleur de sang, pensa Thomas.

Rapidement, la foule quitta la tente et se dispersa, les militaires vers les baraquements du fort, les Indiens vers leur campement.

Cheval Blanc sortit entouré de quelques soldats. Révolté par cette couardise, Patte d'Ours hurla une insulte à son passage. A la manière dont les deux hommes se dévisagèrent, Thomas, qui observait la scène de loin, comprit qu'il ne s'était pas trompé : Cheval Blanc, pour une raison qu'il ignorait, s'était bien attiré la haine de Patte d'Ours. Louve Bienfaisante apostropha Cheval Blanc à son tour, en anglais, pour être comprise des soldats.

– Seuls les lâches osent s'en prendre aux femmes. Tu en étais déjà un lorsque les Cheyennes t'ont chassé ; tu n'as pas changé. Si tu veux prouver le contraire à tes amis blancs, tu n'as qu'à te battre d'homme à homme avec Patte d'Ours !

Cheval Blanc lança un regard désespéré vers les soldats, mais ceux-ci ne lui apportèrent pas l'aide escomptée.

– Débrouille-toi, lança l'un d'eux. Les militaires s'mêlent pas des affaires entre Peaux-Rouges, mon vieux.

– Tu as voulu de nouveau défier Patte d'Ours, renchérit Louve Bienfaisante. Alors, va jusqu'au bout... J'appartiendrai au gagnant.

Des éclairs de haine, froids comme l'acier, étincelaient dans les yeux de la jeune femme. Thomas sursauta. Il savait bien que son amie préférait mourir plutôt que de perdre Patte d'Ours. Il fallait qu'elle fût bien sûre de la puissance de son mari pour faire une telle proposition à Cheval Blanc.

– Ce soir, tu coucheras avec moi, gloussa l'éclaireur, jetant sa veste au sol et se plaçant face à Patte d'Ours en position de combat.

– Allez-vous-en ! cria Patte d'Ours au commandant du fort qui venait de se précipiter pour séparer les belligérants. C'est une affaire privée qui ne vous regarde pas. Dites plutôt à vos hommes de ne pas s'en mêler.

– O.K. !

Les curieux se dispersèrent.

Les Cheyennes et les Sioux s'étaient rassemblés derrière Patte d'Ours.

Les deux hommes brandissaient leur couteau. Cheval Blanc bondit le premier. Patte d'Ours se déroba si agilement que la lame de son adversaire ne réussit qu'à déchirer la manche de son vêtement. Plusieurs fois, Cheval Blanc repartit à l'assaut, sans parvenir à ébranler Patte d'Ours. Le guerrier avait décidé de le laisser s'épuiser.

Pendant plusieurs minutes, Cheval Blanc sembla exécuter une danse étrange, tournoyant, sautillant, avançant puis reculant le bras, déconcerté. Lorsque Patte d'Ours reçut sans broncher la pointe de sa lame dans l'estomac puis dans le bras, Cheval Blanc sentit l'inquiétude le gagner. Quel piège y avait-il là ?

Thomas non plus ne comprenait rien à la scène qui se déroulait sous ses yeux.

Cependant, l'excitation montait chez les spectateurs. Cheval Blanc, mis en confiance par la passivité insistante de Patte d'Ours, tenta une nouvelle attaque. Alors, pour la première fois depuis le début du combat, le guerrier réagit. Il attrapa le poignet de l'éclaireur, lui enfonça sa lame dans le bras et se jeta sur lui rageusement. Les deux hommes tombèrent au sol sous les applaudissements des Indiens et les encouragements des soldats.

– Traître ! Violeur ! Poltron ! jurait Patte d'Ours d'une voix essoufflée.

Les ennemis roulèrent longuement dans la neige sale. Soudain, Patte d'Ours poussa un grand cri, la cuisse transpercée.

Le guerrier lâcha son couteau. Cheval Blanc se releva et l'écarta d'un coup de pied. Dans le silence général, Cheval Blanc prit la parole – il s'exprimait en anglais :

– Toi perdu, minable guerrier ! Louve Bienfaisante à moi !

Entre-temps, Patte d'Ours s'était relevé. Sa jambe saignait, mais il souriait.

– Viens ! Viens ! fit-il. Un traître à son peuple mérite d'être scalpé.

Cheval Blanc hésitait ; la peur avait reparu dans ses yeux. Allons, ce n'était qu'une dernière intimidation, un baroud d'honneur ! Sans armes, son ennemi était perdu. Avec un grognement rauque, il se jeta sur lui mais, d'un mouvement de jambes, Patte d'Ours le déstabilisa. Cheval Blanc trébucha et se retrouva au sol, face contre terre, prisonnier.

Thomas était interloqué par ce brutal renversement de situation.

La suite se déroula avec la même promptitude. Il vit Patte d'Ours se baisser pour récupérer son couteau. La lame étincela. La seconde suivante, la tête de Cheval Blanc baignait dans une mare de sang. Patte d'Ours tendit le scalp de son adversaire à Louve Bienfaisante avant de planter son couteau dans la joue de Cheval Blanc pour l'immobiliser au sol, ses hurlements couverts par les hourras des Indiens. Thomas se retourna pour vomir.

Sans tarder, Patte d'Ours remit sa fourrure sur ses épaules et monta à cheval.

– Dépêchons-nous. Tu as besoin de soins, tu saignes abondamment, dit Louve Bienfaisante.

Au moment où elle amorçait une volte, un jeune garçon s'accrocha à l'anneau de rêne de sa monture. Elle le reconnut aussitôt : c'était Corbeau Noir, le fils aîné de Cheval Blanc et de Lune d'Eté.

– Je voudrais partir avec vous, osa-t-il timidement.

Son père lui ayant toujours interdit de parler cheyenne, il s'était exprimé en anglais. Louve Bienfaisante se chargea d'expliquer à son mari qui était cet enfant et ce qu'il demandait.

De loin, Thomas put voir le visage de Patte d'Ours se radoucir tandis qu'il tendait la main à l'enfant pour le prendre sur son cheval. Encore une fois, ce mélange de cruauté et de générosité le laissa pantois. Les Indiens et les Blancs étaient peut-être destinés à ne jamais se comprendre !

Le blizzard était devenu violent. Pourtant, Thomas resta encore un bon moment dehors à regarder s'éloigner Patte d'Ours et Louve Bienfaisante. Leurs silhouettes s'amenuisèrent, devinrent deux petits points noirs, de plus en plus minuscules, avant de disparaître totalement derrière un rideau de neige.

Un loup se mit à hurler, lui délivrant un dernier message de celle qu'il avait si sincèrement aimée. Car c'était un adieu, pas un au revoir – il en était sûr. Le cœur serré, Thomas tourna les talons et alla rejoindre Elena.

QUATRIÈME PARTIE

LE PIÈGE SE REFERME

26

1874

Du haut de la colline, Patte d'Ours scrutait la campagne boisée à travers la longue-vue qu'il avait trouvée au fort Reno, l'une des places fortes abandonnées par les soldats. En face, à mi-pente, une interminable file bleue s'étirait comme un long serpent, menée par un homme aux cheveux longs et blonds.

– C'est lui ! annonça-t-il à Louve Bienfaisante, qui attendait avec anxiété le résultat de ses investigations. C'est bien Cul de Fer, j'en suis sûr.

– Mais... qu'est-ce qu'il fabrique par ici... dans les Black Hills ? bredouilla la jeune femme.

Sans prendre la peine de répondre, Patte d'Ours porta de nouveau la lunette à son œil, comme pour s'assurer qu'il n'avait pas rêvé.

Depuis le traité de 1868, les Sioux et les Cheyennes du Nord avaient réussi à préserver le vaste territoire qui leur avait été concédé, au prix de quelques heurts avec les ouvriers employés à la construction du chemin de fer. Et voilà que Custer, dont la réputation d'implacabilité n'était plus à faire, venait mettre à mal leur confiance...

– Ils transportent des outils, des pioches et des pelles, comme pour chercher du métal jaune, précisa Patte d'Ours en reposant une seconde fois la longue-vue. Je n'arrive pas à le croire ! Cul de Fer sait pourtant bien que cette terre est sacrée et qu'elle nous a été donnée par son gouvernement !

– Il faut croire qu'une fois de plus, les *Ve-ho-e* nous ont bernés, répliqua Louve Bienfaisante. Nous avons réussi à les empêcher de construire le cheval de fer, mais s'ils trouvent du métal jaune...

Sa phrase se termina dans un soupir. Tous deux savaient bien ce que signifierait la découverte d'un filon d'or dans les Black Hills. Les Indiens ne pourraient pas lutter contre les chercheurs avides qui arriveraient par centaines et, progressivement, ils seraient spoliés des dernières enclaves qui leur avaient été octroyées.

– Cul de Fer a réussi à enfermer nos frères du Sud dans des minuscules réserves où ils meurent comme des mouches. Il a aussi sur la conscience la mort de Chaudron Noir, qui avait pourtant reçu la médaille du Grand Père de Washington ! Il n'en est plus à un méfait près... Nous devons nous mettre en rapport au plus vite avec Sitting Bull et Crazy Horse.

Il regarda de nouveau, mais la colonne de soldats avait momentanément disparu dans un méandre de la piste.

Louve Bienfaisante avait un mauvais pressentiment. D'un geste machinal, elle caressa son sac magique. Pour la première fois de sa vie, elle se surprit à douter du pouvoir de ses pattes de loup. Serait-il assez puissant pour juguler un mal aussi pernicieux que la fièvre de l'or ?

L'avenir lui paraissait sombre : l'ennemi attaquait maintenant sur plusieurs fronts à la fois, et les chefs de tribus ne lui opposaient guère de résistance. La plupart d'entre eux acceptaient de se sédentariser à l'intérieur d'une réserve. Jusqu'à présent, Louve Bienfaisante ne s'était pas inquiétée outre mesure de ce changement d'attitude, mais l'arrivée de Custer semblait sceller la reddition implicite des Indiens. Même Nuage Rouge, l'homme aux conquêtes si glorieuses, semblait contaminé par cet étrange virus de la soumission. Certains mettaient sur le compte de l'âge son manque de combativité ; d'autres racontaient que ses nombreuses visites à l'Est, à l'invitation du président Grant, l'avaient définitivement convaincu de la puissance inexpugnable des Visages pâles. Les chefs qui résistaient encore, comme Crazy Horse, Sitting Bull ou Patte d'Ours, devenaient de plus en plus rares.

Les histoires que relataient ceux qui s'étaient enfuis des réserves avaient pourtant de quoi alerter les plus crédules ! Nombre d'agents aux Affaires indiennes étaient terriblement corrompus. Ils revendaient au prix fort aux immigrants blancs les provisions que le gouvernement destinait aux Indiens, livrant à ces derniers des marchandises usagées et de la nourriture avariée achetées à bas prix.

Patte d'Ours ne pouvait détacher le regard de la longue colonne de soldats. Louve Bienfaisante s'approcha de lui par-derrière et posa la main sur son dos nu. Il se retourna.

Maintenant que Beauté Radieuse attendait un quatrième enfant, Louve Bienfaisante et Patte d'Ours étaient de nouveau seule à seul, impatients de rattraper le temps perdu ! Comme chaque fois qu'ils se retrouvaient après plusieurs mois de séparation, ils avaient le merveilleux sentiment de se redécouvrir.

– Oublions Cul de Fer, ne gâchons pas de si précieux moments, dit Louve Bienfaisante avec un sourire qui ressemblait à une invite.

Patte d'Ours ne pouvait résister à un tel appel. Une lueur alluma son regard et ses lèvres esquissèrent un léger sourire. Il prit les mains de sa femme dans les siennes et lui embrassa les paumes avec fougue. Puis, sans la lâcher, il l'obligea à reculer d'un pas pour mieux la contempler.

– J'ai l'impression d'avoir devant moi la jeune fille que j'ai épousée. Tu es toujours aussi belle... Non, encore plus belle ! Si tu savais le bonheur que tu me donnes, murmura-t-il en commençant à la déshabiller.

L'un et l'autre pressentaient que ces instants d'intimité allaient leur devenir comptés.

Patte d'Ours couvait des yeux Louve Bienfaisante, s'abreuvant à sa beauté. Subjugué, il admirait son ventre plat, ses seins fermes et sa taille fine. Il avait raison en affirmant qu'elle n'avait pas changé. Son corps, qui n'avait jamais connu la maternité, avait gardé une grâce juvénile.

En eux le désir montait, de plus en plus pressant. En une seconde, Patte d'Ours se débarrassa de son pantalon de daim et, le regard noyé dans celui de sa femme, se pressa contre elle. Louve Bienfaisante bascula dans l'herbe.

Elle gémit au contact de la dure virilité de Patte d'Ours allongé sur elle et céda sans tarder, vaincue par son regard délicieusement indécent. Patte d'Ours la prit violemment, ne pouvant se retenir après des mois d'une attente impatiente qui avait exacerbé son désir.

Puis ils allèrent se rafraîchir à la cascade, s'éclaboussant et riant comme des fous, transportés dix-huit étés plus tôt, au temps de leur mariage. Louve Bienfaisante n'était plus la femme bénie de la tribu ni la guerrière. Elle était bien plus que cela : c'était la femme de Patte d'Ours ! Au milieu des gerbes d'eau, elle se serrait contre lui, le caressait, dévorait son torse de baisers mouillés.

Son désir à nouveau attisé, Patte d'Ours l'obligea à incliner la tête en arrière pour la voir comme il l'aimait, docile et affamée. Il avait besoin d'oublier ses pouvoirs magiques, de sentir qu'elle était de chair, tout simplement... et qu'il pouvait la combler.

Elle chercha sa bouche la première et, tandis que leurs lèvres s'unissaient avec force, Patte d'Ours l'entraîna sur la rive. Quand il entra en elle, il fit durer le plaisir, prolongeant l'attente cruelle et exquise. Puis soudain, il n'y eut plus que le ciel bleu au-dessus de leur tête...

1875

– C'est incroyable ! s'écria Tom, tout en poursuivant sa lecture. Pour qui se prend-il, cet abruti, pour se permettre d'affirmer qu'il y a *vraisemblablement* de l'or dans le sous-sol des Black Hills ? Qu'est-ce qu'il en sait, sapristi !

– Je t'en prie, Tom, ne jure pas devant Rebecca, dit Elena de sa voix douce.

La fillette de huit ans, occupée à faire ses devoirs, leva les yeux vers son père, assis en face d'elle.

– Qu'est-ce qui va se passer, papa ?

Thomas ne put réprimer un grognement d'irritation.

– Ça va être la guerre ! Une guerre bien plus cruelle que toutes celles que nous avons connues. Les Indiens nous ont fait confiance, et voilà qu'un fanfaron de général n'a rien trouvé de mieux pour faire parler de lui que d'affirmer qu'il y avait de l'or dans le territoire indien !

Elena s'empara du journal et le fit glisser sur la table. Il datait du mois précédent, décembre 1874. Le titre s'étalait à la une, en lettres capitales : « DE L'OR DANS LES BLACK HILLS ! » Les Prescott avaient déjà eu l'occasion de rencontrer le général Custer. L'homme s'était montré agréable, presque charmeur, mais, apparemment, ce diable avait une double personnalité. Personne n'ignorait que, sous ses airs sympathiques, se cachait une haine viscérale des Indiens. Il était de même responsable des sauvages massacres des Cheyennes du Sud.

— La nouvelle a dû paraître dans tous les journaux de l'Est, observa Elena.

— C'est sûr !

— Ils disent ici que le gouvernement va faire une offre aux Indiens pour acheter leur territoire... que Nuage Rouge devrait servir de médiateur...

— Crois-tu vraiment que Nuage Rouge pourrait aller jusqu'à monnayer la terre de ses ancêtres ? intervint Thomas. C'est insensé ! Il a beau s'être beaucoup assagi, il n'en reste pas moins un homme rusé et intelligent. Et puis, même s'il se laissait convaincre, il y a d'autres hommes plus belliqueux, comme Crazy Horse, Sitting Bull... ou Patte d'Ours, qui entreraient immédiatement en guerre contre nous. Je me demande bien si ce n'est pas, au fond, ce que cherche le gouvernement. D'ici à l'été, les chercheurs d'or auront envahi toutes les terres des Peaux-Rouges. Dès qu'il y aura des morts – ce qui se produira inévitablement –, Washington aura beau jeu de dire que ce sont encore ces « salauds d'Indiens » qui ont attaqué les premiers.

Thomas s'était levé. Partagé entre colère et chagrin, il arpentait la pièce nerveusement. Il se posta derrière la vitre. La neige durcie étincelait au soleil comme un miroir. Des hommes s'agitaient aux abords du fort.

— Et on se demandera après cela pourquoi les Indiens

ne nous font plus confiance ! soupira-t-il comme pour lui-même.

Elena était malheureuse de se savoir impuissante à apaiser la révolte de son mari. Qu'y pouvait-elle ? Elle n'avait aucun pouvoir de changer l'Histoire. Elle devait plutôt penser à des événements heureux, comme cette nouvelle grossesse que la nature lui avait accordée par miracle au moment où elle ne l'espérait plus. L'été prochain, Rebecca aurait un petit frère ou une petite sœur.

– Tom, je crois vraiment que nous devrions repartir chez nous. Au moins Rebecca et moi, dans un premier temps...

– Tu as raison. Mais je ne peux encore me résoudre à vous accompagner. Je n'ai plus beaucoup d'espoir, mais si quelque chose peut encore être sauvé, je me dois d'être là... Pourquoi n'irais-tu pas accoucher à Cheyenne ? Il y a là-bas de bons médecins et de bonnes écoles aussi. J'aimerais vous savoir à l'abri. Quand la situation aura évolué, nous pourrons prendre une décision définitive pour nous trois... nous quatre, je veux dire !

Elena se hissa sur la pointe des pieds pour l'embrasser tendrement.

Comme cela était prévisible, les chercheurs d'or avaient crû et multiplié en quelques mois. Mais Patte d'Ours et les autres étaient prêts à se battre jusqu'à la mort pour défendre leur dernier pouce de terre. Les Visages pâles les avaient abusés. Sioux et Cheyennes du Nord allaient leur donner une leçon dont ils se souviendraient.

Des signes de grave tension éclataient au grand jour. Les esprits s'échauffaient. Dans l'espoir de couper court à une révolte sanglante, le gouvernement avait proposé à Nuage Rouge de racheter une bonne partie du territoire des Sioux pour six millions de dollars. Avec un air malin et un petit sourire en coin, l'Indien avait répliqué qu'il commencerait à réfléchir à cette proposition si elle était multipliée par cent. Les envoyés de Washington s'étaient d'abord étranglés de surprise, puis étouffés de rage. Enfin, ils avaient joué leur va-tout en menaçant Nuage Rouge de graves représailles s'il persistait dans cette attitude d'entêtement. Ce à quoi le Sioux avait répondu de son ton inflexible :

– Mon peuple est habitué aux attaques des Blancs. Il ne craint pas d'y faire face une fois de plus. De toute façon, je ne suis pas son porte-parole. Adressez-vous à Sitting Bull et à Crazy Horse. Mais j'ai bien peur pour vous que même les six cents millions que je vous ai demandés ne leur suffisent pas !

Fous de colère, les hommes avaient quitté Nuage Rouge avec la vague impression que le vieux chef s'était joué d'eux. Ils n'ignoraient pas que faire la même offre à Sitting Bull et à Crazy Horse revenait à signer leur arrêt de mort.

Au retour de ses fonctionnaires, et devant l'insuccès de la conciliation, le président Grant avait ordonné que tous les Indiens fussent mis dans des réserves, ajoutant que « ceux qui s'y opposeraient seraient considérés comme des ennemis des Etats-Unis et traités comme tels ».

Thomas accompagna Elena et Rebecca à la diligence. Leurs compagnons de voyage étaient deux marchands apeurés qui fuyaient la région devenue trop dangereuse pour continuer à y faire du commerce.

La situation n'avait cessé de se dégrader. Il était grand temps qu'Elena et Rebecca fuient cet enfer. La guerre que s'étaient déclarée les Indiens et les Blancs ne cesserait qu'avec l'anéantissement d'un des protagonistes.

Dans six semaines, Elena allait accoucher. Thomas était profondément meurtri de voir partir sa femme et sa fille, mais il savait que c'était nécessaire. Six soldats escortaient la diligence. Les deux êtres qu'il aimait le plus au monde seraient bientôt hors de danger. Les larmes aux yeux, il les enlaça longuement.

– Prenez bien soin de vous, leur recommanda-t-il en dissimulant mal son émotion. Et surtout, prévenez-moi dès que vous serez arrivées.

La famille d'un pasteur de Cheyenne avait accepté d'abriter Elena, Rebecca et le bébé pour quelque temps.

La diligence s'ébranla lourdement et s'éloigna dans un bruit de sabots et de grincements de roues. Thomas fit encore un dernier signe de la main. Il détestait les séparations, et pourtant la vie ne lui laissait pas le choix. Il n'y avait pas si longtemps, il avait dû aussi dire adieu à Louve Bienfaisante, son amie que les Blancs traquaient maintenant comme une bête sauvage, là-haut, quelque part dans la montagne.

Quatre interminables journées passèrent sans la moindre nouvelle d'Elena et de Rebecca. Toutes les trois heures, Thomas courait voir le télégraphiste du fort pour savoir s'il avait reçu un message. N'y tenant plus, il décida qu'il devait lui-même enquêter et pria le commandant de la garnison de détacher quelques hommes pour l'accompagner.

Après deux jours de recherche, la petite troupe aperçut la diligence retournée dans un fossé, dans une région déserte, à quelques kilomètres de Cheyenne. Autour de la voiture les attendait un spectacle d'horreur. Les soldats avaient tous été mutilés ou éventrés. Une flèche indienne transperçait le front de l'un d'eux. Leurs chevaux, ainsi que ceux de l'attelage, avaient disparu. Un des soldats mit pied à terre et escalada le véhicule. Au moment où il ouvrait la portière, Thomas entendit un cri d'enfant.

– Monsieur Prescott... votre fille !

Le militaire tenait à bout de bras la fillette qui se débattait en hurlant. Thomas se précipita.

– Ce n'est rien, ma chérie, ce n'est rien ! s'écria-t-il, en larmes. C'est moi, ton papa. N'aie pas peur, tu n'as plus rien à craindre.

Rebecca, qui l'avait enfin reconnu, serrait contre lui son corps secoué de spasmes violents.

– Il y a deux hommes morts ici aussi ! hurla le soldat en sortant de la diligence.

Et Elena ? Thomas avait l'impression qu'on lui écrasait la poitrine, qu'il allait étouffer. Le militaire marcha vers lui et ôta son chapeau. Après un moment de silence, l'homme annonça gravement :

– Votre femme aussi... monsieur Prescott... votre femme est morte. Mais elle n'a pas été tuée, elle ne porte aucune trace de blessure. Elle a dû perdre son bébé et avoir une hémorragie.

Thomas ferma les yeux et contracta les paupières pour retenir ses larmes. Mais il ne put s'empêcher d'éclater en sanglots. Dire qu'il avait encouragé sa femme et sa fille à entreprendre ce voyage !

– Un homme... un affreux Indien ! réussit enfin à dire Rebecca.

Thomas inspira profondément pour essayer de se dominer. Son enfant avait besoin de lui. Je ne dois pas flancher... je ne dois pas flancher, se répétait-il.

– Raconte ce qui s'est passé, ma chérie. Tu ne dois pas garder ces atrocités sur le cœur.

– Il me faisait peur... avec toutes ces cicatrices partout, continua la fillette entre deux hoquets. Lui, c'était le chef... Il est entré dans la diligence pendant que les autres tuaient les soldats... Il a tué les marchands et... maman a crié ton nom... au moment où il allait l'attraper... J'avais si peur, papa... Mais l'Indien s'est arrêté net et il est parti... sans nous faire de mal. Il nous a même laissé de l'eau pour boire... Les autres ont pris tous les bagages... J'ai fermé les yeux et je me suis blottie contre maman... Après... j'ai entendu les chevaux qui s'éloignaient et maman a commencé à avoir des douleurs... Je ne savais pas quoi faire... je ne pouvais rien faire... C'était affreux... Le bébé est venu. Maman a saigné... saigné... Je l'ai vue mourir à côté de moi...

– Tu es courageuse, tu as fait ce que tu pouvais. Tu es restée près d'elle, c'était le plus important.

Thomas caressait doucement les cheveux de sa fille chérie. Il n'avait plus qu'elle désormais. Elena était morte à la suite d'une attaque menée par Patte d'Ours, cela ne faisait aucun doute. Pourquoi Elena aurait-elle crié le nom de Thomas si elle n'avait pas reconnu le guerrier ? Pourquoi l'Indien aurait-il épargné la femme et l'enfant à la dernière seconde en entendant ce nom ?

Pour la première fois de sa vie, Thomas comprenait que l'on pût ressentir de la haine pour les Peaux-Rouges. Ils pouvaient se montrer barbares. Oh ! bien sûr, les Blancs l'étaient également avec eux, violant et mutilant leurs femmes, mais Dieu sait ce qu'aurait fait Patte d'Ours si Elena n'avait pas été la femme du frère de sang de Louve Bienfaisante, quelles tortures il lui aurait fait subir. Enfermer les Indiens dans des réserves était bien la seule façon de canaliser leur férocité. De gré ou de force. Ce conflit menaçait d'atteindre des sommets de cruauté si on ne trouvait pas le moyen de le régler autrement qu'à coups de représailles et de vengeances.

Thomas vécut les heures suivantes comme un cauchemar. Il aida les soldats à enterrer Elena et le bébé, un petit garçon qui ne grandirait jamais. Les larmes que Rebecca versa sur la tombe de sa mère achevèrent de le bouleverser et de le convaincre qu'il devait agir vite.

— Si vous acceptez qu'un civil prête main-forte à vos soldats, dit-il en se tournant vers le lieutenant, considérez que je suis des vôtres.

Saisi par le regard creux, les cernes et les rides de Thomas, le militaire se demandait comment un homme pouvait vieillir ainsi en quelques heures.

— Il arrive en effet que des civils chevauchent avec mes hommes... Mais je ne m'attendais pas à une telle proposition de votre part, monsieur Prescott. Je croyais... que les Sioux et les Cheyennes étaient vos amis.

Thomas baissa de nouveau les yeux vers la tombe.

— C'est notre faute, mon lieutenant, mais tout est perdu pour eux. Plus vite on les forcera à vivre dans des réserves, plus vite cette guerre atroce prendra fin.

— On dit que le Président a envoyé Custer pour faire la chasse aux Indiens par ici. On aura sûrement besoin de vous rapidement, soupira le lieutenant.

Thomas prit Rebecca par le cou pour l'entraîner doucement loin de la tombe.

Au fond de son cœur, il n'y avait plus qu'un vide immense.

27

– C'est un mauvais présage, un bien mauvais présage ! se lamentait Louve Bienfaisante.

De ses grandes mains ridées et décharnées, le grand prêtre ajouta quelques brins de sauge dans le feu sacré.

– Je ne savais pas... répéta Patte d'Ours, comme pour s'excuser une fois encore.

Il se sentait terriblement fautif. Assis à côté de Louve Bienfaisante dans le tipi de Bison Noir, il fixait le feu sans le voir. Non, il ne savait pas qu'Elena et Rebecca Prescott se trouvaient dans la diligence qu'il avait attaquée avec ses amis chasseurs. S'en prendre à la femme et à la fille d'un frère de sang était un sacrilège.

La malchance était avec les Indiens ce jour-là. Tout avait pourtant bien commencé. La matinée avait été marquée par le passage d'un grand troupeau de bisons, comme on n'en avait plus vu depuis longtemps. La poursuite des animaux avait entraîné les hommes beaucoup plus au sud que d'habitude, mais il fallait bien manger, et la viande se faisait si rare... S'ils parvenaient à abattre quelques bêtes, ils pourraient passer un hiver tranquille, sans devoir quémander au fort ou auprès de l'agent aux Affaires indiennes.

– On était en train de guetter le troupeau depuis le haut de la colline, lorsque tout à coup la diligence est apparue au détour de la piste. On a d'abord hésité. Quand on a vu qu'elle quittait notre territoire pour se diriger vers le sud, on a décidé de la laisser passer. Mais brusquement, un soldat de l'escorte nous a aperçus et a ouvert le feu. Sans raison, absolument sans raison !

Patte d'Ours serrait si fort les poings que ses articulations en blanchirent. Il se tut un long moment.

– Alors, je ne sais pas quelle mouche m'a piqué,

reprit-il. J'ai soudain vu en eux tout ce que je détestais. Ils n'avaient pas le droit d'être là, ces Visages pâles. Aucun d'entre eux ne devait se promener sur la terre de nos ancêtres. Et ces soldats qui nous visaient au lieu de nous protéger des envahisseurs *Ve-ho-e*, comme ils étaient supposés le faire ! J'ai vu rouge, je suis devenu fou... J'ai commandé aux autres de leur foncer dessus... On a tué les six militaires. Les chevaux se sont emballés, et la diligence s'est retournée. On a pris tout ce qu'il y avait à prendre : les chevaux, les bagages, les fusils... On les avait eus, on était fous de joie ! C'est moi qui ai pénétré dans la voiture et qui ai tué les deux voyageurs. Je m'apprêtais à emmener la fille et la femme en otages lorsque cette dernière s'est mise à hurler le nom de Thomas Prescott. J'ai tout de suite compris ! Sur le moment, je ne l'avais pas reconnue, mais je me suis tout à coup souvenu de ses cheveux bizarres, tout rouges. La petite avait les mêmes... Tout s'est alors précipité comme dans un mauvais rêve. C'est seulement à ce moment-là que je me suis aperçu que la femme avait un bébé dans le ventre. Je me suis sauvé... On a tous fait demi-tour en abandonnant notre chasse. C'était devenu trop dangereux de continuer à courir après le troupeau. Nous savions bien que les Blancs n'allaient pas tarder à envoyer d'autres soldats à nos trousses.

Patte d'Ours se tut un moment, puis, avec un soupir désespéré, il conclut :

– Non seulement nous avons attaqué la famille d'un frère de sang, mais nous n'avons même pas de viande pour l'hiver !

– Es-tu bien sûr au moins que Thomas ne se trouvait pas parmi eux ? questionna Louve Bienfaisante d'un ton anxieux.

Patte d'Ours secoua la tête.

– Absolument sûr. J'ai observé attentivement tous les hommes avant de partir. Je l'aurais reconnu.

Bison Noir était resté silencieux, les yeux mi-clos, pendant tout le récit de Patte d'Ours. Ses paupières ridées se relevèrent et il se tourna vers Louve Bienfaisante, la fixant de son regard de braise.

– Patte d'Ours a bien agi en épargnant la famille de Thomas Prescott. Il n'a rien à se reprocher. Cependant, j'ai bien peur que cet événement ne présage une catastrophe. Je ressens une grande douleur, juste là, dit-il, posant la main sur sa poitrine. Patte d'Ours a dit que la femme portait un enfant en elle. Envoyons un messager pour savoir ce qui est advenu.

Louve Bienfaisante ferma les yeux, accablée par ce flot de malheurs qui venaient de s'abattre sur ceux qu'elle aimait comme par une vague déferlante.

– Je veux faire le sacrifice de quelques gouttes de mon sang au-dessus des flammes saintes, puis je partirai jeûner et prier dans la solitude. Que notre messager emporte une de mes pattes de loup pour Thomas.

Fouillant dans son petit sac, elle en sortit la relique, qu'elle tendit à Bison Noir.

– Tu ne peux pas donner une patte sacrée à un Blanc ! maugréa Patte d'Ours.

– Méfie-toi, l'avertit le grand prêtre, tu perdrais toi-même la force que tu offrirais à Thomas Prescott.

– Cela m'est égal. Je n'ai pas d'autre moyen de lui faire comprendre à quel point nous regrettons ce qui est arrivé.

– Dans ce cas, je lui donnerai la mienne. Je suis seul responsable de ce drame, dit Patte d'Ours.

Louve Bienfaisante ne s'attendait certes pas à une telle suggestion. Elle ne put réprimer un sursaut de frayeur.

– Tu sais bien ce qui est arrivé la dernière fois que

tu t'es séparé de la patte que je t'avais donnée. Tu ne dois pas répéter cette imprudence, surtout au moment où le cruel Cul de Fer rôde dans les Black Hills !

Ignorant la mise en garde de sa femme, Patte d'Ours se leva, détacha le sac magique de sa cuisse et en sortit la patte qui lui appartenait.

– Il revient au coupable de racheter ses fautes, s'obstina-t-il, poursuivant son idée. C'est *ma* patte de loup que le messager remettra à Thomas Prescott.

– Patte d'Ours a bien parlé, conclut Bison Noir.

Louve Bienfaisante retint son souffle en voyant le grand prêtre accepter le fétiche sacré que lui tendait Patte d'Ours. En cette période, c'était folie que de se priver ainsi de protection. Folie ou... amour... Louve Bienfaisante n'ignorait pas que derrière la logique de l'argumentation de Patte d'Ours se cachait son désir de l'empêcher, elle, de prendre des risques.

– Je suis sûr d'avoir fait le bon choix. Je m'en serais toujours voulu de te laisser perdre une partie de tes pouvoirs à cause de moi, renchérit-il, confirmant ainsi ce qu'elle soupçonnait.

Ils échangèrent un regard chargé de tendresse et de peine. Puis, Patte d'Ours prit une brusque inspiration, comme en proie à une vive souffrance, et Louve Bienfaisante comprit à cet instant quel sacrifice il consentait en abandonnant la patte de loup qui l'avait jusqu'alors protégé. Il lui effleura la joue, tourna les talons et sortit.

– Je n'aurais jamais dû faire de Thomas Prescott mon frère de sang, murmura Louve Bienfaisante lorsqu'elle se retrouva seule avec Bison Noir. J'ai eu tort d'essayer de pactiser avec un *Ve-ho-e*.

– Tu ne pouvais pas savoir le tour que prendraient les événements, mon enfant, la rassura le grand prêtre. Et puis, Thomas Prescott était un Blanc au cœur généreux.

Louve Bienfaisante entendit à peine ces paroles réconfortantes. Perdue dans la contemplation du feu sacré, elle pensait à son ami.

Le cauchemar avait de nouveau assailli la jeune Indienne. Elle avait revu les visages ensanglantés des soldats, avec ces yeux éperdus qui leur sortaient des orbites. Elle avait à nouveau entendu leurs cris de bêtes blessées.

Puis, brusquement, le rêve avait basculé, étrange et inquiétant. Les Indiens vainqueurs s'étaient retournés vers elle, et elle avait constaté qu'ils avaient tous le visage de Patte d'Ours. Au même instant, une grande lueur avait zébré les cieux. Le loup blanc était apparu, et par lui, l'Esprit des Loups avait parlé. Il avait imploré les Indiens de ne pas passer leur haine sur les morts. Mais les hommes, excités par le feu de l'action, enivrés par la victoire, avaient continué de profaner les cadavres, de les scalper et de les mutiler. L'Esprit des Loups avait une fois encore tenté de ramener les Indiens à la raison. Sans plus de succès. Soudain, comme par magie, les *Ve-ho-e* massacrés avaient ressuscité. Ils s'étaient relevés, armés jusqu'aux dents. Les deux cents morts étaient devenus quatre cents, six cents, un millier... Ils avaient enfourché de grands chevaux sortis par miracle des entrailles de la terre et s'étaient jetés sur les Indiens affolés. Le loup lui-même avait reçu plusieurs coups de poignard mortels.

Louve Bienfaisante s'agita et poussa un cri avant de se redresser d'un bond. Tiré lui aussi brusquement du sommeil, Patte d'Ours s'assit à son côté.

– Que se passe-t-il ? demanda-t-il en lui posant doucement la main sur le bras.

Louve Bienfaisante était encore toute tremblante. La

sueur perlait sur son front. Elle avait l'œil hagard de quelqu'un qui vient de frôler la mort.

– Les soldats... vont venir... par milliers, bredouilla-t-elle en se jetant dans les bras de Patte d'Ours. Tous les morts méritent la paix... même les *Ve-ho-e*. Tu comprends, Patte d'Ours ?

– Non, je ne comprends rien à ton charabia. Cette histoire d'attaque de diligence t'aura troublé l'esprit. Tu as besoin de te reposer. Rendors-toi, petite femme guerrière, dit-il d'une voix douce, qu'il voulait rassurante.

Mais Louve Bienfaisante ne se rallongea pas. Sur son visage, la peur avait maintenant cédé la place à la gravité.

– Je t'en supplie, Patte d'Ours, écoute-moi. Je ne divague pas, j'ai eu une vision ! Nous allons nous battre contre les Blancs, mais en aucun cas, tu m'entends bien, en aucun cas nos guerriers ne devront assouvir leur rage sur leurs morts.

Les traits de Patte d'Ours s'assombrirent à leur tour. Il venait de comprendre que sa femme avait réellement eu un rêve prémonitoire.

– Je te promets de suivre tes conseils, mais je ne peux m'engager pour l'ensemble de mes frères. Tu sais bien que des hommes grisés par la joie de la victoire sont incontrôlables. En attendant, tu dois retrouver ton calme. Il n'y a pas de soldats entre nous ! dit-il avec un regard amoureux.

– Il faut que nous tenions conseil pour que j'avertisse les autres Chiens-Soldats.

– Tu peux toujours essayer, répondit Patte d'Ours d'un ton sceptique, mais t'écouteront-ils ? Beaucoup d'entre eux croient toujours que l'eau-de-feu les rend invincibles ! Et puis, que pourrons-nous faire seuls face à plusieurs centaines de soldats ? Nos frères Oglalas et Hunkpapas, dirigés par Crazy Horse et Sitting Bull, mènent leurs propres combats. Ils prétendront que tes visions ne concernent que les Cheyennes.

Louve Bienfaisante retenait ses larmes. Des larmes amères de chagrin et de dépit. Pouvait-elle dire à Patte d'Ours qu'il avait tragiquement raison ? Elle se contenta de se blottir au creux de son épaule et de murmurer :

– Je t'aime.

Patte d'Ours lui caressait les cheveux. Il l'invita à s'allonger.

– Moi aussi ! Je t'aime depuis le jour où je t'ai découverte dans la montagne.

Ils unirent leurs corps avec tendresse. Louve Bienfaisante haletait lentement, inspirant profondément, comme si elle voulait savourer chaque mouvement et se souvenir pour toujours de ce corps qu'elle aimait tant et qu'elle risquait de perdre.

Au moment où ils s'assoupissaient, Oiseau de Nuit, le dernier fils de Patte d'Ours, né trois mois plus tôt, commença à s'agiter. Beauté Radieuse dormait sous le tipi, à l'écart, auprès de ses enfants. Louve Bienfaisante entendit les premières notes de la berceuse que chanta sa sœur, puis plongea dans un sommeil profond jusqu'au lendemain matin.

Thomas Prescott saisit la patte de loup que lui tendait l'homme qui se tenait devant lui. Une demi-heure plus tôt, un Indien de la réserve qui baragouinait quelques mots d'anglais était venu lui dire qu'un envoyé de la tribu de la femme sacrée demandait à le voir.

– Le fétiche appartenir à Patte d'Ours, s'efforçait d'expliquer tant bien que mal l'Indien interprète. Louve Bienfaisante lui avoir donné beaucoup d'années avant. Fétiche sacré avoir grands pouvoirs magiques, sauver plusieurs fois la vie de Patte d'Ours. Patte d'Ours faire grand sacrifice, mais lui vouloir demander pardon. Lui pas savoir que femme et fille être dans diligence. Lui regretter. Lui vouloir savoir si femme à vous en bonne santé.

Les yeux de Thomas s'embrumèrent au souvenir de ces événements tragiques. Pour canaliser ses émotions, il serra fortement ses doigts sur la patte de loup. Contre toute logique, il ne pouvait se résoudre à détester l'homme qui était responsable de la mort d'Elena. Il savait ce que ce don représentait pour le guerrier et imaginait sans mal le désespoir et la douleur que Patte d'Ours et Louve Bienfaisante avaient dû ressentir après ce coup du sort.

– Ma femme et le bébé sont morts. Seule ma fille a survécu. Depuis l'attaque, elle fait des cauchemars toutes les nuits. Dites... dites à Patte d'Ours et à Louve Bienfaisante, poursuivit-il d'une voix cassée par le chagrin, que je ne leur en veux pas. Sur le moment, j'ai détesté les Cheyennes, c'est vrai, j'avais l'impression qu'ils m'avaient trahi. Mais j'ai eu le temps de réfléchir. J'ai réalisé que Patte d'Ours n'avait pu s'en prendre volontairement à ma femme et à ma fille. Dites encore à Louve Bienfaisante que je vais chevaucher avec les soldats, mais expliquez-lui que je veux simplement que ce conflit se résolve au plus vite. Je souhaite faire avancer la paix, et non entretenir la haine.

L'Indien de la réserve traduisit les propos de Thomas en cheyenne. Le messager hocha la tête pour signifier qu'il avait bien compris, sauta sur son poney et disparut.

Cheval Blanc, qui depuis un moment observait la scène avec curiosité, s'empressa d'appeler l'Indien. Contre une bouteille de whisky, ce dernier lui révéla sans se faire prier tout ce qu'il voulait savoir.

Le renégat partit immédiatement en sifflotant vers le

quartier général du fort. Jamais il ne s'était senti si heureux ! Fallait-il que Louve Bienfaisante fût crédule ou insouciante pour laisser Patte d'Ours se démunir de son fétiche protecteur ! Ignorait-elle que la tête du Cheyenne assassin était mise à prix ? Le commandant serait sans doute heureux d'apprendre où se trouvait Patte d'Ours en ce moment ! Cheval Blanc jubilait à l'idée que la pendaison de son ennemi n'était plus que l'affaire de quelques heures.

Depuis le retour du messager, Louve Bienfaisante ne parvenait plus à trouver le repos. Des souvenirs des temps heureux où son peuple, encore libre, vivait en harmonie avec la Terre Mère lui revenaient en mémoire avec des bouffées de nostalgie. Une page était bel et bien tournée, qui interdisait tout espoir de retour en arrière.

La fatalité semblait maintenant s'acharner sur les Cheyennes. Quel méchant hasard les avait conduits à la rencontre de la diligence ? Quel sort contraire avait eu raison de sa si belle amitié avec Thomas ? Le messager avait eu beau rapporter que Thomas Prescott ne tenait pas rigueur aux Cheyennes de la mort de sa femme et de son bébé, il ne faisait aucun doute que désormais les choses ne seraient plus jamais les mêmes.

Bien qu'il fût encore tôt, Louve Bienfaisante décida de se lever, plutôt que de rester allongée à ressasser ses idées noires. Le jour commençait à poindre. A l'orient, le soleil jetait déjà ses rayons roses dans le ciel pâle. Elle s'arrêta un instant. Non, elle ne rêvait pas... Des formes sombres, encore très lointaines, avançaient en direction du village. Les soldats ! Etaient-ce ceux de son rêve ? Sa vision se réalisait-elle déjà ?

– Debout, vite ! hurla-t-elle en se précipitant de nouveau dans le tipi. *Hopo !* Les soldats arrivent !

Patte d'Ours et Beauté Radieuse se levèrent aussitôt, mais déjà, Louve Bienfaisante était ressortie, parcourant le village en criant pour avertir ses frères. En quelques instants les hommes furent sur le pied de guerre, fusil en main. Grand Couteau ordonna à Lune d'Eté de rassembler les chevaux. Puisqu'il était veuf, le père de Patte d'Ours avait finalement épousé la jeune femme et pris tous ses enfants sous sa protection.

– Dépêchez-vous ! Fuyez dans les collines, s'entendaient commander les squaws.

Le village était installé en terrain découvert, il fallait immédiatement se replier dans les bois, vers le nord. Cette attaque ne pouvait tomber à un plus mauvais moment : la veille, la plupart des hommes étaient partis à la chasse. Seuls demeuraient au camp les femmes, les vieillards et quelques guerriers restés pour les protéger.

Louve Bienfaisante aida Beauté Radieuse à démonter le tipi. Rapidement, les peaux furent entassées sur un *travois*. Tant pis pour la viande qui n'avait pas eu le temps de sécher, il fallait l'abandonner. Le temps pressait. Beauté Radieuse hissa Violette Sauvage et Grandes Mains sur *Nonoma-e* et garda son dernier-né, Oiseau de Nuit, dans ses bras.

Les hommes avaient déjà pris position derrière des rochers pour attendre les soldats. Petit Fauve se tenait près de son père. A treize ans, on ne fuyait plus avec les femmes ! Corbeau Noir, le fils aîné de Cheval Blanc et de Lune d'Eté, âgé de dix-huit ans, avait aussi accompagné les guerriers. Sa participation à la Danse du Soleil, l'année précédente, avait fait de lui un véritable Chien-Soldat, et il était heureux d'avoir l'occasion de montrer aux siens qu'il se reconnaissait en eux, qu'il était fier de son appartenance cheyenne.

Les femmes venaient tout juste de pénétrer dans les bois, lorsque les tuniques bleues arrivèrent à portée de fusil. Des coups de feu retentirent aussitôt, et des flèches se mirent à voler en tous sens pendant que les soldats, penchés sur leur selle, galopaient à fond de train sur les Indiens. Ceux qui tombaient étaient immédiatement remplacés par d'autres, en un déferlement sans fin. On eût dit que tous les régiments de cavalerie de l'Ouest s'étaient lancés à l'assaut de ce petit village. Les adversaires se trouvèrent bientôt si près les uns des autres que le combat se termina en une âpre lutte au corps à corps.

Pendant que les hommes tentaient de retenir les attaquants, les femmes et les enfants, après une course effrénée, atteignaient le sommet d'une colline, d'où on pouvait observer la prairie sans être vu. La petite troupe s'arrêta pour souffler et regarda. Des corps d'Indiens et de soldats jonchaient le sol dans un grand désordre. Le vent portait les claquements des armes qu'on rechargeait, le tonnerre des salves et les vociférations aiguës des combattants.

– Regardez ! C'est Cheval Blanc ! s'exclama soudain, horrifié, l'un des enfants bâtards de Lune d'Eté.

Son crâne en partie scalpé le rendait facilement identifiable. Il chevauchait un cheval pie et encourageait les Blancs à grand renfort de moulinets du bras. D'un coup, le mystère de cette attaque surprise se trouva résolu. Louve Bienfaisante devinait sans mal ce qui s'était passé.

– Filez avec les enfants et ne vous arrêtez plus, quoi qu'il arrive ! ordonna-t-elle à Beauté Radieuse et à Lune d'Eté.

Puis, sans perdre une seconde, elle sortit son couteau et redescendit la colline en courant, à la rencontre de Cheval Blanc.

Arrivée en bas, elle s'arrêta et agita son couteau pour impressionner Cheval Blanc, espérant ainsi le faire reculer. Mais celui-ci poussa un cri de guerre et lança son cheval au galop dans sa direction, suivi par deux soldats.

En une seconde, il mit pied à terre et se jeta sur Louve Bienfaisante. La jeune femme essaya de lui enfoncer la lame de son couteau dans le cœur, mais sa main dévia, et elle ne réussit qu'à lui érafler la peau, à hauteur de la taille. En se débattant, elle tomba et roula à terre, entraînée par le poids de Cheval Blanc qui refusait de la lâcher. Quand il l'eut coincée contre un rocher, il lui décocha un coup de poing au visage pour décourager toute éventuelle velléité de rébellion. L'angoisse de la jeune femme fut à son paroxysme lorsque Cheval Blanc commença à détacher son sac magique. Il la maintenait prisonnière, les mains dans le dos, totalement impuissante, assis sur elle à califourchon. Le traître lança le sac aux soldats puis, d'un geste leste, déchira la tunique de Louve Bienfaisante.

– Tu es à moi, clama-t-il en lui caressant les seins.

– Dépêche-toi, Cheval Blanc, ricana un des deux militaires. Nous aussi, on veut notre part de ce délicieux gâteau !

Saisissant un caillou en profitant du recul de son assaillant, Louve Bienfaisante réussit à le frapper violemment au torse. Un coup de poignard répondit aussitôt.

– Si tu veux jouer au plus malin avec moi... lança-t-il, la foudroyant du regard.

Il s'interrompit brusquement en voyant Patte d'Ours debout devant lui.

– Fiche le camp d'ici ! hurla le guerrier. La leçon que je t'ai donnée ne t'a donc pas suffi ?

Cheval Blanc se redressa d'un bond. Louve Bienfaisante entendit le claquement d'un coup de feu tout près d'elle, puis des cris et des grognements. Essayant de se relever, elle ne put que rouler sur le côté. Le sang coulait abondamment de son sein gauche entaillé. Instinctivement, elle porta les mains à la blessure qui lui brûlait comme un fer rouge. Pendant de longues minutes, il lui sembla qu'une brume épaisse l'entourait, puis, progressivement, sa vision se fit plus nette. Elle aperçut, étendu près d'elle, un des deux soldats qui accompagnaient Cheval Blanc. L'autre s'était enfui. Plus loin, Patte d'Ours poignardait Cheval Blanc avec un tel acharnement qu'elle le crut devenu fou. Le sang dégoulinait de partout sur le corps de l'éclaireur ramassé en boule sur le sol. Patte d'Ours ne s'arrêta qu'à l'instant où Cheval Blanc s'affalait complètement. Il se redressa et resta un moment, pantelant, les bras ballants, à contempler le massacre. Reprenant enfin ses esprits, il essuya le sang de sa lame de couteau sur l'uniforme de Cheval Blanc et se précipita pour aider Louve Bienfaisante à se relever.

– Viens vite ! dit-il. Nous avons réussi à effrayer les soldats, mais nous devons fuir avant qu'il n'en arrive d'autres.

– Je ne partirai pas d'ici avant d'avoir retrouvé mes pattes de loup. Cheval Blanc me les a prises et les a données à un soldat.

Les cris de Louve Bienfaisante se confondirent bientôt avec ses sanglots. Jamais Patte d'Ours ne l'avait vue dans cet état. Il imagina un instant qu'elle avait perdu la raison.

– Ce n'est pas possible. Nous n'avons pas le temps ! protesta-t-il doucement, espérant réussir à l'apaiser.

Mais Louve Bienfaisante se jeta au sol et se mit à ramper, tâtonnant dans l'herbe et fouillant dans les poches des soldats étendus. Elle devenait hystérique.

– Je dois les retrouver ! hurlait-elle, persuadée que la perte de ses pattes sacrées signifiait non seulement sa propre mort et celle de Patte d'Ours, mais celle de son peuple tout entier.

– C'est fini, Louve Bienfaisante, dit Patte d'Ours, tandis qu'elle continuait à gratter le sol avec la sauvagerie d'un animal affamé en quête de nourriture. Tu vois bien qu'elles ne sont pas là. Le soldat les a emportées. Viens vite, ou tu vas mourir ici. Il faut te soigner sans tarder, tu es déjà très affaiblie.

– J'ai perdu tous mes pouvoirs. Je ne pourrai plus jamais te protéger, se remit-elle à sangloter, la tête posée sur les genoux dans une attitude prostrée.

– Ça ira, ne t'inquiète pas ! On discutera de ce problème plus tard avec Bison Noir. Pour le moment, il faut fuir. Et vite ! Je vais te prendre dans mes bras. Sois sage !

Cette dernière recommandation était parfaitement inutile. Louve Bienfaisante se laissa faire avec une passivité étonnante, comme si le désespoir lui avait brusquement ôté toute énergie.

Patte d'Ours porta la jeune femme jusqu'à son poney, qu'il avait pris soin d'attacher à un arbre pour l'empêcher de s'enfuir. La posant doucement sur le dos de l'animal, il monta derrière elle, l'entourant de ses deux bras. Ils remontèrent la colline en silence, puis Louve Bienfaisante se remit brusquement à pleurer. Elle venait d'apercevoir Doux Pelage, étendu à quelques mètres plus loin. Une grande auréole rouge colorait son poil blanc.

– *Hena-haanehe ! Hena-haanehe !* Cette fois, tout est perdu ! chuchota-t-elle entre deux sanglots étouffés.

Plus bas dans la vallée, les soldats qui avaient survécu défoulaient leur haine et leur rancœur en brûlant tout ce que les Cheyennes avaient laissé derrière eux. L'un d'eux s'amusait à galoper en faisant tournoyer un sac au-dessus de sa tête.

– Je l'ai ! claironnait-il. J'ai le sac de cette diablesse de Cheyenne !

28

Là-haut, Louve Bienfaisante était dans son royaume. Avec les loups et les aigles, elle était vraiment chez elle. Dans ce monde libre et sauvage, elle retrouvait la paix intérieure propice à la prière.

Patte d'Ours attacha son poney pour gravir à pied les derniers mètres trop arides de la montagne. A quelques minutes de retrouver sa femme, il hésita encore, se demandant s'il faisait bien de venir la troubler dans sa retraite. Mais il était si inquiet qu'elle lui pardonnerait !

La guérison de Louve Bienfaisante était encore trop récente pour que Patte d'Ours fût tout à fait rassuré. En dépit des soins prodigués par le chamane, la blessure de la jeune Indienne s'était gravement infectée. Elle avait déliré pendant plusieurs jours, entre la vie et la mort. Patte d'Ours était resté à son chevet, espérant et désespérant tour à tour, jusqu'à ce que le danger fût enfin écarté. Le guerrier avait éprouvé un profond soulagement et remercié les esprits pour leur protection. Mais rapidement, l'inquiétude l'avait repris ; Louve Bienfaisante n'était plus la même. Sa gaieté naturelle semblait l'avoir quittée. Elle gardait le silence la plupart du temps, comme si elle refusait désormais de communiquer avec un monde qui ne l'intéressait plus.

– Son corps est guéri, avait dit le chamane, mais son esprit se meurt. Un feu la brûle de l'intérieur.

Cela faisait maintenant trois jours qu'elle était partie s'isoler dans la montagne. Depuis, personne n'avait plus eu de nouvelles. Le désespoir commençait à s'emparer de la tribu, déjà profondément troublée par la perte des pattes de loup.

En arrivant au sommet, Patte d'Ours aperçut immédiatement Louve Bienfaisante. Elle se tenait debout, face à la brise qui soulevait ses longs cheveux noirs vers l'arrière et dégageait son visage lumineux. Derrière elle, les rayons du soleil se propageaient en étoile, embrasant le ciel de milliers de points d'or. Deux loups étaient assis à ses pieds ; le reste de la meute décrivait des cercles autour d'elle. Une atmosphère surnaturelle enveloppait cette scène irréelle. D'abord impressionné, Patte d'Ours n'osa interpeller sa femme. Il avait tant de choses tendres à lui dire, pourtant ! Il parcourut à pas lents la distance qui les séparait encore. Les loups le laissèrent approcher sans manifester d'agressivité, se contentant de regarder dans sa direction.

– Reviens ! La tribu a besoin de toi, et moi, je ne peux pas vivre sans toi, réussit-il à déclarer enfin.

Louve Bienfaisante se mit à l'observer comme si elle avait soudain une vision. Lentement, un sourire se dessina sur ses lèvres et, d'une voix profonde, tout juste chuchotée, elle murmura :

– J'ai retrouvé la paix. La perte de mes pouvoirs m'a soulagée d'un grand poids, et ma vision d'enfance s'est réalisée aujourd'hui.

– Que veux-tu dire ? questionna Patte d'Ours, intrigué par ces propos obscurs.

– Quand j'avais six ans, j'ai rêvé de nous deux, au sommet d'une montagne, protégés par les loups. Exactement comme aujourd'hui ! Avec ce même soleil flamboyant et cette brise douce comme une caresse. Toute ma vie, j'ai attendu la réalisation de ce songe, et voilà qu'elle vient de m'être donnée !

Une lueur de sérénité et de bonheur illuminait son regard.

Patte d'Ours enlaça sa femme et la serra contre lui, n'osant rien ajouter, de crainte de briser la magie de ces instants.

– Maintenant, je comprends ce que tout cela signifiait, poursuivit-elle. L'Esprit des Loups m'a rendue à toi. En me reprenant mes pouvoirs, il a fait de moi une simple femme. Pour le temps qui nous restera à vivre sur cette terre, je t'appartiens entièrement.

Louve Bienfaisante posa sa bouche sur le torse de Patte d'Ours, respirant l'odeur de ce corps qu'elle aimait tant. Une paix profonde, qu'elle n'avait jamais connue, l'avait envahie.

– *Na-htse-eme*, dit Patte d'Ours en riant. Il y a une grotte près d'ici où nous serons bien. Viens, petite femme guerrière ! *Ne-mehotatse*.

Les loups regardèrent Patte d'Ours et Louve Bienfaisante s'éloigner, main dans la main. L'un d'eux poussa un long gémissement qui ressemblait à un chant d'adieu. Leur femme bénie retournait à son humanité.

Thomas Prescott remonta le col de sa vareuse. Un vent glacial soufflait dans les Black Hills. Il pensait à sa fille, rassuré de la savoir au chaud et bien soignée par Mme Pierce. L'épouse du lieutenant avait accepté de prendre l'enfant sous sa protection pendant que Thomas chevauchait sous les ordres de son mari.

Ce n'était pas la première fois que Thomas participait à ce genre d'opération qui avait pour objet de convaincre les Indiens de s'installer dans des réserves. Cette nouvelle campagne était orchestrée par le général

Crook. Bien qu'il fût un ennemi des Indiens, Thomas était convaincu qu'il s'efforçait d'accomplir honnêtement sa tâche. Mais des éléments subjectifs venaient brouiller la situation. Crook ne s'entendait pas avec le général en chef, Sheridan. Tous deux n'avaient en commun que la haine qu'ils vouaient à Custer. Ces animosités personnelles créaient un climat délétère au sein de l'armée et déstabilisaient les hommes de troupe, qui finissaient par se demander qui les commandait réellement. Thomas se réjouissait de n'avoir jamais été affecté au 7e régiment de cavalerie. Obéir à Custer, le responsable des troubles actuels, lui eût été impossible, il aurait démissionné, comme l'y autorisait son statut civil. Pour le moment, le problème ne s'était pas posé, et Thomas espérait bien aller jusqu'au bout de sa mission. Persuadé que la paix ne pouvait se faire que par la discussion et la compréhension mutuelle, il ne pouvait concevoir que l'on essayât de l'imposer par la force, encore moins par la violence. Pour que les Indiens acceptent de se sédentariser, il fallait, disait-il, aller vers eux la main tendue. Il tentait lui-même de mettre en pratique cet esprit de tolérance et de le communiquer à ses compagnons d'armes.

Au moment où il mettait pied à terre, une violente bourrasque le cingla en plein visage. Il pivota dos au vent, et se hâta de rejoindre autour du feu les hommes qui attendaient avec impatience l'arrivée des troupes du lieutenant Pierce, chargées de les remplacer.

– Ah, vous voilà ! s'écria un soldat. Heureux de vous laisser la place, les gars ! Crook est vraiment cinglé de nous envoyer courir après ces sauvages par un froid pareil.

– Y n'fait qu'obéir aux ordres, grommela un autre homme.

– Ouais... C'est Sheridan qui est derrière tout ça. On

voit bien qu'c'est pas lui qui s'gèle les orteils pour chasser la racaille !

Des grognements de mauvaise humeur suivirent cette remarque.

Deux hommes, restés à l'écart, continuaient tranquillement de jouer aux cartes, assis devant un tonneau. Thomas s'approcha d'eux au moment où l'un des joueurs jetait ses cartes d'un air penaud.

– Désolé, mais j'peux plus suivre. J'ai plus un *cent*... A moins que t'acceptes ça ! dit-il en sortant un petit objet de sa poche. Tu pourras peut-être un jour revendre ce sac à prix d'or à un collectionneur de pacotille indienne, sait-on jamais ! Il appartenait à une Cheyenne, une femme bénie... enfin, une espèce d'illuminée, quoi ! Je le tiens de l'éclaireur qui lui a fauché. Ça lui a pas porté bonheur, le pauvre type ! Il a été tué par le mari juste après !

La femme bénie ! Incrédule, Thomas écarquilla les yeux, se demandant si son esprit ne lui jouait pas des tours. Non, pas de doute possible, il s'agissait bien du sac magique de Louve Bienfaisante ! Il portait même encore la marque de brûlure datant du jour où sa mère l'avait jeté dans le poêle. Le parieur venait de vider le sac de son contenu : trois pattes de loup, deux plumes d'aigle et quelques dizaines de perles.

– Tu te fiches de moi, Gregson ! Qu'est-ce que je veux que j'fasse avec des pattes ratatinées et des vieilles plumes d'oiseau ?

– Je vous en donne cinquante dollars, intervint Thomas.

Les deux joueurs se retournèrent en même temps et lancèrent un regard surpris à cet insensé.

– Je rajoute même dix dollars si tu peux me dire ce qui est arrivé à la femme à qui appartenait ce sac, renchérit Thomas à l'adresse de celui que son ami avait appelé Gregson.

Le parieur fronça les sourcils d'un air soupçonneux.

– Hé ! Pourquoi t'es prêt à payer si cher ? Tu crois vraiment que ce truc a de la valeur ?

– Non, ça n'a de valeur que sentimentale, répliqua tristement Thomas.

– Dis donc, tu s'rais pas le type qui connaît bien cette Cheyenne qu'on appelle Louve Bienfaisante, par hasard ? Il me semble que j't'ai vu à Fort Laramie, remarqua l'autre joueur.

– Oui, c'est moi.

– Bon, si t'es prêt à mettre le paquet pour cette camelote, elle est à toi, reprit Gregson. Mais j'te préviens ; c'est un drôle de porte-bonheur ! Il m'est arrivé que des pépins depuis que j'l'ai !

– Et tu voulais me le r'filer, salaud ! s'exclama son partenaire en éclatant d'un rire sonore.

Gregson expliqua à Thomas que, quelques mois plus tôt, un éclaireur répondant au nom de Cheval Blanc avait guidé le régiment pour aller attaquer le village de la jeune Indienne.

– Dès qu'il a aperçu, comment l'appelles-tu... Louve Bienfaisante, Cheval Blanc s'est précipité pour lui sauter dessus. Mon copain Bill Merrick et moi étions avec lui parce qu'il nous avait promis qu'on l'aurait à tour de rôle. Faut dire qu'elle était sacrément attirante ! Mais la garce voulait pas se laisser faire. Alors, Cheval Blanc lui a volé ce machin soi-disant magique, et me l'a lancé. Puis, comme la femme continuait à se débattre, il lui a filé un coup de couteau, histoire de la calmer un peu ! Il allait réussir à la violer, quand son guerrier de mari est arrivé. Mes aïeux ! j'avais jamais vu un air si féroce, j'en ai encore froid dans le dos ! Il a commencé par tirer à bout portant sur Merrick, puis il s'est

354

jeté sur l'éclaireur avec une de ces rages ! Moi, tu penses bien, j'ai détalé sans attendre mon reste. On a aussitôt commencé à se replier. On avait peur que les tribus voisines rappliquent ! On a même attendu plusieurs jours pour revenir enterrer nos morts. Les Cheyennes avaient dû filer aussi vite que nous car nous avons retrouvé les cadavres intacts, mis à part celui de Cheval Blanc. Le pauvre vieux était tout disloqué. Ses membres ne tenaient plus que par quelques centimètres de peau et ses testicules sortaient de sa bouche grande ouverte...

– Doux Jésus ! murmura Thomas, à la fois consterné et écœuré.

Une tentative de viol collectif, un coup de poignard et le vol de ses pattes sacrées... comment Louve Bienfaisante avait-elle pu supporter cette cascade de drames ?

Si Dieu le permettait, Thomas lui rendrait un jour ce petit sac auquel elle tenait tant. *Où es-tu, ma sœur de sang ?* se demanda-t-il tout bas, tandis que son regard se portait sur les cimes des Black Hills. Seul le hurlement du vent vint lui répondre.

29

1876

En dépit de toutes les pressions qu'ils pouvaient subir, les Cheyennes du Nord et les Sioux refusaient encore de rejoindre les réserves où les Blancs voulaient les enfermer.

Au cours de l'hiver, les troupes du général Crook, surnommé Trois Etoiles par les Indiens, avaient mené plusieurs campagnes visant à repousser les Peaux-Rouges vers le Nord-Ouest. Les militaires avaient ainsi réussi à reprendre des territoires d'où ils avaient été chassés dix ans plus tôt.

A première vue, cette évolution de la situation était favorable aux Blancs. C'était oublier qu'en réduisant ainsi le champ d'action des Indiens, ils rassemblaient des hommes furieux d'avoir été à nouveau grugés et facilitaient leur regroupement. Les Cheyennes du Nord, les Arapahoes et toutes les tribus, Sioux, Oglalas, Hunk-papas, Miniconjous et Pieds-Noirs, n'avaient jamais été aussi soudés.

Après l'attaque brutale de leur village, les Cheyennes s'étaient repliés le long de la rivière Rosebud, où étaient déjà installés bon nombre de leurs frères. Au printemps 1876, le chagrin et l'espoir s'étaient étrangement mêlés. D'abord, la tribu décimée avait pleuré ses morts. Puis la vie avait repris, et avec elle était revenue la foi en l'avenir. Les Sioux et les Cheyennes avaient assisté ensemble à une Danse du Soleil au cours de laquelle les hommes avaient reconstitué leurs forces spirituelles. Pour la première fois, de jeunes guerriers – dont le fils aîné de Patte d'Ours – avaient pris part au sacrifice avec une ferveur étonnante. Louve Bienfaisante avait elle-même imploré Bison Noir pour qu'il l'autorisât à participer à un rite sacrificiel. Le grand prêtre s'était d'abord montré récitent, sachant combien cela était important pour elle. Il s'était alors souvenu de la petite fille de six ans qui avait osé un jour lui tenir tête en refusant de lui remettre ses pattes de loup. Il y avait déjà en elle la même volonté de fer ! Il avait pris son couteau, fait quelques incantations, puis sacrifié le bras de Louve Bienfaisante, qui n'avait pas bronché.

Ceux qui assistaient à la cérémonie ne lui cachaient pas leur reconnaissance. Grâce à ce sacrifice, les esprits soutiendraient le peuple cheyenne. Les tuniques bleues avaient peut-être fait reculer les Indiens, elles n'iraient pas plus loin. Sitting Bull venait d'ailleurs d'envoyer des messagers dire aux soldats que s'ils tentaient de traverser la rivière Rosebud, ce serait « à leurs risques et périls ».

Quand les guerriers arrivèrent au grand galop, tout le village exulta. Louve Bienfaisante éprouva un profond soulagement en constatant que Patte d'Ours était avec les vainqueurs. Elle savait que le combat avait été âpre pour empêcher les troupes de Crook de franchir la Rosebud.

– Ils se sont repliés !

– Nous avons battu Trois Etoiles !

Le tonnerre des sabots ne parvenait pas à étouffer les cris des combattants. Les hommes étaient sales, couverts de sueur et de terre, mais profondément heureux. Les femmes entonnaient des chants à la gloire des guerriers, et les enfants hurlaient à pleins poumons. L'excitation s'était même communiquée aux chiens, qui mêlaient leurs aboiements à cette joyeuse cacophonie.

En voyant Petit Fauve se profiler derrière son père, Louve Bienfaisante se sentit émue aux larmes. Il avait quatorze ans, exactement l'âge de Patte d'Ours quand il l'avait retrouvée, après qu'elle se fut perdue dans la montagne. Leur ressemblance était étonnante. Trente étés déjà s'étaient écoulés depuis cette époque ! Elle en était sûre puisque, à partir de là, elle avait compté les saisons en ajoutant chaque année une petite perle dans son sac magique. Il en contenait exactement vingt-neuf quand Cheval Blanc le lui avait volé. Aujourd'hui, elle avait trente-six étés, et Patte d'Ours quarante-quatre. A ses yeux, il était toujours aussi beau et aussi fort. *Quoi qu'il arrive maintenant, rien ni personne ne pourra détruire cet amour qui nous unit*, songea-t-elle en regardant son bien-aimé descendre de poney.

– Viens, nous avons une grande victoire à fêter, tous les deux ! lança le guerrier en poussant Louve Bienfaisante dans leur tipi.

Cette victoire n'appartenait qu'à lui, maintenant qu'elle ne chevauchait plus avec les Chiens-Soldats.

– Le succès me donne des ailes et l'envie de faire l'amour, petite femme, dit Patte d'Ours en rabattant consciencieusement derrière lui la peau qui protégeait l'intérieur de la tente des regards indiscrets.

Comme s'ils voulaient laisser croître leur désir, ils se regardèrent longuement, sans parler. Bientôt, Louve Bienfaisante sentit la main de Patte d'Ours remonter lentement le long de sa jambe. Un doux vertige l'envahit et un feu lui enflamma le corps.

Ils s'allongèrent à même le sol, se dévorèrent de baisers et se caressèrent avec frénésie, comme si leur appétit ne pouvait être rassasié. Passant sa langue sur le cou et le torse de Patte d'Ours, Louve Bienfaisante savourait le sel de sa peau et cette odeur si particulière qu'il avait au retour d'une chevauchée difficile.

Il la pénétra avec un murmure rauque et la même sauvagerie qu'il avait déployée contre les troupes de Trois Etoiles, puis ils partagèrent avec passion les fruits délicieux de la victoire.

Les Ve-ho-e ! Voilà les Ve-ho-e ! L'écho de ce cri retentissait dans toute la vallée. Les guerriers qui galopaient d'un village à l'autre pour donner l'alerte prétendaient que Cul de Fer en personne menait les troupes.

Après leurs succès de Rosebud River, les Cheyennes avaient rejoint les Sioux dans la vallée de l'Herbe

Grasse, où coulait une rivière que les Blancs appelaient Little Big Horn. D'autres Indiens étaient venus grossir les rangs : ceux qui, las du mépris dans lequel les Blancs les tenaient, s'étaient échappés de leurs réserves. C'était un rassemblement si gigantesque que les tipis s'étendaient à perte de vue, sur près de cinq kilomètres.

Aux premiers avertissements, les hommes bondirent sur leurs armes, encouragés par les cris des squaws. Ils étaient confiants ; déjà, la nouvelle se répandait qu'au sud, où les combats avaient commencé, un bataillon entier de soldats avait été anéanti et leurs renforts bloqués par les Sioux.

— Ils arrivent plein nord, droit sur nous. Préparez-vous ! C'est une belle journée pour mourir ! cria un guerrier à tue-tête.

— *Hoka hey !* Une belle journée pour mourir ! reprirent en chœur un groupe d'hommes au visage barbouillé de peintures de guerre.

Louve Bienfaisante aida Patte d'Ours à se préparer. En quelques minutes, il était en selle, aussitôt rejoint par Petit Fauve.

— N'oublie pas ma vision ! N'oublie pas ce que je t'ai dit ! eut-elle tout juste le temps de lui crier.

Elle eut l'impression qu'il ne l'entendait pas. A peine avait-elle terminé sa phrase que Patte d'Ours avait brandi sa lance, poussé un cri de guerre et s'était élancé au galop.

Aussi loin que portait son regard, c'était une marée de guerriers. Il en venait de partout. Elle aperçut Crazy Horse qui traversait la rivière dans une gerbe d'eau, suivi de centaines d'hommes chevauchant à bride abattue, l'air aussi farouches que déterminés. Quelqu'un parlait d'encercler les soldats.

— Tête Intrépide les retiendra, le temps que nous arrivions par-derrière, disait l'homme d'une voix excitée.

– Combien sont-ils ? lui demanda Louve Bienfaisante.

– Je ne sais pas. Peut-être deux cents.

– Deux cents ! répéta la jeune femme, interloquée.

Les Indiens, eux, n'avaient jamais été si nombreux qu'aujourd'hui. Il fallait être fou pour lancer *deux cents* tuniques bleues contre *deux mille* Indiens. Etre fou, ou s'appeler Custer... se dit Louve Bienfaisante. Pourvu que ce soit lui ! songea-t-elle. Il était grand temps que les Indiens eussent leur revanche. Entre eux et Cul de Fer il n'avait jamais existé que la haine. Les Indiens n'avaient jamais oublié que cet homme sans cœur était l'auteur des massacres de la Washita. Ils le savaient aussi responsable de l'arrivée massive des Blancs dans les Black Hills.

Louve Bienfaisante retourna vers son tipi et prit une bride pour son cheval.

– Je ne peux pas manquer un tel spectacle, dit-elle à Beauté Radieuse. Rassemble les enfants et demande à Violette Sauvage de t'aider à démonter le tipi pour fuir rapidement si nécessaire. Moi, je vais voir ce qui se passe avec les guerriers.

– Sois prudente, lui recommanda sa sœur.

– Ne t'inquiète pas ! rétorqua Louve Bienfaisante en riant. Ce serait plutôt aux tuniques bleues de se faire du souci !

Elle avisa un solide poney que Patte d'Ours avait volé à un éclaireur crow à la bataille de Rosebud River. Elle lui passa la bride, lui empoigna la crinière et sauta à cru.

Pendant cinq bonnes minutes, elle remonta au galop le lit de la rivière, en direction du nord, sur les traces de Crazy Horse et de Patte d'Ours. C'était si bon de sentir le vent fouetter son visage ! Elle se souvint du temps où elle participait aux raids avec les Chiens-

Soldats. Aujourd'hui, elle ne prendrait pas part aux combats, mais elle voulait imprimer dans sa mémoire les images d'une bataille qui, elle le pressentait, serait grandiose. On entendait déjà les tirs des fusils. Tête Intrépide et ses hommes devaient freiner l'avancée des soldats, pour laisser à Crazy Horse le temps de surprendre les troupes par l'arrière. Dans ce chapelet de collines et de vallées, l'écho des cris de guerre ondoyait selon les déplacements des cavaliers. Ils s'élevaient en un vacarme assourdissant, puis s'étouffaient derrière un vallon pour enfler de nouveau.

Louve Bienfaisante quitta la rivière et remonta la pente. La scène qu'elle découvrit depuis le sommet la fascina. En bas, dans l'herbe jaunie de la prairie, Tête Intrépide et une centaine de guerriers tenaient en respect une énorme division. Derrière eux se profilaient déjà les silhouettes de Patte d'Ours, de Crazy Horse et d'un millier d'Indiens. Les soldats s'étaient déployés en cercle. La plupart avaient mis pied à terre, les autres faisaient des voltes, essayant désespérément de calmer leurs montures affolées. Le champ de bataille était jonché de cadavres d'hommes et de chevaux.

De toute évidence, les tuniques bleues étaient engagées dans une confrontation dont elles ne sortiraient pas vainqueurs. Louve Bienfaisante avait presque pitié de ces pauvres bougres qui ne faisaient qu'obéir aux ordres. Se méprenant sur les forces réelles des Indiens, quelque chef avait dû imaginer que l'armée des Etats-Unis n'en ferait qu'une bouchée. Or, les Peaux-Rouges n'avaient plus rien à voir avec les hommes conciliants et pacifiques d'autrefois. Ils étaient devenus des combattants désespérés, prêts à tout pour reconquérir leur fierté d'hommes libres, lassés de ravaler leur frustration et de subir les camouflets de promesses bafouées.

Louve Bienfaisante éprouvait des sentiments contradictoires. Certes, la victoire imminente lui procurait un bonheur intense. Mais en même temps, elle craignait la colère des *Ve-ho-e* qui refuseraient probablement d'en rester là. Ils appelleraient des renforts de l'Est et alors... On verrait bien, après tout.

Le combat fit rage pendant des heures. Les Visages pâles, complètement encerclés, résistèrent jusqu'au bout avec un courage dont Louve Bienfaisante les aurait crus incapables.

Enfin un puissant cri de joie monta vers le ciel. Les Indiens levèrent leurs lances et se jetèrent sur les *Ve-ho-e* morts pour les étriper et leur voler leurs armes. Louve Bienfaisante ferma les yeux : ce spectacle ressemblait trop à celui de sa vision. Lorsqu'elle les rouvrit, l'inquiétude la gagna. Grisé par le succès, oubliant ses promesses, Patte d'Ours prenait part au carnage.

Ivres de sang, les vainqueurs se défoulèrent jusqu'à l'épuisement. Ce n'est que bien après le coucher du soleil qu'ils ramassèrent leurs morts et regagnèrent le campement. Toute la nuit, on célébra la fin de la guerre.

Louve Bienfaisante ne se mêla pas aux réjouissances. Elle avait compris que la véritable guerre ne faisait que commencer.

30

C'était un froid après-midi d'hiver, rythmé par les gémissements lugubres du vent. Louve Bienfaisante se rapprocha du feu, autour duquel s'étaient déjà réfugiés Beauté Radieuse et les enfants. Les hommes étaient partis chasser, espérant que, pour une fois, ils rapporteraient un peu de gibier qui permettrait à la tribu de tenir encore un peu.

Depuis la bataille de Little Big Horn, la principale préoccupation des Indiens avait été de ne pas tomber dans la nasse tendue par l'armée. Au prix de déplacements incessants, ils avaient jusqu'à présent réussi à échapper aux unités qui quadrillaient la région. Mais cette obligation de lever fréquemment le camp avait empêché toute autre activité. La famine et la misère recommençaient à se faire sentir. Dans leurs vieux vêtements, les hommes et les femmes amaigris n'étaient plus que l'ombre d'eux-mêmes. Les enfants, ventre ballonné, yeux caves, n'avaient plus même la force de geindre. Tristes prémices de la fin trop prévisible d'un peuple jadis si fier !

Depuis ce jour où, dans la vallée de l'Herbe Grasse, les siens avaient ignoré ses avertissements en s'acharnant sur les cadavres des Visages pâles, Louve Bienfaisante était persuadée que des événements dramatiques se préparaient. Les difficultés actuelles ne la surprenaient donc pas. Peu après la victoire, des messagers avaient confirmé que c'était bien le général Custer qui menait les armées, mais pour l'instant, Louve Bienfaisante ignorait encore tout du sort de Cul de Fer. Les Indiens étaient-ils définitivement débarrassés de cet ennemi irréductible, ou avait-il survécu ?

Une seule chose était sûre : loin de s'avouer vaincue, l'armée américaine n'avait cessé de renforcer sa présence sur les terres de l'Ouest. D'énormes convois de soldats, rendus hargneux par la récente défaite, étaient arrivés en renfort afin de conduire de gré ou de force tous les sauvages rouges dans des réserves.

Imaginatifs et rusés, les Indiens s'étaient dispersés. La tribu de Patte d'Ours et de Louve Bienfaisante s'était repliée au fond d'un canyon. A l'abri de gorges profondes, les Cheyennes espéraient pouvoir y demeurer cachés quelques mois au moins, jusqu'à la fin de l'hiver. Toujours sur le qui-vive, ils se tenaient cependant prêts à fuir à tout moment.

Soudain, des coups de feu éclatèrent. Les deux jeunes femmes échangèrent un regard horrifié. Elles savaient bien faire la différence entre les coups isolés des chasseurs et les rafales continues des Visages pâles. Aucun doute n'était possible.

Beauté Radieuse bondit et rassembla les affaires, tandis que Louve Bienfaisante se précipitait pour étouffer le feu. Puis elles sortirent démonter le tipi, sous les assauts mordants d'un vent qui semblait ne jamais vouloir s'arrêter de rugir. Les enfants tremblaient, sans se plaindre.

– Détache la jument ! cria Beauté Radieuse à Grandes Mains.

Chacun, efficace et rapide, connaissait parfaitement son rôle. Les tirs, qui continuaient, avaient mis le village en effervescence. Louve Bienfaisante ne pouvait s'empêcher de penser à Patte d'Ours et à Petit Fauve qui, partis ensemble à la chasse, risquaient de croiser la route des soldats. Levant les yeux, elle aperçut une colonne d'uniformes bleus qui se déplaçait sur la crête, juste au-dessus du camp. Pas question de s'attarder, tant pis pour ce qu'on laisserait sur place.

Les Indiens entreprirent de sortir du canyon, gravissant la pente à pas lents, accompagnés de leurs petits poneys squelettiques.

Un peu avant d'arriver au sommet, Louve Bienfaisante se retourna : les tipis flambaient au milieu des cadavres de chevaux. Les soldats s'appliquaient à tout détruire, espérant les acculer à une mort lente. Bientôt, ils n'auraient même plus à se donner le mal de tirer sur les Indiens. Il leur suffirait d'attendre qu'ils choisissent entre la capitulation ou la mort.

Le jour commençait à décliner. La tribu chercha un endroit un peu abrité où passer la nuit. Les malheureux durent se serrer les uns contre les autres pour ne pas mourir de froid. Lune d'Eté, souffrant depuis des semaines d'une toux chronique, s'isola pour ne pas communiquer aux enfants la malédiction qui s'était abattue sur sa poitrine. Elle qui s'était empâtée au cours de ses années de vie avec Cheval Blanc avait progressivement maigri, au point de n'être plus qu'un sac d'os. Ses joues s'étaient creusées, ses yeux, cernés. Elle passa la nuit à tousser. Avant le lever du soleil, elle était morte.

Les Indiens ne pouvaient même plus se permettre de pleurer leurs morts. Louve Bienfaisante et sa tante, Astre Brillant, mirent le corps à l'abri. Puis, avec les enfants en larmes, elle se remit en chemin. Triste nouvelle pour les chasseurs à leur retour, en particulier pour Corbeau Noir et Grand Couteau.

Trois jours plus tard, les hommes étaient là. Les nouvelles qu'ils rapportaient n'étaient guère meilleures que celles qu'ils reçurent. Ce fut Patte d'Ours qui se chargea d'annoncer à Astre Brillant la mort de Deux Lunes. Ecrasée de souffrance, la vieille femme tomba à genoux et se mit à pleurer.

A peine Patte d'Ours avait-il rempli sa mission qu'il se plia en deux, la main sur le ventre. Soudain épouvantée, Louve Bienfaisante remarqua que le visage de son mari s'était creusé de rides profondes et qu'il grimaçait de douleur. En une seconde, toute la joie de le savoir de retour s'envola.

— Tu as été blessé aussi ? s'enquit-elle d'un ton affolé.

Patte d'Ours ne répondit pas. Mais quand il se redressa un peu, elle put voir que la fourrure de sa veste était maculée de sang sur le devant. A bout de forces, il n'était revenu qu'au prix d'efforts surhumains.

Pourtant, il fallait reprendre la marche. Fuir les soldats. Fuir. Fuir. Fuir...

Thomas avançait dans la neige. Pour reposer son cheval, il avait mis pied à terre.

Plus il réfléchissait, moins il comprenait. Ce qu'on lui avait rapporté de la bataille de Little Big Horn le laissait profondément perplexe. Qu'est-ce qui pouvait avoir incité Custer à jeter ses troupes dans un tel piège, si ce n'était une soif de gloire démesurée ? Il n'était pas impossible que sa mégalomanie – on disait qu'il ambitionnait la fonction suprême de président des Etats-Unis – l'eût poussé à cette imprudence.

Il se passerait des années avant que l'on apprenne la vérité, au terme d'innombrables enquêtes. Les Indiens qui avaient participé à ces combats pourraient peut-être témoigner un jour... si on parvenait toutefois à leur mettre la main dessus ! Depuis des mois, ils avaient réussi à échapper aux soldats. De vraies anguilles ! Comme ses compagnons, Thomas était fatigué. Le froid mortel rendait la tâche des militaires encore plus pénible. Les hommes du rang devenaient irritables ; les actes d'indiscipline se multipliaient.

Thomas était impatient de retrouver Rebecca, qu'il avait quittée depuis des mois. Son régiment se dirigeait vers le Canada d'où, d'après les derniers renseignements, s'étaient réfugiées les grandes tribus de Sitting Bull et de Crazy Horse. C'était la limite que se donnait Thomas. Si arrivé là il n'avait pas de nouvelles de Louve Bienfaisante, c'était décidé, il repartirait vers Laramie et abandonnerait ses recherches.

Une patrouille avait rencontré une bande de Cheyennes. Cette nouvelle avait ravivé à la fois ses espoirs et ses inquiétudes : l'un des hommes avait prétendu avoir mortellement blessé Patte d'Ours.

– Quel dommage qu'il ait réussi à filer ! J'aurais pu toucher la récompense si ce crétin avait eu la bonne idée de crever sur place, avait-il ronchonné, rageur. De toute façon, il ira pas bien loin avec les tripes à l'air !

Thomas était en proie à un profond malaise. La haine, la cruauté, la méchanceté des hommes n'en finissaient pas de l'étonner. Instinctivement, il se rassura en posant la main sur le petit sac de Louve Bienfaisante. Oui, il était toujours là, dans la poche intérieure de la veste de son uniforme. Un jour, il le lui rendrait...

Patte d'Ours était allongé sur une fourrure. Assise auprès de lui sous le tipi, Louve Bienfaisante ne le quittait pas des yeux. En dépit de la très légère remontée des températures, un froid vif sévissait encore. Le feu qui crépitait à côté d'eux diffusait une chaleur bienvenue.

Tout au long du chemin, Patte d'Ours avait perdu beaucoup de sang. Finalement, épuisé, il s'était effondré et était tombé de son cheval. Beauté Radieuse, Louve Bienfaisante et les quatre enfants s'étaient arrêtés, laissant le reste de la tribu continuer sa route.

Louve Bienfaisante avait soigné de son mieux la plaie de son mari, mais l'état de ce dernier ne faisait qu'empirer. Sa respiration était devenue haletante et irrégulière, et chacune de ses inspirations semblait le faire considérablement souffrir. De profonds sillons lui raviniaient le visage. Il gardait les yeux ouverts, mais son regard était fixe, comme déjà mort.

Un souffle rauque, à peine perceptible, accompagna soudain un léger mouvement de ses lèvres. Louve Bienfaisante lui caressa le front et se pencha vers lui, se dominant pour ne pas éclater en sanglots.

– Allez-vous-en... Sauvez... les... enfants, réussit-il à lui chuchoter à l'oreille. Mon... heure... est... venue.

Chaque mot semblait lui causer une véritable torture. Louve Bienfaisante serra les mâchoires. Elle avait tant lutté contre les pleurs que sa gorge lui brûlait.

– Je ne te laisserai pas, mon bien-aimé. Les soldats peuvent venir, je suis prête. Je ne t'abandonnerai jamais. (Se tournant vers sa sœur et les enfants :) Patte d'Ours demande que vous partiez. Il a raison. Fuyez tous.

– Je ne veux pas quitter mon père, protesta Petit Fauve, les yeux brillants de larmes.

– Si tu l'aimes, fais ce qu'il te demande. Tu es l'aîné, tu es responsable de tes frères et de ta sœur. Ton père aurait souffert pour rien, si ses enfants devaient mourir. Rejoignez Sitting Bull et sauvez-vous jusqu'à ce que les soldats ne puissent plus vous attraper. Alors, le cœur de ton père sautera de joie. Où qu'il soit à ce moment-là, il le saura, Petit Fauve. Il le saura !

Le jeune garçon s'était levé. Des larmes coulaient en silence sur ses joues. Louve Bienfaisante aimait cet enfant et les autres comme s'ils étaient sortis de son ventre, mais elle se devait à son mari.

– Tu dois mettre à l'abri les enfants que tu as donnés à Patte d'Ours, reprit-elle d'une voix douce à l'adresse de sa sœur. Pars avec eux. Si un jour vous êtes forcés de vivre dans une réserve, il n'y aura que toi pour entretenir dans leur cœur le souvenir des Cheyennes, leur rappeler qu'ils peuvent être fiers d'être les enfants d'un grand guerrier. Ne regrette rien et ne sois pas triste pour nous. Patte d'Ours et moi aurons réalisé notre rêve de mourir ensemble. Quand vous entendrez le chant des loups à la nuit tombée, vous saurez que nous sommes avec vous pour toujours.

Petit Fauve s'accroupit près de son père. D'un geste lent et difficile, Patte d'Ours réussit à lui caresser les cheveux.

– Je... suis... fier de toi. Si vous... allez... vivre... dans une réserve, ânonna-t-il d'une voix de plus en plus faible, cherchez... un Blanc... qui s'appelle... Thomas Prescott. Il... vous... aidera.

– *Ne-mehotatse, Ne-ho-eehe,* répondit Petit Fauve en s'essuyant les yeux.

A son tour, il était un homme. Un homme aussi brave que son père.

Pendant toute la nuit, le vent ne cessa de gémir.

Tout ce qu'elle avait vécu avec Patte d'Ours redéfila, vivace, dans la mémoire de Louve Bienfaisante : les moments de liberté passés à galoper ensemble et les instants d'amour en pleine nature... Elle sentait encore la caresse du vent, le parfum des fleurs, la fraîcheur de l'eau de la rivière...

Glissant la main sous la veste de son mari, elle lui effleura doucement le torse.

– Je... les... vois, murmura-t-il.

– Que vois-tu, mon amour ?

– Les... enfants. Je sais qu'ils... vivront... parce qu'il y a... des loups... partout... autour d'eux...

– Oui, sois en paix, l'Esprit des Loups veillera sur ta descendance.

– *Ne-mehotatse, Na-htse-eme... Hena-haanehe.* C'est... fini, fit-il dans un souffle.

Ils échangèrent encore un regard, et Patte d'Ours ferma les paupières.

Louve Bienfaisante demeura un long moment immobile, ne pouvant pas admettre que la vie eût définitivement quitté ce corps tant aimé.

— Dors bien, mon amour, murmura-t-elle, posant ses lèvres sur la bouche glacée.

31

— En v'là un ! s'exclama le soldat, en pointant son fusil sur la frêle silhouette qui progressait lentement dans la neige.

— Arrête ! cria Thomas. On dirait une femme.

— J'm'en fous ! Ces va-nu-pieds méritent tous de crever.

Au risque de recevoir lui-même la balle destinée à l'ennemi, Thomas bouscula le militaire. Le coup partit vers le ciel. Furieux, le soldat retourna l'arme contre ce gêneur qui venait de lui faire manquer sa cible. Poussé de côté, déstabilisé, Thomas tomba de toute la hauteur de son cheval et atterrit violemment sur le sol gelé. Avant qu'il ait eu le temps de se relever, une deuxième détonation retentit.

— Je crois que je l'ai eue... Elle a trébuché juste avant de disparaître derrière les rochers ! fanfaronna le tireur.

Thomas contracta les mâchoires et serra le poing pour se dominer. Seigneur, se pouvait-il que ce fût Louve Bienfaisante, sa sœur de sang, la femme qu'il cherchait depuis si longtemps ?

— Hé, vous, là, du calme ! On ne tire que sur mon ordre ! intervint le lieutenant. (Aidant Thomas à se relever, il demanda :) Ça va aller ?

Celui-ci gémissait en se massant les côtes.

– Rejoignez vos postes ! ordonna le lieutenant à ses soldats. Vous, Prescott, venez avec moi !

Il conduisit Thomas jusqu'à la tente.

– Déshabillez-vous. Je vais vous bander le torse, ça vous soulagera.

Thomas ne se fit pas prier. Il retira sa veste et sa chemise et, avec une grimace de douleur, leva les bras.

– Vous allez avoir un beau bleu, constata le lieutenant. Vous vous êtes conduit stupidement, Prescott. Ne recommencez jamais ça ! Vous auriez pu blesser un de mes hommes. Nous sommes là pour chasser les Indiens, tout de même !

– Je sais. Excusez-moi, lieutenant, mais je ne peux m'empêcher d'avoir pitié d'eux. Pourquoi ne leur fiche-t-on pas la paix maintenant ? Qu'avons-nous encore à craindre de cette armée de fantômes, de ce peuple brisé et affamé ? Laissons-les retourner dans les Black Hills. C'est leur terre. Ils sont incapables de vivre ailleurs.

– Laissez tomber l'armée, Prescott. Nous savons tous pourquoi vous êtes là. Rien ne permet d'affirmer que la femme que vous cherchez soit toujours en vie, ou n'ait pas accepté d'aller dans une réserve...

Pendant que Thomas remettait sa chemise, le lieutenant observait les montagnes à travers sa longue-vue.

– On dirait qu'ils ont levé le camp. Trop tard ! Le temps qu'on grimpe derrière eux, ils seront déjà passés au Canada. Il n'y aura plus qu'à attendre qu'ils reviennent. Sitting Bull et les autres... La faim les ramènera vite par ici. D'autant plus qu'ils ne recevront aucun secours de la part des Canadiens qui ont déjà fort à faire avec leurs propres Indiens. Ce qu'il y a de sûr avec les Peaux-Rouges, c'est qu'ils ne peuvent rester bien longtemps loin de chez eux. Vous verrez que j'ai raison.

Thomas se demandait comment le militaire pouvait

parler avec tant de froideur d'un sujet aussi douloureux. Les Indiens n'étaient pour lui que du bétail.

Quand les deux hommes sortirent, le vent vif avait chassé les nuages. Le soleil s'était levé dans un ciel clair. Tom entendit l'officier demander à ses subalternes de plier la tente immédiatement.

Louve Bienfaisante voulait lutter jusqu'à l'extrême limite de ses forces. Confusément, elle sentait qu'elle devait monter encore, grimper jusqu'au sommet. Le sang tiède coulait sur sa main posée sur son ventre, puis la chaleur glissait doucement le long de sa jambe. Elle ne ressentait aucune douleur, rien d'autre qu'un immense vertige, qui, étrangement, la plongeait dans un état proche du bonheur.

Le corps de son bien-aimé était resté là-haut dans la montagne, tout près de *Heammawihio*, le dieu du ciel. Elle avait disposé ses armes autour de lui et récité des prières à voix basse. Puis elle lui avait laissé le peu de nourriture et les couvertures dont elle disposait, afin qu'il pût entreprendre son grand voyage vers le Territoire des Ancêtres.

Ensuite, il lui avait suffi de marcher à découvert, et tout s'était passé comme prévu. Comme elle l'espérait, la balle d'un soldat l'avait atteinte. Elle allait rejoindre Patte d'Ours ! Elle voulait quitter la Terre Mère de la même façon que lui : face à l'ennemi. Lutter jusqu'au bout !

De l'endroit où elle se trouvait, elle apercevait les montagnes lointaines que Beauté Radieuse et ses enfants devaient être en train de gravir, en route pour la liberté.

Pourquoi se sentait-elle si faible ? Elle trébuchait, repartait, tombait, se relevait. Elle *devait* arriver en haut. Une voix lui soufflait qu'elle n'était pas encore au bout de la route. C'est alors que Douce Grand-Mère lui apparut. Elle se tenait à l'entrée d'une grotte et lui faisait signe d'avancer. Un sourire d'une infinie douceur illuminait son visage. Louve Bienfaisante gravit les derniers mètres à quatre pattes et s'effondra juste au sommet. Elle s'allongea sur la terre glacée et ferma les yeux.

Un immense bien-être enveloppait tout son être. Il ne faisait pas froid. Elle se sentait merveilleusement bien, paisible, légère, comme si son corps n'existait plus. Elle s'approcha de sa grand-mère. Deux loups, qu'elle reconnut aussitôt, entouraient la vieille femme : Doux Pelage et le loup qu'elle avait enterré avec Thomas à Laramie ! Leurs yeux d'or la regardaient avec la même tendresse qu'autrefois.

Louve Bienfaisante étreignit longuement sa grand-mère. Puis elle s'accroupit et câlina ses animaux, retrouvant avec délices la tiédeur de leur fourrure. Ce n'est qu'à cet instant qu'elle aperçut les autres silhouettes debout dans l'obscurité de la caverne. Ils étaient tous venus l'accueillir : son frère, Renard Rapide, sa mère et son père, Etoile du Ciel et Archer Agile. Elle voulut leur dire qu'elle était heureuse, mais ils ne lui en laissèrent pas le temps. En une fraction de seconde, l'ombre de ces êtres chers s'évanouit. Machinalement, Louve Bienfaisante tendit les mains pour les rattraper. Elle ne sentit que la paroi froide et dure.

– Viens avec moi, si tu veux les revoir, fit une voix derrière elle.

Elle se retourna. Patte d'Ours lui ouvrait les bras. Qu'il était beau ! Il portait sa tenue de mariage, sa plus belle veste brodée et son pantalon de peau claire. Mais surtout, il arborait ce sourire qu'elle aimait tant, qui lui donnait envie de courir, de danser et de chanter.

– La mort n'est qu'un passage. Suis-moi. Ceux que tu as aimés t'attendent, reprit-il en l'enlaçant.

Le soleil allumait le ciel de reflets de feu ; les loups s'étaient rassemblés autour d'eux. La vision de Louve Bienfaisante se réalisait pour la dernière fois. Désormais, plus rien ne la séparerait de Patte d'Ours. Aucun homme blanc ne viendrait fouler ce monde de pureté.

Devant eux, à perte de vue, l'herbe vert tendre des prairies frissonnait sous la brise, les bisons couraient par milliers... C'était le pays du bonheur, celui de leurs ancêtres. C'était aussi la fin de leur voyage.

Les soldats grimpaient en silence vers le tipi qu'ils avaient repéré, maudissant intérieurement ces fous d'Indiens d'aller planter leurs tentes si haut.

– Y a un corps à l'intérieur ! cria le premier arrivé. On dirait le fameux Patte d'Ours, l'homme aux cicatrices...

Thomas éperonna son cheval, bondit à terre et se précipita dans le tipi. D'un geste brusque de la main, il écarta le militaire. Une angoisse insoutenable le saisit aux tripes. L'homme étendu était bien Patte d'Ours. Cela signifiait donc que la femme qu'ils avaient vue s'enfuir était très probablement Louve Bienfaisante !

Le soldat avait commencé à ramasser les armes disposées autour du corps.

– Remets ça où tu l'as trouvé, ou je te fais éclater la cervelle, hurla Thomas, collant son pistolet contre la tempe de son compagnon.

Le soldat, affolé, crut sa dernière heure arrivée. Thomas Prescott était devenu complètement fou !

– T'es malade, ma parole !

– Cet homme était un grand guerrier. Tu pourrais au

374

moins avoir le respect des morts, crapule ! Ne vois-tu pas que ces armes ont été mises là exprès, que ce que tu es en train de faire est aussi grave que de profaner une tombe ? Repose ce couteau et cet arc immédiatement.

Le lieutenant entra dans le tipi sur ces entrefaites. Thomas, menaçant, faisait face au soldat. Des éclairs de rage étincelaient dans son regard.

– Ne croyez pas que je suis devenu fou, lui lança Thomas. Je sais très bien ce que je fais. Cet homme est Patte d'Ours. Je le connaissais. C'était un vaillant guerrier, sûrement bien plus courageux que la plupart de nos généraux. Je vous en prie, mon lieutenant, laissons-le en paix dans sa dernière demeure.

A la grande surprise du lieutenant, quelques larmes perlaient sur les cils de Thomas Prescott.

– Pour être sincère, sachez que moi aussi, j'en ai assez de cette sale guerre. Partons d'ici. Soyez sans crainte et rangez votre revolver. Personne ne viendra plus troubler le repos de cet Indien, répliqua le lieutenant en entraînant le soldat.

Quand Thomas se retrouva seul à l'intérieur du tipi, il replaça la peau de bison qui recouvrait le visage de Patte d'Ours exactement comme ils l'avaient trouvée en arrivant. Puis il remit les objets à l'endroit précis où ils avaient été laissés. Enfin, tirant de sa poche la patte de loup que Patte d'Ours lui avait fait parvenir quelques mois plus tôt, après la mort d'Elena, il la glissa sous la main raidie du guerrier. Après une prière silencieuse, il sortit retrouver ses camarades.

Il se moquait bien des coups d'œil méprisants que certains lui adressaient. Il avait simplement fait ce que Louve Bienfaisante aurait aimé qu'il fît.

La troupe se remit en route. En s'éloignant, Thomas

jeta un dernier regard vers le tipi, bouleversé d'imaginer la souffrance de son amie, qui avait dû assister là à la mort de Patte d'Ours.

Les soldats poursuivirent leur chemin vers le sommet. Soudain, un des hommes éclaireurs cria :

– La femme que nous avons blessée a dû passer par ici !

La neige immaculée était constellée de taches rouges.

Le lieutenant ordonna à la troupe de s'arrêter et descendit observer les traces de plus près. Du sang, cela ne faisait aucun doute. Les taches étaient très nettes sur plusieurs mètres. Elles menaient à une sombre forêt de pins.

– Continuez tout seul, dit le lieutenant à Thomas. Mes hommes et moi camperons ici pour vous attendre. Si elle est en vie, tirez deux coups de feu ; nous viendrons vous rejoindre pour vous apporter du secours. S'il est déjà trop tard, ne tirez qu'un coup de feu ; nous comprendrons... Dans ce cas, priez pour elle et enroulez son corps là-dedans, ajouta-t-il en lui tendant la couverture qu'il venait de prendre dans sa sacoche. C'est tout ce que vous pourrez faire pour elle. Impossible d'enterrer quelqu'un dans ce sol gelé. Pas la peine d'essayer, vous n'y arriveriez pas.

Thomas éprouvait une immense gratitude pour le lieutenant. Il se reprochait d'avoir porté sur lui un jugement un peu hâtif. A cause de sa fonction, l'homme voulait sûrement donner de lui-même une image de dureté et d'indifférence qui ne correspondait pas à sa vraie nature. Thomas eût aimé lui dire son émotion, mais sa pudeur l'en empêcha et il se contenta d'un laconique « merci lieutenant ».

La neige, la forte déclivité et les rochers ne facilitèrent pas la montée de Thomas. Le cheval, qui ne cessait de trébucher, risquait à tout moment de glisser, entraînant son cavalier dans une chute vertigineuse. Finalement, Thomas jugea préférable de continuer à pied.

Au sortir de la forêt, un terrain plat l'attendait. Il y fit halte pour reprendre son souffle. De nouveau, les traces étaient bien visibles. Elles continuaient sur la pente qui reprenait après le replat et s'arrêtaient à l'entrée d'une grotte gardée par une meute de loups. Le cœur de Thomas battit à tout rompre. Louve Bienfaisante était là, il le savait maintenant !

Il approcha sans penser au danger, obsédé par la seule idée qu'il allait enfin pouvoir lui rendre son petit sac magique. Il ne s'étonna même pas que les loups le laissent passer sans lui manifester d'agressivité.

– Louve Bienfaisante ! appela-t-il doucement, après avoir pénétré dans la pénombre de la caverne.

L'écho de sa voix troubla quelques instants le silence impressionnant, quasi religieux, de ce lieu.

Soudain, il *la* vit. Louve Bienfaisante était morte comme elle avait vécu : libre !

Il se pencha sur son corps allongé à même la roche et se mit à sangloter comme un enfant. Pendant de longues minutes, il n'osa pas la regarder, puis il se décida enfin. Elle était belle, paisible, reposée. Son visage donnait une impression de profonde sérénité, comme si la mort l'avait délivrée d'un fardeau.

Sortant le petit sac de la poche où il le gardait précieusement depuis des mois, il le plaça sur le cœur de son amie.

– J'avais promis de te le rapporter, chuchota-t-il. J'ai rendu la quatrième patte de loup à Patte d'Ours. Es-tu heureuse ?

Thomas se redressa, se demandant si la douleur ne

lui faisait pas perdre la raison : il venait de parler à Louve Bienfaisante comme si elle pouvait l'entendre !

Il regarda une dernière fois son beau visage, puis le recouvrit de la couverture qu'il avait apportée. Il avait fait ce qui devait être fait, il avait empli sa mission et s'en sentait soulagé. Pourtant les sanglots le reprirent. Il s'y abandonna longuement, sans retenue. Ici, seule Louve Bienfaisante pouvait le voir.

En sortant de la grotte, une brise d'une incroyable tiédeur caressa son visage. En plein hiver ?... Etait-il fou ? En même temps, il entendit, venues de nulle part, des mélodies semblables à des soupirs de bonheur. A cet instant, il comprit que Louve Bienfaisante lui faisait un signe.

Toute la nuit, le chant plaintif des loups résonna dans les monts Big Horn. Le corps de la femme sacrée des Cheyennes avait quitté ce monde, mais son esprit s'était envolé avec le grand loup blanc, pour l'éternité.

NOTE DE L'AUTEUR

Les héros de ce roman sont imaginaires, mais ils évoluent sur un arrière-plan de vérité historique qui retrace la vie d'un peuple fier, brave et généreux. Les Blancs auraient pu recevoir des Indiens de grandes leçons de sagesse, s'ils ne s'étaient appliqués à les anéantir impitoyablement et aveuglément.

J'ai consacré une grande partie de ma vie à l'étude des Cheyennes et des Sioux, et j'espère avoir réussi à faire revivre dans ce roman leur culture et leur esprit. De mon mieux, je me suis efforcée de rendre justice à ce peuple qui a su, à travers les siècles et dans l'adversité, à force de ténacité et de courage, conserver ses coutumes, sa langue, ses croyances et ses valeurs. La sauvegarde de l'identité indienne aura été le dernier triomphe de ces hommes pris dans la tourmente d'une inexorable tragédie.

Rosanne BITTNER

Rendez-vous le mois prochain
avec trois nouveaux romans de la collection

Aventures et Passions

L'esclave du désert
de Iris Johansen (n° 4815)

Constantinople au XIIe siècle. Esclave (et fille bâtarde) d'un marchand de soiries, Théa décide de s'enfuir en emportant avec elle des vers à soie et son talent de brodeuse. Mais, en chemin, sa caravane est attaquée. Elle réussit à échapper aux bandits et est recueillie à moitié morte de soif par deux chevaliers. Deux anciens Templiers condamnés à mort par l'Ordre pour avoir découvert un de leurs secrets. Follement amoureuse d'un des chevaliers, Théa va partager leur fuite éperdue...

Le duel des prétendants
de Kimberly Cates (n° 4816)

Écosse, XVIIIe siècle. Fille de général, élevée à la dure, la belle Rachel s'est juré de n'épouser que le soldat le plus valeureux d'Angleterre. Après une série de duels, c'est le farouche sir Dunstan qui remporte la main de la belle. Mais celle-ci est enlevée en plein bal par le fameux rebelle écossais Glen Lyon. La jeune fille, naïve, égarée par la fausse gloire des armes, saura découvrir la vraie valeur de la vie dans les bras du rebelle, courageux certes, mais aussi tendre et bon...

Aujourd'hui plus qu'hier
de Robin Burcell (n° 4817)

Kendra travaille dans la police et est chargée d'enquêter sur une série de meurtres de jeunes filles à Miami. Une de ses amies lui donne un collier de pierres précieuses et ce collier la fait voyager cent ans auparavant... Elle se retrouve sur le navire de Brice Montgomery qui la recueille et la protège : un meurtrier hante la région et massacre des jeunes filles ! Brice et Kendra deviennent amants...

 *Aventures et Passions*

Quand l'amour s'aventure très loin, il devient passion.

Découvrez les autres romans de la collection

Aventures et Passions

 Voyage dans le temps

Pour toujours dans tes bras
de Johanna Lindsey (n° 4425)

Roseleen est professeur d'histoire médiévale. En cadeau, elle reçoit une épée ayant soi-disant appartenu à un chef viking. Dès qu'elle saisit l'épée, un coup de tonnerre retentit et un homme apparaît. Il dit être son esclave, prêt à satisfaire ses moindres désirs...

Prince de l'éternité
de Lisa Kleypas (n° 4426)

La jolie Emma est amoureuse de lord Adam Milbank, elle en est sûre. Alors pourquoi est-elle si troublée par la présence du ténébreux prince russe Nicolas Angelovski ? Il lui confie avoir des visions étranges, des visions d'un passé terrible qui lui interdit d'aimer et d'être aimé...

Esclave à travers les siècles
de Virginia Henley (n° 4479)

Lors d'une visite dans un magasin d'antiquités, Diana Davenport trouve un casque romain. Qu'elle coiffe... La voilà aussitôt transportée dans l'Antiquité, esclave du beau centurion Marcus, destinée à satisfaire ses moindres caprices. Il n'y a pas de pire sort que l'esclavage. Surtout si on tombe folle amoureuse de son maître...

La rebelle venue d'ailleurs
de Lori Copeland (n° 4550)

Boston, 1993. Ashley Wheeler est guide dans un musée. Un jour, elle trébuche dans l'escalier et se réveille... en 1775 dans une taverne de Boston où des patriotes complotent pour renverser les Anglais ! Avec, à leur tête, un certain Aaron Kenneman terriblement séduisant... Grâce à ses connaissances historiques, elle peut aider les rebelles. Et Aaron...

Pour un jour ou pour toujours
de Carolyn Lampman (n° 4485)

1995. Brianna effectue un vol en montgolfière avec son ami d'enfance, Tom Daniels. Un orage éclate, la montgolfière va s'écraser, Brianna s'évanouit... et se réveille en 1860, fiancée par procuration à un certain Lucas. Par contre, Anna, la fiancée d'origine, se réveille dans la montgolfière aux côtés de Tom ! Les deux jeunes femmes ont en fait échangé leur place. Tout se complique quand l'amour s'en mêle !

À jamais séduite
de Linda Lael Miller (n° 4588)

Megan est une fillette de cinq ans en proie à de terribles maux de tête. Lors d'une crise particulièrement aiguë, elle perd connaissance et se retrouve... au XIIIᵉ siècle, attendant le retour des Croisades de son fiancé. Mais quand le beau Dane St. Gregory revient, il est accompagné d'une autre et veut faire annuler ses fiançailles...

Pour ne plus jamais te perdre
de Shelly Thacker (n° 4610)

En l'an 1300, Gaston de Varennes combat le duc de Tourelle qui a lâchement fait assassiner son père et son frère pour obtenir leurs terres. Mais le roi ordonne à ses vassaux de faire la paix et oblige Gaston à épouser la protégée de Tourelle, Christiane Fontaine. Parallèlement, de nos jours, la belle et riche Céline Fontaine doit être opérée en urgence après avoir été blessée par une balle. Mais, la nuit du nouvel an, une éclipse de Lune se produit et Céline se réveille dans la peau de Christiane, la fiancée que le roi impose à Gaston de Varennes...

Captive du temps
de Brenda Joyce (n° 4637)

1996. Alex est une jeune étudiante en histoire. Lors d'un voyage d'étude à Tripoli, elle achète une lampe qui la transporte en plein XVIIIe siècle. Vêtue étrangement, l'air perdu, elle est ramassée dans la rue et vendue comme seconde épouse au fils du sultan ! Arrive Blackwell, un marin anglais fait prisonnier par le sultan. Grâce à ses études, Alex sait qu'il parviendra à s'échapper de ses geôles. Elle le rencontre, c'est le coup de foudre...

Pour une nuit de passion...
de Nelle McFather (n° 4716)

Tennessee, 1988 et 1859. Jade Devereux appartient à une grande famille sudiste. Elle est fascinée par la vie de Deidre, son ancêtre irlandaise. Au point d'être transportée en 1859 et de revivre les aventures de cette femme : abandonnée par sa famille, elle se retrouve enceinte après une nuit d'amour avec Quentin Devereux. À la suite d'un quiproquo, ils se séparent et, par dépit, elle épouse le premier venu...

Philtre d'amour
de Jillian Hunter (n° 4761)

Margaret est une gamine impossible, faisant les quatre cents coups, filant on ne sait où, se passionnant pour les plantes et leurs vertus thérapeutiques, etc. Pour avoir la paix, son père décide de l'exiler sur une île au large d'Aberdeen, dans les brumes et les tempêtes. Margaret s'adapte à sa nouvelle vie en soignant la population par les plantes. Un beau jour, elle recueille et sauve de la mort par ses potions infectes un beau naufragé, Duncan McNeil. Mais qui est-il vraiment ?

Photocomposition Assistance 44-Bouguenais
Achevé d'imprimer en Europe (France)
par Brodard et Taupin à La Flèche (Sarthe)
le 23 février 1998. 6358T-5
Dépôt légal février 1998. ISBN 2-290-04782-1

Éditions J'ai lu
84, rue de Grenelle, 75007 Paris
Diffusion France et étranger : Flammarion

4782